Diogenes Taschenbuch 24441

de
te
be

AF214634

IRENE DIWIAK, geboren 1991 in Graz, wuchs in der Steiermark auf und hat Komparatistik in Wien studiert. *Liebwies* ist ihr erster Roman.

Irene Diwiak
Liebwies

ROMAN

Diogenes

Veröffentlicht als Diogenes Taschenbuch, 2019
Alle Rechte an dieser Ausgabe vorbehalten
Diogenes Verlag AG Zürich
www.diogenes.ch
80/19/36/1
ISBN 978 3 257 24441 0

Prolog

Später würde die Geschichte anders erzählt werden.

Man würde sagen, Gisela Liebwies wäre schon immer eine strahlende Persönlichkeit mit außergewöhnlicher Stimme gewesen, die ihr Dorf wie ein Stern erleuchtet und an deren Zukunft als berühmte Sängerin niemand je gezweifelt hatte.

Man würde sagen, Ida Gussendorff wäre die wenig bedeutende Ehefrau eines genialen Dichters und Komponisten gewesen, deren einzige wirklich bemerkenswerte Tat es war, von den Nationalsozialisten verhaftet zu werden.

Es ist aber nun mal die seltsame Eigenschaft der Zeit, Geschehenes in schwammige Erinnerung und schließlich in Lügen zu verwandeln.

ERSTER TEIL

I

Die wahre Geschichte beginnt nämlich nicht mit der zauberhaften Gisela und auch nicht mit der langweiligen Ida. Die Geschichte beginnt mit einem alten Lehrer namens Walther Köck, der im großen Krieg nicht nur den letzten Batzen Patriotismus, sondern auch die linke Hälfte seiner Nase verloren hatte, alles und jeden hasste und in das kleine Dorf Liebwies kam, um dort an der Volksschule zu unterrichten. Das war ein katastrophaler Abstieg für einen, der einst an einem privaten Bubengymnasium in der Großstadt Musik unterrichtet hatte, und es wäre auch für weniger feine Herrschaften ein katastrophaler Abstieg gewesen.

Welcher Teufel Köck geritten hatte, als er sich ausgerechnet nach Liebwies und somit zu Gisela verirrte, muss derselbe Teufel gewesen sein, der auch die Zügel in seinen Klauen gehalten hatte, als Köck sich als Freiwilliger zum Armeedienst meldete. Er hatte niemals zuvor patriotische Gefühle gehegt, aber als der Krieg nun einmal da war, hatte er gerufen: »Unsere Zeit erfordert Enthusiasmus und Einigkeit zu unserer Errettung!«

Damit könnte er recht gehabt haben oder auch nicht, in jedem Fall konnte er die Zeit trotz seinem tapfer durchgestandenen Kriegsdienst nicht vor Veränderungen bewahren.

Köck war aus dem Krieg heimgekehrt, als er schon als hoffnungslos verschollen gegolten hatte. Seine Ankunft war eine unangenehme Überraschung für alle Beteiligten: Seine Frau hatte sich bereits um Ersatz gekümmert (einen jungen Offizier, dessen Nase unverschämt ganz geblieben war).

Köcks Vorgesetzter, der Direktor des Bubengymnasiums, befand sich in der peinlichen Situation, umständlich erklären zu müssen, dass das Fach Musikerziehung ebenso wie der dazugehörige Lehrerposten gestrichen worden war. »Der finanzielle Engpass und Ihr angeblicher Tod haben sich da wunderbar getroffen, nun, nicht gar so wunderbar, da Sie ja noch leben …«

Köck fühlte sich verraten. Die ganze Welt schien sich lustig zu machen über ihn, der, humpelnd und schwer durch ein einziges Nasenloch atmend, einen Orden verdient hätte. Nicht, dass er gar keine Orden erhalten hätte. Er hatte schon das eine oder andere Stück Metall angesteckt bekommen, jedoch nichts Besonderes, nur diese Auszeichnungen, die quasi zur Grundausrüstung eines Wehrdieners gehörten.

Aber er sehnte sich auch nicht nach militärischen Orden. Es waren göttliche Orden, die er verdient hätte.

Im Krieg hatte er sich eine Gerechtigkeit ausgemalt, die dem vielgeprüften Helden, also ihm selbst, am Ende der Geschichte widerfahren müsste. Und dieses Ende der Geschichte hatte er sich genau dort vorgestellt, wo er nach harten Jahren des Kampfes, der Angst und der Gefangenschaft endlich in seiner geliebten Heimatstadt aus dem dreckigen Zug stiege, seine geliebte Frau sich in seine Arme würfe und er seine geliebte Stelle am Gymnasium wiederaufnähme.

Und da das alles nicht geschehen war, wünschte er sich

wenigstens, dass das Kaiserreich wieder ausgerufen würde. Nicht, weil er etwa Monarchist gewesen wäre. Er war im Grunde politisches Ödland. Was man nicht in Triolen und Sechzehntel zerlegen oder wenigstens küssen konnte, interessierte ihn herzlich wenig. Aber als er nun plötzlich wieder in seiner Stadt, in den ihm bekannten Straßen wandelte, traf ihn die ganze Wucht der Sinnlosigkeit. Sein Leben im Allgemeinen und die Kriegsjahre im Speziellen schienen ihm plötzlich wie feuerfeste Zündhölzer oder staubtrockenes Wasser, und er hatte eine ganze Liste solcher Vergleiche in seinem Kopf, die ihm sagten, dass er nicht getan hatte und niemals tun könnte, wozu er geschaffen war, weil sein gesamtes Leben samt der ganzen Welt eine Fehlkonstruktion darstellte.

Verstört irrte er durch die Straßen, und er war nicht der Einzige. Alle schienen etwas oder jemanden zu suchen, alle waren verkrüppelt, auch die, die nicht auf dem Schlachtfeld gewesen waren, auch die Kinder, auch die Frauen.

»Und dafür«, sagte er sich, »habe ich mein Leben geopfert!« Er übertrieb natürlich, denn er war lebendiger als so mancher, und vielleicht hätte er trotz seines ramponierten Gesichts wieder eine Frau kennengelernt (der Witwenmarkt war groß wie nie), hätte vielleicht an einer noch viel besseren Schule Arbeit gefunden und sich an einem Flügel sitzend die Tage um die musikalischen Ohren geschlagen.

Aber das konnte er nicht. Er konnte es nicht, weil er nicht wollte. Er wollte im nationalen Selbstmitleid schwelgen. Wie man damals, nur wenige Jahre zuvor, gemeinschaftlich den Patriotismus beschworen und besungen hatte, so hasste man nun gemeinschaftlich die Trübsal von Staat, die geblieben war. Köck ging in seiner Trauer auf. Jede Nacht betrank er sich in einem anderen Lokal, jede Nacht erzählte er einem anderen Publikum seine Geschichte. Er, der als farbloser Professor mit ausgeprägter Liebe zum Detail seine Schüler regelmäßig in den Tiefschlaf getrieben hatte, erkannte nun ein neues Talent in sich: das schamlose Fabulieren über Grausamkeiten. Er schmückte seine Erzählungen zwar nie aus, er ließ aber auch nie etwas aus.

Die meisten anderen Veteranen kamen irgendwann an den Punkt ihrer Erzählung, an dem sie stockten, manchmal gar nicht mehr sprachen, in sich selbst zusammenfielen und dort die Dinge in ihrer Wahrhaftigkeit vorfanden, wie sie gewesen waren, als sie sich in einer Welt ohne Worte befanden.

Aber an diesen Punkt kam Köck nie. Jeder Blutschwall und jede von Giftgas verätzte Lunge fand bei ihm die dazugehörige Formulierung. Dadurch war er ausgesprochen unterhaltsam und hatte immer viele Zuhörer, aber auch das befriedigte ihn nicht wirklich. Jede seiner Reden beendete er mit den Worten: »Und wofür? Für einen Scheißdreck!«

Dass er ohne Probleme so lebhaft von seinen Erlebnissen sprechen konnte, lag daran, dass sie ihn eigentlich nicht wirklich berührten. Und das wusste er auch. In seinem Innersten berührte ihn gar nichts wirklich, das Leid nicht und auch nicht die Freude.

Wenn er in besonders depressiven Nächten allein in seinem schmalen Pensionsbett lag, kam ihm das schmerzlich zu Bewusstsein. Ja, sagte er sich dann, ich habe mich noch dazu mein ganzes Leben lang selbst angelogen. Die wunderschönen Sätze, die er sich zurechtgelegt hatte, *Unsere*

Zeit erfordert Enthusiasmus, und so weiter und so fort, das alles hatte er gesagt, um sich Empfindungen anzudichten. Im Grunde hatte er nicht mehr hinter seinen Rippen als einen kleinen, schon immer und seit dem Krieg erst recht verwundeten Stolz. »Sonst nichts«, murmelte er mit Tränen in den Augen und wusste im selben Moment, dass selbst diese nicht mehr als ein Wasserlassen seines Stolzes bedeuteten.

Natürlich war er nicht glücklich über seine halbe Nase, den verlorenen Krieg, die verlorene Frau. Er hatte selbstverständlich keine Freudentänze aufgeführt, wenn seine Kameraden neben ihm wie Säcke zu Boden gefallen waren, aber es hatte ihn in Wahrheit nicht mehr berührt als etwa ein verstimmtes Klavier, und auch das berührte ihn nicht besonders. Denn obwohl er sich ständig einzureden versuchte, dass die Töne seine Welt wären und er eben nur in dieser besonders sensibel und gefühlvoll, konnte er sich für eine meisterhaft komponierte Opernarie nicht mehr begeistern, als es etwa seine Frau auch getan hatte (»Wie die das nur immer schaffen, so hoch und laut zu singen!«), und die vielen schiefen Töne im Schulbubenchor schmerzten zwar in seinen Ohren, nicht aber in seinem Herzen.

Er hatte die Sentimentalität des ganzen Staates in sich aufgesaugt, um auch einmal etwas zu empfinden. Zuerst die gute Siegesstimmung, nun die stumpfe Enttäuschung.

Es war eine fürchterliche Nacht, die Köck in einem Gastzimmer einer heruntergekommenen Wirtschaft wach lag. Ihm gingen all diese Gedanken wieder einmal durch den betrunkenen Kopf, aber diesmal schlief er nicht einfach ein. Diesmal sprang er aus seinem Bett, schaute in den schmutzigen Spiegel und sagte laut und deutlich, ohne zu lallen:

»Ich werde etwas ändern!« Er sagte »etwas«, weil es leichter von den Lippen ging als »mich«, und manchmal, fand er, reichte es ja auch, »etwas« zu ändern. Dann schlief er ein.

2

Den nächsten Tag verbrachte Köck damit, die verschiedensten Wirtshäuser der Stadt abzuwandern und ausstehende Zechen zu begleichen. Er war zu stolz gewesen, seine Frau um das Geld zu bitten, das ihm eigentlich zustand. Den Großteil seiner Besitztümer hatte er nicht aus dem Haus geholt. Das Haus selbst, welches laut Grundbuch ebenfalls ihm gehörte, hatte er in Gedanken auch schon der Untreuen vermacht. So verfügte er im Moment über nicht mehr Geld, als er in seiner Hosentasche stecken hatte. Das reichte für ein paar Wirtshaus-Rechnungen (die meisten erließen ihm das eine oder andere und gaben großzügig Prozente, denn die neue Währung fühlte sich für die alten Wirtsleute an wie Spielgeld, und sie vertrauten nicht darauf, dass die zerknüllten Scheine auch am nächsten Tag noch den Wert von Schnaps und Bier besitzen würden). Danach kaufte sich Köck ein Zugticket »hinaus aufs Land«. Mehr konnte er der Dame, die hinter dem Schalter die kleinen bunten Papiertickets aus einem großen Katalog heraussuchte, auch nicht sagen. Sie drückte ihm lächelnd einen blauen Fahrschein in die Hand und verlangte dafür alles Kleingeld, was Köck noch geblieben war. »Karlsberg«, sagte sie. Köck nickte.

Draußen lehnte ein junger Bursche dösend an einer Säule. An anderen Tagen versuchte er wohl, sich durch das

Hin-und-her-Tragen von Gepäck ein wenig Geld dazuzuverdienen, aber an diesem Dienstagnachmittag war kaum etwas los. Als Köck ihn anstupste und nach dem richtigen Bahnsteig fragte, blinzelte der Junge, als wäre er eben geweckt worden.

»Karlsberg«, sagte er mit verschlafener Stimme, »ist aber ein ungewöhnliches Reiseziel, wenn Sie erlauben.«

»Mich erwartet dort kein Urlaub, sondern ein neues Leben!«, antwortete Köck etwas harsch, als müsste man ihm diesen Umstand auf den ersten Blick ansehen.

»Dann wollen Sie also dort bleiben, in Karlsberg?«

»Oder in der Nähe, ja.«

»Oder in der Nähe … sind ja nur die Berge dort, gnädiger Herr, ist ja sonst nichts in Karlsberg. Wissen Sie, ich stamme von dort, und mir fällt kein gescheiter Grund ein, in die Karlsberger Umgebung auszuwandern.«

Köcks Zug würde erst in einer Stunde ankommen, und zwar an dem Bahnsteig, an dem sie bereits standen. Der Bursche hatte sich den ganzen Tag gelangweilt. Und nun, da er schon einmal wach war, bot er Köck eine Zigarette und einen Lehnplatz an seiner Säule an und begann von seiner Jugend auf dem Land zu erzählen. Köck musste bald erkennen, dass der Junge keine besonders aufregende Kindheit gehabt hatte, und jeder umgefallene Karren und jede Kalbsgeburt einen Höhepunkt seiner Erzählung darstellte, auf die Köck dann auch gebührend zu reagieren hatte. Dabei hörte er nicht einmal mit einem Ohr wirklich zu und konzentrierte sich mehr auf die riesige Bahnhofsuhr, deren langer Zeiger sich behäbig Minute um Minute weiterschleppte, während der kleine dicke Stundenzeiger starr auf seinem Platz stand und nichts zu unternehmen schien, um Köcks neues Leben ein wenig näher zu rücken.

In irgendeiner langweiligen Anekdote fiel auch das Wort »Liebwies«. Dabei handelte es sich, soweit Köck mitbekam, um ein verstecktes Dorf in der Nähe von Karlsberg, das der Bursche, warum auch immer, für besonders erbärmlich hielt. »Ja, und stellen Sie sich das vor: Im letzten Sommer starb also der Lehrer der Liebwieser Volksschule, ein alter Mann. Nicht, dass es eine Überraschung gewesen wäre. Aber seitdem steht die Schule dort einfach leer. Von den Bauern schert sich keiner, und von oben schert sich auch keiner, weil was interessiert die Stadtmenschen ein Dorf in den Bergen, oder besser gesagt zwischen den Bergen, ein kaum erreichbares Tal. Nicht, dass da eine einzige Straße hinführt oder ein Gehweg. Dass ich in dieser Gegend geboren bin, dafür kann ich nichts, gnädiger Herr, aber dass Sie dort freiwillig hingehen … Aber freilich, die Bergwelt ist sehr erhaben, nicht, dass Sie mich falsch verstehen.«

Als hätte der Zug nur auf dieses Stichwort gewartet, fuhr er plötzlich, fünfzehn Minuten zu früh, laut pfeifend in den Bahnhof ein. Köck verabschiedete sich hastig von dem Jungen, der ihm in der Hoffnung auf Trinkgeld noch einige Schritte folgte, und sprang in den Wagen, als würde der Zug nur wenige Sekunden im Bahnhof halten und außerdem der letzte Zug der Welt sein, der nach Karlsberg fuhr.

Ganz offensichtlich war es ja nur eine Verkettung von Zufällen: die Dame, die ihm ausgerechnet eine Karte nach Karlsberg verkauft hatte, der Junge, der aus der Gegend von Karlsberg stammte und außerdem in seinem Redeschwall eine frei gewordene Stelle im Dorf Liebwies erwähnt hatte, der Zug, der, um dieses Angebot zu unterstreichen, genau da gepfiffen hatte ... eine Verkettung von Zufällen, die mit Köck nur insofern zu tun hatten, als dass er hineingestolpert war. Aber trotzdem witterte Köck nun endlich die Belohnung, nach der er schon so lange gesucht hatte. Obwohl er weder gott- noch schicksalsgläubig war, konnte diese Menge an Zufällen nicht bedeutungslos sein. Während der Zug geräuschvoll aus dem Bahnhof rollte, wusste Köck es schon: Er würde der neue Volksschullehrer von Liebwies werden.

3

Im Jahre 1924 herrschte in Liebwies noch ein früheres Jahrhundert. Das Dorf bestand aus einigen Bauernbetrieben, die rund um die kleine, prachtlose St.-Anna-Kirche verteilt waren. Die Felder wurden ohne landwirtschaftliche Maschinen bestellt. Bei Festen wurde der Kaiser besungen. Dessen Tod, der nun immerhin auch schon acht Jahre her war, war noch nicht bis in das Tal der Liebwieser vorgedrungen. Dass inzwischen ein potentieller Kaiser erschossen und ein neuer schon wieder vertrieben worden war, hätten sie auch dann nicht geglaubt, wenn man es ihnen gesagt hätte.

In den offiziellen Papieren existierte Liebwies überhaupt nicht. Kein Register erfasste das Dörfchen. Dieser Umstand war weder in dem alterskranken Kaiserreich noch in der Republik voller Kinderkrankheiten ein Nachteil gewesen: Kein Mann hatte das Dorf zum Kriegsdienst verlassen müssen. So war ihnen nicht nur viel Leid erspart geblieben, die Liebwieser waren auch nie gezwungen gewesen, die Welt jenseits der Bergwände zu erkunden.

Köcks Reise nach Liebwies barg einige Schwierigkeiten. Zum einen war Karlsberg nicht das einzige Kuhdorf, in dem der Zug stehen blieb, sodass er eher durch das Land stotterte, als dass er wirklich fuhr. Immer wieder wurde Köck durch das Ruckeln und Pfeifen aus seinen Gedanken gerissen.

Bei jedem Halt strömte ein Schwall Passagiere hinaus und ein Schwall neuer Passagiere herein. Köck fühlte sich, als führe er durch eine Passagierfabrik, in der altes Material zu neuem verarbeitet würde. Allerdings veränderte sich die Optik seiner Mitreisenden: So waren am Anfang seiner Fahrt noch schüchterne Damen, blasse Studenten und verschreckte Veteranen Köcks Begleiter, am Ende teilte er sich den Bahnwaggon schon mit breitschultrigen Bauersfrauen, deren niemals stillsitzenden Kindern, einigen älteren Männern und ein paar Hühnern.

Das war allerdings nichts, was Köck als störend empfunden hätte. Im Gegenteil, er fühlte sich, als würde er mit echten Indianern um ein Lagerfeuer tanzen oder sich auf dem Zigeunerjahrmarkt die Hand lesen lassen: Er war ganz erfüllt von Folklore. Und da dies ja kein einstudiertes Schauspiel war, war er nun ganz überzeugt, dass er nur hier auf dem Land zu ehrlichen Empfindungen kommen könnte.

Als er aber nach Stunden der Zugfahrt plötzlich inmitten von Wiesen und Wäldern neben einem Schild mit der Aufschrift *Karlsberg* aussteigen musste, war er dann doch etwas verunsichert. Unter Karlsberg hatte er sich zumindest ein kleines Dorf vorgestellt. Der Bahnsteig lag aber mitten in der Natur. Nicht einmal in der Ferne konnte er ein einziges Haus erkennen. Köck besaß keine Karte und hatte so nichts als die vage Beschreibung des Gepäckjungen, um Liebwies zu finden.

An derselben Station war glücklicherweise auch ein kleiner, zerfurchter Bauer ausgestiegen, den Köck nun nach dem Weg fragte. Dieser zeigte etwas unbestimmt dorthin, wo sich die Kalkberge über die Wälder erhoben, und marschierte dann zügig in die entgegengesetzte Richtung davon.

So also folgten Tage der Wanderung. Die Nächte verbrachte Köck meistens auf Höfen oder Hütten, wo er Brot mit Milch und Käse serviert bekam und die Gastgeber nach dem Weg fragen konnte. Allerdings hatten auch diese oft noch nie etwas von Liebwies gehört. Andere konnten immerhin vage Wegbeschreibungen geben, und einer zeichnete Köck schließlich einen Plan auf sein Stofftaschentuch, an dem er sich orientieren konnte.

Es hätten Tage der Selbstfindung sein können. Einsam von Hütte zu Hütte wandern, mit nichts als den Kleidern am Leib, die eigene Existenz spüren in der unberührten Natur, jedoch: Köck half es nichts. Im Gegenteil: Es kränkte ihn sogar ein bisschen, dass er diesen Erfahrungen nichts abgewann, dass sein Geist sich nicht öffnete, oder was auch immer er sich von der Bergwelt erhofft hatte.

Er war erleichtert, als er nach einiger Zeit die St.-Anna-Kirche erreichte, die ihm der ortskundige Hüttenbesitzer als Kennzeichen für Liebwies aufgezeichnet hatte. Sie war mehr eine Kapelle, in die man an hohen Festtagen aber die gesamte Dorfgemeinschaft hineinquetschen konnte. Außerdem gab es eine für die Winzigkeit der Kirche geradezu imposante Orgel.

Er war sofort freundlich vom Dorfpfarrer in dessen Haus aufgenommen worden, das gleichzeitig auch ein landwirtschaftlicher Kleinbetrieb war. So besaß der Geistliche neben einem Haufen Hühner auch eine Handvoll Ziegen, um sich das geistliche Einkommen aufzubessern. Allerdings war der Pfarrer nicht mehr jung, seine Köchin noch älter, und jeder, der ihnen einen Weg in den Hühner- oder Ziegenstall ersparen konnte, ein willkommener Gast. Dann meldete sich Köck wie vom Pfarrer empfohlen bei einem Herrn, der als eine Art Bürgermeister angesehen wurde, weil er leidlich lesen und schreiben konnte. Diesem erklärte Köck nun, für keinen anderen Lohn als ein Hemd zum Wechseln und die Erlaubnis, beim Pfarrer wohnen bleiben zu dürfen, an der kleinen Volksschule unterrichten zu wollen.

Dieser Bürgermeister war ein Schweinebauer, der unter seinem Bett die Tauf-, Heirats- und Sterberegister von Liebwies hortete. Er war nicht wenig überrascht über Köcks Anliegen. Man hatte den Tod des alten Lehrers in das Sterbebüchlein eingetragen und es dann wieder zum Verstauben unter das Bett gesteckt. Man war überzeugt davon gewesen, dass der Kaiser samt seinen Beamten wichtigere Angelegenheiten zu erledigen hatte, als einen Lehrer nach Liebwies zu schicken, und angesichts der Tatsache, dass jener Kaiser im Exil verstorben war, war das ja auch nicht ganz falsch. Außerdem hielt der Bürgermeister Schulen im Allgemeinen für überbewertet. Zwar erleichterten ihm selbst seine Schreib- und Lesekenntnisse das Führen der

Register enorm, aber es musste ja auch nicht jeder das Amt des Bürgermeisters bekleiden. Da nun aber ein Lehrer da war und nichts anderes verlangte, als unterrichten zu dürfen, wollte er dann auch nicht so sein. Allerdings wies er darauf hin, dass gerade jetzt im Frühherbst viele Schüler auf den elterlichen Höfen zu arbeiten hatten. Köck antwortete mit fröhlichem Schulterzucken.

Im Dorf war man ratlos, was man von dem Neuankömmling halten sollte. Eine bunte Kuh hätte nicht verwunderlicher sein können als ein Tourist in Liebwies. Noch dazu ein Halbnasiger, was zu wilden Spekulationen im Wirtshaus führte. Die phantasievollste war vielleicht jene, dass der Neue ein krankhaft Neugieriger sei, dem man zur Strafe die Nase abschlagen sollte, so wie man Dieben die Hände abhackt. Der betrunkene Henker hätte aber doppelt gesehen und nur die Hälfte erwischt.

Es gab auch weniger unterhaltsame Theorien, etwa, dass der Neue irgendeinen Unfall gehabt hätte oder an einer nasenzersetzenden Krankheit litt. Auf den Gedanken, dass jenseits der Berge bis vor wenigen Jahren noch der grausamste und größte Krieg der Weltgeschichte geherrscht hatte, kam aber niemand.

Köck, zu dessen neuen Lebensvorsätzen es auch gehörte, kein Wirtshaus mehr zu besuchen, bekam von diesem Gerede nichts mit. Er hatte Besseres zu tun, immerhin wollte er seine Bestimmung im Unterrichten finden.

4

Die Volksschule stand als Denkmal mariatheresianischen Wohlwollens direkt neben der St.-Anna-Kirche und strahlte fast jugendliches Flair aus. Die Fassade war weiß wie die der Kirche, während die anderen Häuser in Liebwies ungestrichene Holzbauten waren; das Dach aus echten Ziegeln, wohingegen die anderen Häuser nur mit Stroh oder Holzbrettern bedeckt waren. Ging man durch die hölzerne Eingangstür hinein, so stand man mitten im einzigen Klassenzimmer. Wegen der winzigen Fenster war es dort immer dunkel, und viele der einst sehr feinen Möbelstücke hatten die Jahre nicht gut überstanden: Hier und da fehlten Tisch- oder Stuhlbeine und waren durch beliebige Bretter ersetzt worden, manchmal nicht einmal das. Die Tafel hatte einen Sprung in der Mitte, und der Fußboden war schmutzig. Nichts von dem ordentlichen äußerlichen Eindruck war im Inneren zu finden. Seit dem Jahr, in dem ein Gesandter der Kaiserin sich mit dem Auftrag, Schulen in die entlegensten Gegenden des Reiches zu bringen, nach Liebwies verirrt hatte, hatte es keinerlei Renovierung gegeben (wenn man von dem provisorischen Erneuern der verheizten Tisch- und Stuhlbeine absah). Auch der kleine Kamin stammte aus einer Zeit, als Liebwies noch nicht vergessen gewesen war. Er hatte die verheizten Möbelteile in eine dünne Rußschicht verwandelt, die sich über den gesamten Fußboden, alle Wände, Tische und Stühle zog.

Köck musste husten, als er dieses Klassenzimmer zum ersten Mal betrat. Es roch, als hätte seit Jahren niemand ein

Fenster oder die Tür geöffnet. Die Luft schien bis zur völligen Erschöpfung zirkuliert zu haben und hing nun müde von der Decke. Nicht einmal ein Spinnennetz war zu finden, so verödet war das Klassenzimmer.

Köck zweifelte an seiner Entscheidung. Er hatte sich das Landleben nicht leicht, aber lebhaft vorgestellt. Er wollte gesunde, runde Menschen in bunten Tüchern, wie er sie im Zug gesehen hatte. Dieses Klassenzimmer war völlig abgestorben. Man könnte meinen, dachte Köck, der ganze Krieg, der dieses Dorf nicht einmal angehaucht hat, habe in diesem Schulzimmer stattgefunden.

Sein erster Impuls war es, in der Tür umzudrehen und sich mit geborgtem Geld auf den Weg zurück in die Stadt zu machen. Dort könnte er wieder unehrliche Monologe über seine traurige Vergangenheit halten, vielleicht sogar ein Buch schreiben, eine Autobiografie vollgestopft mit Blut und Gewalt, ein Verkaufsschlager …

Er blieb. Die Tür ließ er hinter sich geöffnet, damit etwas frische Luft und Licht in das Zimmer fallen konnte, und trat ein paar Schritte weiter in den grausigen Raum.

Dann erschrak er. In diesem toten Zimmer, in dem er nicht einmal eine Kakerlake vermutet hätte, saß ein junges Mädchen und schlief, mit dem Kopf auf der Tischplatte ruhend. Im fahlen Licht konnte er nicht sehr viel mehr erkennen als das krause, dunkle Haar und dass das Mädchen eindeutig zu alt war für die Volksschule. Vielleicht ist sie die Hausmeisterin, dachte Köck und zündete die schon fast niedergebrannte Kerze an, die auf dem Lehrerpult stand. Da der Raum nicht groß war, erhellte er sich abrupt, und das Mädchen erwachte mit einem grellen Schrei.

»Ich habe nicht geschlafen!«, rief sie und wischte dabei das Buch, das ihr als Kissen gedient hatte, vom Tisch. Sofort bückte sie sich danach, griff aber einige Male daneben, ohne es in die Finger zu bekommen.

Für ein Mädchen ihres Alters war sie ungewöhnlich hässlich, fand sogar Köck, den an Frauen eigentlich immer eher der praktische Wert interessiert hatte. Aber er war es doch gewohnt, dass gesunde junge Mädchen ganz von selbst einen gewissen Reiz hatten, auch wenn sie vielleicht nicht den gängigen Idealen entsprachen. Dieses Mädchen allerdings entbehrte jeder Attraktivität: Es war ungewöhnlich groß und breitschultrig, hatte ein flaches, breites Gesicht mit winzigen Augen und wildes Haar, welches in zwei ungleich große Zöpfe geflochten war. Seine Bewegungen waren behäbig, irgendwie behutsam, und führten trotzdem nie zum Ziel.

Als das Mädchen endlich das Buch erwischt und wieder auf dem Tisch platziert hatte, sagte es: »Ich heiße Karoline.«

»Walther Köck«, sagte Köck. Karoline blickte haarscharf an ihm vorbei, während sie lächelte und ihre kurzen, schiefen Zähne zeigte.

»Ich bin der neue Lehrer«, fügte er hinzu.

»Schön …«, murmelte Karoline und nickte. Es ärgerte Köck, dass er ihren Blick nicht treffen konnte, egal, wie sehr er sich auch bemühte.

»Für eine Volksschülerin bist du etwas alt, nicht wahr?«

»Ja …« Sie lächelte und nickte weiter.

»Wie alt bist du, wenn ich fragen darf?«

»Neunzehn«, antwortete Karoline. Köck setzte sich auf

das Lehrerpult, welches unter seinem Gewicht gefährlich knirschte.

»Dann bist du … die Hausmeisterin?«, fragte er.

Karoline lachte. »Nein, nein, ich putze hier nur!«

Köck blickte sich noch einmal in dem verrußten Zimmer um und seufzte. Die St. Anna hatte schon halb neun geschlagen, und kein weiterer Schüler war in Sicht. Das überraschte Köck nicht wirklich. Nur war er nun in der unangenehmen Situation, sich mit Karoline unterhalten zu müssen, wozu er wenig Lust hatte. Er spürte, dass er die göttliche Belohnung heute nicht mehr erhalten würde, dass er sie wohl nie erhalten würde, dass er immer sinnlos mit dem Strom schwimmen würde, der ihn eines Tages wie jeden anderen auch in einen Sarg schwemmen würde. Er hatte Lust auf Selbstmitleid und musste stattdessen mit einem dummen Bauerntrampel Konversation betreiben.

»Dann putzt du hier also … und du schläfst auch hier?«, fragte Köck, um irgendetwas zu fragen. Karoline lachte wieder und schüttelte den Kopf: »Ich habe doch nicht geschlafen, ich habe gelesen!« Sie zeigte mit ihrem rechten Zeigefinger ein paar Zentimeter an dem Buch vorbei.

»Mit dem Kopf auf dem Tisch hast du gelesen?«

»Ich bin doch so fürchterlich kurzsichtig!« Und wie um es zu beweisen, fegte sie zum zweiten Mal ihr Buch von dem Tisch bei dem Versuch, es in die Hand zu nehmen, um es Köck von vorne zu zeigen. Sie bückte sich wieder umständlich, diesmal aber war Köck schneller.

»Ich habe das Buch aufgehoben«, sagte er etwas verstört, als Karoline den Boden weiter danach abtastete. Während Karoline sich wieder aufrappelte, durchblätterte Köck das

Buch. Es handelte sich um eine französische Bibel, der schon einige Seiten fehlten. Wohl noch aus Napoleons Zeiten, dachte Köck, wobei er sich allerdings nicht vorstellen konnte, was Napoleons Männer nach Liebwies getrieben haben sollte.

»Êtes-vous intéressé par la religion?«, fragte Köck. Karoline hatte sich wieder aufgerichtet und nickte, schien aber keine Ahnung zu haben, wovon Köck gerade sprach.

»Parlez-vous français?«, fragte Köck. Endlich hörte Karoline auf zu nicken, und ihr Lächeln wich einem etwas besorgten Ausdruck. Sie zog ihre buschigen Augenbrauen zusammen, sodass sie zu einem einzigen dicken Strich über ihren Augen wurden und sie noch hässlicher machten. Schließlich schüttelte sie ihren Kopf und sagte: »Es tut mir sehr leid, mein Herr, aber ich bin kein gebildeter Mensch.«

Köck nickte freundlich, konnte sich aber ein etwas bissiges »Aber doch liest du eine französische Bibel« nicht verkneifen. Karoline lachte wieder und rief: »Ich sehe so furchtbar schlecht, dass es mir nicht einmal aufgefallen ist.«

Köck langweilte sich langsam. Es hatte noch nicht neun geschlagen, und trotzdem war er seine Arbeit schon leid. Wie hatte er sich denn das Unterrichten in einer Dorfschule vorgestellt? Natürlich wurden hier nicht Spreu und Weizen getrennt wie an dem feinen Gymnasium, und war es nicht das, was ihn fasziniert hatte? Die kleinen, aber gar so natürlichen Geister hätte er doch so gern mit Wissenschaft füllen wollen, aber Karoline war nicht kleingeistig, sondern gar nicht geistig.

»Warum haben sie mir keine sehenden Kinder geschickt?«, entfuhr es Köck, und noch mehr ärgerte es ihn, dass Karoline wieder lachte.

»Die müssen natürlich arbeiten, was glauben Sie denn, warum nur ich hier bin?« Köck konnte sich das Mädchen tatsächlich schlecht an einer Dreschmaschine vorstellen (dass kein einziger Liebwieser auch nur von einer Dreschmaschine gehört hatte, wusste er da noch nicht. Abgesehen davon hätte Karoline auch mit einer Sense in den Händen eine gefährliche Figur abgegeben). Er seufzte laut, Karoline setzte sich wieder auf ihren Kinderstuhl und griff nach dem Buch, um es, mit der Nase das Papier berührend, »weiterzulesen«. Wie sie so dasaß und sich selbst vormachte, sie würde in aller Ruhe ein Buch lesen, wie jeder andere auch von Zeit zu Zeit ein Buch las, und ab und zu sogar laut auflachte über einen Witz, den sie nicht gelesen haben konnte, fühlte sich Köck schmerzhaft an sich selbst erinnert. Als sie letztendlich sogar umblätterte und ihr gespanntes Gesicht zwischen diesen neuen Seiten versenkte, stand er vom Lehrerpult auf und rief verzweifelt: »Irgendetwas musst doch sogar du können!«

Karoline senkte ihre Bibel, um wieder haarscharf an Köck vorbeizublicken, und murmelte: »Ja, singen kann ich ganz gut.«

»Ganz gut …« Köck zog etwas missgünstig eine Augenbraue hoch und einen Mundwinkel hinunter, und hätte er die Möglichkeit dazu gehabt, hätte er auch die Nase gerümpft.

Früher, an dem Bubengymnasium, war »ganz gut singen können« oft das schlagende Argument, mit dem sich faule Knaben die Versetzung erschummeln wollten. Die Schüler, die sich ihre akademische Zukunft vor allem ersingen, erringen und erbeten wollten (also durch gute und geschenkte Noten in Musik, Leibesübungen und Religionserziehung), hatte Köck nie gemocht und auch selten aufsteigen lassen. Nicht, weil er Musik tatsächlich für ein so wichtiges Fach gehalten hätte, sondern ganz grundsätzlich.

Allerdings wollte Köck ihr nicht weiterhin bei dem sinnlosen Versuch, eine französische Bibel zu studieren, zusehen. Also sagte er: »Ich würde dich sehr gerne singen hören, Karoline!«

»Wirklich?« Diesmal trafen sich ihrer und Köcks Blick zufällig. Obwohl ihre Augen so winzig waren, sahen sie nun aus wie runde Kinderaugen am Weihnachtstag.

»Ja, ja, wirklich! Sing nur!«

Karoline stand auf, langsam und vorsichtig, um nur ja das Buch nicht wieder auf den Boden zu werfen, und holte tief Luft.

Was nun passierte, würde Köck in seinem Leben nicht mehr vergessen. Schon mit dem ersten Laut, den Karoline von sich gab, war die Welt eine andere. Ihr Gesang war das Klarste und Wahrste, das Köck jemals mit seinen Sinnen erfasst hatte. Es war nicht Musik, es war eine ganze Herrlichkeit, die sich ihm offenbarte.

Das Lied war ein ländliches Jagdlied, das Köck noch nie gehört hatte und das für sich allein wohl auch keine meisterhafte Komposition darstellte, aber Karoline füllte die Höhen mit heißem Vibrieren, die Tiefen mit kühlem Hauch. Köck fragte sich nichts, er dachte nicht, er fühlte.

Im Kehrvers schlug das Lied von Dur in Moll um. Köck hätte es nicht für möglich gehalten, aber Karolines Stimme klang im wehmütigen Refrain noch sanfter und gleichzeitig noch voller, und plötzlich befand er sich wieder im Schützengraben. Der kalte Wind brannte an seinen Wangen, die über seinen Kopf hinweg gefeuerten Geschosse knallten in schrillem Stakkato, in der Ferne explodierte etwas, und dann, als Karoline zur zweiten Strophe ansetzte, ging mit einem dumpfem Laut ein Kamerad zu Boden, ein Freund, ja, ein Freund, und Köck stiegen die Tränen in die Augen. Karoline kam wieder zu dem traurigen Kehrvers, und diesmal sah Köck seine Frau vor sich, als junges Mädchen im weißen Hochzeitskleid, und er liebte sie, liebte sie unsagbar, dann sah er seine Großmutter, die warmen Apfelstrudel vor sein Kindergesicht stellte, das Totenbett seines Vaters, die graue kalte Hand in der seinen. Der letzte Schultag vor den Ferien.

Und dann verstummte Karoline. Köck erwachte aus dem Rausch, in dem er sich befunden hatte, und fand sich selbst schwitzend und mit verheulten Augen wieder, aber glücklich. Kurz besann er sich, dachte daran, wie peinlich die Situation gewesen sein hätte können, hätte Karoline ihn gesehen.

So also fühlte sich seine Belohnung an.

Er hatte wahre Gefühle, und der Gedanke, je wieder in einem Wirtshaus über Kriegseindrücke zu plaudern, wie andere über Liebschaften tratschten, schien ihm völlig absurd. Er atmete schwer, und als er begann, den Raum um sich herum wieder wahrzunehmen, schien die Sonne zur offenen Tür herein, und alles war golden, auch Karolines Gesicht. Ihr Gesicht war nicht nur hübscher, sondern schön.

»Nun … das Lied ist aus«, sagte sie etwas unsicher. Fast schuldbewusst setzte sie sich wieder auf den zu niedrigen Stuhl.

»Wo hast du so singen gelernt?«, fragte Köck, als er wieder einigermaßen in die Welt der Sprache zurückgefunden hatte.

»Ach, das lernt man einfach so …«, murmelte Karoline.

»Ich habe noch nichts einfach so gelernt, Karoline, nicht in dieser« – die deutsche Sprache hatte eigentlich kein Wort für eine solche Stimme – »Qualität.« Sie hob ihren Kopf wieder und lächelte breit. Selbst ihre schiefen Zähne waren jetzt schön.

»Danke«, sagte sie, und Köck musste beinahe lachen. Sie bedankte sich bei ihm, nach dem, was sie doch für ihn getan hatte. Jetzt schlug es neun. Gerade eben hatte Köck noch gerätselt, wie die Zeit so langsam verstreichen konnte, und jetzt wunderte er sich darüber: Er hatte Tage und Monate und Jahre erlebt, während der Minutenzeiger nur einmal gemütlich im Kreis gewandert war. Aber der Glockenschlag brachte ihn auch auf eine andere Idee.

»Mach doch fünf Minuten Pause«, sagte er zu Karoline, »und hinterher treffen wir uns in der Kirche, bei der Orgel, in Ordnung?« Karoline lächelte und nickte.

5

Als das Jahr älter wurde, fanden sich immer mehr Schüler in der Schule ein. Es waren Kinder, Jugendliche, aber auch Erwachsene. Ein einziges Haus zu heizen war kostengünstiger, als das ganze Dorf in Betrieb zu halten, und da die Tage kälter und die Arbeit fruchtloser wurde, drängten sie ins Klassenzimmer und opferten dem Kamin einige Stuhlbeine, um das Feuer am Lodern zu halten.

Köck nutzte diese Tage, um Lese- und Schreibunterricht abzuhalten, auch wenn er es ungern tat, denn lieber hätte er nichts als Gesang unterrichtet. Obwohl sich der erste Eindruck, den er nach Karolines Jägerlied gehabt hatte, nicht mehr in dieser magischen Wucht wiederholte, war er immer noch fasziniert von ihrem Talent. Und es passierte nicht selten, dass ihm die Tränen kamen, während er das junge Mädchen an der Kirchenorgel begleitete, und oft verspielte er sich dann oder kam ins Stocken, was eine heftige Wut in ihm auslöste. Er zerstörte mit seiner Stümperhaftigkeit nicht weniger als ein Stück Paradies. Noch mehr hasste er es, wenn Karoline sich dann verwirrt umsah und murmelnd entschuldigte, da sie vermutete, sie selbst hätte einen Fehler gemacht. Trotz dieser Zwischenfälle waren die Musikstunden mit Karoline die schönsten Stunden in Köcks Leben. Er schrieb seiner Frau einen Brief, in dem er neben der Scheidung auch ein paar Notenbücher aus seinem Haus einforderte. Die Notenbücher erreichten ihn einen Monat später zusammen mit einem notariell beglaubigten Scheidungsantrag. So konnte er Karoline immer neue Lieder zeigen, und sie war von jedem einzelnen begeistert.

Wenn Köck die anstrengenden Lese- und Schreibstunden hinter sich gebracht und einige Worte über das Zeitgeschehen und die politische Lage Europas (welche die Bevölkerung von Liebwies stets mit ungläubigem Kopfschütteln zur Kenntnis nahm) verloren hatte, veranstaltete er gerne ein kleines Konzert. Da den meisten Liebwiesern die Kirche zu kalt war, um häufiger als einmal in der Woche darin zu hocken, fanden diese Konzerte ohne Orgelbegleitung im Klassenzimmer statt. Köck musste sich eingestehen, dass kein Liebwieser in eine derartige Verzückung geriet wie er selbst, aber sie waren doch ausnahmslos begeistert, einige bezeichneten Karoline als »Engel«, und alle waren sich einig, dass diesem Mädchen eine Karriere von Weltklasse bevorstehen würde, wäre es nicht abgeschieden von ebenjener Welt geboren worden.

»Man müsste sie eben einmal in der Stadt vorführen«, sagte der Ortsvorsteher häufig.

Der Pfarrer hatte eine andere Idee: Köck sollte doch die Weihnachtsmesse musikalisch gestalten, und zwar mit Karoline als Solistin. Dass das Mädchen halbblind und aus genau diesem Grunde stets vom gesellschaftlichen Dorfleben ausgeschlossen gewesen war, kümmerte niemanden mehr. Auch Köck störte es nicht. Er versuchte sie trotzdem das Notenlesen zu lehren, und jeder kleine Erfolg, den sie mit ihrer Nase ins Notenbuch gedrückt erringen konnte, freute sein Herz aufrichtig.

Für den besagten Weihnachtsgottesdienst stellte er außerdem auch noch einen kleinen Chor aus Dorfmädchen zusammen, der Karolines Gesang als dünner Klangteppich untermalen sollte. Und hier trat nun das erste Mal die später so berühmte Sängerin Gisela vor Publikum auf: als blasses, blondes Mädchen, das die dünne Überstimme zum vollen Gesang ihrer älteren Schwester produzierte. Bei der Weihnachtsmesse mag sie keinem Einzigen aufgefallen sein. Nach dem Gottesdienst feierte man Karoline, und Gisela stand bei ihrer Schwester eingehakt und lachte am heitersten von allen.

Der Weihnachtsgottesdienst war aber nicht nur für Karoline, sondern auch für Köck ein großer Erfolg. Er kümmerte sich nicht weiter um die vielen Hände, die ihm anerkennend auf die Schulter klopften, oder den tosenden Applaus, der erschallte, als er nach Beendigung der Messe vor die Kirche trat, wo trotz Eiseskälte noch immer das ganze Dorf versammelt stand, um seine Begeisterung über Köcks Orgelspiel kundzutun. Unter ihnen stand auch Karoline und klatschte heiter mit, als hätte sie selbst überhaupt nichts zu der Musik beigetragen. Köcks Gesicht war rot und heiß, als er sich den Weg durch die Masse bahnte, aber nicht aus Freude über die Komplimente, und schon gar nicht aus Scham. Ihm war etwas eingefallen. Während er an der Orgel gesessen und »Oh du fröhliche« gespielt hatte, und Karolines klare Stimme durch die winzige Kirche gehallt hatte, als wäre diese ein Dom, traf ihn ganz plötzlich eine Idee, genauso wie damals, als er beschlossen hatte, nach Liebwies zu gehen. Diesmal aber war es keine Verkettung von Zufällen, sondern einfach eine Idee, die ihm ganz von selbst gekommen war, vielleicht sogar durch die Palette seiner neuerworbenen Emotionen erzeugt. Ihm kam es so vor, als hätte Karoline selbst ihn darauf gebracht, als hätte sie laut und deutlich gesungen: »Wagenrad, Wagenrad.«

6

Christoph Wagenrad war ein alter Freund Köcks. Er hatte mit Köck zusammen in der Stadt Musik studiert, es aber viel weiter gebracht. Dabei hatte er nicht einmal eine Stelle an einem Gymnasium, geschweige denn an einer Hochschule oder an einem Konservatorium. Im Grunde war er arbeitslos. Und doch war der Name Wagenrad in der Stadt und eigentlich auch im ganzen Land bekannt.

Das lag einerseits daran, dass Wagenrad schon als Sohn berühmter Eltern auf die Welt gekommen war; beide hatten an der Hofoper gesungen. Andererseits hatte er klug geheiratet. Seine Frau war die weltberühmte ungarische Pianistin Ilona Kiss gewesen. Ihre Vermählung war durch alle europäischen Klatschspalten gewandert und hatte den Namen Wagenrad noch berühmter gemacht. Um die Zeit der Hochzeit herum hatte Köck den Kontakt zu seinem ehemaligem Studienkollegen abgebrochen. Köck hatte nie ein Problem mit Konkurrenz gehabt, jedoch sehr wohl mit Menschen, die etwas bekamen, was seiner Meinung nach ihm selbst viel eher zugestanden hätte. Die bildhübsche Ilona Kiss war so ein Fall, und als er bemerkte, dass die Ehe allem Anschein nach auch noch harmonisch verlief und Wagenrad selbst plötzlich als größter Musikexperte gehandelt wurde, obwohl Köck an der Universität immer die besseren Noten gehabt hatte, ließ er die Freundschaft unauffällig ausklingen, ohne dass Wagenrad es wohl jemals bemerkt hatte.

Aber der Erfolg des Ehepaars Wagenrad wurde Köck von den Zeitungen ständig unter die damals noch vollständige Nase gerieben, und vor allem deren Großzügigkeit. Ilona Wagenrad hatte selbst jedes Jahr ein bis zwei jugendliche Musiker ausgesucht, deren Ausbildung am Konservatorium sie bezahlten. Zu zweit organisierten sie Jugendkonzerte in den wichtigsten Sälen und hatten schon viele Namen groß gemacht, die Köck dann zerknirscht in seinen Musikstunden erwähnen hatte müssen.

Kurz nach Kriegsende (Köck hatte es natürlich erst viel später gelesen) machte eine letzte Meldung das Ehepaar Wagenrad betreffend die Runde: »Die gefeierte Pianistin und passionierte Förderin der Jugend, Ilona Wagenrad, geb. Kiss, hat nach langer, schwerer Krankheit das Zeitliche gesegnet.« Sie war an viel zu spät erkanntem Brustkrebs gestorben. Köck hatte, als er davon erfuhr, kein Kondolenzschreiben verfasst.

Während dem Weihnachtsgottesdienst aber war ihm sein früherer Kollege Christoph Wagenrad eingefallen. Er hatte wieder die Zeitungsartikel vor Augen gehabt und ohne jede Wut oder Eifersucht nun auch an die schöne Ilona gedacht und an Christoph mit dem ruhigen, besonnenen Lächeln.

Die Frau ist nun leider tot, aber den Mann müsste man dazu bringen, sich Karoline doch wenigstens einmal anzuhören!, hatte Köck sich gesagt und war sich dabei völlig sicher gewesen, dass Wagenrad von dem Mädchen ebenso beeindruckt sein würde wie er selbst. Wenn er nur hoffentlich immer noch begeisterter Mäzen ist und diese Leidenschaft nicht mit seiner Frau im Grab liegt ... Wie immer, wenn Karoline sang, hatten sich seine Gedanken verworren und in ein und demselben Moment geklärt.

Als er jetzt aber aus der Kirche schritt, war er noch ganz

eingenommen von seinen Gedanken und konnte nicht einmal ruhig mit dem Pfarrer und dessen Köchin beim Weihnachtsschmaus sitzen. Mit irgendeiner Ausrede entschuldigte er sich und rannte hinauf in sein Zimmer, um einen Brief an Christoph Wagenrad zu verfassen. Den ersten Entwurf verwarf er wieder. Mit keinem Wort hatte er Ilonas Ableben bedauert, und wenigstens das gehörte sich ja doch. Den zweiten Brief begann er mit: »Mein lieber Christoph, ich wünsche herzliches Beileid«, und kam dann sofort und ohne jede Umschweife auf Karoline zu sprechen. »Ich kenne ein singendes Wunderkind«, schrieb er, und: »noch nie dagewesen!«, und: »Am 1. Mai gedenke ich ein Kirchenkonzert in der St.-Anna-Kirche in Liebwies zu geben, und da wird sie die Arien und Lieder der größten Meister solistisch darbieten, und Du wirst aus dem Staunen nicht mehr hinauskommen, mein Freund!«

Köck war nie ein großer Literat gewesen, und er wusste, dass sein Text mehr den Charakter einer billigen Reklame denn eines Briefes an einen alten Bekannten hatte. Trotzdem lächelte er selbstzufrieden, als er den Umschlag zugeklebt und zu Händen Wagenrads an das städtische Konservatorium adressiert hatte. Zwar wusste Köck nicht, ob Wagenrad sich noch häufiger dort aufhielt, aber man musste ihn doch in jedem Fall noch kennen, und so würde der Brief ihn schon auf irgendeine Art und Weise finden.

Den Termin des Konzertes hatte Köck ganz willkürlich festgelegt, die ganze Idee zu einem weiteren Kirchenkonzert war ihm überhaupt erst während des Schreibens gekommen. Schließlich war das die einzige Möglichkeit, Wagenrad von Karolines Talent zu überzeugen. Ganz am Ende hatte Köck noch eine Wegbeschreibung nach Liebwies angehängt, es war ja nicht anzunehmen, dass Wagenrad dieses Dörfchen kannte, geschweige denn den Weg dorthin.

Nach den Weihnachtsfeiertagen machte Köck sich mit dem Brief auf den Weg. Aufgeregt wie ein Schulbub am Wandertag ließ er sich morgens von der Pfarrersköchin Brot und Wurst in seine Tasche packen und ging los, sobald die Sonne aufgegangen war. In seinem Eifer hatte er vergessen, den Unterricht abzusagen. So saß an diesem Morgen ein buntes Häufchen Liebwieser in der alten Schule und wartete. Allerdings warteten sie nicht allzu hart, denn im Grunde fanden sie das Lesen etwas zu mühsam, um Sinn zu machen.

Weil er diesmal keine Umwege machte, erreichte Köck das Karlsberger Postamt schon am übernächsten Tag vor Mittag, früher als es ihm die Liebwieser prophezeit hatten. Mit heißem, hochrotem Kopf kaufte er eine Briefmarke bei dem Postfräulein, das dem Bahnhofsfräulein unglaublich ähnlich sah. Überhaupt sehen so Fräuleins sich immer ähnlich, dachte Köck. Und vielleicht war es ja Karolines wahre Schönheit, eben nicht so auszusehen wie jede beliebige Dame, bei der er irgendetwas kaufte. Er konnte Karoline auch nicht vergessen, während er die Briefmarke leckte. Noch nie hatte er mit so viel Liebe eine Briefmarke geleckt. Es waren wunderliche Gedanken, die ihm da kamen, Gedanken, die er nicht mehr gehabt hatte, seit er ein Jüngling gewesen war, und vielleicht noch in der ersten Zeit mit seiner Frau. Aber wenn er es sich recht überlegte, war es damals doch ganz anders. Er war schließlich ein anderer Mensch gewesen, und erst Karoline hatte ihn aus diesem grauen Leben erweckt, und nun wusste er mit den vielen, neuen Farben noch nicht recht umzugehen. Das war seine zweite Pubertät.

Die Zukunft wird es weisen, sagte er sich, während er den Brief in das Postkästchen gleiten ließ. Würde Wagenrad Karoline in das Konservatorium aufnehmen, so würde Köck sie als Schülerin verlieren, und der Gedanke quälte ihn. Und bald ärgerte er sich auch darüber, Wagenrad in dieses gottverdammte Dorf eingeladen zu haben. Warum hatte er nicht angeboten, Karoline in die Stadt zu bringen? In einem richtigen Konzertsaal musste ihre Stimme ja noch besser zur Geltung kommen, und außerdem würde Wagenrad nach der langen Anreise ohnehin missgestimmt sein. Wenn er denn überhaupt kommen würde! Ganz kurz überkam Köck sogar eine gewisse Freude darüber, dass Karoline niemals aus dem Dorf geholt werden würde, aber im nächsten Moment schämte er sich für seinen Egoismus.

Als er wieder in Liebwies ankam, war er sich sicher, Karolines Karriere nicht einen Zentimeter weitergebracht zu haben, und fühlte sich sogar, als hätte er sie vollständig zerstört. Jedes Mal, wenn er Karoline sah, spürte er einen Stich im Herzen, und er war direkt froh, dass sie sich niemals in die Augen schauen konnten.

Es wurde Frühling und das Klassenzimmer wieder leerer, die Feldarbeit schwerer, und manchmal führte er Karoline für Konzerte auf die Äcker hinaus, wo sie den Bauern und Bäuerinnen mit ihrem Gesang die Arbeit leichter machte. Das war schließlich alles, was er für sie tun konnte. Es gab auch Kirchenkonzerte an Sonntagen, bei denen manchmal der kleine Chor auftrat, unter den Sängerinnen unbemerkt wie immer Gisela. Mit der Zeit wurde Köcks Gram kleiner, und er konnte sich wieder aufrichtig freuen, Karoline zu sehen. Er machte vage Zukunftspläne, über die er natürlich mit niemandem redete. Aber obwohl er nicht mehr ganz jung war, war er doch jung genug, sich als geschiedener Mann wiederzuverheiraten. Die halbe Nase natürlich war ein Hindernis, aber wenn seine Frau nun so schlecht sehen würde, dass sie … und viel mehr wagte er gar nicht mehr zu denken, weil er sich dann wieder an die Briefmarke erinnern musste.

Ende März erreichte ihn ein Brief. Ein Bote aus Karlsberg war dafür eigens mit dem Fahrrad nach Liebwies gekommen, und die Pfade zwischen den beiden Dörfern waren wahrlich keine Radwege. Die Pfarrersköchin servierte dem völlig erschöpften Postmann sofort eine deftige Jause, und der Pfarrer setzte sich dazu.

Der Brief geriet dabei fast in Vergessenheit, erst kurz vor dem Gehen schlug sich der Bote noch mit der flachen Hand auf den Kopf und händigte das Schreiben an Köck aus, der gerade von der Schule gekommen war.

»Ein Brief aus der Stadt, sieh mal einer an. Hat die reinste Odyssee hinter sich. Wussten Sie, dass es im Umfeld ganze vier Herren Köck gibt? Unglaublich, nicht wahr? Ich wette, jeder einzelne war schon im Besitz dieses Umschlags, und jeder hat ihn wieder auf die Post zurückgetragen«, sagte der Bote in atemberaubenden Tempo, bevor er sich wieder auf den Drahtesel schwang und zwischen den Bergen verschwand.

Es war ein Brief von Wagenrad und bestand nur aus einer einzigen, außerordentlich eng zusammengeschriebenen

Zeile. Sie lautete: »Lieber Walther! Ich freue mich, am 1. Mai dem Konzert Deiner Schülerin Karoline beiwohnen zu dürfen. Mit freundlichen Grüßen, Christoph.«

7

Obwohl Köck bei Gott viele schlimme Tage erlebt hatte, war der 30. April dieses Jahres mit Abstand der schlimmste seines Lebens.

Das Wetter war herrlich, die Sonne brannte geradezu sommerlich aufs Dorf herunter, und die Kinder, die nicht zum Begleitchor abkommandiert worden waren, badeten fröhlich im winzigen Dorfsee und bedauerten ihre musikalischeren Kollegen. Köck hatte den Chor der Weihnachtsmesse sogar noch ausgebaut: Außer den Mädchen sang nun auch eine Gruppe Knaben, und einige Bauern hätten die Bassstimme einstudieren sollen. Die Männer, erst begeistert von der Idee, hielten Abende im Wirtshaus, an denen zu später Stunde Sauflieder erklangen, allerdings für vollwertige Chorproben. Also verwarf Köck die Idee vom donnernden Bass wieder und konzentrierte sich auf die hellen Kinderstimmen, die mehr plärrten denn sangen und zwischendurch in schrilles Gelächter ausbrachen. Die Augen der Chorknaben konnten nicht am Taktstock bleiben, was nicht einmal eine Schande war, da das Mädchen, das Köck zum Dirigenten bestimmt hatte, damit nur hilflos auf und ab fuchtelte und schließlich unliebsame Schulkolleginnen in den Hintern stach. Also verabschiedete sich Köck auch von der Dirigentin und versuchte nun von der Orgel aus selbst zu dirigieren. Wer ihn dabei überhaupt beachtete, brach in lautes Lachen aus, da Köck verdreht wie ein Waschlappen, der ausgedrückt wurde, auf dem Schemel hockte, mit der linken in die Tasten hämmernd, mit der rechten wild den Takt wedelnd und vor Nervosität schon purpurrot im Gesicht.

Diese ärgerlichen Chorproben fanden immer am Nachmittag statt, den Vormittag aber widmete Köck allein Karoline. Die Schulstunden waren für den gesamten April abgesagt worden, um die Solistin für den 1. Mai in Topform zu bringen, und niemanden störte es.

Das Finale musste ein Mozart sein, so viel war sicher. Die Verbindung zweier solcher Wunderkinder musste selbst Wagenrad, der in seinem Leben ohne Frage viele gute Stimmen in hübschen Arien gehört hatte, von Grund auf begeistern. Und so biss sich Köck mutig durch die Chorproben, in der vollen Überzeugung, in jedem Fall Erfolg zu haben.

Alles änderte sich in der Nacht auf den 1. Mai. Köck lag wach in seinem Bett und konnte nicht schlafen.

Schließlich hielt er es nicht einmal mehr aus, ruhig zu liegen, sondern musste in seinem kleinen Zimmer auf und ab wandern, strich dabei sein bartloses Kinn und grübelte. Freilich, dachte er, ich kleiner Musiklehrer bin leidlich zufrieden, weil sie besser singt als die meisten Burschen am Gymnasium. Dazu muss man aber noch lange kein Wunderkind sein. Er erschrak über seine eigenen Gedanken, denn bisher hatte ihm sein Glaube an Karoline als Religion gegolten. Nun aber zweifelte er. In seinem Kopf ertönten plötzlich die Stimmen jener großen Sängerinnen, die er so oft auf Schallplatten oder bei Konzerten gehört hatte, Adelina Patti, Irene Abendroth und viele andere, und er fragte sich, ob Karoline im direkten Vergleich standhalten könnte. Den Rausch der ersten Begegnung hatte er vollkommen vergessen. Nun glaubte er sich zu erinnern, dass Karoline an diesem Morgen in der berühmten Arie des Cherubino, »Neue Freuden, neue Schmerzen«, einen Hochton nicht erwischt hätte, und das, obwohl diese Arie doch wirklich keine schwierigen Höhen besaß. Überhaupt hatte er leichte Literatur gewählt, Lieder und Arien, die eine Patti wohl noch mit Kehlkopfentzündung solide dargeboten hätte. Freilich, die Patti war ein Weltstar, und niemand wusste, wie sie vor ihrer Ausbildung gekrächzt haben mochte.

Aber andererseits, versuchte Köck sich zu beruhigen, als er nun zum wiederholten Male am Kaiserporträt vorbeiwanderte, das ihn von der Zimmerwand aus beobachtete, hat Wagenrad selbst ja schon einige junge Damen entdeckt, die völlig ohne Ausbildung dahergekommen sind, geradeso wie meine Karoline. Allerdings waren es ansehnliche Damen gewesen, mit zwei gesunden Augen.

Wieder schossen Köck Stimmen durch den Kopf, diesmal die von Wagenrads Entdeckungen, und sie alle schienen ihm viel klarer und feiner als die seines eigenen kleinen Funds.

Köck warf sich auf sein Bett und war den Tränen nahe. Er wollte das Konzert absagen, er musste das Konzert absagen! Er könnte Karoline erzählen, der berühmte Musikexperte aus der Stadt sei plötzlich erkrankt … Aber dann würde Wagenrad im Dorf auftauchen, und die Lüge wäre aufgedeckt. Wagenrad eine Absage zukommen zu lassen war freilich auch nicht mehr möglich, er musste ohne Frage schon losgefahren sein, und so war es nicht nur unhöflich, sondern sogar unmöglich, ihn zurück in die Stadt zu schicken.

In solcherlei Ausweglosigkeit verstrickt lag Köck regungslos da, bis die St. Anna gewissenhaft wie immer um Mitternacht den neuen Tag einläutete. Zwölf dumpfe Glockenschläge, die sich direkt in Köcks Kopf einhämmerten. Die ersten elf quälten ihn, der zwölfte aber weckte ihn aus seiner Verzweiflung. Er hatte eine Idee. Unter dem strengen Blick des Kaisers zog er schnell den Mantel über sein weißes Nachthemd und schlüpfte in seine Stiefel. Er nahm sich nicht die Zeit, eine Hose anzuziehen, auch vergaß er darauf, seine etwas lächerliche Schlafmütze mit dem langen Zipfel abzusetzen. So wehte seine Mütze hinter ihm her wie ein Brautschleier, als er so schnell und leise wie möglich die knarrenden Stiegen des Pfarrhauses hinuntereilte.

Die Haustür schloss er noch vorsichtig hinter sich, dann aber rannte er, wie er nur rennen konnte, an Schule und Kirche vorbei auf den kleinen Hügel, auf dem ein etwas verwahrlostes Bauernhaus stand. Es war eine große Holzhütte, und die Außenwände hatten eine dunkle, fleckige Farbe, als wären sie permanent feucht. Die Fenster waren nicht verglast, nicht mehr als winzige Gucklöcher, die kaum Licht, dafür aber auch kaum Kälte in die Stuben ließen. Köck war schon öfter daran vorbeispaziert, allerdings noch nie eingetreten. Der Weg zum Eingang war mit Hühnerkacke gepflastert, weshalb Köck froh war, wenigstens an die Stiefel gedacht zu haben.

An der Haustür angekommen, hielt er kurz inne, um zu horchen. Nichts zu hören, vermutlich schliefen alle Bewohner gerade, wie es sich um diese Zeit ja eigentlich gehörte.

Köck klopfte an. Niemand schien ihn zu hören, keiner öffnete. Erst nach dem dritten oder vierten Klopfen ertönten plötzlich laute, schwere Schritte, und schließlich wurde die Tür aufgerissen.

Vor Köck stand eine große, breitschultrige Bäuerin, die nichts am Körper trug als einen Säugling an der Brust, der genüsslich vor sich hin saugte. Was Köck zu wenig an Nase hatte, hatte die Bäuerin zu viel, ihre Nase schien bemüht, das linke mit dem rechten Ohr zu verbinden, und im flackernden Licht der Öllampe, die sie in der anderen Hand hielt, wirkte sie in ihrer ganzen Nacktheit und trotz dem Kindchen bedrohlich.

»Bitte?«, fragte sie mit lauter, tiefer Stimme.

Köck kannte Karolines Mutter natürlich. Auch sie hatte in den kalten Winterstunden im Schulzimmer gesessen und sich wenig interessiert am Unterricht beteiligt, Glückwünsche zu ihrer musikalischen Tochter hatte sie stets mit Bescheidenheit entgegengenommen und war ansonsten nicht besonders aufgefallen. Nur schien sie die Mutter fast aller Kinder des Dorfes zu sein, neben Karoline, Gisela und dem Säugling hatte sie sicherlich noch etwa fünf Knaben und fünf Mädchen, wenn nicht gar mehr. Köck wusste nicht, ob sie alle selbst geboren oder auch einige aufgenommen hatte, allerdings fragte er sich, wie sie all die Kinder in diesem alten Bauernhaus unterbringen konnte. Sie musste sie wohl im Hinterzimmer stapeln, wie er die Notenblätter in seinem Schreibtisch, dachte er.

»Bitte?«, fragte sie noch einmal, diesmal schon sichtlich genervt. An der doch eigentlich absurden Situation, Köck im Nachthemd und mit Zipfelmütze, sie selbst nackt und stillend kurz nach Mitternacht an ihrer Haustür, schien ihr nichts weiter ungewöhnlich. In Liebwies gehen die Uhren eben anders, ganz anders, dachte Köck, und er wagte nicht, aufzublicken. Die Frau schien das aber als Unhöflichkeit aufzufassen, sie schnaubte verärgert, und Köck waren alle Worte entfallen. Er stand nur da, den Kopf immer noch gesenkt.

»Gut, ich hol dir die Karoline, wenn du mit mir nicht sprechen willst«, sagte die Bäuerin schließlich mit gereiztem Tonfall und war gleichzeitig schon dabei, mit dem Knie die Tür zuzuknallen. Da fiel Köck wieder ein, was er sagen hatte wollen: »Nein, bitte weck mir die Gisela auf. Ich brauche Gisela.« Die Bäuerin zog die Augenbrauen hoch, zuckte mit den Schultern und schlug die Tür zu. Kurz waren Schritte zu hören, dann nichts mehr. Köck trat von einem Bein auf das andere. Er dachte, die Mutter hätte sich wieder schlafen gelegt und müsste die nächtliche Störung für eine Art Streich halten.

»Ja bitte?« Gisela war in ihre Tuchent gehüllt, die sie mit einer Hand eifrig festklammerte. Die meisten Liebwieser besaßen kein eigenes Nachtgewand, höchstens ein Wollhemd für den Winter, sobald es aber wärmer wurde, wurde wieder nackt geschlafen. Giselas Mutter, die verheiratete, ältere Frau, hatte ihrer eigenen Meinung nach wohl keinerlei Verhüllung mehr nötig, wollte sie nachts jemand sprechen und wäre es vielleicht nicht gerade der Pfarrer. Wohl aber sollte die junge, schöne Tochter ihre Scham verbergen, erst recht, da ein geschiedener Mann vor der Tür stand.

Köcks Scheidung war den meisten Liebwiesern ohnehin nicht recht. Was Gott verbunden hatte, sollte man nicht trennen, fanden sie, und Köcks zahlreiche Einzelproben mit Karoline waren ihnen auch nicht geheuer. Karolines Mutter nun fand, dass, wenn der Herr Lehrer schon eine ihrer Töchter entehrte, es auch bei dieser einen Tochter bleiben sollte.

Köck allerdings fiel heute zum ersten Mal auf, dass Gisela sagenhaft schön war. Das flackernde Öllampenlicht, das ihre Mutter gespenstisch wirken hatte lassen, gab ihr die anmutige Blässe eines Burgfräuleins oder gar einer Königin. In jungen Jahren hatte Köck eifrig das »Nibelungenlied« gelesen, davon geträumt, selbst der kühne und fast unbesiegbare Ritter Siegfried zu sein. Jetzt erinnerte er sich wieder an seine Phantasien und wie haargleich Gisela wie die Kriemhild seiner Träume aussah. Und das mitten in der Nacht, in kariertes Bettzeug gehüllt. Köck wunderte sich, warum ihm diese Schönheit nie aufgefallen war, aber er hatte sie ja niemals ohne Karoline gesehen. Dann hatte er seine Aufmerksamkeit, noch benommen von dem Gesang, immer nur Karoline allein geschenkt.

»Guten Abend …«, stammelte Köck.

»Abend«, antwortete Gisela. Nun musste sich Köck wieder sammeln. Immerhin war er nicht gekommen, um Giselas Gesicht zu bewundern, sondern um Karolines und damit auch sein Konzert zu retten.

»Gisela, hör zu. Ich habe mir etwas überlegt. Du sollst morgen auch ein großes Solo singen, gleich zu Beginn, als Einstimmung auf den Abend, ja? Wir müssen nur gleich proben, also zieh dich an und komm zur Kirche, ich warte dort!«

Bevor Gisela etwas erwidern konnte, eilte Köck schon

wieder mit wehender Zipfelmütze davon. Er hatte direkt Angst, sie würde ihm absagen. Denn auch wenn einige Mitglieder des Mädchenchors recht hübsch singen konnten, fiel ihm keine ein, die bei diesem großen Konzert ein ganzes Solostück hätte darbieten können. Eigentlich konnte auch Gisela es nicht wirklich. Zwar traf sie die Töne meistens, doch ihre Stimme war dünn wie ein Seidenfaden und in den Höhen schrill. Aber gerade deswegen brauchte er sie ja.

Wagenrad sollte hören, wie ein ganz normales Mädchen vom Land klingt, und daraufhin die unglaublich stimmkräftige Karoline präsentiert bekommen, und dann müsste seine Entscheidung ja eindeutig ausfallen.

Zurück im Pfarrhaus, zog sich Köck etwas angemessener an (im Nachthemd eine Kirche zu betreten wäre wohl noch schlimmer als eine Scheidung) und machte sich mit den Noten für Schuberts »Ave Maria« auf den Weg zur St. Anna.

Obwohl Köck ein großer Bewunderer Schuberts war, war er mit dem »Ave Maria« nie ganz warm geworden, und dass es damals auf seiner Hochzeit gleich drei Mal erklingen hatte müssen, schien ihm heute ein Vorzeichen gewesen zu sein. Es hatte etwas übertrieben Süßliches, fand er, aber für seine Zwecke war es genau richtig.

Als Köck nun die Kirche betrat, bimmelte die Glocke schon das Ende der Geisterstunde ein, und Gisela wartete in ihrem braunen, viel zu kurzen Trachtenkleid auf Einlass. Köck fiel ein, dass er Karoline und Gisela niemals in ihren Alltagskleidern auftreten lassen konnte. Wie die meisten Liebwieser hatten sie nur zwei Stück davon: eines für den Winter und eines für den Sommer, und mit der Zeit waren diese steif vor Schmutz geworden. Jetzt war es zwar erst

Frühling und das Sommerkleid somit fast frisch aus der Wäsche, aber doch hatte es schon einen ganz eigentümlichen, ländlichen Geruch an sich haften.

Außerdem waren Karolines zottelige Zöpfe einem Herrn Wagenrad ebenso wenig zuzumuten wie Giselas unregelmäßiger Kurzhaarschnitt. Irgendwann im letzten Herbst hatten sich nämlich Läuse in ihren Locken verfangen, ihre Mutter hatte ihr daraufhin einen Topf aufgesetzt und mit der Schere rundherum geschnitten. Ein halbwegs erfahrener Friseur würde das aber schon noch zu richten wissen.

Natürlich gab es auch in der Kirche kein elektrisches Licht, Köck und Gisela mussten sich mit dem schwachen Licht der Gaslampe begnügen. Es reichte nicht zum Notenlesen, aber Köck kannte das »Ave Maria« auswendig, und Gisela konnte ohnehin weder Noten noch wirklich sinnerfassend Sätze lesen. Daher sang Köck immer einen Teil vor, den sie dann nach Gehör wiederholte. Zuerst ging es nur schleppend voran, sie merkte sich weder den Text noch die Melodie, und erst als es zwei, drei Uhr wurde, sang sie das Lied doch einigermaßen flüssig. Natürlich klang es nicht besonders hübsch, aber das sollte es ja auch gar nicht.

8

Gegen fünf Uhr hatte Köck Gisela und sich selbst zu Bett geschickt, aber um kurz nach sechs schon krächzten die Hähne, und die Menschen kamen aus ihren Häusern gekrochen. Auch Köck selbst, der sonst oft noch gerne etwas länger liegen blieb, sprang aus dem Bett, und da er schon angezogen war (er war nach der nächtlichen Chorprobe, so wie er gerade war, sofort eingeschlafen), rannte er gleich hinaus, um seine Schützlinge einzusammeln und vor allem einzukleiden.

Nun gab es in Liebwies zwar eine alte Schneiderin, diese jedoch hatte kaum Stoff im Haus, und das nächste Geschäft lag natürlich in Karlsberg, also wäre da nichts mehr zu machen gewesen. Köck konnte sie aber dazu überreden, aus zwei Tischtüchern, welche die Pfarrersköchin zur Verfügung stellte, Kopf- und Schultertücher für die Choristen zu schneidern, damit sie wenigstens ein wenig sauberer und einheitlicher daherkamen. Für die Kleider der Solistinnen aber beging er eine schwere Sünde: Er klaute der Marienstatue den Gnadenmantel. Es war eine für eine so kleine Kirche recht große und aufwendige Figur, in ein echtes Purpurtuch gehüllt, das mit Goldfäden bestickt war. Nun war die Maria darunter natürlich nicht nackt, ihr Körper jedoch ein etwas lieblos rot bepinseltes Stück Holz. Aber er könnte die Kleider nach dem Konzert ja wieder auflösen und die Stofffetzen zusammennähen, um Maria ihren Mantel zurückzugeben.

Die Schneiderin selbst jedenfalls fragte nicht lang und stellte eine hohe Rechnung für zwei purpurne, sackartige Ballkleider aus, die Köck mit Freuden bezahlte. Friseur gab es natürlich auch keinen, jedoch erklärte sich die Schneiderin bereit, sich auch um die Frisuren zu kümmern. Gisela schnitt sie die Haare nur etwa gleich lang, und ihre Locken kringelten sich sofort, als hätte man ihr eine teure Dauerwelle verpasst. Karoline hingegen wurden die langen Zöpfe mit vielen Nadeln und Blumen am Hinterkopf festgesteckt.

Und als Köck nun mit seiner Truppe, allesamt mit weißen Kopf- und Schultertüchern, und den beiden in Purpur gekleideten Schwestern zur Generalprobe schritt, hatte er das Gefühl, eine wirklich edle und würdige Gemeinschaft gegründet zu haben.

Köck hatte mit Wagenrad keinen genauen Zeitpunkt ausgemacht. Er konnte jederzeit eintreffen. Allerdings konnte es ebenso gut sein, dass er auf die Einladung vergessen hatte, oder noch schlimmer: dass seine kurze Antwort nur eine Art Scherz gewesen war. Aber nein, dachte Köck, dazu ist er nicht der richtige Typ, er ist ja Gott sei Dank schon immer und allgemein ganz humorlos gewesen. Trotzdem konnte er die dauernden Fragen der Chorkinder, wann der hohe Gast nun endlich eintreffen würde, nicht mehr hören. Karoline und Gisela verhielten sich aber ruhig, geradezu besonnen. Gisela beschrieb ihrer älteren Schwester, wie lächerlich die heilige Maria ohne ihren Mantel aussah, und Karoline lachte darüber. Sie schien keine Ahnung davon zu haben, wie wichtig der heutige Tag für ihre Zukunft sein könnte. Köck kannte all die Schauermärchen über junge Damen, die an ihrem großen Tag plötzlich vor Aufregung aus den Schuhen kippten. Diese Gefahr bestand weder bei Karoline noch bei Gisela, wohl aber bei Köck selbst, der seine Sänger nun immer wieder durch das Programm jagte, dabei Karoline freilich schonte, aber in jeder Minute, die Wagenrad eventuell näher an das Dorf Liebwies brachte, einen Grad nervöser wurde.

Am späten Nachmittag schickte er schließlich alle nach Hause, damit sie »rasten« könnten; in Wahrheit war er sich aber sicher, dass Wagenrad nicht mehr auftauchen würde.

Er konnte weder Karoline noch Gisela in das lachende Gesicht sehen, als er an ihnen vorbeihastete und sich im Pfarrhaus auf sein Bett warf. Er war übermüdet und schlief sofort ein, wobei sein Schlaf einer Ohnmacht glich, tief und traumlos.

Geweckt wurde er erst wieder am späten Abend durch das Geschrei eines Jungen: »Er ist hier! Er ist angekommen!« Köck hetzte die Treppen hinunter. Das ganze Dorf war schon in Aufruhr, auch der Pfarrer und die Pfarrersköchin waren gerade auf dem Weg hinaus, und von den umliegenden Hügeln strömten die Menschen hinunter, um den Gast zu betrachten. Jedoch galt ihre Aufmerksamkeit weniger dem Gast selbst als dessen Gefährt.

Christoph Wagenrad hatte einen großen Umweg über einen halbwegs befahrbaren Weg nehmen müssen, denn er war in einem Automobil angereist. Um die Jahrhundertwende herum gebaut, war das Vehikel eines der ersten seiner Art und glich mehr einer pferdelosen Kutsche. Der Chauffeur saß vorne erhöht auf einem Art Kutschbock, der mit einem riesigen Lenkrad ausgestattet war und sich nicht ohne beträchtlichen Muskelaufwand steuern ließ. Um Wind, Wetter und den kaum vorhandenen Straßen zu trotzen, war der Fahrer angezogen wie ein abenteuerlicher Pilot: mit Ledermütze, Brille und Handschuhen. Der hintere Teil war ein geschlossenes Wagenabteil ohne Fenster, in dem sich wahrscheinlich Christoph Wagenrad befand und kräftig durchgeschüttelt wurde.

Für Liebwieser hatten die Fahrräder der Postboten, die gelegentlich aus Karlsberg gefahren kamen, bisher das höchste der technischen Gefühle dargestellt.

Dass sie jetzt nicht in Todesangst vor dem selbstfahrenden Gefährt flüchteten, lag daran, dass Köck diese sogenannten Automobile in einer seiner Schulstunden erwähnt und dafür ungläubige Fragen und sogar etwas Spott geerntet hatte. Nun aber war seine Geschichte bewiesen: Es gab Kutschen, die sich unter dem ständigen Ausschuss grauen Rauches selbst fortbewegten, und eine davon fuhr gerade über den Dorfplatz von Liebwies.

Köck musste sich mit Ellbogenkraft durch die staunende Masse drängen, die dem Wagen nun den Weg abgesperrt hatte und dem Fahrer lauthals Fragen zurief, wie so etwas denn funktioniere, für was das gut wäre, wenn man doch Ochsen hätte und so weiter. Der Fahrer beantwortete diese nur vor sich hin murmelnd, sodass er von den Dorfbewohnern gar nicht verstanden werden konnte. Das war diesen aber wiederum egal, da sie ohnehin lieber immer neue Fragen schrien. Als Köck sich nach vorne geboxt hatte, öffnete sich die Tür des Wagens.

Da plötzlich verstummten alle mit einem Mal. Eine seltsam traurige Stimmung fiel über das ganze Dorf herein.

Was ein einsamer Dichter in Worten und eine tragische Oper in Musik beschreibt, stand im Gesicht des Christoph Wagenrad. Er war ein schöner Mann Mitte fünfzig, und, wie man so sagte, gut gealtert, denn in jüngeren Jahren mochte er etwas kantig, etwas seelenlos ausgesehen haben. Doch nun zierten tiefe Falten sein Gesicht. Sie störten sein Erscheinungsbild nicht, sondern strahlten etwas aus, das die Stärke besaß, einen ganzen Menschenauflauf mit einem Schlag melancholisch zu stimmen. Seine blauen Augen hatten einen stumpfen, tragischen Ausdruck. Er lächelte zwar, aber auch sein Lächeln war traurig, wie einer lächelt, der bereits mit dem Leben abgeschlossen hat und nun lethargisch dem Tod entgegenblickt.

Köck hatte seinen Kollegen Wagenrad schon eine halbe Ewigkeit nicht mehr gesehen, und er erschrak, wie sehr dieser gealtert war, wohingegen er selbst sich, bis auf die Nase natürlich, in den letzten dreißig Jahren kaum verändert hatte. Wagenrad hatte eisgraues Haar und war spindeldürr, sein großer Zylinder schien ihn beinahe zu erdrücken. Köck fiel Ilona wieder ein, die schöne Frau mit den goldenen Locken und dem lustigen Temperament, die Klaviervirtuosin, die Menschenfreundin, und zum ersten Mal schämte er sich aufrichtig dafür, dass er wegen ihr immer neidisch auf Wagenrad gewesen war. Sein herzloser Beileidwunsch in der Konzerteinladung schien ihm nun lächerlich, da er den Verlust und das Leid in Wagenrads Augen sah, und überhaupt schien ihm das ganze Konzert nicht mehr angebracht.

Doch nun konnte man den Gast schlecht wieder nach Hause schicken, und so musste Köck sich aufraffen, als Erster etwas zu sagen.

»Mein lieber Christoph!«, rief er in die unheimliche Stille hinein und breitete seine Arme aus wie zu einer Umarmung, schreckte aber gleichzeitig davor zurück, seinen alten Freund tatsächlich zu berühren. Also beließ er es bei der Geste, und Wagenrad nickte ihm daraufhin zu, immer noch das traurige Lächeln auf den Lippen. Nun war es wieder an Köck, etwas zu sagen, aber er wusste beim besten Willen nicht, was. Zum Glück brachte sich der Fahrer ein und fragte, wo er denn sein Automobil parken könnte, und freudig nahm Köck das Angebot an, ihm den Weg in den

Hinterhof des Pfarrhauses zu beschreiben (auch wenn er den Wagen ebenso hier mitten auf dem Dorfplatz hätte stehen lassen können).

Langsam kam nun wieder Leben in die Dorfgemeinschaft, vor allem in die jungen Menschen, die für den Chor ausgesucht worden waren und denen nun bewusst wurde, dass diese schöne, traurige Gestalt ebenjener wichtige Herr aus der Stadt war, zu dessen Ehren der ganze Zirkus veranstaltet wurde. Sie begannen zu murmeln und zu raunen, und schließlich wurden sie direkt übermütig, lachten und rannten wie die Wilden umher.

Köck störte diese Lebendigkeit nicht im Geringsten, er war im Gegenteil froh, dass er nicht mehr an Wagenrads Traurigkeit denken musste, sondern sich wieder auf sein Ziel konzentrieren konnte: Karolines Zukunft. Auf dem Weg zum Pfarrhaus, wo Wagenrad und sein Chauffeur untergebracht werden sollten, redete Köck ohne Punkt und Komma auf seinen Gast ein, und versuchte gleichzeitig, sich Karolines wunderschönen Gesang ins Gedächtnis zu rufen. Mit den Melodien in den Ohren konnte er Wagenrads Tragik leichter ertragen.

Wagenrad trug seinen schweren schwarzen Lederkoffer selbst und hielt sich dabei trotzdem unglaublich gerade, Köcks Geplapper nahm er lächelnd und nickend zur Kenntnis. Er antwortete von Zeit zu Zeit einsilbig. Dabei war er durchaus nicht unfreundlich, sondern fast übertrieben höflich, aber auch das konnte nicht über seine Traurigkeit hinwegtäuschen.

Auf jeden Fall war Köck erleichtert, als er Wagenrad samt Chauffeur im Pfarrhaus abgeliefert hatte, wo die Pfarrersköchin die Betreuung der beiden übernahm. Sie hatte groß aufgekocht und würde die Gäste mit ihrem Menü sicherlich noch gut zwei Stunden beschäftigen. Also kündigte Köck das Konzert in der St. Anna für acht Uhr an und entschuldigte sich, da er noch einige letzte Vorbereitungen zu treffen hätte.

In Wahrheit bereitete er aber gar nichts vor, sondern war nur froh, das Haus verlassen zu können. Seine ganze Nervosität war durch Wagenrads Anblick verschwunden. Köck wurde geradewegs philosophisch, während er zwischen den vielen kleinen Häusern von Liebwies auf und ab spazierte. Er fragte sich nach Sinn und Zweck des Seins, und warum er letztendlich die Belohnung erhalten hatte, während Wagenrad vom Leben gestraft worden war. Schließlich befiel ihn eine unglaubliche Lebendigkeit, und außerdem fasste er einen Beschluss: Er würde Karoline in die Stadt und wohin auch immer begleiten und schon am nächsten Tag um ihre Hand anhalten. Nichts schien ihm jetzt das Leben wertvoller zu machen als diese Frau.

In der letzten Stunde vor dem großen Konzert füllte sich die St.-Anna-Kirche langsam, und jeder Liebwieser, der an der großen, mantellosen Marienstatue vorbeiging, murmelte verächtlich, manche lachten auch. Letztendlich hatten sie aber zu viel Respekt vor dem Herrn Lehrer Köck, als dass sie ihn zur Verantwortung gezogen hätten, außerdem spürten sie, dass dies ein großer Tag für das Dorf werden würde. Ein Tag, der Liebwies, bisher nicht einmal in irgendeinem staatlichen Register angeführt, vielleicht sogar bis in die Geschichtsbücher bringen würde.

Die ganze erste Reihe war für Wagenrad reserviert. Köck

war es unmöglich vorgekommen, diesen Herrn mit Zylinder und Anzug zwischen dreckigen und stinkenden Leinenhemden zu platzieren. So aber war kaum genug Platz für die Liebwieser, viele mussten hinter den Sitzreihen stehen, einige setzten sich in den Mittelgang. Diese wurden aber von Köck sofort wieder weggescheucht, immerhin sollte Wagenrad hier ohne Probleme zu seinem Platz durchschreiten können. In dem Gedränge ging die Hauptdarstellerin des Abends, Karoline, beinahe unter. Sie kam kaum zum Altarraum durch, wurde häufig angerempelt, und es war oft nur Giselas Reaktionsfähigkeit zu verdanken, dass sie nicht fiel und zertrampelt wurde. Als Köck das mitbekam, schrie er das Publikum an, was es denn überhaupt glaube, ob es denn den Star des Abends umbringen wolle. Die Liebwieser verstummten und ließen Gisela und Karoline durch. Dabei raunten sich wieder einige, die wohl entdeckt hatten, dass die Samtkleider der Schwestern dem Gnadenmantel der Maria verdächtig ähnlich sahen, kurze Bemerkungen zu.

Als die Glocke im Turm der St. Anna acht Uhr schlug, wurden die beiden Flügel des Kirchentors aufgeschlagen, und Wagenrad trat ein. Sofort verbreitete sich im ganzen Raum eine bedrückte Stimmung, während Wagenrad den schmalen Gang entlang zu seinem Platz hin schritt. Köck hatte zwei unmusikalische Schüler als Platzanweiser bestimmt, die Wagenrad vorangingen und, obwohl sie sonst sehr aufgeweckte Burschen waren, den Herrn geradezu schüchtern zur ersten Reihe führten.

Köck beobachtete die Szene von der Orgel aus. Als Wagenrad nun saß, war es einige Zeit lang still, nur das eine oder andere ungeduldige Hüsteln war aus den Reihen der Dorfbewohner zu vernehmen. Köck hatte keine Grußworte vorbereitet. Während er sich noch fragte, ob er jetzt spontan etwas sagen sollte, spürte er, wie seine Finger schon die ersten Zerlegungen des »Ave Maria« in die Orgeltasten hauten. Da konnte er nur noch hoffen, dass Gisela das auch schnell genug bemerkte.

Freilich setzte sie etwas zu spät ein, und die erste Strophe klang auch noch etwas unsicher, aber ansonsten brachte sie das Stück sehr solide hinter sich, ohne grobe Schnitzer, und sie sah herrlich aus in ihrem purpurnen Kleid und dem flackernden Kerzenlicht, durch das die ganze Kirche hell erleuchtet war. Als das Stück zu Ende war, verbeugte sie sich und wurde mit freundlichem Applaus belohnt.

Nun aber begann das Konzert erst richtig. Karoline trat vor, und in freudiger Erwartung jubelten die Liebwieser schon im Voraus. Köck versuchte, einen Blick auf Wagenrad zu erhaschen. Von der Empore aus war allerdings nur sein schwarzer Zylinderhut zu erkennen.

Das erste Stück war ein romantisches Lied von Schumann, das für Karoline niemals ein Problem gewesen war. Und diesmal sang sie es sogar noch schöner, mit noch mehr Ausdruck als sonst, Köck schossen die Tränen in die Augen, aber er schlug weiter tapfer die Orgel und ließ sich von seinen Gefühlen nicht übermannen. Auch aus den Zuhörerrängen vernahm man gerührte Seufzer, und als das Lied zu Ende war, sprangen alle auf und klatschten und jubelten, sodass man glauben hätte können, die kleine Kirche platze jeden Moment und würfe das eigene Dach in die Luft.

Vor Glück fast wahnsinnig spielte Köck die restlichen Stücke, und Karoline überbot sich bei jedem Lied noch ein bisschen mehr. An den Ärger über den Gnadenmantel dachte keiner mehr.

Nach dem Finale, der so fleißig geübten Mozartarie, blieb wirklich niemand mehr auf der harten Kirchenbank sitzen, sogar die Ältesten standen auf und schrien vor Freude, und auch Köck konnte den letzten Akkord nicht lang genug halten, er sprang mittendrin auf und rannte an den Rand der Empore. Karoline stand mit weit ausgebreiteten Armen vor dem Altar und sah aus wie ein Wesen eines anderen, weitaus höher entwickelten Planeten, das sich nun gnadenhalber auf die Erde begeben hatte, um die Menschheit wahre Musik zu lehren.

»Heirate mich!«, schrie Köck einige Male laut in seiner Euphorie, aber sein Flehen ging im allgemeinen Jubel unter. Gisela hielt Karolines Arm fest und schien ebenso überrascht und begeistert wie alle anderen. Nun aber fiel Köck das Wichtigste, nämlich Wagenrad, wieder ein. Mit Freuden sah er, dass auch Wagenrad aufgestanden war und immer noch fleißig applaudierte, obwohl der Chor und Karoline etwas hilflos herumstanden und nicht wussten, was nun zu tun sei. Schließlich war es Gisela, die das Kommando zum Rückzug gab, indem sie mit Karoline an der Hand den Mittelgang entlang und aus der Kirche hinausmarschierte. Die anderen Chorsänger folgten ihr, und dann wuselten auch die Zuhörer hinterher. Von der Empore aus sah das Schauspiel wie eine chaotische Parade aus. Nur einer verließ seinen Platz nicht: Christoph Wagenrad.

Es wird ihm doch am Ende nicht doch nicht gefallen

haben?, ging es Köck durch den Kopf, und als die Liebwieser endlich die Kirche verlassen hatten, ging er selbst hinunter, um Wagenrad nach seiner Meinung zu fragen.

Als er jedoch die erste Reihe erreicht hatte und dem alten Freund ins Gesicht blickte, erkannte er sofort, dass ihn das Konzert berührt haben musste: Das erste Mal an diesem Tag hatte Wagenrads Gesicht diese ansteckende Tragik verloren. Es war eine tiefgehende Freude, sogar Zufriedenheit, die da um seine Mundwinkel zuckte. Seine eisblauen Augen waren plötzlich voller Wärme und Glanz, und überhaupt dachte Köck, hier musste ein geradezu religiöses Ereignis stattgefunden haben. Nichts anderes, als er selbst erlebt hatte.

»Also, mein Freund? Was sagst du zu ihr?«, fragte Köck.

Wagenrad hatte seinen Zylinder abgenommen und drehte ihn geistesabwesend in seinen Händen. Sein Blick war auf das große Kruzifix am Altar gerichtet, jedoch schien er durch den gemarterten Heiland hindurchzusehen in eine andere, bessere Welt, und ohne Frage hatte nicht die Kirche, sondern die Musik diese Offenbarung bewirkt.

Schließlich fand Wagenrad endlich Worte. »Bring – sie – her!«, sagte er, als müsste er jeden einzelnen Laut seiner Stimme erst mühsam aus der kalten Realität holen und damit seinen Seelenfrieden stören.

Köcks Gesicht färbte sich weiß und rot und weiß und wieder rot, während er den Mittelgang entlanglief, um draußen im Getümmel Karoline zu finden.

Sie war, wie nicht anders zu erwarten, von den Liebwiesern umringt, Gisela immer noch an ihrer Seite. Obwohl es nun schon vollends dunkel war, strahlten sie wie die

Sonne, und überhaupt war die Stimmung in dem kleinen Dorf noch niemals so gut gewesen.

Es tat Köck beinahe leid, Karoline aus der fröhlichen Runde herauszureißen, andererseits wusste er ja, dass es nur zu ihrem Allerbesten geschah.

Auf dem kurzen Weg zurück zur Kirche redete Köck ohne Punkt und Komma auf Karoline ein. Alles, was ihm durch den Kopf ging, artikulierte er auch. Er sprach von Wagenrad, von der Stadt, von Karolines bevorstehender Karriere und auch von seiner Liebe. Und dabei wurde es ihm niemals peinlich, was er sprach, und sie nahm alles stumm, aber freundlich lächelnd auf.

Als sie die St. Anna betraten, verstummte Köck. Er führte Karoline am Arm den Gang hinunter, und dabei malte er sich aus, wie sie beide in einigen Monaten, Wochen, Tagen den Gang entlangschreiten würden.

Köck trat so würdevoll vor Wagenrad hin, als wäre dieser bereits der Traupfarrer, und auch Karoline verlor kurze Zeit ihre kindliche Fröhlichkeit und blickte ernst zu Boden. Wagenrad erwachte langsam aus seiner geistigen Abwesenheit. Erst hörte er auf, den Zylinder zu drehen, dann stand er langsam auf und blickte die beiden an. Dabei schien er aber weder erfreut noch ablehnend. Stattdessen war er einfach nur überrascht. Er schaute von Köck zu Karoline und dann wieder zu Köck und sagte schließlich, entschuldigend lächelnd: »Aber das ist doch die Falsche!«

9

Die Reise in Giselas neues Leben dauerte drei Tage. Der Wagen, im Grunde kaum mehr als eine pferdlose qualmende Kutsche, hatte sich bei der Anreise schon völlig verausgabt. Nun drohte er endgültig auseinanderzufallen: Als wäre der Motor ein Uhrwerk, knallte er zu jeder vollen Stunde, und dann war das Fahrzeug nicht mehr vom Fleck zu bewegen. Gisela und Wagenrad mussten aus der Kabine klettern, während der Chauffeur laut fluchend und Kautabak kauend unter das Auto kroch, um wenig später schwarz von Ruß und Öl, aber triumphierend grinsend wieder aufzutauchen. »Der Patient ist wieder reisefähig!«, rief er und klopfte kameradschaftlich auf die Karosserie.

Wenn Köck früher von den Nordlichtern gesprochen hatte, die man in Norwegen betrachten konnte, so war es für Gisela dasselbe gewesen, als ob er von Automobilen erzählt hätte. Irgendwo mochte es sie immer gegeben haben, und Gisela hatte sie nie bemerkt, aber sie waren ihr auch nicht wirklich abgegangen. Nun aber ging die fremde Wirklichkeit in die bekannte Wirklichkeit über. Immer ferner wurde das Dorf, immer näher die Welt der Automobile.

Wagenrad konnte seinen Blick kaum von Gisela lösen. Ihre Schönheit erfüllte ihn. Ihre Singstimme hatte er längst vergessen über ihren großen neugierigen Augen, über ihrem lockigen Haar, über ihrer Zartheit. Es war nicht nur ein hübscher Körper, sondern eine ganz neue Welt, für die er keine Worte fand, aber auch keine finden musste.

Die große Traurigkeit, die Wagenrad seit dem Tod seiner

Frau völlig umhüllt hatte, war einer geheimnisvollen Wolke gewichen, einem bunten Gefühlsrausch, das fast wie Glück schmeckte.

Er rauchte die ganze Fahrt über, ohne es wirklich zu bemerken. Er war überrascht, als er wieder in seine Jackentasche griff und nur noch das leere Zigarettenetui hervorziehen konnte. Der Wagen war zwar überdacht, hatte jedoch keine Fensterscheiben. Der Rauch hätte also abziehen müssen. Und doch schien er sich Wagenrads neuem Empfinden zu fügen und hielt sich an Gisela, umhüllte sie, ließ sie zu einem vollständigen Fabelwesen werden.

Wagenrad erwachte nicht einmal aus seinem Traum, als das Auto wieder unsanft stehen blieb und ihn beinahe von seinem Sitz schleuderte. Auch nicht, wenn Gisela und er warteten, während der Fahrer den Patienten behandelte. Gisela stellte hin und wieder eine Frage zu dieser ihr völlig fremden Technik, und der Fahrer antwortete einsilbig, aber freundlich. Wagenrad hätte keine einzige ihrer Fragen wiederholen können.

Sie übernachteten in denselben Pensionen, die Wagenrad schon bei der Anreise aufgesucht hatte. Die Wirtinnen zogen die Augenbrauen hoch, als sie das hübsche blonde Mädchen und Wagenrads verklärten Blick bemerkten. Sie äußerten sich nicht dazu. Der Gast ist König und somit durchaus berechtigt, eine Mätresse mit sich zu führen. Außerdem zahlte Wagenrad gut. Was sie allerdings verwunderte, war, dass er gleich drei Zimmer verlangte: eines für sich, eines für den Fahrer, eines für das Mädchen. Enttäuscht über die fehlende Liederlichkeit des feinen Herrn, händigten sie ihm dann die Schlüssel aus.

Gisela hatte bisher in keinem anderen Zimmer als in der Wohnstube ihres Bauernhauses geschlafen, wo sie sich am Fußboden eine Rosshaardecke mit einer ihrer Schwestern geteilt hatte. Möglicherweise war sie auch das eine oder andere Mal während den winterlichen Schulstunden auf der Bank ein wenig eingenickt; in einem echten Bett hatte sie aber noch nie gelegen. Geschweige denn eine Kuckucksuhr gesehen, wie sie im ersten Quartier hing, oder einen Wandteppich, wie sie ihn in der zweiten Unterkunft vorfand. Die neue Welt, die sie in den kleinen heruntergekommenen Pensionen kennenlernte, war zwecklos und entzückend. Es war eine Welt voll Zierdecken, Zierblumen und Zierpuppen. Je weiter sie reisten, desto mehr wurden die Pensionen zur Zierde, und auch das Umfeld. Während anfangs nichts als Natur am Autofenster vorbeigeruckelt war, war es nun Dekoration. Häuser, Bäume, Berge – nichts schien einen anderen Zweck zu haben, als das Auge zu erfreuen.

Am dritten Tag erreichten sie gegen Abend die Stadt. Sofort schlug ihnen ein eigentümlicher Geruch entgegen. Es waren viele Menschen auf den Straßen; es war ein sonniger Tag. Alle sahen aus wie Köck. Viele waren verletzt, hatten Narben, hinkten. Aber auch die gesunden sahen aus wie Köck.

Das Auto erregte Aufmerksamkeit. Die Leute blickten dem Wagen nach, wenn auch nicht mit einem solchen Interesse wie die Liebwieser. Es lag sogar eine gewisse Feindseligkeit in ihren Blicken.

Wagenrad wäre das unangenehm gewesen, hätte er nicht immer noch in seiner Rauchwolke gesessen (er hatte neue Zigaretten aufgetrieben), in der es nichts gab als Gisela und ihn, oder vielleicht auch nur Gisela. Seine Welt war ihre Welt. Er wollte gerne auch nur ein Pinselstrich sein in dem Gemälde, das Gisela umgab. Er sah die Bettler nicht, die vom auffälligen Wagen wie magnetisch angezogen an der Autotür klebten: »Eine kleine Spende, bitte, meine Kinder haben Hunger!« Der Chauffeur wehrte die Bittsteller, soweit es ihm möglich war, mit Fußtritten ab, wobei das Auto noch mehr ruckelte als zuvor, da er das Gaspedal nur noch unregelmäßig drücken konnte.

Als der Wagen kurz halten musste, um eine Gruppe Kinder passieren zu lassen, steckte ein Bettler seinen Kopf beim Fenster herein. Ihm fehlte die halbe Nase, es war jedoch die andere Seite als bei Köck. Gemeinsam hätten sie ein vollständiges Gesicht gehabt. Eine Zeitlang lief der Bettler neben dem Auto her und jammerte über Hunger und Schmerzen, bis er die Hoffnungslosigkeit seines Unternehmens einsah und umkehrte.

Wagenrads Wagen ließ den Außenbezirk hinter sich, eine Allee aus blühenden Bäumen leitete den Weg zum besseren Viertel ein. Dort erhoben sich weißverputzte Villen.

Der faulige Geruch war noch da, aber nicht mehr so aufdringlich, er mischte sich mit dem Duft der Frühlingsbäume, und die Passanten sahen besser aus.

Es dämmerte, als der Wagen mit einem Knall vor einer großen Villa stehen blieb.

»Das nenne ich Glück«, schrie der Chauffeur, »auch das Automobil wollte seinen letzten Atemzug in heimischem Terrain tun, oder was auch immer ein Automobil als Letztes tut, bevor es stirbt. Da ist nichts mehr zu machen, Herr Wagenrad!«

Der Auspuff lag auf dem Boden, und schwarzer Rauch stieg aus dem Loch auf, das er hinterlassen hatte. Der Verlust seines Autos störte Wagenrad nicht. Er hatte es nie besonders gemocht, es immer ein wenig protzig gefunden, aber für die zahlreichen Konzertreisen seiner Frau war es praktisch gewesen. Und selbst wenn er das Auto geliebt hätte wie einen Sohn, hätte ihn der abgebrochene Auspuff jetzt nicht interessiert. Giselas Hinterkopf war so herrlich voll goldgelber Kringel, der blaue Samt saß eng an der Taille, an die sie ihr Bündel drückte. Was war ein Automobil schon gegen diesen Anblick.

Der Chauffeur beobachtete besorgt die aufsteigenden Rauchwolken. »Jetzt bin ich arbeitslos«, seufzte er. Dann blickte er zu Wagenrad. »Wollen Sie … Wollen Sie nicht reingehen?« Er war ein wenig unsicher, ob er nicht selbst irgendetwas vergessen hatte, auf das nun gewartet werden müsste.

Sosehr Wagenrad sich auch für Gisela begeisterte, fühlte er jetzt doch einen gewissen Unwillen, sie ins Haus zu lassen. Der Gedanke daran, dass sie durch seine Zimmer, über seine Teppiche schreiten sollte, war ihm plötzlich schrecklich unangenehm.

»Ja, wir wollen reingehen.« Seine Stimme hörte sich rau an, nachdem er die letzten Tage kaum gesprochen hatte. Er räusperte sich mehrmals und sagte noch einmal: »Lass uns reingehen.«

Das Innere des Hauses war so weiß wie die Fassade, der Eingangsbereich groß und fast leer, links und rechts führten weiße Türen noch tiefer hinein in diesen ewigen Winter. An der Wand, die der Eingangstür direkt gegenüberlag, hing

ein Gemälde. Es war der einzige Farbklecks in der Vor-
raumlandschaft, und was für ein riesiger Farbklecks, er
nahm den Großteil der Wand ein. Das Bild zeigte eine Frau,
die mit einem roten Buch auf den Knien in einem bunt blühenden Garten saß. Ihr Haar glänzte golden in der Sonne.
Die Frau war Gisela.

10

Gisela trat langsam näher. Die Frau, eine Riesin aus Ölfar-
ben, war wunderschön, sie sah so lebensecht aus und war
doch so unbewegt und geistlos. Eine Tote.

Ilona. In Wagenrad kehrte all das zurück, was er vergessen geglaubt hatte. Der mysteriöse Nebel um Gisela herum
war verschwunden, auch das warme Licht, das ihr Haar
hatte leuchten lassen. Er spürte, wie sich die Falten wieder
tiefer in seine Haut gruben, wie der Glanz aus seinen Augen
verschwand und sie völlig leer in ihren Höhlen zurückließ.
Und da saß Ilona mit ihrem Buch, beobachtete ihn und
lächelte ihr ewiges, totes Lächeln.

Natürlich war sie Gisela nicht haargenau gleich. Im
Grunde sah sie ihr nur ein wenig ähnlich. So hatte Ilona
größere Augen und eine größere Nase als Gisela, und Ilonas
Kinn war etwas runder. Auch Gisela musste diese Unstim-
migkeiten bemerkt haben, denn sie lachte erleichtert auf.
Trost war das Wagenrad aber keiner.

»Wagenraaaaaad!« Eine schrille Stimme durchschnitt die
von Traurigkeit dick gewordene Luft, und gleich darauf erschien die dazugehörige Person in der Tür. Sie war so häss-

lich, dass Gisela erneut auflachen musste. Die Frau war winzig, eine Zwergin mit ganz verwachsenem Rücken. Der Buckel zog sich hinter dem mit grauschwarzen Kräuseln bedeckten Kopf hoch wie eine knöcherne Kapuze. Dadurch konnte die Frau den Kopf kaum drehen, sodass sie ihre Augen umso mehr bewegen musste, und das vollkommen unabhängig voneinander. Die Augen an sich wären vielleicht ganz hübsch gewesen, tiefgrün und mandelförmig, sie hätten sogar klug wirken können, wären sie nicht so unaufhaltsam in verschiedene Richtungen rotiert.

Die Frau war so hässlich, dass sie kein Alter hatte.

»Ich habe mir die allergrößten Sorgen gemacht, Herr Wagenrad«, quiekte sie. Mit einer schnellen Bewegung nahm sie Wagenrad den Mantel ab. Dann musterte sie Gisela mit dem kritischen und doch befriedigten Gesichtsausdruck eines Kunstkenners, der eine Fälschung auf den ersten Blick enttarnt.

»Aha«, sagte sie, und dann, wieder an Wagenrad gewandt: »Sie sind nicht mehr im rechten Alter für Landpomeranzen.« Wagenrad sah aus, als hätte die Zwergin ihn mit ihrem Gekeife eben aus einem tiefen Schlaf geweckt.

»Gisela ist eine ausgezeichnete Sängerin«, er räusperte sich, »und selbst wenn es nicht so wäre, so wäre das auch nicht Ihre Sache, Emma.«

»Natürlich nicht, Herr Wagenrad«, japste diese und wuselte an Gisela vorbei, wobei sie ihr absichtlich den Ellbogen in die Hüfte rammte. Sie hatte dicke, starke Arme.

»Das Essen steht auf dem Tisch, aber nun habe ich natürlich nur für zwei gedeckt.«

Sie verließ den Vorraum durch dieselbe Tür auf der rechten Seite, durch die sie gekommen war. Eine Wolke aus Essensgerüchen schlug Wagenrad und Gisela entgegen.

Gisela wäre der Zwergin am liebsten hinterhergelaufen, aber sie spürte die allmächtige Herrschaft des Herrn Wagenrad in diesem Haus. Die Macht des Liebwieser Gottes reichte nicht bis in die schneeweißen Hallen der Städte, die Gerüche gehörten hier niemandem als dem Herrn Wagenrad. Mit großen Augen betrachtete sie ihren Wohltäter und sah sich bestätigt: Seine Züge glichen denen des leidenden Jesus, der in der St. Anna für immer ans Kreuz genagelt hing und das Leid der Welt auf seinen hölzernen Schultern trug.

»Emma ist ein gutes Mädchen. Sie sorgt sich wirklich um mich. Darum findet sie oft nicht den richtigen Ton«, sagte Wagenrad entschuldigend, »aber sie wird ein drittes Gedeck bereiten, und sie kocht immer mehr als genug. Kommen … Sie.«

Eben noch wäre es Wagenrad unmöglich vorgekommen, Gisela anders als mit dem vertrauten »du« anzusprechen, genau genommen war es ihm unmöglich vorgekommen, Gisela überhaupt anzusprechen, sie war ein Teil seines eigenen Denkens und Fühlens gewesen. Nun aber, unter den gemalten Augen Ilonas, war Gisela ein junges Mädchen, das er erst vor einigen Tagen kennengelernt hatte und mit dem er seitdem kaum ein Wort gesprochen hatte. Er kannte nicht einmal ihren Nachnamen (und er konnte ja nicht wissen, dass sie ihn auch nicht kannte).

Kurz nach Ilonas Tod hatte Wagenrad das ganze Haus renovieren lassen. Das war schon lange so vereinbart gewesen, Ilona selbst hatte den Anstoß dazu gegeben und den

Termin festgelegt. Sie war damals natürlich in dem festen Glauben gewesen, dass sie für immer in diesem Haus hin und her gehen würde, zwischen ihrem Klavier und dem Ankleidezimmer, zwischen dem Esszimmer, wo sie so viel von Emmas köstlichen Kreationen durch ihre Lippen schob und trotzdem niemals dicker wurde, und dem Balkon, wo sie an Wagenrads Schulter gelehnt ihm die Sterne erklärte. Nun lag sie grau unter einem Stein, während das ganze Haus in reinem Weiß erstrahlte. Weiß war Wagenrad damals als die richtige Farbe erschienen. Er hatte geglaubt, dass alles gewaschen werden musste, jede Wand, jeder Fußboden. Die überbordenden Muster und die goldenen Verzierungen der Vorkriegszeit waren weggewischt worden wie die Monarchie selbst. Als alles fertig war, hatte Wagenrad aufgelacht wie ein Wahnsinniger und war tagelang nicht mehr aus seinem schneeweißen Zimmer gekommen. Wäre er ein gläubiger Mensch gewesen, hätte er vielleicht an seinen eigenen Tod, an das Wiedersehen im Paradies gedacht, aber er war nicht religiös. Ilona war fort wie die farbenprächtigen Tapeten und der Kaiser. Als die Farbe getrocknet war, hatte er das Gemälde Ilonas wieder aufgehängt.

Im Esszimmer stellte Emma Porzellan auf den Tisch, die bräunliche Suppe in den Tellern stach hervor in all dem Weiß. Die Wände im Esszimmer waren jedoch nicht kahl, sondern mit gerahmten Schwarz-Weiß-Fotografien verziert, von allen Seiten blickte die schöne Ilona auf den gedeckten Tisch herab.

Wagenrad setzte sich an die kurze Kante des Tisches, wie es sich für den Hausherrn gehörte, Emma kletterte zu seiner Linken auf den Stuhl und begann mit den hastigen

Bewegungen eines beleidigten Kindes Suppe in ihren Mund zu schaufeln.

Wagenrad stieß Emma mit dem Ellbogen, und sie ließ den Löffel in die Suppe platschen, sodass die Brühe auf das Tischtuch spritzte und gelbe Flecken machte. »Fräulein … Fräulein Gisela, setzen Sie sich doch!«, sagte Wagenrad und deutete auf den Stuhl zu seiner Rechten. »Aber«, japste Emma, »das ist ja der Platz der Frau Wagenrad!«

»Aber Frau Wagenrad ist nicht hier«, antwortete Wagenrad traurig. Er wies Emma an, jetzt doch endlich das dritte Gedeck zu servieren, wie oft sollte er denn noch darum bitten. Murrend holte Emma also eine weitere Schüssel aus der Küche, allerdings keine aus Porzellan, sondern aus billigem Ton. Immer noch zu wertvoll, dachte sie, für die da!

Emma war nun noch beleidigter als zuvor. Noch nie hatte sie sich so zurechtweisen lassen müssen. Frau Wagenrad hätte es niemals gestattet, dass Emma mit dem Ellbogen gestoßen würde, und der gnädige Herr hätte sich das früher auch nicht erlaubt.

Emma löffelte sich die Suppe jetzt noch emsiger in den Mund, und als sie fertig war, servierte sie nicht nur die eigene, sondern auch Giselas noch halbvolle Schüssel ab.

Wagenrad aß wenig. Auch vom köstlich duftenden Braten, den Emma im Anschluss servierte, kostete er nur gerade so viel, dass er nicht unhöflich erscheinen musste.

Gisela hingegen aß mit Appetit. Sie hatte keinerlei Tischmanieren erlernt, woher und wozu denn auch. Da sie schon um die halbe Suppe umgefallen war, weil sie zu langsam gegessen hatte, schlang sie den Braten umso schneller hinunter.

Emma beobachtete die Manieren der Landpomeranze

(einen anderen Namen wollte sie sich gar nicht merken) mit Argwohn. Dass sie dabei selbst nicht viel eleganter mit dem Besteck hantierte, merkte sie in ihrem Ärger gar nicht.

Zum Schluss gab es noch Kuchen. Gisela bekam das kleinste Stück.

Dann erhob sich Wagenrad, freilich ohne sein Dessert angerührt zu haben, und erklärte, dass er sich zurückziehen wolle, die Fahrt hätte ihm seine Kräfte geraubt. Dabei hätte er eigentlich kräftiger sein müssen als vor seiner Abreise, immerhin hatte er zumindest wenige Tage lang in seiner Verzückung über Gisela anständig gegessen. Aber diese Kräfte waren durch die weißen Wände und den Anblick Ilonas vollkommen zerschlagen. Er gab Emma die Anweisung, Gisela das Gästezimmer herzurichten. Emma fluchte vor sich hin und trottete davon.

»Brauchen Majestät eine Extraeinladung?«, rief sie, als Gisela ihr nicht sofort hinterherlief.

»Ja, Majestät, ich komme schon!«, antwortete diese freundlich. Emma schnaubte vor Wut. Dabei hatte Gisela den Spott nicht bemerkt und »Majestät« einfach für eine besonders höfliche Anrede gehalten.

Durch weiße Gänge gingen sie zu weißen Treppen, stiegen hinauf zu weiteren weißen Gängen, und es gab keine Wand, von der nicht Giselas Doppelgängerin herabblickte, gemalt, gezeichnet oder fotografiert.

Sie erreichten eine einfache Kammer, in der sich ein Bett und ein Schreibtisch befanden. Es war nicht das Gästezimmer, das Wagenrad gemeint hatte. Es war ein Kabinett, in dem erst der Kutscher und dann der Chauffeur geschlafen hatte, bis dieser eine Ehefrau und eine kleine Wohnung in der Nähe gefunden hatte (und Wagenrad fuhr ohnehin nur noch selten und in Zukunft wohl gar nicht mehr aus). Das Zimmer, das eigentlich für Gäste gedacht war, war ein weitaus größerer und gemütlicherer Raum, aber Emma fand, dass die Kammer für Gisela gerade passend war.

Da das Zimmer niemals von Wagenrad bewohnt gewesen war, war es eines der wenigen im Haus, das keinen Hauch von Ilona in sich hatte. Das Bett war noch so, wie es der Chauffeur hinterlassen hatte. Gut genug, dachte Emma und schob Gisela, die ehrfürchtig hinter ihr gewartet hatte, unsanft hinein. »Majestät brauchen wohl eine Extraeinladung für alles, wie?«

II

Emma ging in ihrer Kammer auf und ab wie der Panther in Rilkes Gedicht, wobei sie aber bedeutend mehr rauchte. Ihr Gram war einer Mutlosigkeit gewichen, zu unruhig, um Hoffnungslosigkeit zu sein. »Was hat sie denn, was hat sie denn bloß an sich, was …?«, fragte Emma sich immer wieder, aber sprach nie weiter. »Was ich nicht habe …«, hätte es heißen müssen, und das wusste sie ja, das war es doch, was sie nicht schlafen ließ.

Emma hatte keinen Spiegel in ihrem Zimmer. Sie sagte sich, Eitelkeit wäre eine Sünde oder, da sie nicht gläubig war, zumindest eine sehr schlechte Charaktereigenschaft, die irgendwann bestraft werden würde. Dass man Marie-Antoinette von ihrem geschminkten Kopf getrennt hatte, wäre letztendlich auch die Schuld ihres Spiegelsaals gewesen.

Dass in ganz Europa die Herrscher und vor allem die Herrscherinnen vertrieben wurden, war nur die Schuld ihrer Eitelkeit, und dass das englische Königtum noch so fest auf dem Thron saß, wäre ausschließlich der dicken, hässlichen Victoria und ihren nicht viel attraktiveren Söhnen zu verdanken.

Emma machte aus ihrer grotesken Hässlichkeit eine Philosophie. Ihr Buckel war ihr Lebenskonzept, ihr Protest gegen die Überheblichkeit der herrschenden Klasse oder wer nun auch immer der Eitelkeit frönte. Im Umkehrschluss aber hieß das auch, dass in ihrer Welt die Schönheit etwas Böses war, und ganz besonders die Schönheit der Frauen. Schöne Frauen waren Teufelinnen, die nichts anderes verdient hatten, als enthauptet zu werden. Nur eine Ausnahme hatte es gegeben.

Ilona hatte Emma als Hausmädchen eingestellt, nachdem die Munitionsfabrik, in der Emma zuvor gearbeitet hatte, zugrunde gegangen war. Der Krieg war vorbei, die Kriegsindustrie tot. Emma hatte sich zuerst dagegen gesträubt, Hausmädchen zu werden, unter keinen Umständen wollte sie die Dienerin der eitlen Bourgeoisie sein, aber dann war der Hunger größer geworden, und sie sprach doch bei Wagenrads vor. Was für ein Engel Ilona gewesen war! Eine blonde und zarte Frau mit gleichmäßigen Zügen, aber das allein hatte ihre Schönheit nicht ausgemacht. Es war die Ruhe und Güte in ihrem Gesicht gewesen, die Eleganz ihrer Bewegungen, ihr leichter ungarischer Akzent. Emma war auf der Stelle verliebt gewesen. Das also war die gute, die sanfte Schönheit, die völlig außerhalb von Emmas oder irgendeiner Philosophie stand. Die Schönheit, von der die

Dichter sprachen. Emma wurde zur treusten Dienerin, die sich eine Herrin wünschen konnte. Und doch hatte sie sich nach Ilonas Tod schnell an deren Abwesenheit gewöhnt. Einen Tag nach dem Begräbnis hatte Emma schon wieder in der Küche gestanden und es keineswegs eigenartig gefunden, nur noch eine Tasse Kaffee, nämlich die für den gnädigen Herrn, zuzubereiten. Es war ihr, als wäre es niemals anders gewesen. Ilona war nur ein Traum, ein jahrelang andauernder Rausch gewesen, aus dem Emma schnell, Wagenrad hingegen niemals erwacht war. Wach und nüchtern aber rückte Emma ihr Weltbild wieder zurecht: Sie war wieder eine Vertreterin der einzigen, nämlich der hässlichen Wahrheit geworden.

Es war auch gar nicht Ilona, an die Emma nun dachte, Gisela war es, die ihr durch den Kopf ging, ihr Gesicht war es, das immer wieder aufblitzte, ihr dummes Grinsen, ihr naiver Blick.

Gisela war hassenswert schön. Aber das waren viele Frauen. Die unübersehbare Ähnlichkeit zu Ilona war es, die Emma wirklich aufregte. Sie hatte einmal einen Roman gelesen, in dem behauptet wurde, dass jeder Mensch einen bösen Zwilling hatte. Das war natürlich der schwachsinnige Einfall irgendeines armen Schreiberlings, aber wäre es wahr gewesen, so wäre Gisela der böse Zwilling Ilonas, da war sich Emma sicher. Das blonde Haar, die blauen Augen, die zarte Figur, alles wie bei der Verstorbenen, aber alles auf eine aggressive Art, auf eine, Emma verschluckte sich fast an ihrer Zigarette, auf eine sexuell aggressive Art.

Emma stand kurz davor, mit einem Küchenmesser in Giselas Zimmer einzudringen. Wer würde das Mädchen schon suchen, und Wagenrad würde sie sagen, es sei im Morgengrauen verschwunden, vielleicht zu einem anderen Liebhaber, so waren diese jungen Dinger eben.

»Anderer Liebhaber«, das würde sie sagen. Aber was machte sie eigentlich so sicher, dass Wagenrad die selige Ilona mit dieser Landdirne betrogen hatte? Sie hatten bei ihrer Ankunft nicht sehr vertraut gewirkt, eher schüchtern. Zum hundertsten Mal begann Emma eine neue Runde ihrer Überlegungen und schämte sich nun für ihre verleumderischen Gedanken ihren Herrn betreffend. Er war doch in all den Jahren immer im gleichen Maß über jede Kritik erhaben gewesen wie Ilona, auch wenn er in Emmas Welt mehr den Rang eines Prinzgemahls als den eines Königs eingenommen hatte. Ein ehrenwertes Wesen nur aus dem Grund, dass die ehrenwerte Ilona ihn verehrte. So gesehen, Emma wechselte die Richtung und ging nun gegen den Uhrzeigersinn, wäre es auch nicht so verwunderlich, wenn er ohne Ilona nicht mehr gar so ehrenwert wäre.

Man müsste ihn in jedem Fall prüfen. Wäre er der teuflischen Gisela verfallen, so würde diese verschwinden müssen. Wäre er Ilona treu geblieben, so müsste Gisela über kurz oder lang auch verschwinden, aber Emmas Vertrauen in Wagenrad wäre wieder gestärkt, und sie hätte das Wissen, dass Ilona keinen verblendeten Stümper geliebt hatte.

Und Gisela wäre blamiert.

Emma drückte die Zigarette in den Aschenbecher und schlich aus ihrer Kammer. Sie ging an Wagenrads Schlafzimmer vorbei und lauschte kurz an seiner Tür, konnte aber nichts hören. Sie öffnete die Tür einen Spalt und blickte hinein. Wagenrad lag in seinem Bett, die Hände auf dem

Bauch gefaltet wie bei einer Aufbahrung. Er schlief tief und lautlos.

Giselas Tür öffnete Emma weit weniger vorsichtig. Sie riss sie mit einem derartigen Ruck auf, dass die Tür mit furchtbarem Getöse gegen die Wand knallte. Gisela, die Emma ja zu stören beabsichtigt hatte, blieb aber völlig unbeeindruckt von dem Lärm. Sie hatte ihren Körper scheinbar fest mit dem Betttuch verknotet, und weil sie so blass war, konnte man kaum sagen, wo das Betttuch aufhörte und ihr Körper anfing. Im Mondlicht war ihr Haar silbrig, Wie das einer Nymphe, dachte Emma, oder einer Sirene. »Eine ausgezeichnete Sängerin«, hatte Wagenrad ja gesagt. Diese Sache benötigte gar keine Überprüfung mehr, meinte Emma nun, da sie das Mädchen da jetzt so liegen sah. Wagenrad war von diesem grotesken Fabelwesen schon hoffnungslos in den Ozean gezogen worden, weit weg aus der Welt des Guten, des Hässlichen, des Moralischen, der Ilona.

Emma sah sich nach einem geeigneten Mordgegenstand um, einem Kerzenständer oder einer dicken Bibel vielleicht, aber der Chauffeur hatte bei seinem Auszug alles mitgenommen. Nur das Bett stand noch einsam in der Ecke und beherbergte die unheimliche Sirene. Wenn es so ist, sagte Emma sich, muss das Kissen eben reichen. Oder aber meine kräftigen Finger um den dünnen Hals. Die jahrelange Hausarbeit hatte ihre Hände stark gemacht. Als sie sich eben zum Würgemord entschlossen und die Tür, diesmal mit der Vorsicht eines Verbrechers, hinter sich geschlossen hatte, saß Gisela plötzlich aufrecht in ihrem Bett. Die Decke, eben noch ein untrennbarer Teil der schlafenden Figur, fiel von ihr ab wie ein Kokon. Zu Emmas Überraschung kam aber kein Schmetterling mit Raubtieraugen auf den feuerroten Flügeln zum Vorschein, sondern ein Würmchen. Grau und fadendünn war Gisela nun, das Sirenenhaar zerdrückt auf ihrem Kopf. Sie war vollkommen nackt. Emma war nur kurz irritiert. Dann beschloss sie, da Gisela nun ja wach und keine vernünftige Waffe zur Hand war, wieder auf den ursprünglichen Plan zurückzukommen. Wenn das Schicksal wollte, dass Wagenrads Treue geprüft würde, nun, dann hatte das schon seinen Sinn. Emma setzte das freundlichste Lächeln auf, das bei ihren verzerrten Gesichtszügen möglich war.

»Aber Kind«, säuselte sie, »was machen Sie denn hier?«

»Sie haben mir selbst das Zimmer zugewiesen«, antwortete Gisela und lachte über Emmas Vergesslichkeit und darüber, dass die Arme mit ihrem aufgesetzten Grinsen noch grotesker aussah.

»Das habe ich getan, weil ich dachte, Sie wären mit den Sitten hier vertraut. Aber ich weiß schon, den Herrn Wagenrad kennen Sie noch nicht lang. Wie auch immer, als seine Stipendiatin …«

»Seine was?«, wiederholte Gisela, aber Emma fuhr fort, »… als seine Stipendiatin hat man auch gewisse Aufgaben zu erfüllen. Kommen Sie.«

Gisela schlüpfte gehorsam aus dem Bett und wollte nach dem Gnadenmantelkleid greifen, da aber rief Emma: »Was tun Sie denn? Kommen Sie doch!«

Also folgte Gisela, nackt wie sie war, der buckeligen Zwergin hinaus auf den Gang. Der Boden war eiskalt unter ihren Fußsohlen. Sie wünschte, sie hätte wenigstens die Schuhe anziehen dürfen, aber womöglich war das auch gegen die Sitten hier. Und Gisela gefiel das Wort: Sitte. Alles Unergründbare fand in dem Wort »Sitte« eine Erklärung. Und so lief sie fröstelnd durch die Gänge.

An einer der Türen, die alle gleich aussahen, blieb Emma plötzlich stehen und drückte den Zeigefinger an die Lippen.

»Hier schläft er also«, flüsterte sie.

»Wer?«, fragte Gisela.

»Herr Wagenrad.«

Dann schwiegen sie beide kurz in Ehrfurcht vor diesem Namen. »Gehen Sie hinein, legen Sie sich zu ihm. Alles Weitere … ergibt sich.« Emma öffnete die Tür. Wagenrad lag genauso da wie vorhin. Es ist schon einleuchtend, warum man den Schlaf den Bruder des Todes nennt, dachte Emma.

Mit ihren kurzen, dicken Fingern stichelte sie Gisela, die zögernd in der Tür stand, in den Rücken. Es war nämlich nicht so, dass Gisela keinerlei Anstand gelernt hatte, in mancherlei Hinsicht waren die Liebwieser anständiger als der Rest der sich immer schneller drehenden Welt.

Gisela dachte an ihre Mutter, die ihr nachts die Decke übergeworfen hatte, als Köck vor der Tür stand. Anstand war eine wichtige Sache für junge Mädchen und ihre Mütter.

Dann aber dachte Gisela wieder an die Heiligkeit der unergründbaren Sitten, und ihre Mutter war ja auch nicht hier. In einer halben Sekunde hatte sie ihre Erziehung beiseitegeschoben. Sie trippelte hinein in das fremde Schlafzimmer.

Emma schloss die Tür und drückte ihr Auge ans Schlüsselloch. Es musste Vollmond sein, so hell wie es war, und was für ein Glück, dass Wagenrad die Vorhänge nicht vollständig zugezogen hatte. Die Szene sah aus wie eine barocke Studie aus Licht und Nacktheit, nur dass Giselas Schenkel dafür vielleicht ein wenig zu mager waren. Gisela legte sich so friedlich in das fremde Ehebett, als wäre es schon immer ihr angewiesener Platz gewesen. Kaum, dass sie lag, schien sie schon wieder zu schlafen, und auch Wagenrad erwachte nicht, er regte sich nicht einmal. Er – der allegorische Tod, sie – die allegorische Liebe, so hätte ein barocker Maler das Bild benannt. Giselas linker Ellbogen berührte leicht den von Wagenrad. Lange lagen Wagenrad und Gisela so nebeneinander. Emma drückte immer noch das Auge an das Schlüsselloch und erwartete eigentlich nichts mehr. Und dann geschah es.

Wagenrad weinte. Emma hatte ihn noch nie weinen gesehen. Nicht einmal bei Ilonas Begräbnis hatte er geweint. Er hatte am Grab gestanden mit seinen traurigen, aber trockenen Augen und seine Trauer von da an als steinerne Maske im Gesicht getragen. Aber Tränen hatte Wagenrad noch nie vergossen. Emma war es, als würde ein Windstoß durch das Zimmer wehen, als würde sich alles mit frischer Luft füllen und die Schwüle der Traurigkeit verdrängen. Wagenrads Schluchzen, ausgelöst durch Giselas nackten Ellbogen oder vielleicht auch nur durch ihre pure Anwesenheit, reinigte das Haus und Emmas Gedanken. Sie stand vor dem Schlüsselloch und weinte nun ebenfalls, nämlich über ihre eigene Bösartigkeit. Gisela war eine Gute, eine Heilige, sie hatte den Herrn von seinem Schmerz befreit!

Und die Heilige selbst lag einfach nur da und bemerkte gar nicht, was sie getan hatte. Sie schlief den Schlaf der Seligen.

Emma riss sich schluchzend vom Schlüsselloch los und machte sich auf den Weg, um das Gästezimmer vorzubereiten.

12

Der Geist der Ilona war verschwunden.

Am nächsten Morgen erwachte Wagenrad früh vom Sonnenlicht, das durch die Schlitze der Jalousien hindurch goldene Streifen auf die kahlen Wände malte. Er spürte Giselas Ellbogen, der immer noch sanft an seinen drückte. Ohne hinzusehen (so gut es ging) zog er ihr die Decke über den nackten Körper. Sie lag da wie ein Kind, den einen Arm weit von sich gestreckt, ein Bein eingeknickt (er musste doch hinblicken), durch ihren leicht geöffneten Mund kamen leise Schnarchgeräusche.

Ein regelmäßiges, rhythmisches »chrm-chrm, chrm-chrm«, das Wagenrad wieder ganz schläfrig werden ließ. Er fühlte sich nicht mehr traurig, aber auch nicht mehr so berauscht wie damals, als er Gisela das erste Mal gesehen hatte. Er fühlte sich einfach glücklich. Er wünschte, Emma brächte ihm das Frühstück ans Bett und er könnte so den ganzen Tag dahinlenzen, die Sonnenstrahlen im Gesicht und Giselas Ellbogen zart an dem seinen.

Aber da die gute Emma ja nur seine asketische Lebensweise gewohnt war, brachte sie ihm kein Frühstück. Überhaupt kochte sie morgens nur bitteren Kaffee, denn von viel mehr hatte Wagenrad schließlich zuletzt nicht gelebt.

Jetzt aber, als er so dalag und Giselas Atem lauschte,

überkam ihn ein Hunger, wie er ihn überhaupt noch nie gehabt hatte. Dass er nicht sofort aufsprang und nach Emma rief, lag nur daran, dass er sich gar nicht entscheiden konnte, was er eigentlich als Erstes essen wollte. Die Auswahl schien ihm unfassbar groß und vielfältig. Am liebsten wäre er wie ein kleiner Junge durch die Küche und die Vorratskammern gelaufen und hätte sich dort und da ein Häppchen genommen, bis ihm der Bauch wehtat. Aber er beherrschte sich. Er schlüpfte leise aus dem Bett, um Gisela nicht zu wecken.

Während er sich ankleidete, beobachtete er sie mit so viel Liebe, als würde er eine neugeborene Tochter betrachten. Fast schon schweren Herzens ließ er sie im Schlafzimmer zurück und schlich hinaus.

Nicht nur sein Schlafzimmer, auch die Gänge hatten ganz neue Farben angenommen. Die Fußböden waren zartrosa, die Wände leuchteten in sattem Orange, und Ilonas Gesicht an den Wänden drückte ihm nicht mehr das Herz zusammen. Er erfreute sich an ihrer Schönheit. Vor manchem Bild blieb er stehen und betrachtete es genauer, ein stolzes Lächeln auf dem Mund, als hätte er es selbst gemalt oder fotografiert. »Ja, das war meine Frau. Welch Glück, dass ich so lange mit ihr leben durfte«, murmelte er. Der Hunger aber trieb ihn immer weiter Richtung Küche.

Dort wuselte Emma schon fleißig herum, obwohl kaum etwas zu tun war. Den Kaffee hatte sie ja schon fertig zubereitet. Nun huschte sie mit einem großen Staubwedel durch das Zimmer, denn auch sie spürte das neue Leben im Haus und konnte nicht stillsitzen und in die Kaffeetassen starren, wie sie es sonst immer tat. Sie wollte das viele Licht, die vielen Farben im Haus polieren, und als die Küche glänzte vor Sauberkeit, rannte sie ins Esszimmer hinaus, um dort weiterzumachen.

In der Tür aber stieß sie fast mit Wagenrad zusammen. Im letzten Moment konnte er noch zurückweichen. Sie blickten einander in die Augen und begannen zu lachen. Ihre Stimmen schallten durchs ganze Haus. Noch nie war in diesen Räumen so herzlich gelacht worden, die Wände bebten von dieser Heiterkeit. Und sie konnten sich kaum mehr einkriegen vor Lachen, Wagenrad hielt sich schon den Bauch, und Emma wischte sich Tränen aus den Augen. »Was gibt es eigentlich zum Frühstück, Emma?«, fragte Wagenrad, als er wieder einigermaßen Luft bekam.

Emma ließ den Staubwedel fallen und starrte ihn an. »Zum … Frühstück?«, wiederholte sie mit belegter Stimme, als hätte er eben um ihre Hand angehalten.

»Ja, zum Frühstück. Ich verhungere nämlich, Emma!«

Mit glänzenden Augen eilte Emma in die Küche zurück, um ein Frühstück vorzubereiten, wie sie es seit dem Tod der gnädigen Frau nicht mehr getan hatte. Haus und Herr waren geheilt worden, und das nur durch die seltsame Erscheinung einer Landpomeranze, einer heiligen Landpomeranze. Emma glaubte nicht an Wunder, aber beschloss, es in diesem Fall zu tun.

Zwar waren die Lebensmittel auch in den vermögenden Haushalten, zu denen sich das Haus Wagenrad stolz zählen durfte, äußerst knapp, aber Emma konnte gut haushalten, und vor allem war sie eine ausgezeichnete Köchin, die auch mit den ärmlichsten Zutaten noch Speisen zaubern konnte, die selbst der feinsten Gesellschaft genügten. Wagenrad, der so lange von nicht mehr als dem Nötigsten gelebt hatte und für den selbst diese wenigen Bissen stets eine Qual gewesen waren, war ganz überrascht über den vollen Geschmack von dunklem Brot und nicht mehr ganz frischer Butter, von Eiern, von heißem Apfelkompott und grobem Ziegenkäse. So schmeckte die Welt also. So hatte die Welt also immer geschmeckt – und er hatte es nicht bemerkt. Er stopfte alles, was Emma ihm vorsetzte, bunt gemischt in sich hinein, löffelte abwechselnd vom weichen Ei und vom Kompott, biss zwischendurch in das Butterbrot und spülte alles mit dem schwarzen Kaffee hinunter. Emma beobachtete ihn dabei mit großen Augen. Sie hatte nicht geahnt, was alles in einen so dünnen Mann hineinpasste.

Als Gisela hereinkam, immer noch ein wenig schlaftrunken, mit verstrubbelten Haaren und wieder im Gnadenmantelkleid, begrüßte Wagenrad sie überschwänglich wie eine lange nicht mehr gesehene Cousine, mit der man doch die schönste Zeit der Kindheit verbracht hatte. Er umarmte sie, küsste sie auf beide Wangen, duzte sie wieder ganz selbstverständlich und hob sie schließlich sogar hoch in die Luft. Gisela war darüber nur im ersten Moment erschrocken: Dann begann sie herzhaft zu lachen, und Wagenrad lachte mit ihr. Emma brachte eine weitere große Schüssel Apfelkompott herein und fragte so unterwürfig, ob das Fräulein sonst noch irgendetwas bräuchte, dass Gisela und Wagenrad noch lauter lachen mussten. An einem anderen Tag wäre Emma darüber tödlich beleidigt gewesen und hätte Gisela das Apfelkompott wohl in den Schoß geschüttet. Aber es war kein anderer Tag. Es war der erste Tag in Wagenrads neuem Leben. Es war aber auch der erste Tag in Emmas neuem Leben: in einem Leben, in dem sie das

Schöne nicht hassen musste. Und ganz nebenbei war es auch noch der erste Tag in Giselas neuem Leben: ihr Leben in der Stadt. Das schien jedoch von allen großen Veränderungen die kleinste zu sein.

Gisela saß bei Tisch und löffelte Kompott, als wäre es das, was sie jeden Morgen tat. Und auch Wagenrad und Emma schien es so, als hätte sie schon immer morgens bei ihnen am Tisch gesessen, als würde sie zum Morgen gehören wie der Sonnenaufgang.

Als sie jedoch fertig gegessen hatten, das Klirren des Geschirrs und die Schmatzgeräusche erst unregelmäßig wurden und dann schließlich ganz aufhörten, herrschte plötzlich eine unangenehme Stille. Unangenehm war sie vor allem für Wagenrad, denn Emma begab sich wieder in die Küche, um den Abwasch zu erledigen, und die Geräuschkulisse des Tischabräumens vertrieb die Stille kurz, aber dann war sie wieder da, und in ihr saßen sich Gisela und er gegenüber und wussten nichts zu sagen. Wagenrad wurde nun bewusst, dass sie eben nicht seine Cousine war, sondern ein völlig fremdes Mädchen aus einem völlig fremden Dorf, einem Märchenland. Ihm fiel ein, was er dem Musiklehrer Köck versprochen hatte: Er würde ihr Unterricht am Konservatorium ermöglichen, sie zu einer großen Sängerin machen – aber an ihre Singstimme konnte er sich jetzt beim besten Willen nicht mehr erinnern. Ihm war doch tatsächlich gewesen, als wäre Ilona wiederauferstanden, und alles andere war ihm egal gewesen. Nun blieb ihm jedenfalls nichts anderes zu tun, als zu hoffen, dass die Stimme so schön war wie das Gesicht. Denn er brach seine Versprechen nicht besonders gern, auch wenn er sie nur einer so armen Gestalt wie dem gescheiterten Musiker Köck gegeben hatte.

»Nun, dann …«, sagte Wagenrad langsam und fand, dass seine eigene Stimme seltsam klang, »dann werden wir ein Vorsingen für dich vereinbaren, nicht wahr? Am Konservatorium, meine ich. Du bist doch eine talentierte Sängerin, also, glaube ich.« Gisela nickte, aber mehr aus Höflichkeit denn aus Zustimmung, denn sie kannte das Wort »Konservatorium« nicht. Das Singen aber machte ihr großen Spaß, und sofern dieses »Konservatorium« etwas mit Singen zu tun hatte, konnte es nicht so falsch sein.

»Nun, dann …«, fing Wagenrad wieder an, er wollte nicht, dass das unangenehme Schweigen noch einmal überhandnahm, er musste immer weitersprechen, »dann werden wir dich aber neu einkleiden müssen, nicht wahr? Ja … und natürlich üben … Sicherlich hat Köck dich vorbereitet, aber sicherlich nicht gut genug, ich kenne ihn ja … Ja … nun, wir haben keine Zeit zu verlieren!« Das Letzte sagte Wagenrad besonders überzeugt, obwohl sie natürlich alle Zeit der Welt zu verlieren hatten, denn was drängte sie? Aber Wagenrad konnte es sich heute plötzlich nicht mehr vorstellen, den ganzen Tag lang auf einem Stuhl zu sitzen und in eine Ecke zu starren, völlig zeitlos, bis Emma ihn irgendwann ins Bett schickte, wo er dann weiter starrte. So hatte er die meisten Tage nach Ilonas Tod und vor der Bekanntschaft mit Gisela verbracht. Ohne Ilona war es egal gewesen, ob es sieben Uhr war oder acht, Nacht oder Tag, sogar die Jahreszeiten waren ihm alle gleich und vor allem gleich sinnlos vorgekommen. Nun aber hatte er keine Zeit mehr zu verlieren, nun hatte er wieder Arbeit. Gisela war sein Schützling, seine Aufgabe, sein Projekt, und wer Arbeit hatte, musste sich immer beeilen und pünktlich sein. Er forderte Gisela auf, sich in fünfzehn Minuten in der Eingangshalle einzufinden (und wusste gar nicht mehr, wann er das letzte Mal »fünfzehn Minuten« gesagt hatte, denn alles war für ihn immer irgendwann gewesen), dann erhob er sich und begab sich in sein Schlafzimmer. Sie hätten natürlich auch gleich gemeinsam in die Halle gehen können, aber es schien ihm angebracht, »fünfzehn Minuten« zu sagen. »Fünfzehn Minuten« war ein Ausdruck, der auf ein geregeltes Leben hinwies, ein solches hatte er mit Ilona geführt und führte er nun wieder, und mit ihm Gisela.

Gisela stand ebenfalls vom Tisch auf und ging in ihre kahle Chauffeurskammer, denn vom frisch bezogenen Gästebett wusste sie noch nichts. Außerdem hatte sie noch nie ein Zimmer für sich allein gehabt, und es gefiel ihr, einfach auf dem Bett zu sitzen, ohne von irgendjemandem aufgefordert zu werden, doch auf dem Feld oder im Stall oder in der Küche mitzuhelfen. Faulheit war in Liebwies eine Sünde. Aber ebenso war es eine Sünde, mit einem fremden Mann zusammenzuleben. Und daran wiederum hatte sie niemand gehindert. Sogar in Liebwies waren Sünden in Ordnung, wenn sie sich lohnten. Gisela streckte sich auf ihrem Bett aus und genoss die Ruhe.

Da sie aber keine Uhr besaß, stand sie nicht nach »fünfzehn Minuten« in der Eingangshalle, und Wagenrad musste schließlich Emma nach ihr schicken. Er verzog das Gesicht über die Verspätung. Er hatte doch noch so viel vor mit dem Mädchen, und da verschwendete sie leichtfertig drei Minuten, indem sie einfach zu spät kam! Aber seine Wut verflog, als Gisela ihn mit ihren großen neugierigen Augen anblickte. Die riesige Ilona lächelte freundlich aus ihrem Bilderrahmen hervor und begutachtete Gisela wie eine Tochter. Die Wagenrads hatten niemals Kinder gehabt. Ilona hatte sich immer ein Kind gewünscht, aber sie war auch schon vor ihrer Krebserkrankung von schwacher Gesundheit gewesen, und nachdem eine Fehlgeburt sie beinahe getötet hätte, ließen die Wagenrads von diesem Traum ab und konzentrierten sich wieder umso mehr auf die Musik und ihre vielen Schützlinge, denen sie die musikalische Ausbildung ermöglichten. Nun aber, da Wagenrad Gisela so im neuen Licht vor dem Gemälde stehen sah, meinte er, dass der Traum vielleicht doch in Erfüllung gegangen war, zumindest zum Teil. »Emma, bring mir bitte den Schlüssel zum Zimmer der gnädigen Frau!«

Eigentlich hatte er mit Gisela zum Schneider gehen wollen. Denn nicht nur, dass das Gnadenmantelkleid nicht sonderlich modisch war, es war ja auch das einzige Kleidungsstück in Giselas Besitz. Sollte sie nun wirklich Stipendiatin am Konservatorium werden, brauchte sie in jedem Fall eine größere Auswahl, um unter den höheren Töchtern und Söhnen nicht unangenehm aufzufallen. Nun hätte der Schneider aber nicht nur viel Geld verlangt, er hätte auch zuerst Giselas Maße nehmen müssen. Und dann hätte Wagenrad wieder eine Woche oder sogar länger warten müssen, bis er die Kleider hätte abholen können, und womöglich würden sie ihm dann gar nicht gefallen.

Welch sinnlose Mühen, wenn man einen Schrank voller Kleider im eigenen Haus hatte, allesamt ungefähr in Giselas Größe und kaum getragen.

Ilonas Ankleidezimmer hatte Wagenrad noch nie betreten. Zu Ilonas Lebzeiten hatte er keinen Grund dazu gehabt, nach ihrem Tod wagte er es nicht mehr. Emma hatte das Zimmer verwaltet und hin und wieder von der schlimmsten Staubschicht befreit. Aber vor den Schränken und Schreibtischladen hatte auch sie einen unerklärlichen Respekt, fast Angst. Sie hielt das Äußere immer sauber, öffnete aber keine Schranktür und blickte in keine Lade hinein. Es war fast, als wären Ilonas Kleider Teile ihres toten Körpers, die nur aus Platzspargründen nicht auf dem Friedhof, sondern im Haus verwahrt wurden.

Nun aber, in Giselas Anwesenheit, wagte Wagenrad, die Gruft zu betreten. Er schloss die Tür auf. Vor ihm eröffnete sich Ilonas Reich. Es war ein kleines, hübsch tapeziertes Zimmer (es war sogar der weißen Renovierung entgangen, so sehr hatte sich Wagenrad gesträubt, es zu betreten) mit einem massiven Kleiderschrank und einem aufwendig verzierten Spiegeltischchen aus der Kaiserzeit. Nichts anderes. Nichts, wovor man sich fürchten hätte müssen. Er wusste nicht, was er erwartet hatte. Gisela war sofort an ihm vorbei hineingelaufen, sie wusste ja nichts von der Vorgeschichte, und selbst wenn sie es gewusst hätte, hätte sie diese beim Anblick dieses Spiegels wohl sofort vergessen.

Natürlich hatte Gisela sich selbst schon ins Gesicht gesehen. Wenn sie zum Beispiel mit den anderen Kindern am Dorfsee gewesen war, hatte sie manchmal mitten im Spiel innegehalten und sich auf der glatten Wasseroberfläche betrachtet. Und sie war böse geworden, wenn die Buben dann begonnen hatten, Steine ins Wasser zu werfen, und so ihr gleichmäßiges Gesicht durch Wellenringe verunstalteten.

Zu Hause hatte es auch einen Teller gegeben, in dem Gisela, wenn sie ihn lange genug mit dem feuchten Ärmel polierte, sich zumindest schemenhaft erkennen konnte. Auch das hatte ihr gefallen, aber meist hatte die Mutter dann geschimpft, dass der Haushalt nicht nur aus dem einen guten Teller bestünde und dass sie doch zum Teufel nochmal auch den Fußboden so sauber putzen sollte.

Aber so glatt, so klar wie in diesem Spiegel, hatte Gisela ihr Gesicht noch nie gesehen. Umrahmt von barocken Mustern, kam sie sich wie ein Engel vor. Noch nie hatte sie gesehen, wie blau ihre Augen wirklich waren, wie himmelfarben. Wie farblos war ihr Kleid dagegen, sie schämte sich dafür. Der Schleier der Gottesmutter war ein grauer Lumpen gegen die Augen der Gisela. Sie berührte die rosaroten Wangen des Spiegelbilds, ließ jedoch gleich wieder davon ab, weil sie mit den Fingern fettige Schlieren auf dem Spiegelglas zog. Nein, Fingerabdrücke hatten nichts verloren in ihrem vollkommenen Gesicht! Aber Giselas Ärger war kurz, gleich wieder versank sie verliebt in ihrem eigenen verträumten Blick. Wie sinnlich es aussah, wenn sie dazu noch die Lippen ein wenig öffnete …

Gisela erschrak, als Wagenrad sich hinter ihr räusperte. Sie hatte ihn vergessen. Es hatte nichts gegeben als ihre Schönheit und den Spiegel. Sogar den Kleiderschrank hatte sie vergessen. Nun aber erregte gerade dieser ihre Aufmerksamkeit: Die Türen standen weit offen und gaben die Sicht frei auf Hunderte verschiedene Farben und Muster, auf roten Samt und rosa Seide, auf dunkle Röcke und helle Blusen, auf Blumen und Karos und Tupfen. Die Kleider hingen alle fein säuberlich auf ihren Bügeln aneinandergereiht, und die feine Staubschicht, die sich auf ihnen gebildet hatte, trübte nicht den faszinierenden Anblick dieser Vielfalt.

»Nicht mehr ganz modisch, ich weiß, alles noch aus der Zeit vor dem großen Krieg …«, murmelte Wagenrad, »Ilona hat sich manchmal für einen einzigen Auftritt ein neues Kleid gekauft und es dann nicht mehr getragen. Normalerweise schenkt man Kleider ja den Dienstboten, aber Emma … nun ja, hat ja eine ganz besondere Figur … Zu Hause hat Ilona immer dasselbe Kleid getragen, grün, knöchellang, mit den goldenen Knöpfen … Ich habe kein Gedächtnis für Kleidung, aber wenn ich sie heute vor mir sehe, dann immer in dem grünen Kleid …« Wagenrad bemerkte, dass er nur noch mit der Tapete sprach. Gisela hatte sich bereits in den Kleiderschrank gestürzt und wühlte darin wie eine Made. Jedes Stück wollte sie von der Nähe sehen und berühren, jedes Kleid war schöner als der Gnadenmantel, und jeder Stoff war weicher. Nun wurde es Wagenrad doch unangenehm, ihr zuzusehen, wie sie gierig den Schrank seiner Frau ausnahm wie eine Hyäne einen Kadaver. Er unterbrach sein rührseliges Selbstgespräch, um ein Machtwort zu sprechen: »Vier Kleider darfst du dir aussuchen, dazu vier Paar Strümpfe, einen Hut, und Emma soll dir einen Mantel besorgen. Der Rest aber gehört immer noch Ilona.« Gisela seufzte.

Von Wagenrad immer wieder auf die Uhrzeit hingewiesen, entschied sie sich schließlich für zwei blaue, ein altrosafarbenes und ein schneeweißes Kleid. Alle waren bodenlang und mit zahlreichen Schlaufen und Schleifen verziert, keines davon war bequem. Es waren Kleider für große Auftritte, nicht für den Alltag. Als Wagenrad sie darauf hinwies, erwiderte Gisela lachend, dass sie das selbst wüsste, sie bestand aber trotzdem auf ebendiesen vier Abendkleidern. Sie hatte sich im Spiegel gesehen. Auch wenn sie Wagenrad nichts davon sagte, wusste sie: Wo immer sie auch hinging, es würde ein großer Auftritt werden. Und es würde egal sein, ob sie sang oder nicht.

13

Auch wenn Gisela die folgende Nacht und alle weiteren Nächte im Gästezimmer verbrachte statt nackt in seinem Ehebett, schwanden Wagenrads neu geweckte Lebensgeister nicht. Abends schlief er erschöpft ein, morgens wachte er mit großem Hunger auf. Emma begann schon bald, sich ihre ohnehin wenig dicht gewachsenen Haare zu raufen. Wie nur sollte sie auf Dauer Wagenrads Hunger stillen, ohne das Haushaltsbudget völlig zu überziehen? Andererseits aber opferte sie die paar Haare gerne für den Umstand, dass Wagenrads Gesicht wieder an Farbe und Ausdruck gewann, und ihr kam es sogar so vor, als wäre an seinem ergrauten Haar ein dunkler Ansatz zu erkennen. Auch Emma selbst fühlte sich belebter als zuvor. Sie hatte nun wieder allerhand zu tun, denn Wagenrad kam ständig mit neuen Aufträgen zu ihr. Die Vorhänge sollten gewaschen werden, die Fenster waren ihm zu schmutzig, der Schreibtisch der seligen Gnädigen musste in Giselas Zimmer gebracht werden, und wenn Emma mit all den Arbeiten fertig war, hatte Wagenrad schon wieder Hunger. Vor lauter Geschäftigkeit hatte sie gar keine Zeit mehr dazu, in ihrem Zimmerchen

Runden zu drehen und bitteren Gedanken nachzuhängen. Sie gab sogar das Rauchen auf.

Eine der allerersten Aufgaben, mit der sie beauftragt wurde, war allerdings die Entsorgung des Gnadenmantelkleides. Wagenrad sorgte sich, dass sich darin irgendein Ungeziefer eingenistet hätte und nun die vier wertvollen Kleider Ilonas gefährdete. Mit dem Gnadenmantel legte Gisela das letzte Stück von Liebwies ab. Emma trug ihn zu einer ihr bekannten verarmten Schneiderin, die daraus Kleider für ihre drei kleinen Kinder nähte. So also fiel dem Gnadenmantel doch noch eine gnädige Aufgabe zu. Und Gisela rauschte von nun an prächtig gekleidet wie eine Prinzessin des vorigen Jahrhunderts durch das Haus. Die Verwunderung, die sie anfänglich sogar so alltäglichen Dingen wie etwa einem Regenschirm entgegenbrachte, gewöhnte sie sich schnell ab. Gisela begann, das Unbekannte als gegeben anzunehmen. Die Welt war voll mit Dingen, von denen sie bisher nichts gewusst hatte, und wenn sich nun hin und wieder eines davon in ihr Blickfeld drängte, fragte sie nur noch: »Emma, wie nennt man das?«, ohne die leiseste Irritation zu zeigen. Das ganze Haus, das sie anfangs als das reinste Wunderwerk betrachtet hatte, wurde nach nur wenigen Tagen ihre Heimat. Hätte man sie nun nach Liebwies zurückgeschickt, hätte sie wohl angewidert vor den Strohlagern gestanden, hätte die Hände in die Hüfte gestemmt und gefragt: »Darauf schlaft ihr? Habt ihr denn keine Betten mit bestickter Bettwäsche?« Sogar Ilonas schillernde Abendkleider, die nun zu Giselas Hauskleidern degradiert worden waren, verloren für sie bald jeden Reiz, und sie zog sie nur noch an, weil sie sonst eben nichts anzuziehen hatte, aber heimlich träumte sie schon von viel aufwendigeren Kleidern, mit noch mehr Knöpfen und noch mehr Schleifen und Goldfäden.

Das Einzige, das für sie seine Faszination niemals verlor, war der Spiegel in Ilonas Zimmer. Wann auch immer sie konnte, hielt Gisela sich dort auf, und manchmal, wenn sie sich ganz sicher war, dass Wagenrad und Emma schon schliefen, schlich sie sogar nachts die Treppen hinunter und in das Spiegelzimmer, um sich im Mondlicht zu betrachten. Sie war schön, egal wie das Licht fiel, egal welches Kleid sie trug. Sie war wunderschön. Zu den Bildern im Spiegel dachte Gisela sich die abenteuerlichsten Geschichten aus. Sie war die Prinzessin in einem von Dornenranken umgebenen Schloss, und zahlreiche Prinzen rieben sich daran auf, nur um einen Blick auf sie zu erhaschen. Sie war die mysteriöse Wasserfrau, die an Küsten badete und mit ihren schmachtenden Blicken und ihrem betörenden Gesang Seemänner in die Falle lockte (so oder so ähnlich hatte Köck die Geschichte einmal im Unterricht erzählt). Sie war die Heilige Jungfrau, die die Gläubigen mit ihrer Reinheit auf die Knie zwang. Und dann wieder war sie die Sünderin, die unschuldige Jünglinge ins Verderben stürzte. Jede ihrer Geschichten hatte eine eigene Pose, eine eigene Mimik. Bald kannte sie ihr Gesicht so gut, dass sie genau wusste, welcher Muskel wie angespannt werden musste, um eine gewisse Wirkung zu erzeugen. Nach kurzer Zeit hatte sie die ganze Palette der Schönheit drauf: das Liebliche, das Fordernde, das Schmachtende, das Kühle. Und eines Tages reichte es ihr nicht mehr, nur das Gesicht zu sehen. Sie zog sich aus, entblätterte sich von den vielen Stoffschichten und

Knopfleisten und Schleifen, was ohne Emmas Hilfe gar nicht so einfach war. Aber sie schaffte es schließlich, ohne das Kleid zu zerreißen, und sah sich nun zum ersten Mal völlig nackt im Spiegel. Natürlich wusste sie, wie sie nackt aussah. Sie hatte ja oft genug an sich heruntergeblickt, wenn sie sich gewaschen oder zum Schlafen bereitgemacht hatte. Aber trotzdem war es etwas anderes gewesen, als sich nun ganz und gar zu sehen, im klaren Bild des Spiegels, eingerahmt in Goldschnitzereien. Es war so schön, dass sie beinahe zu weinen begann. Sie war ein in Marmor geschlagenes Meisterwerk, glatt und hell, die Brüste waren klein, doch mit größter Sorgfalt gleichmäßig geformt, und die Haare, die sich unter ihren Armen und zwischen ihren Beinen kräuselten, waren echte Goldfäden. Es war ein solch beeindruckender Anblick, dass sie die Skulptur berühren wollte. Zuerst versuchte sie es am Spiegelbild, doch wieder hinterließen ihre Finger unschöne Spuren, und sie ließ es sein. Dann begann sie ihren eigenen Körper zu betasten. Jeden Zentimeter ihrer Haut, den sie mit den Händen erreichen konnte, fuhr sie mit den Fingerspitzen ab. Und tatsächlich, es gab nicht eine Stelle, die nicht glatt und weich war. Ein wohliges Kribbeln machte sich in ihr breit, als sie ihr Geschlecht berührte. Ja, auch das war ein Teil des Meisterwerks, vielleicht der wichtigste, der vergoldete Mittelpunkt. Sie ließ ihre Finger auch das warme, feuchte Innere spüren. Das wohlige Gefühl wurde stärker, wurde zu einem starken Kribbeln, bis Giselas ganzer Körper pulsierte, bis ihr Gesicht zu einer Grimasse wurde und sie nach Luft ringen musste. Und trotzdem wollte sie, konnte sie nicht aufhören, denn sogar das wie von Schmerz verzogene

Gesicht mit dem weit aufgerissenen Mund und den halb geschlossenen Augen war schön, atemberaubend schön. Die ganze Zeit über dachte sie an nichts als sich selbst. Sie selbst war es, ihr eigener Anblick, der sie in Ekstase brachte. Sie war schön, sie war so schön! Als sie gerade glaubte, zu explodieren, passierte aber das Gegenteil: Sie implodierte, fiel in sich selbst zusammen, ihre Muskeln entspannten sich. Der Zauber war vorbei. Gisela stand da vor ihrem Spiegelbild, ein wenig ratlos, aber glücklich, so glücklich, dass sie gar nicht wusste, wohin mit all dem Glück. Plötzlich schrie Emma aus der Küche, dass das Essen fertig war (was für ein Glück, dass Emma gerade heute augenscheinlich zu faul war, Gisela zu suchen und ihr diesen Umstand mit leiserer Stimme und in höflicherem Tonfall mitzuteilen, wie es sich eigentlich gehörte), und Gisela antwortete, sie würde gleich kommen. Sie schlüpfte wieder in das Kleid, schloss mühsam all die Knöpfe und knüpfte die Schleifen. Dann lächelte sie sich im Spiegel schelmisch zu. Ihre Mutter hatte ihr beigebracht, dass es Stellen am menschlichen Körper, aber ganz besonders am Körper junger Mädchen gab, mit denen man am besten so umging, als wären sie überhaupt nicht existent. Aber sie kannte ja Giselas Körper nicht, zumindest nicht im Bild dieses Spiegels, denn sonst hätte sogar sie einsehen müssen, dass man in manchen Fällen Ausnahmen machen musste. Giselas Körper war perfekt, und es gab keinen Teil, den man bei seiner Bewunderung hätte aussparen können, am wenigsten den Mittelpunkt.

Da sich Gisela in ihrer neuen Welt ohnehin eine neue Ordnung von Sünde und Moral zurechtlegen musste, beschloss sie, dass es zumindest in der Stadt sehr wohl eine Sünde wäre, einen solchen Körper nicht zu genießen.

Dieser Genuss wurde bald ihre Lieblingsbeschäftigung. Da sie nicht davon ausgehen konnte, dass Emma jedes Mal durch das ganze Haus schreien würde, verlegte sie diese Tätigkeit auf ihre nächtlichen Ausflüge in Ilonas Zimmer. Das hatte auch den Vorteil, dass sie das Nachthemd, das sie ebenfalls aus Ilonas Nachlass bekommen hatte, viel schneller ablegen konnte als die Abendkleider und somit noch ein wenig länger etwas von ihrer Nacktheit hatte.

Den Rest ihrer Freizeit, die ihr mangels eines Feldes oder eines Stalles ohne Ende schien, verbrachte sie vor allem mit ungestörtem und herrlichem Nichtstun auf ihrem Zimmer. Wagenrad hatte ihr aber auch ein paar Bücher aufs Zimmer gelegt, um sie auf ihren neuen Beruf als Sängerin einzustimmen. Es waren neben einigen musiktheoretischen Werken ein Opernführer und ein dicker Band über die bedeutendsten Inszenierungen und Sänger der Operngeschichte. Dieses wurde zu Giselas Lieblingsbuch, da es zahlreiche Zeichnungen von Sängerinnen in exotischen Kostümen beinhaltete, die in theatralischer Haltung vor aufwendigen Bühnenbauten posierten. Während sie bei den anderen Büchern jeweils nur den ersten Satz mit Müh und Not entziffert, aber nicht verstanden hatte, beschloss sie, überhaupt nur noch in diesem einen Buch zu schmökern. Bald wusste sie zwar nicht, dass die Dame in dem spanischen Folklorekleid Célestine Galli-Marié als »Carmen« war, wohl aber, dass sie wie eine Ertrinkende die Arme weit von sich streckte und dabei den Mund aufriss. Das also war eine Oper.

Wagenrads Freizeit hingegen war knapp bemessen. Er verbrachte eine volle Woche nur damit, einen Stundenplan für Gisela zusammenzustellen. Eigentlich hatte er keine Zeit zu verlieren, aber irgendetwas in ihm ließ ihn immer wieder noch etwas an seinem geplanten Programm ändern. Das erklärte er sich selbst mit dem Umstand, dass er schon so lange nicht mehr als Gesangslehrer fungiert hatte und sich darum erst wieder an diese Rolle gewöhnen musste. Außerdem war der Leiter des Konservatoriums ein guter Bekannter von ihm, und es würde doch höchst peinlich sein, würde dieser naserümpfend sagen: »Ein talentiertes Mädchen, aber was man aus ihr gemacht hat …!« Das waren natürlich nichts als Ausreden. In Wahrheit hatte Wagenrad Angst. Obwohl er sich an die Reise nach Liebwies nur noch erinnerte, wie man sich an einen vor langer Zeit geträumten Traum erinnert, verschwommen und lückenhaft, wusste er sehr wohl noch, dass es ein Konzert gegeben hatte. »Hör auf die Zweite!«, hatte Köck gesagt, »Sie ist vielleicht nicht ansehnlich, aber ein Naturtalent, eine Engelsstimme.« Nun hatte Wagenrad zwar keine Ahnung mehr, wer als Erstes und wer als Zweites gesungen hatte, denn das ganze Konzert war ihm mit Ausnahme von Giselas Anblick völlig entfallen, aber er wusste, dass es sich bei »nicht ansehnlich« keinesfalls um Gisela gehandelt haben konnte. Und irgendwo in seinem Kopf geisterte ein mit unglaublich dünner Stimme gesäuseltes »Ave Maria« herum. Nun, das konnte er auch woanders aufgeschnappt haben. Ein Mann wie er wurde zu unglaublich vielen Konzerten eingeladen, besonders zu Konzerten von Nachwuchshoffnungen, und da waren nicht wenige dabei, bei denen die Hoffnung nur eine Hoffnung bleiben sollte. Aber trotzdem fürchtete er, einen Fehler begangen zu haben. Sicherlich hatte Gisela Leben in sein Haus, nein, Leben in ihn selbst gebracht, und sie war ein nettes Mädchen, aber das alles hatte doch nichts mit Musik zu tun. Vielleicht war es ja egoistisch von ihm gewesen, sie mitzunehmen, was konnte denn die andere dafür … Andererseits, vielleicht war Gisela tatsächlich das »Naturtalent«, die großartige Sängerin, alle Überlegungen waren umsonst, und man sollte keine Zeit mehr verlieren. Und so beschloss er nach einer Woche Arbeit, nun mit dem Stundenplan zufrieden zu sein.

Drei Stunden morgens und drei Stunden abends wollte er Gisela Gesangsunterricht geben. Montags und mittwochs außerdem Harmonielehre, dienstags und donnerstags Notenkunde. Am Freitag vier Stunden am Vormittag, und dafür wäre der Samstagnachmittag frei, so wie ihr auch der Sonntagvormittag zum Kirchgang freistand, sofern sie das wünschte. Beginnen wollte er mit einfachen Tonleitern, bevor er sie dann langsam, ja, behutsam an die hohe Kunst des Liedvortrags und der Oper heranführte. Und schließlich wollte er ihr Repertoire erweitern, oder viel eher von Grund auf erschließen, denn er konnte sich nicht vorstellen, dass Köck in seiner Volksschule ihr mehr als ein oder zwei Kirchenlieder beigebracht hatte. Nun, da der Plan ausgeklügelt war, hielt ihn aber leider auch nichts mehr davon zurück, mit dem Unterricht zu beginnen. Vorsorglich schickte er Emma auf den Markt, um Erledigungen zu machen. Zwar gab es momentan kaum etwas zu kaufen, und was es gab, war meist von schlechter Qualität und trotzdem nur zu einem Wucherpreis zu erstehen. Aber so eine erste

Gesangsstunde war eine intime Angelegenheit, die keine Zuhörer duldete.

Nachdem Emma gegangen war, beorderte er Gisela ins Wohnzimmer. Das Wohnzimmer wurde seinem Namen nicht gerade gerecht, da es, bis auf eine kleine, purpurrote Sitzecke aus besseren Tagen, nicht besonders wohnlich war. Den Mittelpunkt bildete ein schwarz glänzender Konzertflügel. Hier hatte sie gesessen, auf diesem mit Samt überzogenen Hockerchen, und hatte sich die Finger wund gespielt, seine schöne Ilona. Was hatte sie dem Ungetüm für schöne Melodien entlocken können, die das ganze Haus erfüllt hatten mit Licht, mit Farben, mit Leben. Wagenrad seufzte, als er an den Flügel trat. Im Gegensatz zu Ilonas Ankleidezimmer hatte er das Wohnzimmer nicht gemieden. Er hatte sogar sehr häufig in einem der weichen roten Sessel gesessen und ins Nichts gestarrt. Er hatte versucht, irgendetwas zu hören. Es war ihm vorgekommen, als könnte man eine solche Musik wie Ilonas Klavierspiel nicht verlieren, als müsste sie sich irgendwo in den Wänden festgesetzt haben, und man bräuchte sich nur genügend anstrengen, um sie zu hören. Aber natürlich hatte das nicht funktioniert. Immer hatte er in der Stille gesessen wie in einer Blase, abgeschnitten von seiner Vergangenheit, abgeschnitten von Ilona.

Nun aber sollte der Flügel wieder erklingen. Natürlich nur unter seiner vergleichsweise laienhaften Führung, aber doch, der Klang würde dem Klang von Ilonas Spiel zumindest ähneln. Er öffnete den Flügel und setzte sich auf den Hocker. Dieser war viel zu hoch eingestellt. Ilona war ja ein beträchtliches Stück kleiner gewesen als ihr Mann. Wagenrad drehte an den Rädchen und brachte sich in eine angenehme Position. Dann drückte er die A-Taste. Ein klarer, feiner Ton breitete sich aus. Wagenrad versuchte, seine Gänsehaut zu ignorieren, und begann leise (so leise ein Konzertflügel eben konnte) »Für Elise« zu spielen. Und obwohl sein Anschlag bei weitem nicht so sanft war wie der Ilonas, seine Dynamik plump und sein Rhythmus schleppend, obwohl er manchmal sogar ein Kreuzzeichen vergaß und einen kreischenden Misston erzeugte, war es schön, Musik um sich zu haben. Er spielte das Stück immer wieder, bis zumindest die falschen Töne ausgemerzt waren, und vergaß sich ganz in den herrlichen Harmonien. Warum hatte er das nicht viel früher getan? Hatte ihm dazu tatsächlich irgendjemand, ob es nun Gott war oder Köck, die kleine Gisela aus dem Nichts der Provinz schicken müssen? Ja, vielleicht hatte das passieren müssen.

Gisela kam wieder zu spät. Sie hatte sich nach dem Essen noch genüsslich gekämmt und umgezogen, wobei sie regelmäßig die Zeit übersah. Nun trug sie aber das weiße Abendkleid und machte den Eindruck einer aufgeregten Braut. Obwohl ihr immer noch nicht klar war, was ein »Konservatorium« war, so spürte sie doch, dass diese Gesangsstunden unglaublich wichtig waren, dass sie nur für diese Gesangsstunden Liebwies verlassen, Karoline betrogen hatte. Gisela quietschte vergnügt beim Anblick des Konzertflügels. Da ihr Forschungstrieb nicht besonders ausgeprägt war, zumindest, solang er nicht ihre eigene Schönheit betraf, hatte sie das Wohnzimmer bisher noch gar nicht besichtigt. Was war das für ein Fehler gewesen, denn wie viel eleganter war der Konzertflügel im Vergleich zu der rostigen Orgel von Liebwies! Und auch der Klang war viel schöner. Während die Orgel geknarrt und gepfiffen hatte, war die Musik, die aus dem Flügel drang, magisch. Gisela konnte erst gar nicht sagen, welche Mechanik solche Töne erzeugen konnte, auf jeden Fall waren es keine schrillen Tröten. Aber als sie etwas näher trat, konnte sie die vielen, vielen Hämmerchen beobachten, die sanft gegen die straff gespannten Saiten schlugen und diese erzittern ließen. Dieses Schauspiel konnte sie jedoch nur eine kurze Zeit lang faszinieren, denn dann bemerkte sie, dass sich ihr Gesicht im glänzenden Lack spiegelte, und sie wandte sich wieder ihrem eigenen Lächeln zu.

Wagenrad spielte »Für Elise« zum wiederholten Male zu Ende. Dann saß er kurz vor dem Flügel, ohne sich zu regen. Er musste ganz langsam wieder auftauchen aus der Welt Beethovens. Er atmete ein paar Mal tief durch und wandte sich Gisela zu.

»Nun, ich begrüße Sie … dich …«, er hatte ja schon begonnen, sie wieder zu duzen, daher konnte er davon nicht mehr abkommen, jedoch fiel es ihm sehr schwer, eine Schülerin wie eine Geliebte anzusprechen. »Ich begrüße dich zu unserer ersten Gesangsstunde. Wir beginnen mit Tonleitern. Ich hoffe, du hast keine Höhenangst?« Diesen Witz machte er immer in der ersten Stunde. Gisela verstand ihn nicht, sie schüttelte nur mit größter Ernsthaftigkeit den Kopf. Das verwirrte ihn dermaßen, dass er ganz vergaß, die üblichen Atem- und Haltungsübungen durchzuführen, sondern sofort eine halbe C-Dur-Tonleiter in die Tasten haute. »Können Sie … Kannst du das nachsingen?«

Gisela nickte eifrig. Der Anblick, der sich dem Gesangslehrer nun aber bot, war so köstlich, dass Wagenrad völlig aus der Rolle fiel und aus dem Lachen nicht mehr herauskam. Die kleine Gisela blähte sich auf wie ein Kugelfisch, und wie eine hundert Kilo schwere Brünhilde stand sie nun da, Mund und Augen dramatisch aufgerissen, die Arme von sich gestreckt. Und diesem höchst beeindruckenden Bild entfloh eine leise, fast gehauchte C-Dur-Tonleiter. Diese Diskrepanz zwischen Walkürenhaltung und Kükenstimmchen war so lustig, dass Wagenrad nicht einmal darauf achten konnte, ob sie überhaupt die Töne traf. Er lachte und lachte. Gisela war etwas verwirrt. Sie hatte doch die Bilder der Opernsängerinnen studiert, sie hatte sie sogar vor dem Spiegel nachgestellt, und sie war sich sicher, dass sie, während sie sang, haargenau so herzzerreißend dramatisch aussah wie die kostümierten Damen in dem Buch. Aber Wagenrads Lachen war ansteckend, und irgendwann lachte Gisela auch, ohne dabei zu wissen, warum.

»Nun, da haben wir viel Arbeit vor uns«, sagte Wagenrad, als er sich wieder einigermaßen beruhigt hatte. Und er sagte es voll Zuversicht, ja, voll Glauben. Arbeit war es, die er brauchte, und nichts als Arbeit war es, die Giselas Stimme brauchte. Arbeit wirkte Wunder. Ein wenig Talent und viel Arbeit, das machte einen guten Musiker aus. Das war immer Ilonas Credo gewesen. Und wenn kein Talent vorhanden war, dann musste man eben besonders viel arbeiten.

»Aber natürlich kann ich ja noch gar nicht so gut sein«, sagte Gisela plötzlich, als hätte sie eine Erleuchtung gehabt, »ich trage ja gar kein Kostüm!«

14

Das Büro von Elias Zwirbel war einmal der schönste Platz und er selbst der schönste Mann der Stadt gewesen. Bei seinem Büro hatte vor allem die Aussicht, bei ihm selbst der Schnurrbart den Ausschlag gegeben. Aussicht wie Schnurrbart waren zwar immer noch da, aber ihre Schönheit war verlorengegangen. Wenn Zwirbel an seinem Schreibtisch saß, überblickte er die prächtigen Wahnsinnsbauten, mit denen der Kaiser sich noch schnell ein überdimensionales Denkmal gesetzt hatte, als hätte er geahnt (und vielleicht hatte er das auch), dass dies ein Denkmal seiner ganzen Dynastie, des Kaisertums an sich werden musste. Darum hatte er es wohl auch als notwendig erachtet, die gesamte Weltgeschichte in Gebäudeform in die Stadt zu schreiben: Das Universitätsgebäude hatte das Gesicht der florentinischen Renaissance, das Rathaus war als gotisches Bürgerhaus verkleidet, und das dem Kaiser verhasste Parlament trug das wenigstens optisch ansprechende Kleid der Antike. So also konnte Zwirbel die in nur wenigen Jahren aus der Erde gestampfte Geschichte der Welt, wie der Kaiser sie sah, überblicken. Früher hatte er den Anblick als »prächtig« empfunden.

Seit dem Ende des Krieges aber arbeitete Zwirbel nur noch bei künstlichem Licht. Die Vorhänge blieben verschlossen, die Vergangenheit draußen, denn die beeindruckenden Bauten warfen lange Schatten auf die Bettler, auf die Invaliden, auf die Straßenkinder. Und diese Leute schauten immer so anklagend zu den prachtvollen Häusern hinauf, als wären diese es gewesen, die den Balkankrieg, den Weltkrieg heraufbeschworen hatten. In einem dieser feinen Bürgerhäuser saß nun Zwirbel und wurde von den Blicken getroffen – obwohl er selbst auch im Krieg gewesen war und es sogar zum Unterstabsführer gebracht hatte. Dafür, dass seine Finger davor nur beim Geigen- und gelegentlich beim Liebesspiel trainiert worden waren, war er nicht schlecht gewesen im Bedienen eines Gewehrabzugs. Er konnte in atemberaubender Geschwindigkeit nachladen und schießen, nachladen und schießen, und traf immer. »Dem Juden Zwirbel ist es zu verdanken, dass so mancher Franzos' keinen Froschschenkel mehr fressen wird«, hatten ihn seine Kameraden gefeiert. Seine große Beliebtheit aber erlitt ein plötzliches Ende, als der Krieg ein solches erlitt. Zwirbel kehrte von der Westfront zurück, ohne sich auch nur ein Knie aufgeschlagen zu haben. Er war weder in eine Explosion noch in einen Gasangriff geraten, er war weder angeschossen noch zu Boden gestoßen worden. Er hatte sich nicht einmal beim Kartoffelschneiden verletzt oder war nach einer zu feuchtfröhlichen Nacht gestolpert. Sein Schnurrbart, den er seinem Nachnamen zu Ehren jeden Morgen mit viel Wachs in die rechte Form brachte, glänzte wie eh und je. Und das war es, warum er die Straßen, ja, auch nur einen Blick auf die Straßen von seinem Schreibtisch aus mied. Er wusste genau, was da unten von ihm gesprochen wurde. »Gerade der Jude Zwirbel natürlich ist verschont geblieben. Was für ein Zufall! Wo doch jeder weiß, dass die Judenbande verteilt ist über den ganzen Kontinent, sodass sie keine wahren Patrioten sind, sondern einfach nur Juden, gegen ganz Europa verschworen. Der Krieg wäre von uns wohl schnellstens gewonnen gewesen, wenn es in unseren Armeen keine Zwirbels gegeben hätte, die ihres eigenen Vorteils wegen mit Froschfressern und Engländern unter einer Decke gesteckt haben. Und sein Geld hat er von Rockefeller.«

Die Annahme, Zwirbel wäre ein großer Vaterlandsverräter, beschädigte aber nicht nur seinen Ruf, sondern auch sein Geschäft. Viele national denkende Bürger mieden es nun, ihren musikalischen Nachwuchs auf Zwirbels Konservatorium zu schicken, und blickten sich stattdessen lieber nach »echt deutschen« Lehrern um. Dass Zwirbel vor dem Krieg ein gefeierter Konzertgeiger gewesen war und man viel Geld auf den Tisch gelegt hatte, um eine Stunde an seiner Musikschule absolvieren zu dürfen, schien vergessen zu sein. Der Krieg hatte die Vergangenheit fortgespült, und man musste schon ein Bauwerk wie etwa das Rathaus sein, um eine solche Flut zu überstehen. Sein einst glühender Blick wurde schal, sein eindrucksvoller Bart grotesk.

Zwirbel gab seine Arbeit trotzdem nicht auf. Er setzte sich jeden Tag in sein abgedunkeltes Büro. Er stellte neue Lehrer ein und warb neue Schüler an, er gab selbst Unterricht und spielte sogar wieder Konzerte, zu denen wenigstens noch die jüdische Gemeinde und einige eingefleischte Bewunderer von klassischer Musik und Zwirbels Geigenspiel (oder, im Fall einiger unverbesserlicher Verehrerinnen, seines Schnurrbarts) kamen. Unter Musikkennern besaß er immer noch eine gewisse Autorität. Außerdem veranstaltete er jährlich Aufführungen mit seinen Schülern: Operetten und Singspiele, die sich sogar beim einfachen Volk großer Beliebtheit erfreuten, Jude hin oder her. Die Geschäfte liefen schlechter, aber, verglichen mit den Menschen auf der Straße, hatte er wohl noch Glück gehabt.

An jenem Tag, in dessen Verlauf er auch noch die Freundschaft Christoph Wagenrads verlieren sollte, hatte Zwirbel bereits zu Mittag das Gefühl, dass ein kleiner sauberer Schuss in den Kopf und ein schnelles Ende im Schützengraben ein kleineres Übel bedeutet hätte, als weiterhin das Konservatorium zu leiten. Am Morgen hatte ihn die Meldung erreicht, dass eine weitere Studentin aus »rassischen Bedenken« den Unterricht aufgeben wollte und ihn wieder um einige Kronen (er vertraute dem Schilling nicht und rechnete daher immer noch um) ärmer machte. Im Anschluss daran hatte Madame Kurnikova sein Büro gestürmt. Sie hatte mit ihrer Körpermasse den ganzen Raum ausgefüllt, mit ihrer Stimme aber den ganzen Stadtteil. Sie hatte gebrüllt, dass sie eine Gehaltserhöhung brauchte, geheult, dass sie mit dem miesen Stundensatz, den Zwirbel ihr bot, ihre Miete nicht bezahlen konnte und noch als Hure enden müsste, und am Schluss bekam sie auch noch einen Schwächeanfall, den Zwirbel nur durch eine Zusage von einer zwanzigprozentigen Gehaltserhöhung beenden konnte. Daraufhin hatte sie sich zufrieden die Haare geordnet und war wieder hinausmarschiert. Wäre Madame Kurnikova keine so ausgezeichnete Gesangslehrerin gewesen, hätte Zwirbel sie schon zehn Mal gefeuert.

Tatjana Pavelovna Kurnikova kam aus altem, russischem Adel, was ihr 1917 freilich zum Verhängnis wurde und sie zur Flucht in den Westen zwang, den sie aber von ausgedehnten Konzertreisen und einigen Kuraufenthalten bereits gut kannte. Sie war schon damals nicht mehr ganz jung gewesen, und ihre Persönlichkeit war ganz und gar im 19. Jahrhundert verhaftet. Ihren Hang zum Übermaß hielt sie für ihr Geburtsrecht. Zwirbel wusste gar nicht, wie sie es anstellte, in schlechten Zeiten wie diesen ihr beeindruckendes Übergewicht zu halten. Alles, was dezent war, hielt sie für Sozialismus, und Sozialismus hielt sie für ein Verbrechen. Sie sah den Umstand, dass sie nicht mehr an große Opernhäuser engagiert wurde, sondern sogenannte »höhere Töchter« unterrichten musste, bereits als Abstieg in die Arbeiterklasse. Davon versuchte sie mit allen Mitteln abzulenken. Ihr schlohweißes Haar verbarg sie unter quietschbunten Hüten, ihr Hals war mit Dutzenden Perlenketten behängt und ihre Röcke stets so ausgestellt, dass sie sich damit jedermann mehrere Meter vom Leib halten konnte. Aber wenn diese lächerliche Person, deren Akzent eine abenteuerliche Mischung aus russisch und französisch darstellte, eine Bühne betrat und den Mund aufmachte, konnte man seinen Ohren nicht trauen: eine Stimme, so klar wie eine Jännernacht und so gewaltig wie der Himalaya. Und auch ihren Schülerinnen entlockte sie ungeahnte Töne und noch mehr Tränen. Wer nicht mindestens einen Nervenzusammenbruch erlitten hatte, hatte nicht wirklich bei Madame Kurnikova studiert. Einmal hatte sie einer Schülerin mit dem Taktstock beinahe das Auge ausgestochen. »Na und?«, war ihre Antwort gewesen, nachdem Zwirbel sie darauf angesprochen hatte, »Danach 'at ihr 'ohes C tadellos geklungen!« Tatsächlich hatte noch keine einzige Gesangsschülerin ihre Ausbildung bei Madame Kurnikova aus freien Stücken abgebrochen, die eine oder andere allerdings war wegen mangelndem Eifer, mangelndem Talent oder einer schlechten Tagesverfassung der Madame von ebenjener hinausgeworfen worden. So war es bis zum heutigen Tage geblieben, womit sich Madame Kurnikova selbstverständlich auch bei ihrem neuesten Anfall gebrüstet hatte. »Trotz Ihres Rufes, Zwirbel, bleiben meine Mädchen mir treu!«

Immer, wenn Madame Kurnikova ihm wieder ein Theater machte, musste Zwirbel sie sich in ihren größten Rollen in Erinnerung rufen, um nicht einfach seinem ersten Impuls nachzugeben und ein Entlassungspapier aufzusetzen. Und außerdem waren sie auf eine sehr eigenartige Art und Weise schon seit Jahren befreundet. Sie wechselten zwar kaum ein freundliches Wort, aber trotzdem suchten sie die gegenseitige Nähe. Sie gingen regelmäßig gemeinsam zu Opernvorstellungen oder Tanzveranstaltungen, nur um hinterher verschiedener Meinung zu sein. Das hatten sie schon vor dem Krieg so gemacht, als Madame Kurnikova nur gelegentlich, etwa im Rahmen einer Tournee, in die Stadt gekommen war, und das taten sie immer noch. Keine Revolution und kein Weltkrieg konnte Madame Kurnikova davon abhalten, anderer Meinung als Zwirbel zu sein, und diese Kontinuität wusste Zwirbel zu schätzen. Heute aber fiel es ihm besonders schwer, sich die guten Seiten der Kurnikova in Erinnerung zu rufen. Die Stimme seiner ehemaligen Schülerin (»Ich habe Bedenken aus rassischen Gründen …«) und das Geschrei von Madame Kurnikova (»Mehr gönnen Sie mir nicht, Monsieur Zwirbel? Wo ich doch so viel für Sie getan ’abe …«) vermischten sich in seinem Hirn zu einem Wortbrei, der ihm Kopfschmerzen verursachte. Dazu mischten sich Schüsse, die man in der Ferne hören konnte. Wahrscheinlich waren wieder zwei Parteien aneinandergeraten und versuchten, ihre Reibereien auszufechten. Vielleicht waren es aber auch nur geplatzte Reifen gewesen. Irgendwoher kam der Lärm irgendeiner Protestveranstaltung, rhythmisch skandierte Parolen, die Zwirbel nicht verstehen konnte. Zwirbel krümmte sich über seinen Schreibtisch und steckte sich die Finger in die Ohren. Er versuchte sich vorzustellen, wo das noch alles hingehen sollte, mit seinem Konservatorium, mit seiner Welt, mit sich selbst. Hätte nur einer dieser verdammten Franzosen nicht danebengeschossen, dann würde er sich diese Fragen nicht mehr stellen müssen. Aber das war ja das Problem mit den Franzosen: Sie schossen immer daneben.

Als es plötzlich an der Tür klopfte, schreckte er wie aus einem Albtraum auf, erleichtert, aber verschwitzt, mit klopfendem Herzen. Es war seine Sekretärin, Fräulein Schmidt. Noch war er hier, noch bestand das Konservatorium, noch hatte er eine sogar hübsche Sekretärin, die sich um ihn kümmerte. Er fasste wieder Mut. Noch waren die Zeiten gar nicht so schlecht, wenn man nur die Vorhänge geschlossen ließ.

»Bitte?«, fragte er mit gespieltem Ärger, damit Fräulein Schmidt glauben würde, sie hätte ihn bei einer wichtigen Arbeit gestört.

»Pardon«, antwortete Fräulein Schmidt, »aber ein gewisser Herr Wagenrad bittet um Einlass.«

15

Nun konnte Zwirbel seinen Zorn nicht mehr weiterspinnen, da er sich ernsthaft freute. Mit Wagenrad verband ihn eine lange Freundschaft und gewissermaßen auch eine ebenso lange Zusammenarbeit. So viele seiner besten Schülerinnen und Schüler hatte Zwirbel nur dank Wagenrads Empfehlung an seinem Konservatorium aufgenommen, und sie alle waren zu großen Musikern geworden, viele von ihnen sogar zu Berühmtheiten. Die Mappe, die Zwirbel mit Zeitungsausschnitten und Programmzetteln seiner erfolgreichsten Schützlinge füllte, bestand zu gut zwei Dritteln nur aus Entdeckungen des Ehepaars Wagenrad.

Seit Ilonas Tod hatte Zwirbel allerdings nichts mehr von seinem Freund gehört. Von gemeinsamen Bekannten hatte Zwirbel nach und nach erfahren, wie es um Wagenrad stand: dass er das Haus kaum noch verließ, und selbst wenn er es tat, traurig vor sich hin starrte und nur das Allernötigste sprach. Zwirbel selbst hatte sich allerdings nicht wirklich bemüht, den Kontakt aufrechtzuerhalten, denn auch er war damit beschäftigt gewesen, sich so gut es ging in seinem dunklen Bürozimmer einzuigeln und nur an die Öffentlichkeit zu treten, um Geld zu verdienen. Außerdem wusste er gar nicht, wie Wagenrad zu ihm stand. Er hatte ihn zwar immer für einen unpolitischen Menschen gehalten, für den nichts zählte als die Musikalität, aber sicher sein konnte er sich auch nicht. Die Zeiten änderten die Zeitgenossen.

Dass Wagenrad ihn besuchen kam, war ein gutes Zeichen. Zwirbel wies die Sekretärin an, ihn sofort hereinzubitten. Als Wagenrad eintrat, wusste Zwirbel, dass seine Bekannten gelogen oder zumindest stark übertrieben hatten. Christoph Wagenrad sah unverändert aus. Er war weder furchtbar abgemagert, noch hatte er eine ungesunde Hautfarbe. Seine blauen Augen blickten dem alten Bekannten mit größter Aufmerksamkeit entgegen, sein Lächeln war so offen und freundlich wie eh und je. Nur seine Finger, mit denen er an den Knöpfen seines Hemdes drehte, verrieten eine gewisse Nervosität. Aber auch das war nicht weiter verwunderlich. Wagenrad war häufig nervös gewesen, wenn er eine Schülerin oder einen Schüler zum Vorspielen oder Vorsingen begleitet hatte.

»Christoph!«, rief Zwirbel erfreut. »Wie schön …«

Dann aber verstummte er, weil das Mädchen an Wagenrads Seite seine ganze Aufmerksamkeit auf sich zog. Sie war ein paar Schritte hinter Wagenrad eingetreten, und auch Zwirbel hielt sie auf den ersten Blick für Ilona. Auf den zweiten sah sie ihr gar nicht mehr so besonders ähnlich, aber trotzdem war sie mindestens genauso hübsch anzusehen.

»Das ist das Fräulein Gisela«, sagte Wagenrad, »und sie ist eine … außergewöhnliche Sängerin. Ich möchte sie dir unbedingt für die Ausbildung an deinem Konservatorium ans Herz legen.«

»Küss die Hand, Fräulein Gisela«, sagte Zwirbel und führte seinen Schnurrbart an Giselas Hand. Sie kicherte mädchenhaft. Dann wandte Zwirbel sich wieder an Wagenrad: »Nun, Christoph, alter Freund, wie lange haben wir uns nicht gesehen? Wir haben uns doch so viel zu erzählen …« Doch er bemerkte sofort, dass Wagenrad nicht auf Konversation eingestellt war. Das Lächeln erfror in Wagenrads Gesicht, er wurde plötzlich seltsam steif und antwortete auf Zwirbels Fragen immer nur in kurzen Sätzen. Das Fräulein Gisela hingegen wirkte völlig entspannt. Sie ließ ihren verträumten Blick durchs Zimmer schweifen und lachte, wenn Zwirbel lachte. Außerdem beantwortete sie die an sie gerichteten Fragen, die Zwirbel aus Höflichkeit einstreute, mit größter Liebenswürdigkeit. Zwirbel kam es so vor, als wäre das Fräulein Gisela die Mäzenin und Wagenrad jener, über dessen Zukunft hier entschieden werden sollte.

»Nun wollen wir das Mädchen nicht zu lange auf die Folter spannen«, sagte Zwirbel schließlich und meinte damit Wagenrad, »folgt mir ins Prüfungszimmer.« Wagenrad atmete wie erwartet erleichtert auf.

Das Prüfungszimmer war ein kleiner, fensterloser Raum mit einem Klavier und einem Stuhl für den Prüfer. Zwirbel nahm auf diesem Platz, Wagenrad hinter dem Klavier. Gisela positionierte sich in der Mitte des Raumes, wo sie von der Deckenlampe direkt beleuchtet wurde. Sie wusste ganz genau, wie wunderbar ihr Haar im Lampenlicht glänzte. Sie lächelte Zwirbel an, wobei sie verführerisch eine Augenbraue hochzog. »Franz Lehár: das Vilja-Lied. Aus: *Die Lustige Witwe*«, leierte sie brav herunter. Dann gab sie Wagenrad ein Handzeichen, und sogar dieses kleine Handzeichen war irgendwie betörend. Wagenrad begann zu spielen, und Gisela begann zu singen.

Zwirbel traute seinen Ohren nicht. Sie sang fürchterlich schlecht. Die Töne traf sie wohl halbwegs, aber der ganze

Rest, also der Rhythmus, die Dynamik und ganz besonders der Stimmklang allgemein waren grauenhaft. Die tiefen Töne kratzten, als hätte sie eine schlimme Verkühlung, die hohen pfiffen unangenehm in den Ohren, und das einigermaßen Erträgliche dazwischen klang langweilig und farblos. Den Ausdruck, der ihrer Stimme fehlte, versuchte sie jedoch durch ihre Darstellung wettzumachen: Sie überdrehte dramatisch die Augen, wenn sie vom »liebkranken Mann« sang, und als im Lied das Waldmägdelein seine Hand nach dem Verliebten ausstreckte, tat Gisela dasselbe in Zwirbels Richtung, mit einer Inbrunst, als wäre das einzige Aufnahmekriterium, dass sie aus dem Stand die Nase des Prüfers erreichen konnte. Alles in allem war es ein trauriger Auftritt, der aber nicht enden wollte. Zwirbel fragte sich, ob seine Bekannten vielleicht doch recht gehabt und Wagenrad in seiner Trauer den Verstand verloren hatte. Da er Giselas jämmerliche Gebärden nicht mehr ertragen konnte, wandte Zwirbel nun seine ganze Aufmerksamkeit dem Pianisten zu. Wagenrads Hemd war fast durchsichtig vor Schweiß. Dabei senkte er seinen Kopf über die Klaviertasten, als wäre er schwer kurzsichtig und würde sie in einer anderen Haltung nicht auseinanderhalten können. Zwirbel ahnte aber, dass Wagenrad mit dieser seltsamen Pose nur seinem Blick auswich.

Als das Lied vorbei war (Zwirbel bemühte sich, nicht zu laut aufzuatmen, aber ein leiser, erleichterter Seufzer entfuhr ihm doch), machte Gisela einen Ballettknicks und wartete strahlend auf den Applaus, der nicht kam. Sie war ganz offensichtlich sehr stolz auf ihre Leistung. Sie strahlte über das ganze Gesicht, was sie noch hübscher, aber zu keiner besseren Sängerin machte. Wagenrad sah hingegen aus, als wäre er am Klavier vollends zusammengebrochen und würde nur noch durch das zufällige Zusammenspiel verschiedener physikalischer Kräfte nicht vom Hocker kippen.

»Ähm, das war ja …« Zwirbel wusste gar nicht, wie er das Hörerlebnis in Worte fassen sollte. Aber Gisela ließ kein Schweigen aufkommen. Sie richtete sich auf und erklärte mit breitem Lächeln: »Und nun singe ich: *Sempre Libera*. Von Giuseppe Verdi …«

»Nein!« Zwirbel sprang auf die Beine, als hätte sie eben eine Pistole gezogen. Es hatte ihm schon um Lehár leidgetan, aber nun auch seinen Gott Verdi vergewaltigt zu sehen, hätte er nicht mehr ertragen. Wagenrad hob seinen Kopf und blickte Zwirbel flehend an. Zwirbel wusste nur nicht, worum er flehte: darum, dass er seinem Schützling eine zweite Chance geben würde, oder doch eher darum, dass Zwirbel diese Blamage auf schnellstem Weg beendete. Zwirbel beschloss, Letzteres zu verstehen.

»Das war schon … ganz ordentlich. Ich konnte mir einen Eindruck machen von Ihrem … Talent, Fräulein Gisela«, sagte er. Eigentlich hatte er direkt sein wollen, wie es sonst seine Art war, aber Giselas hoffnungsfroher Blick hatte ihn schließlich doch so umständlich stottern lassen. Sie war ein nettes Mädchen, eines, das als Sekretärin in irgendeiner Kanzlei viel glücklicher werden würde als auf einer Bühne. Trotzdem fürchtete Zwirbel, sie mit einer Absage zutiefst zu verletzen, oder sie zumindest zum Weinen zu bringen. Er konnte es auf den Tod nicht ausstehen, wenn schöne Frauen weinten (bei der dicken Kurnikova war das natürlich was anderes, aber selbst bei ihr gingen ihm Tränen schnell auf die Nerven). Daher beschloss Zwirbel, seine Entscheidung nur Wagenrad mitzuteilen, der ja musikalisch genug war, um sich das Resultat bereits denken zu können. Und wie er das wiederum Gisela schonend beibringen konnte, war dann ja nicht mehr Zwirbels Problem. Also bat Zwirbel das Fräulein Gisela, doch einen Augenblick im Gang zu warten, während die Herren sich besprechen wollten. Sie nickte, immer noch mit einem breiten Grinsen im Gesicht, und verabschiedete sich mit einem tiefen Knicks, der sie fast den Boden berühren ließ. Ganz offensichtlich machte ihr diese »Besprechung«, an der sie nicht teilnehmen durfte, kein mulmiges Gefühl, sondern schien für sie einfach dazuzugehören.

Zwirbel wandte sich nun Wagenrad zu, der immer noch mit weit aufgerissenen Bettleraugen, in denen, Zwirbel konnte es kaum glauben, immer noch ein Funke Hoffnung schimmerte, auf dem Klavierhocker saß. Die Trauer musste ihn tatsächlich verrückt gemacht haben. Die Trauer und der Krieg. Da Wagenrad keine Anstalten machte, aufzustehen, ging Zwirbel in die Hocke und redete mit dem sitzenden Wagenrad wie mit einem Kind.

»Sie ist ja ein wirklich hübsches Mädchen«, sagte er, »und sicherlich auch talentiert …«, aber das hätte er nicht sagen sollen, denn der Hoffnungsschimmer wurde dadurch nur noch heller, »… jedoch nicht im Singen«, beendete Zwirbel schnell seinen Satz. Wagenrad starrte ihn an, als hätte er eben chinesisch gesprochen. »Also?«, fragte Wagenrad nach einer kurzen Pause, in der Zwirbel gedacht hatte, dass alles gesagt wäre.

»Also …«, seufzte Zwirbel, »sie wird keine Gesangsausbildung erhalten. Zumindest nicht hier.« Und sonst auch nirgends, wo die Leute noch bei Sinnen sind, fügte er in Gedanken hinzu.

Wagenrad aber schien immer noch nicht zu verstehen. »Aber … ihr Ausdruck! Ihre Darstellungskraft!«, stieß er hervor.

»Pathetisch«, antwortete Zwirbel, »unecht. Im Barock hätte man sie vielleicht eine gute Darstellerin genannt, aber heute ist sie leider nur noch eine mittelmäßige Parodie einer Darstellerin.« Die Worte waren härter ausgefallen als geplant, weil Zwirbel hoffte, Wagenrad damit loszuwerden. Aber Wagenrad saß immer noch auf dem Klavierhocker, unbeweglich.

»Ich habe es versprochen«, sagte er beinahe tonlos. »Ich habe versprochen, dass sie eine Ausbildung zur Sängerin erhält. Ich habe es Gisela versprochen, ich habe es Köck versprochen, ich habe es der hässlichen Sängerin versprochen. Ich habe es mir selbst versprochen und auch Ilona. Und ich habe dafür gearbeitet! Ich habe dafür hart gearbeitet!« Nun hat er den Verstand vollends verloren, dachte Zwirbel, der weder wusste, wer mit der »hässlichen Sängerin« gemeint war, noch, wer »Köck« war. Er lächelte höflich und zwirbelte seinen Schnurrbart mit den Fingern, was er immer tat, wenn er in Verlegenheit geriet, und das war nun eine große Verlegenheit, denn Wagenrad blieb einfach sitzen und rührte sich nicht.

»Weißt du was«, sagte Zwirbel schließlich, »meine Sekretärin wird dem Fräulein Gisela und dir eine große Tasse …«, aber weiter kam er nicht. Wagenrad sprang auf. Zwirbel dachte erst, attackiert zu werden, und wich mit einem Aufschrei zurück. Seine Furcht war aber unbegründet, denn Wagenrad blieb vor ihm stehen. Bisher war Zwirbel gar nicht aufgefallen, um wie viel größer als er Wagenrad eigentlich war.

Wagenrads Gesichtsausdruck hatte sich drastisch verändert. Er bettelte nicht mehr, sondern lächelte versonnen, das Blau seiner Augen blitzte aus den Höhlen, und Zwirbel wusste, dass Wagenrad irgendein Ass im Ärmel stecken hatte, von dem bis eben weder der eine noch der andere etwas geahnt hatte.

»Elias Zwirbel, guter Freund«, sagte Wagenrad, in einem süßlich-freundlichen Tonfall, und den Vornamen »Elias« betonte er, indem er die drei Vokale ganz besonders in die Länge zog. »Wir wissen doch beide, Elias, dass dein Stand nicht der beste ist. Im Gegenteil, man weiß ja sehr wohl, dass du nicht gegen die Franzosen, wie du es so gern erzählst, sondern vor allem gegen uns intrigiert hast.« Zwirbel schnappte nach Luft, um zu protestieren. Aber Wagenrad legte seinen Finger an den Mund und zischte, wie es Lehrer machen, wenn sie eine Schulklasse zum Schweigen bringen wollen. Und Zwirbel fühlte sich plötzlich wie ein ungehorsamer Schüler, der die zwar völlig sinnlosen, aber von einer Autoritätsperson ausgesprochenen Anweisungen nicht befolgt hatte.

»Man weiß auch«, sprach Wagenrad weiter, »dass du deine gute Stellung nicht etwa deinem Talent, sondern deinen Beziehungen verdankst.«

»Welche Beziehungen?«, wollte Zwirbel schreien, aber stattdessen kam nur ein Japsen heraus. Zwirbel konnte sich nicht erklären, warum Wagenrads Rede ihm die Kehle zuschnürte, aber sie tat es. Wagenrad hatte die Frage trotzdem verstanden. »Jüdische Beziehungen, Elias«, führte er fort, »man weiß doch, wer dein Konservatorium finanziert: Das sind die jüdischen Geschäftsleute.«

»Das sind die Schüler und deren Eltern!«, rief Zwirbel, und wiederum rang er nach Luft, als er sich ereiferte, »und natürlich sind da auch einige Juden dabei, aber das heißt doch nicht … Ja, und sogar Ilona und du habt doch häufig Stipendien vergeben …« Aber Zwirbel merkte, dass er gegen eine Mauer redete. Es war dasselbe freundliche Mauergesicht, das seine Geigenschülerin an diesem Morgen aufgesetzt hatte. »Aus rassischen Bedenken …«

»Aber auch ich habe Beziehungen, Elias. Mit der Loyalität der Juden ist es nicht weit her, wie wir alle wissen, und du doch am besten, aber ein Deutscher, wie ich es bin, hält eben seine Versprechen …«

Elias Zwirbel beschloss, zu kapitulieren. Vielleicht wäre er an einem anderen Tag hart geblieben. Die Vorwürfe, die Wagenrad einen nach dem anderen vorbrachte, waren ihm ja durchaus bekannt. Sie aus dem Mund eines alten Freundes zu hören war natürlich hart, aber auch nicht weiter ungewöhnlich, viele hatten sich bereits von ihm abgewandt (und wenn Zwirbel gewusst hätte, wie viele es im Laufe der Zeit noch tun würden, hätte er sich wohl an Ort und Stelle übergeben). Aber es war einfach zu viel für einen Tag. Die tobende Kurnikova, die lächelnde Schülerin, die Krüppel auf der Straße … Zwirbel hatte genug. Sollte Wagenrad ruhig glauben, dass ein Jude nicht zu seinem Wort stehen konnte (das glaubte er ja ohnehin schon). Zwirbel wollte ihn so schnell wie möglich aus seinem Sichtfeld haben.

Denn sonst, fürchtete er, konnte etwas sehr Dummes passieren. Er hatte so viele Franzosen auf dem Gewissen, dass er sie nicht an zwei Händen abzählen konnte (im Grunde wusste er gar nicht, wie viele es wirklich waren), so kam es auf einen Wagenrad mehr oder weniger auch nicht an …

»In Gottes Namen«, knurrte Zwirbel, während er sich seinen Schnurrbart beinahe ausriss vor Unbehagen, »dann soll sie eben hier studieren.«

Das Lächeln in Wagenrads Gesicht wurde noch breiter. »Warum nicht gleich so, mein lieber Elias?« Er wagte es sogar, Zwirbel das mit Wachs zurückgekämmte Haar zu tätscheln wie einem Dackel. Zwirbel biss die Zähne zusammen und zog an seinem Schnurrbart.

Als Gisela, die im Büro saß und mit der Sekretärin plauderte, die frohe Botschaft über ihre Aufnahme erfuhr, zeigte sie weder Freude noch Überraschung. Sie nickte, als hätte sie das bereits erwartet. Mehr noch, sie verhielt sich geradezu so, als wäre es der natürliche Lauf der Dinge, dass sie ihre Gesangsausbildung an diesem Konservatorium erhielt, ein unumstößliches Naturgesetz, um das aufgrund seiner Unabänderlichkeit auch kein großer Wind gemacht werden musste. Sie vollführte noch einmal ihren Hofknicks in Richtung Zwirbel (der sich nicht mehr überwinden konnte, ihr einen Handkuss zu geben) und hakte sich bei Wagenrad unter. Zwirbel bat seine Sekretärin, die beiden hinauszugeleiten. In der Tür aber drehte Wagenrad sich noch einmal um: »Und bei der Abschlussvorstellung«, sagte er grinsend, »soll sie eine Hauptrolle haben!«

Als sie das Büro verlassen hatten, blieb Zwirbel etwa zehn Sekunden lang bewegungslos auf seinem Schreibtischstuhl sitzen, dann ging er zur Tür und öffnete sie noch einmal, nur um sie donnernd wieder zuzuknallen. Mehr konnte er aus seiner Wut nicht machen. Doch, eine Kleinigkeit fiel ihm noch ein. Er holte den großen Terminkalender aus der Schreibtischschublade hervor, in dem er die Stundenpläne der einzelnen Lehrer niedergeschrieben hatte. Darin teilte er die Schülerin »Fräulein Gisela Wagenrad, Sopran (?)«, denn ihren Nachnamen wusste er nicht und bei der Stimmlage war er sich aufgrund des furchtbaren Klanges in allen Tonlagen nicht sicher, der Gesangslehrerin Tatjana Pavelovna Kurnikova zu. Zwei Fliegen mit einer Klatsche, dachte er und lehnte sich lächelnd zurück.

Wer aber lange nicht mehr lächelte, war Wagenrad. Sobald er das Konservatoriumsgebäude verlassen hatte und sich auf der Straße befand, die in Sonnenlicht getaucht und von Prachtbauten umsäumt war, fragte er sich, was er sich dabei gedacht hatte. Eigentlich hatte er nichts gedacht. Er war, schon wieder, wie im Rausch gewesen. Und auch jetzt, nur wenige Minuten danach, konnte er sich kaum noch an den Wortlaut erinnern. Nur dass er dem großen Violinisten, Direktor des Konservatoriums und guten Freund Elias Zwirbel unsagbare Beleidigungen an den Kopf geworfen hatte, wusste er noch. Und er begann sich vor Gisela zu fürchten. Dieses süße Mädchen, das da fröhlich plappernd neben ihm her schritt, vermochte es, seinen ganzen Charakter um hundertachtzig Grad zu drehen, zum Guten, wie in der ersten Nacht, aber auch zum Schlechten. Und dabei schien sie es gar nicht zu beabsichtigen, sie hatte ihn ja keineswegs dazu angespornt. Es war ihr bloßer Anblick, der ihn außer Kontrolle brachte.

Als sie nach Hause kamen, hing Ilonas Porträt nicht mehr in der Eingangshalle. Auf der Wand war der Umriss des Gemäldes noch gut zu erkennen, da der Verputz dort noch weißer war als rundherum. Emma kam unter Tränen angelaufen: Sie hätte das Bild doch nur abstauben wollen, aber wie von Geisterhand hätte es sich plötzlich von der Wand gelöst und wäre am Fußboden zerschellt, die tausend Scherben des Glases hätten sich in die Leinwand geschnitten. Sie schniefte, dass sie die Überreste in die Abstellkammer geschafft hätte, aber dass das Gemälde wohl unwiederbringlich verloren wäre.

Wagenrad nickte. Er hatte nichts anderes erwartet. Sein Verhältnis zu Gisela wurde von diesem Moment an kühler. Er begann sie wieder zu siezen und »Fräulein Liebwies« zu nennen (und Gisela gewöhnte sich so schnell an ihren neuen Nachnamen, als gäbe es keinen passenderen). Aber da sie ihren Unterricht nun täglich bei Frau Kurnikova erhielt, beschränkte sich ihr Kontakt mit Wagenrad ohnehin nur noch auf die Mahlzeiten. Was ansonsten an Kommunikation mit Gisela nötig war, wälzte Wagenrad wenn nur irgendwie möglich auf Emma ab, welche die »Stipendiatin« immer noch als Retterin in der Not ansah. Er rauchte wieder mehr und aß gemäßigter. Das Haus war weder kahl noch von Sonnenlicht durchströmt, es war weiß. Er begann, neue Klavier- und Gesangsschüler anzunehmen, wie er es auch vor Ilonas Tod getan hatte.

Gisela aber störte diese Veränderung wenig. Da sie ja keinerlei Gespür für Zwischenmenschliches besaß, bemerkte sie im Grunde gar nichts davon.

Jeden Abend zog sie sich in Ilonas Ankleidezimmer mit

dem Spiegel zurück, schlüpfte aus ihren Kleidern und lächelte in ihr ebenmäßiges Gesicht.

Sie würde eine große Sängerin werden. Die große Sängerin Gisela Liebwies.

ZWEITER TEIL

Der amerikanische Jungunternehmer Cedric Johnson saß 1898 im Salon des Streichholzfabrikanten Padinsky und wartete auf ebenjenen, während er rauchte und sich Gedanken über die Geburt machte.

Ohne Frage war die Geburt ein wichtiges, wenn nicht das wichtigste Ereignis im Leben eines Menschen, und doch beschäftigte man sich im Alltag wenig damit. Aber Johnson dachte nun daran, dass er durch die Vagina seiner Mutter geschlüpft sein musste wie das Tageslicht durch die dünnen Ritzen zwischen den nicht ganz zugezogenen Vorhängen. Sein eigener Vergleich, so lyrisch er auch gewesen sein mochte, widerte ihn jedoch sofort an. Er schüttelte sich und drückte seine Zigarre in den Elfenbein-Aschenbecher.

Der Gedanke ließ ihn trotzdem nicht los. Vielleicht war es, weil sein Geburtstag ins Haus stand, dreißig sollte er werden. Er beschloss, lieber an Geburtstage zu denken. Mit ein wenig Glück und Geschäftssinn (dabei rieb er seine Hände) würde er an seinem nächsten seine Erfindung verwirklicht wissen. Johnson verschluckte sich an seiner aufgeregten Vorfreude. Wenn dieser Padinsky nur das Startkapital herausrücken würde. Ein Studienkollege Johnsons hatte den Namen einmal fallenlassen. Padinsky sei ein Fabrikant aus Österreich-Ungarn, dem neben der Herstellung von Streichhölzern auch die moderne Technik am Herzen liege und der jungen Leuten mit revolutionären Ideen die nötigen Finanzen zur Verfügung stellen würde. Das hatte der Studienkollege erzählt, und Johnson hatte sich daraufhin einen Anzug gekauft und war mit dem nächsten Schiff nach Europa gefahren. Wenn nun Padinsky nicht … Johnson wurde etwas heiß in seinem engen Hemdkragen, aber warum sollte er denn nicht, die Apparatur war bahnbrechend. Sie beide, Johnson und Padinsky, würden bald reiche Männer sein. Vielleicht sogar schon an Johnsons dreißigstem Geburtstag. Und da war sie wieder, die Geburt.

Johnson war vom Sternzeichen Löwe, was nicht nur hieß, dass seine arme Mutter ihn zur heißesten Zeit des Jahres ans Licht der Welt befördern musste, sondern er sprach sich selbst aufgrund des Tages seiner Geburt einen Haufen – natürlich vor allem positive – Eigenschaften zu. Seinen Ehrgeiz, seine Strebsamkeit, sogar seine Erfindungen – das alles verdankte er dem Löwen im Himmel.

Ihm fiel eine alte Hebamme ein, die einmal erklärt hatte, dass nicht nur der Tag, sondern auch die Art der Geburt den Charakter eines Menschen beeinflussen sollte. Sie wollte einen gekannt haben, der seiner Mutter beim Auf-die-Welt-Kommen den halben Leib zerrissen hatte und später als Vergewaltiger und Massenmörder gehängt worden war. Ein anderer war innerhalb einer halben Minute herausgeflutscht und hatte vor kurzem in Rekordzeit den Ärmelkanal durchschwommen.

Johnson gefiel die Idee der prophetischen Geburt gar nicht, weil er sich an der Nabelschnur fast stranguliert und blau wie eine Pflaume geboren worden war. Der Löwe klang erfolgversprechender.

»Mister Johnson?«

Es war nicht die Stimme eines Geschäftsmannes, wie ihn Johnson sich vorgestellt hatte, noch weniger war es das Gesicht und schon gar nicht der Leib. Die Frau war sehr jung und sehr groß, ihre roten Locken kräuselten sich bis zur Taille hinunter. Das offene Haar hatte schon etwas gewissermaßen Ordinäres, doch noch mehr lenkte der Körper Johnsons ganze Aufmerksamkeit auf sich.

Schon das Kleid war anders, als man es sich von der Gattin eines so erfolgreichen und bekannten Fabrikbesitzers (denn wer sonst sollte sie sein?) erwartet hätte. Sie war in dunkelgrünen Stoff gewickelt, so, wie sich sonst nur Inderinnen kleideten. Darunter hingen dünn und zart ihre weißen Arme heraus.

Der Bauch aber war gewaltig, der ganze faltenschlagende Stoff konnte das nicht verbergen.

Darum also all diese Geburtsgedanken, dachte Johnson, er hatte die Schwangerschaft quasi durch die Tür hindurch gerochen. Auch eine typische Eigenheit für Löwen, dachte er, diese Feinfühligkeit.

Die Frau ging auf ihn zu, das Gehen schien ihr schon schwerzufallen, mit einer Hand stützte sie ihr Kreuz, die andere hielt sie Johnson hin. Johnson bemühte sich, schnell seine Lippen darauf zu drücken, aber sie war schneller. Geschäftsmännisch ergriff ihre Hand die seine und drückte so fest zu, wie es Johnson noch bei keiner Frau, und, wenn er ehrlich war, auch bei keinem Mann je erlebt hatte.

»Padinsky«, sagte sie.

»Frau Padinsky, ich freue mich ausgezeichnet, in Ihre Bekanntschaft zu treten. Ihr Mann wird begeistert sein für meine Idee.« Frau Padinsky lächelte, indem sie ihre ohnehin nicht vollen Lippen noch schmaler machte.

»Ich mache keine Geschäfte zwischen Tür und Angel, also wenn Sie bitte eintreten möchten«, antwortete sie in makellosem Englisch und watschelte ihm voraus durch die Tür, aus der sie gekommen war. Ihr komischer Gang berührte Johnson unangenehm.

Er folgte der grünen Wolke mit dem roten Haar und den dünnen Armen in das Nebenzimmer, in dem sich nicht viel mehr als ein einfacher Schreibtisch befand, der sich aber unter Papier und Schreibutensilien bog.

Frau Padinsky setzte sich hinter den Schreibtisch und begann mit einiger Mühe über ihren Bauch hinweg in einer Schublade zu kramen.

Johnson setzte sich auf den Stuhl gegenüber und versuchte sich vorzustellen, was dieser Herr Padinsky für ein Kerl sein musste, dass seine Frau es wagte, so selbstverständlich in seinem Arbeitszimmer zu wüten.

Sie fand schließlich, was sie gesucht hatte, und legte den Stapel Papier vor sich ab. Hinter dem Schreibtisch fiel der große Bauch nicht mehr so auf, und Johnson bemerkte nun das hübsche, jugendliche Gesicht.

Frauen, dachte er, wären etwas so Schönes, wenn sie nicht auf so animalische Weise gebären müssten.

»Mister Cedric Johnson, geboren und wohnhaft in New York, Erfinder«, las sie von dem Papier ab, und Johnson bemerkte, dass es sein eigener Brief war, den er an Padinsky geschickt hatte.

»Und Unternehmer«, fügte er hinzu, weil das Wort »Erfinder« aus ihrem Mund wie »Alchimist« oder »Zauberer« klang. Es drängte ihn auch, sie zu fragen, wie man es in Österreich-Ungarn denn mit dem Briefgeheimnis hielte.

Stattdessen fragte er in einem Tonfall, als wäre es eine ganz unwichtige und nur so nebenbei erwähnte Sache: »Herr Padinsky ist heute ja offensichtlich verhindert.«

Sie blickte auf. »Es gibt keinen Herrn Padinsky«, sagte sie.

»Sie sind doch Frau Padinsky, oder etwa nicht?«

»Wie ich Ihnen bereits gesagt habe, Mr. Johnson, ist mein Name Padinsky. Ich versichere Ihnen, ich habe ebenso verwirrt dreingeschaut wie Sie jetzt, als ich Ihren Brief las. Es war doch einigermaßen befremdlich, immer als *Gentleman* bezeichnet zu werden, aber ich habe mich bis zum Ende Ihres Schreibens daran gewöhnt. Es war ja lang genug.«

»Aber …«, und Johnson merkte erst, während er sprach, wie unhöflich die Frage eigentlich war, »… das Kind?«

»Ich nehme an, dass Sie bereits aufgeklärt worden sind, dass man dazu nicht gezwungenermaßen einen Ehering braucht, Mr. Johnson.«

Sie zog aus dem Stapel, welcher Johnsons Brief war, ein Blatt Papier heraus, auf dem er seine Maschine gezeichnet hatte. Jetzt, in diesem Licht und verkehrt herum gesehen, sah sie für Johnson wie ein mittelalterliches Folterwerkzeug aus.

»Und was«, fragte Frau Padinsky, »hat das nun mit Streichhölzern zu tun?«

Rein gar nichts, wollte Johnson schon sagen, ich bin auf

den üblen Scherz eines Studienkollegen reingefallen, entschuldigen Sie die Störung.

»Na ja, die schnelle und unkomplizierte Übermittlung von Kurznachrichten würde auch den Verkauf und Vertrieb von Streichhölzern vereinfachen, indem …«

Plötzlich stieß Frau Padinsky einen kurzen Schrei aus, Johnson sprang instinktiv auf die Beine. Von einer Sekunde auf die andere war alle Farbe aus Frau Padinskys Gesicht gewichen. »Ich muss Sie bitten«, sagte sie mit flüsternder Stimme, »mich ins Schlafzimmer zu begleiten.«

Wie sehr die Mutter immer seine Schwestern gewarnt hatte vor solcherlei Angeboten, und nun war es ausgerechnet er, der in diese Situation gekommen war. Nun, und wenn der dicke Bauch nicht gewesen wäre, es wäre durchaus eine Überlegung wert gewesen …

»Sie werden sich selbstverständlich abwenden müssen«, sagte Frau Padinsky und schrie dann laut nach dem Dienstmädchen. »Mascha, lauf nach der Hebamme!«

Die nächsten Minuten waren die merkwürdigsten in Johnsons ganzem Leben. Er stand an einem Fenster und blickte hinaus auf eine menschenleere Allee, während hinter ihm ein Sturm herrschte. Ständig rauschten Kleider an ihm vorbei, Frauenstimmen zischten sich gegenseitig auf Deutsch etwas zu, wovon er nichts verstand. Er konzentrierte sich auf einen Vogel, der auf der Straße spazieren ging.

»Sie sagen also, Ihre Maschinerie ermöglicht eine Übermittlung von Nachrichten ohne den Umweg über das Postamt?«, hörte er Frau Padinskys Stimme hinter sich fragen.

»So ist es, Frau Padinsky.« Er hoffte nur, dass der Vogel nicht wegflöge.

»Erklären Sie!«, befahl Frau Padinsky und begann zu schreien. Als der Schreikrampf beendet war, sagte sie: »Heute noch!«

Und Johnson erklärte, mit den Augen immer dem Vogel folgend, die von ihm erfundene Mechanik, all die Zahnräder und Federn und wie viel elektrischer Strom gebraucht werden würde. Unterbrochen wurde er dabei immer wieder durch die Wehen der Frau Padinsky.

»Fortfahren!«, rief sie, wenn sie wieder den Atem dazu gefunden hatte. Johnsons Vogel flog fort. Frau Padinsky begann wieder zu schreien, diesmal lauter und länger als zuvor, und er beendete seinen Vortrag endgültig.

Dann war alles still. Plötzlich wurde die Stille durch das blecherne Geräusch des ersten Schreis eines Menschen durchbrochen.

Johnson hatte immerhin die Grundzüge seiner Maschine präsentieren können. Außerdem war er ja ein Löwe, so war ihm Erfolg also in die Wiege gelegt worden. Ihm fiel auf, dass das Neugeborene ebenfalls ein Löwe war.

»Sie dürfen sich nun umwenden!«

Frau Padinsky lag in einem makellosen, weißen Bett. Entweder hatte man die Bettwäsche so schnell gewechselt, oder Frau Padinsky hatte sich alle Mühe gegeben, keinerlei Blut zu verlieren. Ihr traute Johnson das zu.

»Mr. Johnson, ich habe Ihr Konzept mit größtem Interesse gelesen, und Ihr Vortrag hat noch die letzten Unklarheiten beseitigt.«

In ihren Armen hielt Frau Padinsky ein unglaublich winziges, unglaublich farbloses Geschöpf, das sich gerade so viel bewegte, dass man es nicht für tot halten musste. Babys weckten für gewöhnlich, wenn nicht väterliche, dann zumindest irgendwelche Gefühle in Johnson. Dieses Kind war aber einfach nur da wie die Bettwäsche, wobei diese durch ihre absolute Reinheit noch irgendwie beeindruckend war. Wie lange hatte er am Fenster gestanden? Stunden, hätte Johnson gesagt, aber ein unauffälliger Blick auf seine Taschenuhr verriet ihm, dass es nur knapp eine halbe Stunde gewesen war.

»Ja, ich gebäre immer so schnell wie möglich. Wissen Sie, es macht mir nämlich keinen besonderen Spaß«, sagte Frau Padinsky.

»Das war nicht, was ich …«

»Natürlich nicht. Nun, zu Ihrer Erfindung«, Frau Padinsky sprach, als würden sie noch im Arbeitszimmer sitzen, »ich glaube nicht, dass sie je Anklang finden wird. Ich sehe den Sinn darin einfach nicht. Was bringt es mir, eine Nachricht von nur hundertsechzig Zeichen zu senden? Und das dann nur an Personen, die die gleiche Apparatur bei sich zu Hause stehen haben? Es ist nichts, was ich nicht viel einfacher per Telegrafie oder Brief erledigen könnte.«

»Aber – die Portabilität?«

»Die ist das Allerschlimmste! Glauben Sie, ich möchte, wohin ich auch gehe, Nachrichten von Ihnen erhalten? Es ist mehr als genug, wenn Sie mich in meinem Arbeitszimmer belästigen … erreichen.«

Vielleicht revanchiert sie sich für den »Gentleman«, dachte er, brachte aber kein Wort heraus.

»Und wie Sie bemerkt haben dürften, ziehe ich persönliche Treffen dem schriftlichen Verkehr ohnehin vor«, fügte Frau Padinsky hinzu.

Johnson verließ wortlos das Zimmer, wortlos das Haus, wortlos das Land. Er ließ das Erfinden und Unternehmen sein und wurde Farmer. Nie wieder wollte er an Frau Padinsky denken, aber in seinen Träumen tauchte sie oft noch auf, und hinterher konnte er nie sagen, ob es erotische oder Albträume gewesen waren. In einem Sommer verlor er all sein Vermögen durch ein katastrophales Unwetter, im Herbst desselben Jahres baumelte er an einem Seil von einem Apfelbaum. Als man ihn fand, war sein Gesicht so blauviolett wie bei seiner Geburt.

Von all dem erfuhr Frau Padinsky aber nichts, und warum hätte sie davon auch erfahren sollen. Schon kurze Zeit später hatte sie vollständig vergessen, dass überhaupt ein Mann namens Johnson bei der Geburt ihrer Tochter anwesend gewesen war.

Und Johnson erfuhr nie etwas von der Komponistin, deren ersten Schrei er gehört hatte. Andererseits erfuhren ohnehin nicht viele Leute von Ida Padinsky.

2

Ganz nebenbei, zwischen Geschäften und langen Besprechungen, zwischen Papierkram und zunehmend dem zaghaften Klappern von Schreibmaschinen, geradeso unbeachtet, wie sie auf die Welt gekommen war, wuchs Ida auf.

Sie hatte einen älteren Bruder oder, wie man so auf der Straße flüsterte, Halbbruder namens Wilhelm. Drei Jahre nach Ida kam ein weiterer Bruder oder, wie man so auf der Straße flüsterte, Halbbruder namens Florian zur Welt. Danach schien es Frau Padinsky, sie hätte ihre Familienlinie und somit das Geschäft ausreichend abgesichert. Sie legte das Kinderkriegen sowie Männer ganz allgemein ad acta.

Frau Katharina Padinsky, wie man sie trotz ihrer Ehelosigkeit nannte, war die einzige Tochter eines sehr vermögenden Vaters. Dieser hatte es verabsäumt, sie vor seinem Ableben mit einem seiner Geschäftspartner zu vermählen, sodass die Fabrik demnach einem Cousin Katharinas zufallen hätte müssen. Dieser aber verstarb, kurz bevor er seine neue Stelle antreten konnte, durch vergifteten Kirschlikör, welcher ihm anonym zugesandt worden war. Allerdings war das Gift vielleicht auch nur ein Gerücht, hatte er doch die ganze Flasche allein ausgetrunken und ohnehin nicht mehr die gesündeste Leber gehabt. Auf jeden Fall suchte die Polizei nach keinem Mörder, sondern nach einem weiteren männlichen Verwandten des alten Padinsky, und als keiner gefunden werden konnte, wurde die Fabrik der jungen Katharina zugesprochen.

Stadtbekannt war sie aber schon davor gewesen. Ihre schlanke, große Gestalt und das feuerrote, hüftlange Haar sorgten dafür, dass sie auf jedem Ball schon von weitem erkannt wurde. Die Männer wussten nie, ob sie sie fürchten oder sich in sie verlieben sollten. »Schön und klug«, sagten sie. Fürstinnen und Baronessen verfluchten Katharina als hochnäsige Schnepfe, deren »Mittelstand« knapp an der Arbeiterklasse vorbeischrammte.

Entgegen den Hoffnungen der vornehmlich weiblichen Ballgesellschaft führte Katharina Padinsky das Unternehmen nicht in den Ruin, sondern baute es sogar noch aus. Sie setzte auf neue Maschinen, besuchte Weltausstellungen und englische Fabriken und unterhielt sich mit Spezialisten für Holz ebenso wie mit Sozialistenführern. Sie investierte in neue Erfindungen und junge Wissenschaftler, sofern sie sie für gewinnversprechend hielt, und hatte mit ihren Vorahnungen meistens recht.

Hinter vorgehaltener Hand hieß es, sie wäre vermögender als der Kaiser. Zum vollkommenen Glück, meinte die vornehmlich weibliche Ballgesellschaft, fehle ihr nur noch der richtige Mann. Es gab Tage, an denen Katharina fünf Körbe zu verteilen hatte, was ihr sehr lästig war, hatte sie doch mit der Fabrik ohnehin schon genug zu tun. Sie begann in aller Öffentlichkeit zu rauchen und zu trinken, was die Männer aber keinesfalls verscheuchte, sondern sogar noch mehr reizte. Mit dem immer häufiger offen getragenen Haar und ihren extravaganten indischen oder chinesischen Kleidern konnte sie das natürlich auch nicht ändern.

Obwohl eine Heirat für Katharina niemals in Frage kam, überlegte sie sich, dass ein Sohn (und ein zweiter, für alle Fälle) später von Vorteil sein könnte. Andere Verwandte gab es seit der Tragödie des Cousins nicht mehr, und die Streichholzfabrik einem völlig Fremden zu übergeben schien ihr absurd.

So kam es, dass sie eines Tages ihre Fabrikhallen mit eindeutig gerundetem Bauch unter dem weiten Seidenkleid inspizierte. Mit ihrem schmallippigen Lächeln nahm sie jedes Getratsche hin, sofern es überhaupt laut genug war, um an ihr Ohr zu dringen. Über die Padinsky redete man nicht laut. Die Padinsky war zu reich, um moralisch verwerflich zu sein. Wer der Verursacher der Bauchwölbung war, behielt Katharina für sich, wenn sie es denn selbst überhaupt so genau wusste. Vermutlich aber wusste sie es und war zu stolz, einem anderen als sich selbst die Urheberschaft an dem Erben zuzusprechen.

Dem Buben, den sie nach ihrem Vater Wilhelm benannte, sollte möglichst bald ein weiterer folgen, immerhin war gerade die Jugend eine gefährliche Zeit im Leben eines Menschen, und im Falle einer Kinderlähmung oder tödlichen Lungenentzündung wollte Katharina nicht völlig ohne Alternative dastehen. So also kam es zu einer erneuten Schwangerschaft, deren Ende einem Amerikaner namens Johnson eine unangenehme Zeit bereitete. Den Namen Ida wählte Katharina ohne lange zu überlegen. Ein kurzer und einfacher Name schien ihr passend für das Mädchen, von dem sie hoffte, dass es ebenso praktisch und einfach veranlagt sein würde.

Darauf folgte das jüngste Kind, Florian genannt, da der heilige Florian ein guter Namenspatron für einen zukünftigen Streichholzfabrikanten war, warum hatte sie nicht früher dran gedacht.

Als Baby schrie Ida nicht, als Kleinkind brabbelte sie nicht, als Mädchen sprach sie nicht. Ihre Brüder und sie unterstanden einer englischen Gouvernante, die von den Burschen dermaßen auf Trab gehalten wurde, dass ihr Idas Stummheit sogar sehr angenehm war. Wilhelm war groß und blond, und früh konnte man sehen, dass er einmal ein schöner Mann werden würde, und früh war ihm das auch selbst bewusst. Florian war rothaarig wie seine Mutter, gegen den älteren Bruder etwas schwächlich und unscheinbar, aber mit drei Jahren schon so schlagfertig, dass die Gouvernante seine Frechheiten kaum mehr ertrug.

Hätte man die Gouvernante befragt, wie Ida eigentlich aussah, hätte sie wohl keine Antwort geben können. Wie ein nicht besonders hübsches und nicht besonders hässliches Kind eben aussehe, hätte sie vielleicht gesagt. Aschblondes Haar, vielleicht eher braun, aber in einem bestimmten Licht sah es mausgrau und alt aus. Sehr glattes Haar, alles an Ida war sehr glatt. Die Nase drückte sich ganz flach in ihr Gesicht, wie um nicht zu viel Aufsehen zu erregen, ihre Augenlider waren stets halb geschlossen, sodass sie dauerhaft schläfrig aussah. Die Augen darunter waren braun, aber nicht dunkel genug, um etwas Mysteriöses zu haben.

Keiner wäre jemals auf die Idee gekommen, dass diese farblose Ida die Tochter der feuerroten Katharina war, hätten es nicht alle gewusst.

Ida war wohl mehr nach dem Vater geraten, und wer auch immer er sein mochte, so musste er doch ein auffallend langweiliger Kerl sein.

Die Mutter blieb für ihre Kinder immer eine exotische Göttin. Sie konnte mit Kindern nichts anfangen und beschloss, engere Beziehungen zu ihnen erst dann aufzubauen, wenn sie in einem Alter waren, in dem sie vernünftige Gespräche führen konnten.

Als weder Wilhelm noch Florian Anstalten machten, in nächster Zeit an einer Kinderlähmung oder Lungenentzündung zu sterben, und Ida zumindest kurze Antworten geben konnte, beschloss Katharina, dass es nun Zeit war, an die Zukunft der Kinder zu denken. Sie bat die drei in ihr Arbeitszimmer.

Die Gouvernante hatte die Kinder zu diesem Anlass herausgeputzt wie zu einem hohen Feiertag: Die Burschen trugen altmodische knielange Hosen mit weißen Strümpfen und blitzblauen Hemden, Ida ein helles Samtkleid, das ihr schwer auf die Schultern drückte. In ihre Zöpfe waren blaue Bänder geflochten, damit sie sich farblich nicht zu sehr von den Brüdern abhob (als würde sie sich je von irgendetwas abheben). Die Kinder sahen nett aus und wie für einen Karneval kostümiert. Die Gouvernante platzierte sie vor dem Schreibtisch der Frau Padinsky, wie blitzblaue Perlen an einer Kette der Größe nach geordnet aufgereiht, und verschwand. Es war das erste Mal, dass die Kinder ohne Gouvernante mit ihrer Mutter allein waren.

Schüchtern blickten sie über den Schreibtisch, Florian konnte es nur auf seinen Zehen stehend. Katharina erhob sich aus ihrem Arbeitssessel und schien unwahrscheinlich groß. Seit dem Tag ihrer Geburt waren die Kinder der Mutter nicht mehr so nahe gekommen. Auch sie hatte sich zurechtgemacht, die Haare aufgesteckt, ein feuriger Heiligenschein. Auf jedem ihrer Finger glitzerte ein schwerer Ring.

»Guten Tag, Kinder«, sagte Katharina, in demselben Tonfall, in welchem sie fünf Jahre zuvor Mr. Johnson und in der Zwischenzeit schon viele Geschäftsmänner begrüßt hatte. Routiniert griff sie in die Schreibtischlade und holte ein Heftchen heraus. »Kinder« stand darauf in der geschwungenen Schrift der Gouvernante geschrieben. Die Kinder konnten es noch nicht lesen, wurden aber allein durch die ihnen bekannte Handschrift ruhiger, selbst als der geschmückte Zeigefinger der Mutter über die erste Seite fuhr, als wäre er es, der da las, und nicht die Augen.

»Wilhelm«, sagte sie, wobei sie den Namen sehr langsam und mit der Feierlichkeit eines Priesters aussprach, damit die Kinder die Notwendigkeit der feierlichen Verkleidung spürten. Wilhelm trat vor, ehrfürchtig, aber nicht schüchtern. Mit seinen großen blauen Augen blickte er hinauf und lächelte auf diese Art, die die Gouvernante mit verzücktem Quieken in seine Wangen kneifen ließ.

Katharina kniff ihn nicht in die Wangen, sondern die eigenen Lippen zusammen, wie immer, wenn sie lächelte oder nachdachte, und nun versuchte sie beides. »Hast du Interessen?«, fragte sie, und als sie merkte, dass der Junge sie weiterhin angrinste, verbesserte sie sich: »Magst du irgendetwas besonders gerne?« Wilhelm kratzte sich kurz an seinem Lockenkopf, und dann brach es aus ihm heraus, was er denn alles besonders gerne mochte. Neben dem Üblichen wie Pferde und Ritter waren aber auch allerlei Dinge dabei, die unmöglich so sein konnten. Nicht nur, dass sie nicht mit den Notizen der Gouvernante übereinstimmten, Wilhelm versuchte nicht einmal, glaubhaft zu bleiben. Er prahlte mit großer Begeisterung darüber, dass er dicke Bücher las, bereits schwere Rechnungen lösen konnte und dass er den Hund bei einem Wettlauf besiegt hätte. Sie besaßen gar keinen Hund. Umso kritischer der Blick der Mutter wurde, desto überzeugter war er von seinen Heldentaten. Nach dem Rennen hätte er den Hund über ein Haus geworfen, und niemand hätte diesen seither mehr finden können. Aber es wäre ohnehin ein garstiger und bissiger Hund gewesen. Und einen Einbrecher, welcher die Gouvernante sowie die kleinen Geschwister hatte entführen wollen, hätte er rücklings mit einer Gabel erstochen. Die letzte Geschichte gefiel Katharina besonders gut, sie lachte laut auf und gab dem Jungen das Zeichen, ruhig zu sein. Ohne zu erröten beendete Wilhelm seine Lügengeschichte. Katharina setzte sich und senkte nur einen Augenblick lang ihren Kopf über die Aufzeichnungen, dann sagte sie mit feierlicher Stimme: »Militär.« Wilhelm konnte mit der Information nicht wirklich viel anfangen, aber das Wort kannte er, und es hatte etwas mit Pferden und Waffen zu tun, und das gefiel ihm. Außerdem verriet der Tonfall der Mutter, dass er irgendetwas erreicht hatte. Als hätte er soeben eine Medaille gewonnen, trat er zu den Geschwistern zurück.

Katharina verachtete Aufschneider und Prahlhanse keinesfalls, im Gegenteil, sie sah sogar eine Notwendigkeit in ihnen. Allerdings nicht in geschäftlichen Dingen.

Jemand, der Geschichten erzählte wie Wilhelm, und vor allem auf diese unerschütterlich selbstbewusste Art, sollte eigentlich Kaiser werden. Aber da das nicht in Katharinas Macht lag, sollte er einen möglichst ähnlichen Beruf ergreifen. Katharina glaubte nicht an den Krieg. Sie hielt das Militär, und vor allem das österreichisch-ungarische, für einen Verein junger Männer mit repräsentativen Fähigkeiten, die Gegner einschüchtern, nicht aber im Kampf besiegen sollten. Im Kampf gesiegt hatten Österreicher noch nie. Stattdessen aber hatten sie den revolutionären Volksgruppen sowie den Nachbarländern gegenüber unzerbrechliche Macht demonstriert, und darum ging es ja letztendlich. Niemand wäre dazu besser geeignet als der Hunde werfende und Einbrecher mordende sechsjährige Wilhelm.

In Katharinas Mappe war Idas Name der nächste, jedoch war außer dem Namen nicht viel zu lesen. Die Gouvernante hatte bloß eine Verkühlung von 3. bis 10. März vermerkt sowie die Randnotiz: »Spricht nicht.« Katharina musterte das

Mädchen und wunderte sich, wie wenig es ihr selbst ähnlich sah. Ida sah aus, als würde sie mit aller Kraft dagegen ankämpfen, vom Samtkleid und den Haarbändern flach auf den Boden gedrückt zu werden. Außerdem schien sie gar keine richtige Nase zu haben, sondern nur ins Gesicht gebohrte Nasenlöcher. Katharina schüttelte den Kopf und blätterte weiter.

»Florian.«

Sie setzte ihre Hoffnungen in den kleinen, rothaarigen Jungen, der nun klug, vielleicht auch ein bisschen altklug, von seinen »Vorlieben« und »Abneigungen« sprach und dabei genau diese Worte benutzte.

Er hätte sicherlich auch Wissenschaftler werden können oder Dichter (er kannte mit seinen vier Jahren die wunderlichsten Ausdrücke und Formulierungen), aber das waren wenig nützliche Berufe, und außerdem musste sich ja ohnehin jemand um die Fabrik kümmern. »Handelsakademie!« Mit diesem Wort und einem kleinen Haken in der Mappe besiegelte Katharina die Zukunft von Florian und Fabrik.

Eigentlich war nun alles geregelt, aber trotzdem blätterte Katharina noch einmal zurück zu dem Blatt mit den drei dicken Buchstaben »IDA«. Das Wort sah aus wie eine Abkürzung für eine nicht existente Langversion. Katharina hatte in ihrem Leben so oft gehört, dass sie »schön und klug« wäre, von ihrem Vater, von ihren Verehrern, selbst von ihren Arbeitern, »schön und klug«, sodass diese beiden Wörter in ihrem Kopf zu einer Einheit geworden waren, »schönundklug«. Das eine war in ihrer Welt ohne das andere nicht existent. Niemand konnte das eine sein, ohne auch das andere zu sein, und umgekehrt. Sie betrachtete das konturenlose Gesicht ihrer Tochter, die müden Augen, die Nasenlöcher. Dann las sie die Worte »spricht nicht« in den Notizen der Gouvernante. Sie hatte eigentlich dieselben Fragen stellen wollen, die sie auch ihren Buben gestellt hatte, aber das schien ihr nun ebenso sinnlos, als wollte sie den Schreibtisch befragen.

»Mädchenschule«, sagte sie und schlug laut hörbar das Heft zu. Das war das Zeichen für die Gouvernante, welche auf Katharinas Anweisung hin vor der Tür gewartet und gelauscht hatte. So war sie von den Zukunftsplänen der Kinder unterrichtet, ohne durch ihre Anwesenheit die Ergebnisse zu verfälschen. Katharina liebte es, Zeit zu sparen.

Die Gouvernante trieb die Kinder vor ihrem weichen weiten Rock zur Tür hinaus. Plötzlich, sie hatten es bereits auf den Gang geschafft, zuckte Ida aber zusammen, und mit einem Ruck befreite sie sich vom Gouvernantenrock und lief zurück, schlüpfte wie eine Katze durch den Schlitz der noch nicht ganz geschlossenen Bürotür. Die Gouvernante blieb mit offen stehendem Mund zurück, hilflos vor Überraschung klammerte sie sich an den beiden Jungen fest.

Katharina hatte sich bereits wieder zu ihrem Schreibtisch gesetzt. Sie fühlte sich erleichtert. Mit ihren Kindern zu sprechen kam ihr immer vor, als würde sie Vorkehrungen für ihr eigenes Begräbnis treffen. Das notwendige Planen einer Zukunft, welche sie ohnehin nicht mehr erleben würde. Sie schwor sich, so lange am Leben zu bleiben wie möglich. Florian traute sie noch am meisten zu, und hielt ihn trotzdem eigentlich für unfähig. Es war ja auch noch Zeit, bis die Kinder groß waren. Vielleicht würde sie noch eine andere Lösung finden. Und dann dachte sie an Strategien, die Löhne der Fabrikarbeiter zu kürzen und trotzdem die Arbeitsmoral hochzuhalten.

Sie ließ sich ihre Überraschung nicht anmerken, als das kleine hässliche Mädchen mit einem entschlossenen Gesichtsausdruck, wie ihn sonst nur Erwachsene hatten, hereinschlüpfte. Ein Gesichtsausdruck, wie ihn Katharina sehr oft hatte.

»Mutter!« Die Kleine stemmte die Ärmchen in die Hüften, die Lippen schmal wie Striche und die Augen vielleicht zum ersten Mal weit geöffnet.

»Mutter, ich will Klavier spielen lernen!«

3

Zugegebenermaßen war Idas Mut ein wenig verschwendet gewesen, waren Klavierstunden in der Ausbildung für Mädchen ja ohnehin vorgesehen, aber sie hatte doch ein wenig von Katharinas, wenn nicht Bewunderung, so zumindest Aufmerksamkeit errungen, und selbst das mochte etwas heißen.

Neben dem normalen Klavierunterricht an der Mädchenschule erhielt Ida nun auch Stunden von einer alten, vertrockneten Dame mit langen, sehnigen Fingern, welche ihrerseits als junges Mädchen bei Liszt in Ausbildung gewesen war. Wenn Ida eine falsche Taste auch nur anschaute, setzte die Alte ihren durch jahrzehntelanges Etüdenspielen muskulös gewordenen Zeigefinger als Schlagstock ein. Idas kleiner Handrücken war bald mit dünnen Striemen bedeckt, aber sie übte emsig, mit zusammengekniffenen Lippen und Tränen in den Augen, bis die einzelnen Töne sich endlich verbanden, nicht mehr gegeneinander, sondern miteinander klangen, Melodien flossen. Und bald war es die Alte, die ihre Lippen zusammenkniff. Ihren Zeigefinger hielt sie zwar immer noch drohend in die Luft, jedoch konnte sie bald keinen Anlass mehr finden, ihn auf die Kinderhand hinunterschnellen zu lassen.

Davon bekam Katharina aber wenig mit. Vorsorglich hatte sie das Klavier in jenen Raum bringen lassen, der am weitesten entfernt von ihrem Büro lag.

Sie mochte Musik im Großen und Ganzen, Wagner verehrte sie abgöttisch. Aber sie fand auch, dass Musik eine Sache für große Geister und nichts für kleine Mädchen war. Die Klavierübungen, die Ida absolvierte und die sie selbst in ihrer Schulzeit genauso, wenn auch weniger eifrig, hinter sich hatte bringen müssen, hatten in Wahrheit doch nichts mit Musik zu tun. Die waren doch nur erfunden worden, um die Hände junger Frauen beschäftigt zu halten, damit sie diese nicht einsetzen konnten, um Verträge zu unterschreiben oder Wahlzettel auszufüllen.

Der alten Klavierlehrerin machte sie darum schnell klar, dass Idas Fortschritt keine Sache war, mit der man sie, Frau Katharina Padinsky, belästigen durfte.

Allein zu Weihnachten war sie gezwungen, ein wenig Anteil an den Leben ihrer Kinder zu nehmen, da die Gouvernante jedes Jahr liebevoll eine Revue unter dem Weihnachtsbaum inszenierte und Katharina als Ehren- und einziger Gast sich diesem Schauspiel nicht entziehen konnte. Nach einem in dem holprigen Deutsch der englischen Kinderfrau verfassten Theaterstück, in dem meist ein rothaariger Joseph, eine unscheinbare Maria und ein charismatischer Erzengel auftraten, und dem Gekrächze von englischen Christmas-Carols, stand jedes Jahr eine Darbietung Idas auf dem Programm. Dazu schaffte man das Klavier vom Musik- ins Wohnzimmer, mindestens vier Arbeiter waren damit den ganzen Morgen des Heiligen Abends beschäftigt.

Waren es erst noch einfache Weihnachtslieder aus dem Gesangbuch, die da erklangen, folgten im zweiten Jahr schon schwierige Stücke von Liszt und Schubert. Das Jahr darauf spielte sie ein Thema von Wagner so technisch perfekt und dabei doch gefühlvoll, wie Katharina es noch in keiner Opernaufführung gehört hatte.

Im nächsten Jahr spielte die kleine Ida ein raffiniertes, aber doch gänzlich unbekanntes Stück.

»Das habe ich selbst geschrieben«, nuschelte Ida kaum verständlich, als Katharina nach dem Komponisten dieses großartigen Werkes fragte.

Und kurz kam ihr der Gedanke, dass sich das mysteriöse Genie vielleicht nicht nur in alten Männern, sondern manchmal auch in kleinen Mädchen niederlassen konnte. Was sprach dagegen, dass ihre Tochter, ihre hässliche und langweilige Tochter, der Wagner des eben angebrochenen Jahrhunderts sein sollte? Gutaussehend war Wagner ja auch nicht.

Aber kaum hatte Wilhelm damit begonnen, mit großen Gesten seine jährliche Ballade über einen kleinen Tannenbaum zum Besten zu geben, vergaß Katharina diese Gedanken wieder und dachte bis zum nächsten Weihnachtsfest nicht mehr an Idas Musik. Und, um ehrlich zu sein, auch nicht an Ida.

Die Knaben wuchsen laut und mit allerlei Schwierigkeiten heran. Wilhelm verprügelte jeden zweiten Tag ein anderes Kind in seiner Klasse, und Florian wurde wegen seiner Besserwisserei jeden zweiten Tag verprügelt, von seinen Schulkollegen ebenso wie von seinen Lehrern. Beide wurden durch die verschiedensten Schulen der Stadt geschickt, ohne jemals nicht unangenehm aufzufallen, und dass sie überhaupt noch eine Ausbildung erhielten, verdankten sie dem energischen Auftreten ihrer Mutter bei diversen Schuldirektoren. Als er fünfzehn war, schwängerte Wilhelm eine Bäckerstochter, und Katharina musste eine große Summe lockermachen, um diese Geschichte glimpflich zu einem Ende zu bringen. Von den harten Strafen und zahlreichen Verboten, die sie ihrem Ältesten auferlegte, fand kaum etwas Anwendung, die Gouvernante verfiel Wilhelms herzzerreißenden Reden allzu leicht.

Indes entwickelte auch Florian ein Interesse für Mädchen, welches sich darin äußerte, dass er ihnen bei jeder Gelegenheit in allen Einzelheiten erklärte, wie denn ihre Körper funktionierten. Katharinas rote Haarpracht war von einer dicken, silberweißen Strähne durchzogen, als sie sich bei einer völlig aufgelösten Baronesse dafür entschuldigen musste, dass deren Tochter nun »gestört fürs Leben« wäre.

Ida aber war eine gute Schülerin, jedoch nicht gut genug, um dadurch aufzufallen. Ihre Mathematikaufgaben, ihre Deutschaufsätze, ihre Handarbeiten waren stets ein wenig unbeholfen und plump, aber selten ganz misslungen. Sie wuchs schnell und wurde noch schlanker, jedoch nicht hübscher. Die Nase blieb flach und die Augen müde. Ihre Haut war blass und trocken, früh bildeten sich auf ihrer Stirn zarte Falten, sodass sie stets etwas besorgt aussah. Häufig wurde sie für Katharinas jüngere, einmal sogar für ihre ältere Schwester gehalten.

Abgesehen von den Schulstunden verließ Ida das Haus selten. Die meiste Zeit über spielte sie Klavier oder las Romane. Manchmal kritzelte sie einige Noten in ein Notizbuch und hatte dann kurz ein seliges Lächeln auf den Lippen. Nach Beendigung ihrer schulischen Laufbahn half sie im Betrieb mit, erlernte das Bedienen der Schreibmaschine und erledigte häufig ein wenig schlampig den Papierkram für ihre Mutter. Mit ihren Brüdern sprach sie wenig, aber wenn es sich ergab, unterhielt sie sich mit ihnen freundlich, als wären sie entfernte Bekannte, die nur für einige Zeit auf Besuch gekommen waren. Auch mit der Gouvernante sprach sie niemals anders, und Katharina musste annehmen, dass sie mit allen im Haus auf die gleiche Art und Weise verkehrte.

Da jedoch wurde sie eines Tages eines Besseren belehrt.

Der große Krieg war zum persönlichen Nachteil des Kaisers und auch Katharinas zu Ende gegangen. Sie hatte eine große Summe in Kriegsanleihen investiert und verloren. Dadurch war sie gezwungen gewesen, einige Anteile ihrer Fabrik zu verkaufen. Das hätten die neidischen Gräfinnen und Baronessen wohl mit hämischem Lachen kommentiert, hätten diese nicht selbst einen Großteil ihrer Besitztümer und vor allem ihre schönen Nachnamen verloren.

Das Geschäft wurde immer weniger einträglich. Katharina hatte sogar schon daran gedacht, ihren Schmuck zu versetzen. Florian lag ihr pausenlos damit in den Ohren, dass er irgendetwas studieren wollte.

Wilhelm war zumindest unverletzt aus dem Krieg zurückgekehrt, womit sie sich glücklicher als so manch andere Mutter schätzen musste. Im Grunde hatte er gar nicht am Krieg teilgenommen. Durch allerlei kriegswichtige Aufgaben in der Heimat, die er zuerst zu erledigen gehabt hatte, war er erst 1918 in Richtung Frankreich aufgebrochen, und schon im Zug hatte ihn durch Mitreisende die Nachricht vom Ende des Krieges erreicht.

Natürlich freute es Katharina, dass ihr Sohn ohne jeden Schaden zurückgekehrt war, aber doch hatte sie insgeheim gehofft, dass der Krieg ihn schulen würde, sodass er als reifer und bescheidener Mensch zurückkehren würde. Aber Wilhelm kam, aus welchem Grund auch immer, als glühender Republikaner zurück und redete schon von einer möglichen politischen Karriere bei den Christlich-Sozialen. Eine unangenehme Frauengeschichte gäbe es da aber wieder, und wenn sie, Katharina, einmal die Zeit finden würde, sich damit eingehend zu befassen …

Und so, die Gedanken wild von einem Sohn zum anderen springend, so verwirrt, wie sie sich vor dem Krieg niemals gefühlt hatte, ging Katharina eines Abends durch das Haus. In der Hand hielt sie eine Tasse voll echt indischem Tee, ein Überbleibsel aus der Vorkriegszeit. Er schmeckte bereits etwas lasch. Sie trank winzige Schlucke und ging ohne Ziel, allein aus der Hoffnung heraus, den Kopf durch die Bewegung wieder frei zu bekommen. In ihrem Zopf leuchtete eine neue, noch dickere weiße Strähne.

Schließlich erreichte Katharina eine geschlossene Tür. Sie

musste einen Augenblick lang überlegen, zu welchem Zimmer diese gehörte. Es war das Klavierzimmer, Katharina wusste nicht mehr, wann sie es das letzte Mal betreten hatte. Und da ihr der Spaziergang durch die Gänge nicht wirklich geholfen hatte, meinte sie nun, dass es vielleicht ein paar Fingerübungen an den Tasten tun würden. Als Mädchen hatten sie diese zumindest immer müde gemacht. Nichts als ruhig schlafen wollte sie jetzt.

Als Katharina die Tür öffnete, bot sich ihr allerdings ein beunruhigender Anblick. Auf dem hölzernen Klavierhocker saß zusammengekauert ein Mädchen. Das Gesicht hatte es hinter den Händen verborgen, das dunkelblonde Haar stand unordentlich unter dem gesteiften Stoffhäubchen hervor.

Seit dem Krieg beschäftigte Katharina nur noch zwei Dienstmädchen: die alte Mascha und dieses recht junge, hübsche Mädchen, welches sich vor allem durch ihre Unauffälligkeit hervorgetan hatte, was bei Personal ja stets als Qualitätsmerkmal galt. Deswegen musste Katharina einige Sekunden überlegen, um auf ihren Namen zu kommen.

»Luise!« Das war der Name, und Katharina sprach ihn etwas lauter und härter aus, als sie geplant hatte. Das Mädchen sprang sofort auf die Füße, wobei ihm das Mützchen endgültig vom Kopf fiel. Luises Augen und Wangen waren gerötet, und deutlich hatten die Tränen glänzende Spuren in ihr Gesicht gemalt. Sie wischte sich die Nase an ihrem Ärmel sauber, schniefte aber trotzdem noch. »Gnädige Frau«, versuchte sie zu sagen, aber schon das »Frau« brachte sie nicht mehr heraus. Sie schlug sich die Hände vors Gesicht, ihre Schultern bebten.

Katharina ließ sich nun selbst auf dem Klavierhocker nieder. War denn nirgends in diesem Haus Ruhe zu finden? Was waren das für Zeiten, in denen Dienstmädchen nach Lust und Laune ihre Gefühle ausdrückten?

Nun wäre es auch schon egal, schniefte das Mädchen in ihre Handflächen, die gnädige Frau sollte sie nur aus dem Haus jagen, sie bei der Sittenpolizei melden, was auch immer der gnädigen Frau als angemessen erschien, aber nicht vergessen sollte die gnädige Frau, dass letztendlich alles die Schuld des Fräulein Ida wäre.

»Ordnen Sie sich! Ordnen Sie sich!«, rief Katharina im Tonfall einer Ertrinkenden, sie ging in Luises wirren Worten unter.

Luise hatte also, wie sie jetzt stockend hervorbrachte, ein Liebesverhältnis mit dem Fräulein Ida gehabt. Andere Dienstmädchen würden sich mit Soldaten und Fabrikarbeitern einlassen, und manche gar jeden Abend mit einem anderen, was doch gewiss eine größere Sünde sein müsste als eine ehrliche und tiefempfundene Liebe zu einem Fräulein. Wobei das nun aber auch alles egal wäre, das Fräulein Ida hätte das Verhältnis soeben aus heiterem Himmel beendet, und nun wäre Luises Leben ohnehin zu Ende, und es gäbe keine Strafe, die sich die gnädige Frau einfallen lassen könnte, die schlimmer wäre als die Kaltherzigkeit des Fräulein Ida.

»Ordnen Sie sich, man versteht doch kein Wort«, murmelte Katharina, aber sie hatte sehr wohl jedes Wort verstanden. Jede Freundin, die Ida früher von der Schule mit nach Hause gebracht hatte, mit der sie spazieren gegangen war oder mit der sie in ihrem Zimmer albern gekichert

hatte, sah Katharina nun in einem anderen Licht. Jede war
verdächtig.

Am liebsten hätte sie Luise einfach der Lüge bezichtigt
und die ganze Sache vergessen. Aber warum hätte diese sich
selbst beschuldigen sollen, eine so schwerwiegende Tat begangen zu haben, die sie auf jeden Fall die Anstellung, wenn
nicht sogar noch mehr kosten musste? Rotz glänzte auf ihren Ärmeln, dicke Tränen rannen zwischen ihren Fingern
hervor. Keine Schauspielerin hätte so lügen können, und
schon gar nicht ein unscheinbares Dienstmädchen, das ein
Theater höchstens von außen gesehen hatte.

Ida wurde im Sommer dreiundzwanzig Jahre alt.

»Luise, ich verlange, dass Sie heute Nacht Ihre Sachen
zusammenpacken und morgen gleich in der Früh Ihren Abschied nehmen. Ich werde Ihnen bis dahin ein Zeugnis ausgestellt haben. Aber ich muss Sie warnen, es wird nicht allzu gut ausfallen können.«

Luise reagierte mit resigniertem Schulterzucken; ihre
Tränen galten Ida und nicht ihrer Anstellung.

Katharina ließ das Mädchen im Klavierzimmer zurück.
Mit eiligen Schritten rauschte sie den langen Gang entlang.
Die Teetasse hielt sie immer noch in der Hand und trug sie
nun vor der Brust wie eine Waffe. Ihre Lippen verschwanden vollständig in ihrem zusammengekniffenen Mund, auf
der Stirn bildete sich ein dichtes Netz tiefer Falten. An einem einzigen Abend verlor Katharina Padinsky ihre Schönheit.

Sie blieb vor dem Zimmer ihrer Tochter stehen. Die
schneeweiße Tür schien ihr nun eine einzige Provokation.
Alles, was Ida umgab, war immer so rein und hell und mäd-

chenhaft gewesen, dass niemals jemand die Verlogenheit
darin hätte vermuten können.

Ida war soeben zu Bett gegangen. Im Licht einer Kerze
las sie mit müden Augen die letzten Seiten irgendeines fran-
zösischen Romans, als Katharina die Tür aufriss und mit
schriller Stimme verkündete: »Ida, du wirst heiraten!«

4

Das Abendessen war für sieben Uhr angesetzt. Katharina
hatte bereits ein neues Dienstmädchen eingestellt (Arbeits-
suchende gab es ja genug), und um ganz sicherzugehen,
hatte sie eines ausgewählt, dessen Gesicht von Pockennar-
ben völlig entstellt war. Außerdem hatte sie auch eine alte,
fette und nicht zu teure Köchin kommen lassen, die aber ihr
Handwerk verstand.

Um sechs Uhr saß Katharina also in ihrem Schlafzimmer
und schminkte sich. Sie trug keines ihrer indischen Gewänder, die ihr ganz plötzlich unpassend für ihr Alter erschienen, sondern ein hochgeschlossenes schwarzes Kleid mit
steifem Kragen, in dem sie mehr wie eine ältliche Gouvernante als wie die Dame der Gesellschaft aussah, die sie einst
gewesen war. Schließlich wischte sie sich den Lidschatten
wieder ab, der jetzt bei den jungen Mädchen allerorts in
Mode gekommen war. Früher hatten nur Schauspielerinnen
und Huren sich die Gesichter bemalt; von diesen abgesehen
war Katharina die Einzige gewesen, die Rouge benutzt und
sich die Lippen angemalt hatte. Der Krieg hatte die braven
Hausfrauen, die gehorsamen Mädchen dem Einfluss ihrer

Männer und Väter entrissen, sie hatten sich emanzipiert, und wozu? Damit sie nun alle wie Huren aussahen.

Angeekelt verzog Katharina ihr Gesicht, schöne Zeiten würden das werden. Plötzlich wurde ihr bewusst, wie die Leute immer über sie gedacht haben mussten. Ihre Kinder waren Bastarde. Es war wie bei »Des Kaisers neuen Kleidern«. Niemand hatte es gewagt, ihr zu sagen, dass sie eine Hure war. Nun saß sie hier geschminkt in ihrem einsamen Schlafzimmer und wunderte sich, dass ihre Tochter eine Geisteskranke, eine Perverse geworden war.

Sie beobachtete ihr eigenes vertrocknetes Gesicht im Spiegel und versuchte sich anzulächeln. Das erste Mal fiel ihr auf, dass ihre Lippen dabei verschwanden. Ihr Haar war mittlerweile von breiten Silberstreifen durchzogen, mehr weiß als rot. Sie gelobte Besserung. An Gott glaubte sie zwar nicht, wohl aber an die Wissenschaft, an die Erkenntnisse Freuds, die allerorts diskutiert wurden, an die gerechten Strafen der menschlichen Psyche. Sie war durch ihre eigene Leichtsinnigkeit schuld am Unglück ihrer Tochter, und daher war es auch ihre Aufgabe, diesem ein Ende zu setzen. Sie gelobte, der Eitelkeit und den Männern endgültig zu entsagen, wobei ihr Letzteres eindeutig leichter fiel. Wenn sie nun anständig leben würde, würde es auch Ida tun. Katharina beschloss, eine alte Frau zu werden. Sie wischte den Rest der Schminke aus ihrem Gesicht und kämmte ihr Haar so, dass die weißen Strähnen besonders gut zur Geltung kamen.

Es war bereits halb sieben, als sie das Esszimmer betrat. Das pockennarbige Mädchen deckte gerade den Tisch mit Porzellan und Silberbesteck.

Mit dem Ankleiden und Frisieren Idas war Mascha beauftragt worden, da Ida selbst in dieser Hinsicht keinerlei Geschmack und auch keinen Ehrgeiz besaß. Katharina nahm wie gewohnt den Vorsitz ein, wo sie aber kaum ruhig sitzen bleiben konnte. Sie ließ sich schließlich von dem Mädchen ein Glas Rotwein bringen und stellte mit Missmut fest, dass man den geringen Preis auch schmeckte.

Endlich, es waren immerhin nur noch wenige Minuten, bis die Gäste eintreffen sollten, kam Ida herunter. Mascha hatte ihr das Haar kunstvoll geflochten (aber auf einen jungen, modernen Mann musste das bieder wirken) und sie in ein rotes Samtkleid gesteckt (Rot war die passende Farbe, aber das Kleid betonte Idas schlanke Figur nicht, und sie sah ein wenig aus wie in einen Sack geschnürt).

Als Katharina Ida wissen ließ, dass sie wie ein lieblos verpacktes Weihnachtsgeschenk aussähe, zuckte diese nur mit den Schultern und sah noch müder aus als sonst.

Die Pockennarbige stellte Servietten, die wie Fächer gefaltet und üppig geblümt waren, neben die Teller.

»Warum hat Luise ihren Abschied genommen?«, fragte Ida. Katharina hörte die Mühe heraus, die es Ida kostete, die Frage ganz beiläufig klingen zu lassen.

»Es hat ihr bei uns nicht mehr gefallen«, antwortete Katharina. Ida nickte. Die Pockennarbige verschwand in der Küche.

Nur wenige Minuten und eine peinliche Ewigkeit lang dauerte es, bis Mascha hereinkam und die Ankunft vom Herrn Wilhelm Padinsky und seinem Freund und Kollegen Alexander Schönbrunner ankündigte, die ohne eine Antwort abzuwarten hinter der Dienstbotin hereindrängten.

Mit einem erleichterten Seufzen umarmte Katharina ihren Sohn und ließ sich vom jungen Herrn Schönbrunner die Hand küssen, obwohl sie diese Geste ansonsten ablehnte und ihre Hand Männern nur hinhielt, um sie sich drücken zu lassen. Aber da sie sich vorgenommen hatte, alt und altmodisch zu sein, war ihr der Handkuss willkommen.

Wilhelm lobte ihr neues, schlichtes Kleid und die strenge Frisur ausgiebig, allerdings in einem Tonfall, der eher Belustigung als Bewunderung ausdrückte.

Dann aber schien er sich an seine eigentliche Aufgabe zu erinnern. Er schob seinen Freund an der gealterten Mutter vorbei und flüsterte: »Nach der Pflicht muss nun auch die Kür kommen.« Dann rief er laut: »Meine schöne Schwester Ida!«

Alexander Schönbrunner sah im Grunde aus wie Wilhelm Padinsky. Er war gleich groß, gleich schlank, hatte das gleiche seitengescheitelte blonde Haar und imitierte sogar Wilhelms große Gesten. Und doch schien es, als läge ein grauer Schleier über seinem Gesicht, der jeden Hauch von Charme abfing, bevor er noch an die Außenwelt dringen konnte. Es lag nichts vor, was ihn entstellt hätte, vermutlich war er sogar ganz gutaussehend, vielleicht sogar genauso gutaussehend wie Wilhelm, aber man wandte seinen Blick doch lieber dem anderen zu. Alexander war mit Wilhelm bei der Armee gewesen und war ebenso mit ihm gemeinsam der Partei beigetreten. Oft waren sie für Brüder gehalten worden. Viele hatten dabei aber im Stillen bedauert, dass der jüngere Bruder nichts von der Ausstrahlung des älteren abbekommen hatte.

Katharina fand, dass dieser Herr Schönbrunner schon

allein seines faden Gesichts wegen vorzüglich zu Ida passen würde, jedoch schien die Konversation trotz Wilhelms Bemühungen nicht recht ins Rollen zu kommen.

»Ida ist eine ausgezeichnete Pianistin«, erklärte Wilhelm seinem Freund, und an Ida gerichtet: »Alexander spielt nämlich sehr gut Trompete.« Kurz war ein Schimmer von Interesse in ihrem Gesicht zu erkennen.

»Ach was, sehr gut! Für deine Ohren vielleicht, aber in Wahrheit spiele ich nur eines sehr gut, und das ist Poker.« Der Schimmer schwand. Mit gelangweiltem Lächeln nahm Ida nun alle möglichen Komplimente zu ihrem Kleid und ihrem Haar entgegen, von ihrer Mutter aufgefordert, drehte sie sich sogar einmal im Kreis, um sich dem Gast nur ja von allen Seiten zu zeigen. Als wäre der Stoff hinten aufregender als vorne, als wäre ihr Hinterkopf interessanter als ihr Gesicht.

»Alexander will einmal Arzt werden …«, sagte Wilhelm.

Dann trat Florian ein, er hatte über irgendeinem Buch oder Experiment wohl die Zeit übersehen. Seine runde Drahtbrille, die er eigentlich nur zum Lesen brauchte, trug er immer noch auf der Nase, sein Haar stand ungekämmt in alle Richtungen vom Kopf ab. Den Bruder und dessen Gast begrüßte er überschwänglich und erzählte ihnen sofort irgendeine soeben erlangte neue Erkenntnis über Mehlwürmer. Was Katharina sonst unterbunden hätte, empfand sie nun als angenehme Abwechslung, und sie bemerkte auch, dass es den jungen Leuten ähnlich ging. Als würde ihnen tatsächlich etwas daran liegen, fragten Wilhelm, Ida und auch Alexander nach immer mehr Fakten und Details aus der Mehlwurm-Forschung, die Florian gerne und vor allem ausführlich beantwortete. Alles war ihnen angenehmer, als weiterhin abwechselnd Idas und Alexanders Vorzüge aufzuzählen, die, zumindest Wilhelms und Katharinas Meinung nach, beide enden wollend waren. Man setzte sich schließlich an den Esstisch, und die Pockennarbige begann, die Suppe aufzutragen. Wilhelm bestand darauf, ein Gebet zu sprechen, obwohl das im Hause Padinsky niemals üblich gewesen war. Er dankte für die Speisen und bat darum, die Sozialisten zu vernichten. Katharina räusperte sich, sagte aber nichts. Die Welt gehörte nun der Jugend, dachte sie sich, man hätte ja gesehen, wohin ihre eigene Fortschrittlichkeit geführt hatte.

Als sie zu essen begannen, nahm Florian das Mehlwurm-Thema wieder auf, und obwohl die Nudelsuppe dadurch weniger appetitlich schien, erkundigten sich alle fleißig weiter nach Verdauung, Vermehrung und Alltag seiner Forschungsobjekte.

Während die Suppenteller abserviert wurden, trat Mascha ein und kündigte einen weiteren Gast an. Herr August Gussendorff wäre, wie er behauptete, zu einem schon lange vereinbarten Abendessen mit Frau Padinsky gerade eben eingetroffen.

»*Der* Gussendorff?«, fragte Wilhelm und zog dabei beeindruckt die Augenbrauen hoch. Alexander tat es ihm sofort gleich, offensichtlich ohne jede Ahnung, um wen es sich dabei handelte.

»Ebenjener Gussendorff«, antwortete Mascha.

Katharina rief, dass Gussendorff sich irren müsse, diese Mahlzeit wäre ganz dem Herrn Schönbrunner gewidmet. Sie versuchte Alexander ermutigend anzulächeln. Dabei bemerkte sie jedoch, dass ihr Lächeln eine Fratze war, und ließ es wieder sein.

Mascha wollte sich gerade auf den Weg machen, um Herrn Gussendorff seinen Irrtum mitzuteilen, da griff sich Katharina an die Stirn. Die Kinder hatten nicht nur ihren Körper, sondern auch ihren Geist alt gemacht, dachte sie.

»Ich erinnere mich wieder. Ich habe ihn tatsächlich für den heutigen Tag zum Essen geladen. Was für eine Blamage. Schicken … Schicken Sie ihn herein, Mascha.«

Diese Einladung hatte Katharina ausgesprochen, lange bevor sie die ganze Geschichte mit Luise und Ida erfahren hatte, sogar lange bevor Florian sie mit seinem geplanten Studium und Wilhelm sie mit der »ganz blöden Frauengeschichte« und der Partei belästigt hatte. Damals, als sie noch eine junge Frau gewesen war, mit rotem Haar und roten Lippen. Eine junge Frau, die, obwohl oder weil sie kaum las, moderne Literatur für schick und alle Schriftsteller für Genies gehalten hatte. Allein ihr straffer Terminplan hatte kein früheres Treffen mit dem großen Dichter Gussendorff erlaubt, so war das gemeinsame Essen immer weiter in die Zukunft gerutscht. Nun aber stand die Zukunft vor der Tür.

Sofort brachte die Pockennarbige einen sechsten Stuhl, den sie zu Katharinas Missfallen zwischen Ida und Alexander platzierte, sowie ein zusätzliches Gedeck.

Katharina beschloss, keine Überraschung zu zeigen.

Sichtlich überrascht waren allerdings alle anderen von Gussendorffs Erscheinung. Er hatte kaum Haupthaar, dafür aber einen schneeweißen Vollbart, der ihm bis zum Nabel reichte. Seine Augen waren eisblau wie die eines Huskys. Auffälliger als all das war aber der Umstand, dass er ein Kleid trug. Es war kein Kleid mit Rüschen und Bändern, wie Frauen es trugen, aber dennoch eindeutig ein Kleid. Es war aus hellem Leinen gemacht und erinnerte an die Gewänder, die die Apostel auf Gemälden trugen.

Katharina wäre früher entzückt gewesen von dieser Extravaganz, aber sie besann sich auf ihre neue Ausrichtung und musterte den Gast kühl. Wilhelm übernahm die Gastgeberpflichten. »Ich kenne und liebe all Ihre Werke, Herr Gussendorff!«, rief er begeistert und stellte erst sich selbst, dann die anderen Anwesenden vor.

»Ich danke für die Einladung!«, antwortete Gussendorff mit donnernder Stimme. Er setzte sich, und obwohl er, wenn schon nicht schlank, so auch nicht auffallend dick war, nahm er viel Platz ein. Alexander und Ida schienen plötzlich meilenweit voneinander entfernt zu sitzen. Der Mann zwischen ihnen machte jede Konversation, jede Kontaktaufnahme unmöglich, und beide wirkten dadurch ungemein erleichtert.

Man nahm die Hauptspeise in völliger Stille ein. Sogar Florian schien über Gussendorffs Erscheinung seine Mehlwürmer vergessen zu haben.

Katharina hätte Gussendorff gerne über seine neuesten Projekte befragt, verbat es sich aber. Sie beobachtete ihn und seine Aufmachung mit strengem Blick und fürchtete, dass er in jedem Fall einen schlechten Einfluss auf Idas doch ohnehin schon so labile psychische Verfassung haben müsste.

Erst als die Nachspeise serviert wurde, nahm Wilhelm die Konversation wieder auf.

»Ich und auch mein Freund Schönbrunner hier können Ihnen als Frontsoldaten bestätigen, dass wir in Ihren patriotischen Gedichten in der Frontzeitung stets neue Kraft gefunden haben.« Alexander nickte eifrig.

Gussendorff stocherte im Kompott herum und kontrollierte jeden Bissen genau. Wenn ihm eine Frucht nicht gefiel, ließ er sie wieder von der Dessertgabel in die Schüssel zurückgleiten. Plötzlich blickte er auf, seine Augen funkelten.

»Die patriotischen Gedichte«, donnerte er, »sind pure, unverdünnte Scheiße!«

Alexander verschluckte sich am Wein und kam nicht mehr aus dem Husten heraus. Ida lachte hinter vorgehaltener Hand.

»Aber … Ich bitte Sie …«, stammelte Wilhelm, während er seinem Freund auf den Rücken klopfte, bis dieser wieder zu Atem gefunden hatte.

»Was ich damals Patriotismus nannte, war in Wahrheit nur blinde Kaisertreue«, antwortete Gussendorff und befreite seine Gabel wieder von einem Stück Apfel, das nicht seine volle Sympathie gewonnen hatte.

»Was ist denn Ihrer Meinung nach echter Patriotismus?«, fragte Katharina, und obwohl sie missbilligend eine Augenbraue hochzog, war an ihrem Tonfall nicht zu überhören, dass sie durchaus amüsiert war.

»Wahrer Patriotismus? Er muss aus dem Volk kommen, Frau Padinsky. Um Ihre Frage zu beantworten, Herr Padinsky«, wandte er sich an Wilhelm, obwohl dieser nie eine Frage gestellt hatte, »ich arbeite momentan an einer Oper über genau dieses Thema.«

»Sie komponieren auch?«, fragte Wilhelm.

»Ich komponiere nicht. Ich schreibe Musik. Meine Buchstaben sind Töne.«

»Und was ist Ihrer Meinung nach der Unterschied zwischen dem Schreiben von Musik und dem Komponieren?«

Es war Ida, die diese Frage gestellt hatte. Obwohl sie ursprünglich die Hauptfigur dieses Essens hätte sein sollen, hatte man ihre Anwesenheit schon fast wieder vergessen. Kurz herrschte Stille. Gussendorff legte die Gabel weg und wurde rot im Gesicht. Einige Male holte er Luft, als würde er etwas sagen wollen, schnaufte sie dann aber doch wieder durch die Nase aus. Dabei blickte er Ida an, als wollte er sie in eine Eisskulptur verwandeln. Sie aber hielt seinem Blick nicht nur stand, sie blickte zurück, angriffslustig, ein freches Lächeln auf ihren Lippen.

»Ida komponiert nämlich auch«, sagte Wilhelm beschwichtigend.

»Dass sie komponiert, kann ich mir vorstellen, aber dass sie auch Musik schreibt, also mit den Ohren einer Künstlerin …« Gussendorffs Stimme hatte seine eindrucksvolle Gewalt verloren; er klang jetzt nervös, fast schrill. »Ich schreibe meine Musik meistens mit der Hand, und nicht mit den Ohren«, antwortete Ida immer noch lächelnd. Gussendorff wurde noch röter im Gesicht, Katharina wies Ida zurecht und musste gleichzeitig laut lachen.

Mit säuerlich verzogenen Mundwinkeln bemerkte Alexander, dass es doch spät geworden wäre und er jetzt gehen müsse.

Wilhelm bat ihn vielmals, doch zu bleiben, Ida würde ihm sicherlich gerne noch ein Stück am Klavier vorspielen, aber Alexander wehrte ab. Er verabschiedete sich von Katharina mit Handkuss, Florian und Gussendorff nickte er zu, von Ida aber verabschiedete er sich gar nicht.

»Was bitte hat dir denn nicht gefallen an meiner Schwester?«, fragte Wilhelm, als er seinen Freund den Gang entlang zur Haustür begleitete. Dabei fiel ihm selbst eine Menge an Dingen ein, die man an Ida unattraktiv finden konnte. Jedoch hatte er Alexanders Loyalität für stark genug gehalten, dass dieser über all diese Unzulänglichkeiten hinwegblicken würde, könnte er das Band der Freundschaft zwischen ihnen beiden nur noch enger knüpfen, und wäre es auch durch Verschwägerung, durch die Verlobung mit der hässlichen Schwester. Denn die Ablehnung einer Padinsky-Hochzeit war in Wilhelms Augen eine Ablehnung seiner eigenen Person.

»Du hast gesagt, sie wäre eine gehorsame Frau«, rief Alexander wütend.

»Sie ist die gehorsamste Frau, die man sich vorstellen kann!«, antwortete Wilhelm.

»Sie ist frech, vorlaut, und noch dazu, fürchte ich, klug.« Plötzlich fasste Alexander Wilhelm an beiden Schultern und schüttelte ihn, als wäre er ein Obstbaum. »Ich will etwas Großes werden in der Partei. Ich weiß nicht, wie du es siehst, aber ich zumindest will hoch hinaus! Wir haben eine Demokratie, Wilhelm. Weil wir keinen Kaiser haben, kann jeder Kaiser werden. Verstehst du? Und alles, was mir dazu noch fehlt, ist eine schöne, dumme, gehorsame Frau!«

»Und Charisma«, hätte Wilhelm beinahe geantwortet, aber zu ernst schien Alexander die Sache, als dass man darüber hätte scherzen dürfen. Also verabschiedete er seinen

Freund und wünschte ihm noch viel Glück bei der Suche nach der passenden Frau und der Kaiserkrone. Dann wollte er eigentlich ins Esszimmer zurückkehren, wurde aber am Gang von der alten Mascha über den Haufen gerannt. Beide landeten auf ihren Hinterteilen, Wilhelm lachte.

»Ich bitte vielmals … vielmals … um Verzeihung …«, stammelte Mascha, während sie sich gegenseitig wieder auf die Beine halfen.

»Warum diese Eile, Mascha?«, fragte Wilhelm, immer noch lachend. Mascha klatschte die Hände vor der Brust zusammen.

»Herr Gussendorff hat um ihre Hand angehalten!«

»Um Mutters Hand? Der Arme, da wird er kaum Glück gehabt haben.«

»Doch nicht um Frau Padinskys Hand! Um die Hand des Fräulein Ida!« Mascha wollte schon weitereilen, aber Wilhelm konnte sie noch am Ärmel fassen.

»Was hat sie gesagt?«, fragte er.

»Ich laufe gerade, um irgendwo Champagner aufzutreiben, Herr Padinsky. Was wird sie da wohl gesagt haben? *Ja* hat sie gesagt! Fräulein Ida Padinsky wird die Frau von August Gussendorff!«

5

August Gussendorff war im Frühjahr sechzig geworden und nahm dies zum Anlass, über alles Mögliche nachzudenken. Mit »alles Mögliche« meinte er zuerst sich selbst und danach seine Kunst, wobei er sich manchmal einbildete, dass diese beiden Begriffe eins wären. Er war damals seine kaisertreuen Gedichte gewesen, so wie er jetzt seine realistischen Novellen war. Er war das tugendhafte Waisenkind, das, nachdem es allerlei Unrecht hatte erfahren müssen, von einem Millionär adoptiert werden würde. Er war die einsame Ehefrau, die sich einen jungen Liebhaber suchte und zum Schluss (und zur Strafe) Selbstmord begehen musste. Und er würde auch die neue Oper für und über das deutsche Volk werden.

An manchen Tagen konnte er kaum schreiben, weil ihn die Faszination für seine eigene vielschichtige Persönlichkeit davon abhielt. Dann zog er sich eines seiner Kleider an und ging so durch die Stadt, das Kinn so hoch erhoben, dass er den Bart vor sich trug wie ein eindrucksvolles Horn. Er genoss die bewundernden und noch mehr die missbilligenden Blicke und legte sich abends mit dem Gefühl ins Bett, ein unbegreifliches Wesen zu sein. Sein Geist war so groß, dass nicht einmal er, der Herr der Buchstaben, Worte dafür finden konnte. Eine Art religiöse Rührung trieb Tränen in seine Augen, während er einschlief. Sein Schlaf war selig. Seine Träume beteten zu ihm selbst.

Als Gussendorff nun aber sechzig geworden war, beschloss er, dass ihm das nicht mehr reichte. Er genügte sich selbst nicht mehr. Die feierlich zelebrierte Einsamkeit wurde zu echter Einsamkeit.

Das lag vor allem auch daran, dass seine Mutter, mit der gemeinsam er seine große Villa in der Vorstadt bewohnt hatte, vor kurzem verstorben war. Sie war rundherum eine böse, zynische und eifersüchtige Frau gewesen, nur für ihren Sohn hatte sie Zärtlichkeit, Bewunderung, ja, sogar

Liebe aufgebracht, was sie aber nicht davon abhielt, auch mit ihm regelmäßig und ausgiebig zu streiten. Da sie für ihr Alter jugendlich und ihr Sohn eher alt ausgesehen hatte, wurden sie häufig für ein Liebespaar gehalten. Es hatte sie nie gestört. Sie beide wussten ja, dass sie in Wahrheit nur eine Gläubige seiner Religion war, eine Apostelin seiner Kunst. Seine Mutter war nämlich auch seine begeisterte Leserin gewesen, denn trotz ihrem Zynismus konnte sie sehr rührselig werden, wenn es um fiktive Personen ging. Alle anderen, mit Ausnahme ihres Sohnes natürlich, hasste sie mit ganzer Seele.

Und freilich war sie auch eine gute Hausfrau gewesen, sodass Gussendorff niemals in die Notlage gekommen war, etwas Nützliches lernen zu müssen.

So hatte er es auch irgendwie verpasst, sich zu verheiraten. Nur ein einziges Mal hatte er ein Mädchen mit nach Hause gebracht, eine wunderschöne junge Jüdin namens Sarah, und seine Mutter hatte sie mit einem Nudelwalker in der Hand zur Tür hinausgejagt.

Er war natürlich verärgert gewesen und hatte kein Wort mehr mit der Mutter reden wollen, heute aber war er ihr dafür dankbar. Damals hatte er sich von einem hübschen Gesicht und einer weiblichen Figur verführen lassen, heute aber wusste er um die Pflichten, die einem durch die Zugehörigkeit zur deutschen Rasse auferlegt waren. Nichts hätte sich auf sein Leben negativer ausgewirkt als jüdisches Blut, und Gott sei Dank hatte seine kluge Mutter das Unglück noch einmal abgewendet. Das Unglück ihres eigenen Ablebens allerdings hatte auch sie nicht abwenden können. Sie starb in hohem Alter und hinterließ ihrem Sohn all ihre Besitztümer, aber keinerlei Tauglichkeit für das selbständige Leben.

Seit jener Sarah hatte er keine Frau mehr gehabt. In Katharina Padinsky war er verliebt gewesen, als sie noch ein ganz junges Mädchen gewesen war, hatte es sie aber nie wissen lassen. Es wäre neben seiner großen Persönlichkeit, der daraus resultierenden großen Kunst und seiner Mutter wenig Platz gewesen.

Nun aber war er sechzig, allein, völlig unerfahren und entschlossen, etwas zu ändern. Er wollte heiraten. Er träumte von einer kleinen Blonden mit großen Brüsten, die kochen und waschen konnte, und wenn sie aus guter Familie käme, wäre das auch kein Nachteil. Noch wichtiger aber war, dass sie möglichst wenig redete und außer einer glücklichen Ehe keinerlei Ehrgeiz hatte. Sie sollte lesen können, aber nicht allzu viel von Literatur verstehen. Seine Novellen sollte sie lesen und lieben, aber nie auf die Idee kommen, ihm in die Arbeit hineinzureden.

Wenn er einmal nicht von sich selbst träumte, so träumte er von ihr, er sah sie ganz deutlich in der Küche stehen und mit kräftigen Armen den stark duftenden Eintopf rühren. Sie trug die Kleider seiner Mutter. Und manchmal packte er sie an ihren runden Hüften und zog sie zu Boden, der dann eine Blumenwiese war, und das Kleid verschwand von selbst. So stellte er sich das vor.

Und nun, plötzlich, war er mit Ida Padinsky verlobt. Es war wie ein Schicksalsschlag über ihn hereingebrochen, überraschend wie ein Todesfall. Wer mit Feuer spielt, weiß um die Gefahr und geht trotzdem davon aus, sich niemals zu verbrennen. Hätte sie einfach »nein« gesagt, hätte sie eine dekorative Narbe in seine Künstlerseele geschlagen. Seiner kleinen, blonden, dummen Frau hätte er die Wunde gezeigt, und sie hätte ihn für seine früheren Kämpfe bewundert und ihn mit noch mehr Hingabe gepflegt. Aber sie hatte ja gesagt, und nun würde er sie doch wirklich heiraten müssen.

Nach dem Abendessen bei Padinskys wankte Gussendorff nach Hause, als hätte er drei Liter Wein getrunken. Dabei war es nur ein einziges Glas Champagner gewesen. Der Geschmack klebte ihm immer noch süßlich am Gaumen. War er schon so verzweifelt, dass er den Traum von der drallen Blondine zur Seite geschoben und sich auf die Erste hatte stürzen müssen, die ihm vor Augen kam?

Ida hatte sich respektlos verhalten. Je öfter er an das Gespräch dachte, desto klarer wurde ihm das. Was der Unterschied zwischen einfachem Komponieren und Musik schreiben wäre, wollte sie wissen. Wie der Unterschied zwischen Leben und Geschichte schreiben! Das fiel ihm aber leider erst auf dem Heimweg ein.

Das hätte er sagen sollen, aber dann hätte sie wohl wiederum nach diesem Unterschied gefragt, und wieder hätte er bloßgestellt dagestanden, weil er nicht hätte antworten können.

Wen wollte er mit dieser Hochzeit strafen? Katharina, weil sie ihn damals nicht erhört hatte, Ida, weil sie ihn lächerlich gemacht hatte, sich selbst, weil er seine Mutter vergaß? Seine Mutter hätte, so streitbar sie auch war, seine Wortwahl nie hinterfragt, sie hätte ihm ehrfürchtig zugestimmt und dann einen Kaffee gekocht mit Schlagobers drin.

Auf dem Heimweg war er sich auch sicher, das Verlöbnis möglichst bald zu lösen. Als er allerdings seine Villa betrat und das Haus ihm mit großen leeren Wänden entgegenblickte, Dunkelheit und Stille ihn ummantelten wie ein Grab, dachte er, dass die Hochzeit eine gute Idee war. Seine eigenen Wege wären eben unergründlich. Er hatte um Idas Hand angehalten und sah, dass es gut war.

Seinen Freunden würde er sagen, es wäre Liebe auf den ersten Blick gewesen. Er hatte ohnehin nicht viele Freunde.

Und nun begann er sich auf die Hochzeit und die darauf folgenden Ehejahre zu freuen. Er kam fast jeden Tag ins Haus der Padinskys, um mit Katharina die Details der Feierlichkeiten und allerlei Geschäftliches auszuhandeln. Die Mitgift war niedriger, als er erwartet hatte. Als er das halb im Spaß ansprach, erhöhte Katharina sie fast um das Doppelte. Man besprach das Kleid, die Speisekarte und die Gästeliste, man trank alten Tee und billigen Wein und aß dazu Kekse, die im Mund zu Staub zerfielen. Meistens war er mit Katharina und Mascha allein, manchmal aber gesellten sich auch Wilhelm oder Florian zu ihnen, um den seltsamen Schwager zu beobachten, der vom Alter her ihr Großvater hätte sein können. Sie zuckten zusammen, wenn er zwischen den dahinplätschernden Gesprächen aus heiterem Himmel mit Gottesstimme losdonnerte, irgendeinen Satz, der ihm gerade eingefallen war, zum Gebot erhob, und man sich vor der Strafe fürchten musste, wenn man nicht gehorsam und bewundernd nickte. Nicht einmal Wilhelm wagte es mehr, ihm Fragen zu stellen.

Ida ließ sich bei diesen nachmittäglichen Gesprächen nie blicken. Sie begrüßte Gussendorff zwar meistens an der

Tür, entschuldigte sich dann aber immer schnell, sie hätte noch Etüden zu üben oder eine Schreibarbeit zu erledigen. Dann verschwand sie für den Rest des Tages und kam auch nicht mehr, um Gussendorff zu verabschieden.

Ein einziges Mal wagte Gussendorff es, noch einmal zurück ins Haus zu schleichen, obwohl er sich von Katharina bereits verabschiedet hatte. Er wollte noch einen Blick auf seine Verlobte werfen. Es machte ihm großen Spaß, sich möglichst lautlos durch Gänge zu bewegen und sich flach hinter Kästen oder Vorhänge zu drücken, wenn Mascha oder die Pockennarbige zufällig mit ihren Tabletts oder Putzgeräten vorbeiwuselten. Er fühlte sich wie ein junger Liebhaber in irgendeiner Oper oder Operette, je nachdem, ob das Abenteuer tragisch oder komisch ausgehen würde. Dass das Ende nicht allzu traurig sein würde, wusste er allerdings. Katharina hatte darauf hingewiesen, dass sie jetzt, da die Hochzeit beschlossen sei, darauf bestünde, dass diese nicht an überzogenen moralischen Bedenken scheitern würde, egal, welche Gerüchte auch immer in der Öffentlichkeit ihre Kreise zogen. Seine häufigen Besuche mussten aufgefallen sein. Er lächelte. Er war jetzt nicht der sechzigjährige Dichter mit Bart, er war ein sechzehnjähriger Bursche auf dem Weg zu seiner Liebsten, jung und schön, mit errötendem Gesicht. Beschwingt von diesem Gefühl, beherrschte er sich, die knarrende Treppe nicht gleich hinaufzuspringen.

Oben angekommen, fiel ihm erst ein, dass er keine Ahnung hatte, wo sich Idas Zimmer befand. Aber er hatte Glück. Ida war eben mit ihren Klavierübungen fertig geworden und schlenderte auf dem Weg in ihr Zimmer zurück den Gang entlang. Sie hatte ihre Frisur bereits gelöst und ihre Jacke nicht zugeknöpft, sodass der Blick auf ihr flaches Dekolletee frei war. Als sie an ihm vorbeigehen wollte, trat Gussendorff aus dem Schatten des Schrankes, hinter dem er sich versteckt gehalten hatte. Sie erschrak mit einem Aufschrei, der allerdings so kurz und dünnstimmig war, dass ihn niemand bemerkt haben konnte. Gussendorff packte sie an der Seite und spürte die kantigen Hüftknochen durch all ihre Röcke hindurch. Er drückte seine trockenen Lippen auf ihren kleinen Mund. Sie ließ es geschehen. Sie versuchte nicht, sich zu wehren, erwiderte den Kuss aber auch nicht. Sie hing in seiner Umarmung, als wäre sie ein Gerät, das zwar eigentlich einem anderen Zweck diente, als geküsst zu werden, aber eben durch sein Dasein als Gegenstand auch nichts dagegen unternehmen konnte.

Gussendorff ließ sie los und schaute sie eindringlich an. Das leuchtende Blau sollte ihr seine Liebe ins Herz brennen. Sie aber blickte zurück mit müden, leicht geröteten Augen. Kein bisschen Liebe, kein bisschen Angriffslust in ihrem Gesicht. Sie wandelte an ihm vorbei und den Gang entlang, als wäre nichts geschehen. Nicht einmal empört zeigte sie sich, und zumindest dazu hätte sie sich doch aufraffen können, fand er.

6

Die Hochzeit fand im kleinsten Kreise statt. Auf der Seite der Braut saßen Katharina Padinsky, Wilhelm mit einer molligen Brünetten, die er mit säuerlichem Gesichtsausdruck als seine Verlobte vorstellte, Florian, Mascha, die

Pockennarbige und auch die englische Kinderfrau, die zwar nicht mehr im Haus arbeitete, aber trotzdem eingeladen worden war. Kurz bevor die Zeremonie begann, huschte auch noch ein junges, dunkelblondes Mädchen in Dienstmädchenuniform bei der Tür herein und nahm in der letzten Bank, weit hinter der Familie der Braut, Platz. Gussendorff meinte, es schon einmal irgendwo gesehen zu haben, konnte sich aber nicht mehr daran erinnern, wo.

Auf der Seite des Bräutigams saßen einige seiner Bekannten vom Verein der Musikfreunde, auch wenn er sie alle im Grunde verabscheute: das Ehepaar Heinrich und Elisabeth Schwarzberg in ihren luftabschneidend engen Krägen und mit den Mienen eines ländlichen Pfarrerehepaars. Christoph Wagenrad, der seit dem Tod seiner Frau nur noch wie ein Geist aus einer neoromantischen Erzählung durch die Welt schlich. Bastian Schneider, Medizinstudent und immer aufreibend nervös, ob nun Grund dazu bestand oder nicht. Dr. Siegfried Römer, bis vor kurzem noch Bastians Kommilitone, dabei aber um einiges strebsamer und vermutlich auch intelligenter, ein gutaussehender Junge mit hellen Augen und kantigem Gesicht. Natürlich fühlte sich Gussendorff auch diesem jungen Mann gegenüber überlegen, aber trotzdem hatte er ihn zu seinem Trauzeugen bestimmt. Von der ganzen Bagage schien Dr. Römer ihm noch der Würdigste für eine solche Aufgabe zu sein. Katharina übernahm dieses Amt auf der Seite der Braut; Entscheidungen und Unterschriften waren von jeher ihr Metier gewesen.

Man hatte vereinbart, keinen großen Wind um die Garderobe zu machen, trotzdem hatte sich Gussendorff einen ordentlichen Anzug gekauft, und auch für Ida hatte man etwas nähen lassen: ein weißes, zierloses Kleid aus Seide, das um ihren Körper flatterte wie ein Nachthemd. Wie ein Geistermädchen, ein Wesen aus Luft, sah sie aus. Gussendorff gefiel der Aufzug nicht. So gekleidet hätte sie eher zu Christoph Wagenrad mit seiner Grabesmiene gepasst als zum strahlenden Bräutigam August Gussendorff im stramm sitzenden Anzug. Es fühlte sich an, als würde er eine Uniform tragen. Während der Zeremonie beobachtete er Ida immer wieder aus den Augenwinkeln. Sie bewegte sich kein wenig. Ihr »Ja, ich will« war nicht mehr als ein Hauch.

Ihr Hochzeitskuss, der zweite, den sie sich überhaupt gaben, war ebenso leblos wie der erste, und Gussendorff fürchtete langsam, niemals mehr anders geküsst zu werden als so, was sich wie gar nicht geküsst werden anfühlte. Das Mädchen in der Dienstmädchentracht war verschwunden.

Frau Katharina Padinsky und Herr Dr. Siegfried Römer bezeugten die Ehe mit beschwingten Buchstaben, kein Weg führte an den Schlaufen und Kringeln der Namen mehr vorbei zurück in das Junggesellendasein.

Wagenrad verabschiedete sich sofort nach der Zeremonie. Er hätte eine Einladung zu einem Konzert in einem weit entfernten Dorf erhalten, ein alter Bekannter, den er eigentlich für tot gehalten hatte, hätte dort eine junge Sängerin entdeckt und nun um eine Expertenmeinung gebeten. Gussendorff spürte, dass es eine Lüge war. Der alte Wagenrad ertrug es nur nicht, dass andere sich glücklich verheirateten, während seine eigene geliebte Frau im Grab vermoderte. Was hatte Gussendorff ihn früher um die schöne Ilona beneidet, und nun war er es, der eine junge Frau hatte, und Wagenrad wurde einsam immer grauer. Es war eine Art Gerechtigkeit, fand Gussendorff, auch wenn Ida optisch noch lange keine Ilona war.

Der Rest der Gesellschaft kehrte in einem bäuerlichen Gasthof ein, in dem vom Fett triefende dicke Würste mit Kraut serviert wurden. Es schmeckte nicht besonders, aber da beinahe jeder sparen musste, griffen alle kräftig zu. Dazu wurde süßlicher Wein getrunken, der schnell betrunken machte. Nur Ida saß mit gefalteten Händen wie eine Heilige da und beteiligte sich weder am Essen noch am Gespräch. Gussendorff ärgerte sich über diese Attitüde. Sie hatte doch sofort ja gesagt, als er ihr den Antrag gemacht hatte, es hatte ihn selbst ja am meisten verwundert. Er hatte sie zu nichts gezwungen, und nun gefiel sie sich in ihrer Askese. Er nahm einen besonders großen Bissen von der Wurst, das Fett tropfte in seinen Bart.

Nach dem Essen spielte eine kleine Kapelle Tanzmusik, obwohl sich eigentlich alle zu satt fühlten, um zu tanzen. Gussendorff überwand seine Verdauungsmüdigkeit und eröffnete mit seiner Braut den Tanz, wie es sich gehörte. Schließlich rafften sich auch die Schwarzbergs auf, Wilhelm wurde von seiner Brünetten auf die Tanzfläche gezogen, und Dr. Römer forderte Katharina Padinsky zum ersten Walzer auf.

Gussendorff hatte nie richtig Walzer tanzen gelernt, obwohl seine Mutter öfter probiert hatte, es ihm beizubringen. Er kam sich vor wie ein Tanzbär. Die Pratzen um Idas Taille gelegt, stieg er von einem Fuß auf den anderen, während Ida sich im Takt der Musik wiegte. Sie war so anmutig, dass man meinen musste, sie begänne zu schweben, würde Gussendorff sie nicht so hartnäckig am Boden festhalten.

Florian und Bastian saßen nebeneinander und waren als Einzige ohne Tanzpartnerin geblieben. Das Rot in Bastians Gesicht biss sich fürchterlich mit Florians Haar. Sie nickten sich mit peinlich berührtem Lächeln zu, wie man es tut, wenn man mit jemand völlig Fremdem etwas gemeinsam hat, ein Kleidungsstück etwa oder eine Exfrau. Dann beobachteten sie wieder die Tanzenden.

»Warum, glauben Sie, heiratet sie ihn?«, fragte Florian plötzlich. Bastian blickte ihn überrascht an.

»Weil sie ihn liebt«, antwortete er etwas unsicher. Er kannte Ida und im Grunde auch Gussendorff ja kaum.

»Aber warum?«, fragte Florian. Gussendorff klammerte sich gerade an Ida, als würde er ertrinken, während sie sich zu den Klängen einer Polka drehte.

»Er ist immerhin ein bekannter Schriftsteller«, antwortete Bastian nach kurzem Überlegen. Florian nickte, schien aber von der Antwort wenig überzeugt.

»Mag er denn Musik?«, fragte er dann. Bastian lachte.

»Er liebt die Musik«, sagte er, »ich will nicht sagen, dass er unbedingt talentiert dafür ist. Er spielt zwar Klavier, aber … Nein, talentiert ist er wirklich nicht. Aber er liebt Musik. Er glaubt, dass die Worte nie genug sein können, dass man nur durch Musik wirklich fühlen kann. Darum ist er ja so besessen davon, eine Oper zu schreiben. Er hasst seine patriotischen Gedichte, er mag seine Erzählungen und er liebt sich selbst. Aber wirklich aus ganzem Herzen verehren kann er nur jemanden, der eine Oper geschrieben hat. Hat er zumindest einmal behauptet.«

Florian zuckte mit den Schultern. »Dann passt sie vielleicht doch ganz gut zu ihm«, sagte er dann.

»Aber manchmal sagt er Dinge auch nur, weil sie in seinen Ohren gut klingen«, murmelte Bastian, und als Florian antworten wollte, endete das Musikstück gerade, und das Brautpaar kam wieder zum Tisch zurück.

Beinahe hätte sich Ida den Kopf gestoßen, als Gussendorff sie über die Schwelle seines Schlafzimmers hob. Das wäre natürlich ein schlechtes Vorzeichen gewesen, aber sie hatte den Kopf schnell genug eingezogen, sich ganz klein gemacht in seinen Armen. Ida entjungferte das Zimmer mit ihrer Weiblichkeit, soweit man die Mutter nicht zählte, die hier ständig herumgewuselt war, akribisch die Schränke sortiert und das Bett gemacht hatte. Immer hatte sie überall herumräumen, überall die Finger in seine Sachen graben müssen, und umso erfrischender war nun der Anblick Idas, wie sie einfach nur dalag, in vollkommener Ruhe. Sie trug immer noch das Hochzeitskleid. Zum ersten Mal war Gussendorff froh, dass seine Mutter tot war.

Und jetzt? Er hatte es sich ja schon so oft ganz genau ausgemalt, aber immer war es dann die dralle Blonde gewesen, die er an den runden Hüften hatte packen können, deren Brüste über seine Hände quollen, aber was sollte er mit so einem zerbrechlichen Wesen anfangen? Er streichelte ihre mageren Wangen. Damit konnte er schon einmal nichts falsch machen, dachte er. Seinem Blick wich sie aus. Jetzt erst fiel ihm auf, wie jung sie eigentlich war. Ungeschickt schälte er sie aus dem Kleid. Ihre Hüftknochen blickten ihm entgegen, geradezu neugierig, fand er, und er befreite sie auch von der Unterhose und dem Büstenhalter, der kaum gefüllt war. So lag sie auf seinem Bett, nackt, dünn, verheiratet. Er sah sie lange so an und war ein wenig enttäuscht, dass sie nicht ein wenig errötete. Es hätte ihm mehr Spaß gemacht, wäre sie errötet. Aber dann meinte er, einen Moment lang wieder diese Angriffslust in ihren Augen zu erkennen, dasselbe Schimmern wie damals, als sie beim Abendessen so frech gewesen war. Das war der Moment. Das war sein Moment, auf den er so lange gewartet hatte.

Als er endlich neben ihr zu liegen kam, schnaufte er fürchterlich, während sie gar nicht mehr zu atmen schien, so ruhig lag sie da. Sein Herz hämmerte so schmerzend gegen den Brustkorb, dass er schon befürchtete, sein Schicksal mit Attila dem Hunnenkönig zu teilen, den bekanntlich seine Hochzeitsnacht ins Grab gebracht hatte. Aber es dauerte nicht allzu lange, bis er wieder zur Ruhe gefunden hatte und sich nun eher sorgte, ob denn seine junge Frau noch am Leben war, so still wie sie war. Da aber vernahm er ein Summen ganz nah an seinem Ohr.

Es war eine seltsame Melodie, und er konnte nicht sagen, ob sie von Schmerz oder von Freude zeugte. Es war wohl eine Melodie aus einem fremden Land und fühlte sich doch an wie ein Schlaflied, mit dem die Mutter ihn in den Schlaf gewiegt hatte. Gussendorff hatte noch nie eine solch bezaubernde Melodie gehört.

Er nahm seine ganze Kraft zusammen und drehte sich auf die Seite, sodass er ihr Gesicht sehen konnte.

»Was ist das für ein Lied?«, fragte er.

»Weiß nicht«, antwortete Ida.

»Von wem ist das?«

»Von mir«, antwortete Ida. Wirklich verehren konnte er nur, wer eine Oper geschrieben hatte. Er zog Ida an sich, es kostete ihn weniger Mühe als das eigene Umwenden, so leicht war sie. Er drückte ihren Körper fest an seinen. Seine Haut war schweißnass, ihre war trocken und seidig.

»Jetzt, wo du meine Frau bist«, sagte er, »musst du mir eines versprechen, und darauf bestehe ich. Du wirst, solange wir verheiratet sind, und das sind wir bekanntlich, bis der Tod uns scheidet, du wirst also bis zu unserem Tod dem Komponieren entsagen. Nicht eine Note, nicht eine Harmonie wirst du niederschreiben. Nicht einmal denken sollst du daran. Das ist deine Pflicht als meine Gattin.«

7

Gussendorff war selbst überrascht darüber, was für einen exzellenten Ehemann er abgab. Auch wenn er unbedingt heiraten hatte wollen, und sicherlich auch reif, überreif dafür gewesen war, so hatte er doch damit gerechnet, einige Gewohnheiten, die das lange Junggesellendasein (»Künstlerdasein« nannte er es) unweigerlich mit sich brachte, aufgeben zu müssen. Oder, und auch das hatte er befürchtet, es würde ihm gar das zustoßen, was schon zu viele Männer erleiden hatten müssen: Die Ehe würde ihn zu einem verweichlichten, gar weibischen Kerl machen, der sich unter dem Gezeter der Gattin plötzlich »ordentlich« kleidete, das Haar kämmte und sich gar rasierte. Aber keine dieser Befürchtungen trat ein, nicht einmal die ausgedehnten Streitigkeiten, mit denen Gussendorff auf jeden Fall gerechnet hatte, das laute Gekreische und die fliegenden Teller, mit einer jammernden und heulenden Ida, die aber, auch da war er sich sicher gewesen, am nächsten Tage reumütig vor seinem Bett knien würde. Ihren Freundinnen, so hatte er sich es vorgestellt, würde sie im Café seufzend erzählen, dass es eben nicht immer leicht wäre, mit einem Genie verheiratet zu sein. Aber dazu kam es aus zweierlei Gründen niemals: Erstens hatte sie keine Freundinnen, zweitens stritt das Ehepaar Gussendorff nie.

Ida nahm die Exzentrik ihres Mannes hin, als hätte sie nie etwas anderes gekannt. Sie schimpfte nicht mit ihm, wenn er trank und rauchte. Sie nickte nur ausdruckslos, als er das von ihr gekochte Mittagessen aus dem Fenster warf. Sie beschwerte sich weder über seinen wilden Bart noch über die weiten bunten Kleider. Sogar als er ihr die gleichen schneidern ließ und darauf bestand, dass sie nichts anderes mehr tragen sollte, tat sie es ohne Widerworte.

So wandelte das Ehepaar Gussendorff, meist in den frühen Morgenstunden oder gar mitten in der Nacht, manchmal aber auch mittags, Gussendorff wollte schließlich dann und wann gesehen werden, in den gleich geschnittenen Gewändern durch die Stadt. Sie sahen aus wie Apostel einer längst vergangenen oder einer kommenden Zeit. Für die Bewohner der Stadt war es durchaus kein neuer Anblick, nur dass neben dem rotgesichtigen Mann mit dem Rauschebart nun eben ein blasses Gespenst schwebte, mit farblosem Haar und müdem Blick.

Gussendorff beflügelten diese Spaziergänge. Noch nie hatten seine Gedanken so hemmungslos fließen können, noch nie waren ihm die Worte und Töne so einfach gekommen, wie wenn er mit Ida zusammen durch die engen Gassen und breiten Prachtstraßen zog. Der Grund dafür war, dass er pausenlos reden konnte. Er holte kaum Luft, wenn sie spazierten, sodass er am Ende immer völlig verschwitzt und außer Atem zu Hause ankam, während Ida ganz genau so aussah wie vorher, als sie losgegangen waren. Selbstverständlich, dachte sich Gussendorff, sie ermüdet sich ja auch nicht mit so vielen Gedanken.

Ida sprach überhaupt nur, wenn sie etwas gefragt wurde. Und Gussendorff fragte selten. Wenn sie spazierten, sagte er alles, was ihm durch den Kopf ging. Neue Geschichten, alte Gedichte, was er von diesem und jenem Kollegen hielt, was er abends zu speisen wünschte, wie ihm das Wetter behagte, und manchmal reihte er einfach nur Wörter und Silben aneinander. »Tür Hof Kutsche Kind …« Er war sich sicher, dass Ida ihn hinter ihrem ausdruckslosen Blick heimlich bewunderte.

Nur selten, ganz selten, wenn er abends neben ihr im Bett lag und nicht wusste, ob sie noch wach war oder schon schlief, weil diese beiden Zustände bei ihr so nah aneinander lagen, dass sie kaum zu unterscheiden waren, erinnerte er sich an das Abendessen bei Katharina Padinsky. Er erinnerte sich an Idas Brüder, an den seltsamen Gast Schönbrunner, an Katharina, aber vor allem erinnerte er sich an Ida. Wie sie dagesessen und keck nach dem Unterschied zwischen »Musik schreiben« und »Komponieren« gefragt hatte, und wie er keinen nennen konnte. Sie hatte ihm als Einzige wirklich zugehört und die Leere seiner Worte enttarnt. Er war sich sicher, dass die Ida von damals seine patriotischen Gedichte, sofern sie sie überhaupt jemals gelesen hatte, auch furchtbar gefunden hatte, wie vielleicht jedes Gedicht, jedes Wort, das er jemals geschrieben hatte. Und recht hätte die Ida von damals gehabt, dachte er in solchen Nächten, seine Kunst war nichts als eine alte, leere Einkaufstüte, die sofort riss, wenn man sie befüllen wollte. Und sie, Ida, hatte das verstanden. Ihre Augen hatten es verraten, ihre Stimme, ihre Haltung. Sie war erfüllt gewesen von genau jener Kunst, die Gussendorff so gerne hätte schaffen wollen und doch nicht schaffte. Es war nur dieser eine Moment gewesen.

Selten, ganz selten, sehnte er sich nach der Ida von damals. Aber kaum war er eingeschlafen, waren seine Träume wieder von ihm selbst erfüllt, wie er Wagner und Nietzsche beim Kartenspiel besiegte, während seine Mutter ihn mit Fleischknödeln fütterte. Manchmal aber träumte er auch von Sarah, und dann schmerzte ihn am nächsten Morgen die Brust wie nach einem schweren Husten.

Ida wurde immer dünner. Nach wenigen Monaten glich ihr Gesicht einem Totenkopf, das wallende Gewand hing auf ihren knochigen Schultern und sah aus wie ein Zelt; sie hätte drei oder vier Mal hineingepasst. Obwohl sie ihren ehelichen Pflichten wie von Gussendorff gefordert drei Mal die Woche nachkam, nämlich indem sie ihr Kleid auszog, sich aufs Bett legte, die zweigdünnen Gliedmaßen von sich streckte und Gussendorff walten ließ, stellte sich kein Nachwuchs ein. Nicht, dass Gussendorff besonders kinderlieb gewesen wäre, ihm grauste es sogar vor der Vorstellung, ein schreiendes Etwas im Haus zu haben, das seine Aufmerksamkeit und Idas Bewunderung einforderte. Ein Kind würde ihn um seine Grundrechte bringen, um das, was ihm ganz einfach zustand. Und doch gehörte ein Sohn zu einer Ehe. Wenn er mit Ida zu den Vereinstreffen der Musikfreunde ging, die stets in der Villa der Schwarzbergs unter der Bewirtung durch die Hausfrau stattfanden, fragte Elisabeth Schwarzberg immer, ob Ida denn wirklich noch ein Glas Wein trinken dürfe, und zwinkerte dabei aufdringlich. Dann musste Gussendorff zähneknirschend zugeben, dass er keinen Grund sehe, warum nicht. Elisabeth Schwarzberg seufzte, als wäre Gussendorff zu bemitleiden, und reichte Ida die Flasche. Es war, wie alles, was bei den Treffen der Musikfreunde stattfand, wöchentliche Routine, von der niemals abgewichen wurde.

Ida war so leicht, dass sie schon nach den ersten paar Schlucken betrunken war, was sich darin zeigte, dass ihre flache Nase rot anlief und plötzlich selbstbewusst aus dem Gesicht herausleuchtete. Sie selbst aber blieb passiv wie immer und trank ein Glas nach dem anderen, während der Rest des Vereins, also das Ehepaar Schwarzberg, Dr. Römer, Bastian und Gussendorff selbst (und früher auch Wagenrad, der sich nun aber seit einiger Zeit nicht mehr hatte blicken lassen), versuchte, über amerikanischen Jazz zu sprechen. Sie einigten sich zumeist nach wenigen Minuten und den immer gleichen philosophischen Betrachtungen darauf, dass Negermusik nichts mit Kultur oder gar Kunst zu tun hätte, und widmeten sich wieder ihrem Lieblingsthema: Richard Wagner. Nachdem sie sich eine Zeitlang gegenseitig versichert hatten, dass er allein etwas von Musik, und somit von der Welt, verstanden hatte (»Er allein hat die Musik, die Welt vollkommen verstanden, und nicht nur etwas davon!«, argumentierte der Student Bastian mit leuchtenden Augen, und Gussendorff gab stets mit geheimnistuerischen Gesten zu bedenken: »Aber was wissen wir schon, welches geniales Weltverständnis noch in dem einen oder anderen Kopf auf

Enthüllung wartet«), schlug dann Dr. Römer irgendwann auf den Tisch. Bastian und er tranken von allen Musikfreunden am meisten Wein, nur manchmal vielleicht stillschweigend übertroffen von Ida. Dr. Römer schrie, dass man über Musik nicht sprechen, sondern sie nur leben konnte, dann stürzte er zum Klavier und hämmerte darauf die »Götterdämmerung«.

Heinrich Schwarzberg machte zu später Stunde Herrenwitze, die etwas mit der Durchsetzungskraft von Männern und deren Spermien zu tun hatten. Ida schlief dann meistens schon mit dem Kopf auf der Tischplatte, und Elisabeth Schwarzberg entschuldigte sich schleunigst, sie hätte noch etwas in der Küche zu tun.

Gussendorff hasste die Treffen des Vereins der Musikfreunde im Allgemeinen und diesen Moment des Abends ganz besonders. Früher, als Christoph und Ilona Wagenrad noch daran teilgenommen hatten, war es etwas anderes gewesen, vor allem weil Ilona eine Augenweide war und mit elegant überschlagenen Beinen und glühenden Wangen von den frühromantischen Komponisten schwärmen konnte. Nicht, dass Gussendorff wirklich zugehört hätte, er hielt den weiblichen Zugang zur Kunst für einen allgemein oberflächlichen und zu belächelnden, sogar wenn es um eine so bekannte Pianistin wie Ilona ging. Sie tippte eben die richtigen Tasten hübsch im rechten Rhythmus, aber der Geist, Musik zu verstehen, fehlte ihr, wie jeder Frau, und auch den meisten Männern, fand Gussendorff. Ihr Busen hatte jedoch hübsch gewippt unter ihrer Bluse, wenn sie so erzählt hatte, und das war eine Abwechslung gewesen. Seit ihrem Tod hatte Wagenrad nur noch still in der Ecke gesessen, hatte sich weder am Gespräch beteiligt noch vom Wein getrunken, und mit seinem anklagend-traurigen Blick hatte er die Stimmung völlig vermiest. Ihr erfreut euch an Wein und Wagner, und meine Frau liegt unter der kalten, nassen Erde? Gussendorff war ganz froh, dass Wagenrad nicht mehr zu den Treffen gekommen war. Frau Schwarzberg hatte ein paar Mal angedeutet, dass er eine neue Freundin hatte, eine blonde, hübsche, die jedoch an Ilona nicht im Geringsten heranreichte. Gussendorff war das egal, er war nur erleichtert, das traurige Gesicht nicht mehr zu sehen, das die Treffen der Musikfreunde noch unerträglicher gemacht hatte als ohnehin.

Gussendorff kam zu diesen Abenden überhaupt nur noch, weil er nirgendwo anders sein großes Wissen über Wagner anbringen konnte. Und auch, weil er sonst keine Freunde hatte – aber das hätte er sich niemals eingestanden. Die Witze des alten Schwarzberg, seinerseits Vater von fünf Söhnen, die nun freilich alle erwachsen oder im Krieg gefallen waren (Gussendorff konnte sich nie merken, wie viele der jungen Schwarzbergs nun welches der beiden Schicksale getroffen hatte), waren jedenfalls ein hoher Preis für das bisschen Gesellschaft.

An einem Abend schwor Gussendorff sich während der »Götterdämmerung«, Schwarzberg diesmal einen Faustschlag zu versetzen, sollte er auch nur die geringste Anspielung auf Gussendorffs Zeugungsunfähigkeit machen.

Er spürte, wie der Zeitpunkt unvermeidbar näher rückte, und er freute sich sogar darauf. Unter dem Tisch knackte er im Takt der Musik mit den Fingern, er dehnte die Handflächen, schließlich wollte er sich wegen Schwarzberg nicht auch noch eine Verletzung zuziehen. Er malte sich aus, wie die Anwesenden wohl reagieren würden. Sicher wäre er dann bei den Treffen der Musikfreunde nicht mehr erwünscht, aber das war ihm herzlich egal. Dem Kerl hätte er gezeigt, wer hier männlicher war. Ida würde begeistert sein, stellte er sich vor. Sie würde sehen, mit was für einem durchsetzungsfähigen Kerl sie verheiratet war: eine Künstlerseele, aber steinhart, wenn nötig. Nur leider schlief Ida bald wieder ein, ihre Hand noch um das halbvolle Weinglas gekrümmt. Gussendorff trat sie zwar leicht ins Schienbein, aber sie regte sich nicht mehr. Schwarzberg hatte mit seinen Herrenwitzen noch nicht einmal angefangen, und Elisabeth Schwarzberg hatte sich noch gar nicht entschuldigt, sondern beobachtete mit schmachtendem Blick Dr. Römer, der das Klavier geradezu züchtigte mit seinem brutalen Anschlag. Erst als er sich erhob und Richtung Badezimmer wankte, sagte Elisabeth mit leichter Enttäuschung in der Stimme, sie hätte in der Küche noch etwas zu erledigen, und verschwand. Bastian nahm den Platz am Klavier ein, aber er spielte noch furchtbarer als Römer. In seiner Mischung aus Nervosität und Trunkenheit drückte er stets zwei nebeneinanderliegende Tasten auf einmal.

Schwarzberg schenkte sich noch Wein nach und begann ganz unvermittelt laut zu lachen. Gussendorff ballte die Fäuste.

»Kennst du schon den?«, prustete Schwarzberg. Gussendorff fühlte, dass seine Zeit gekommen war. Er trat Ida noch einmal, aber sie rührte sich wieder nicht. Schade, dass Dr. Römer gerade nicht da war. Der wusste einen sauberen Schlag zu schätzen.

»Also, da war ein Soldat in Verdun, er hieß, na, warum nennen wir ihn nicht Gustl«, Gussendorff schlug die Fäuste unterm Tisch aneinander, »er galt als der tüchtigste in seinem Bataillon, denn er hatte das größte Gewehr, und er feuerte ohne Pause. Aber er traf nicht einen Feind. Also überprüfte man den Fall und sah: Das Gewehr war nicht geladen! Warum lädst du das Gewehr nicht, Kamerad?, fragte man ihn, da antwortete er: Ja, bin ich denn wahnsinnig, dann schießen die ja zurück!« Schwarzberg verschluckte sich am Wein vor lauter Lachen über seinen eigenen Witz. Gussendorff erhob sich langsam. Er holte weit aus. Er wartete, er wollte den Schreck in Schwarzbergs Gesicht sehen. Aber Schwarzberg blickte ihn nicht an. Er versuchte, den Hustenreiz mit noch mehr Wein hinunterzuspülen und gleichzeitig zu sagen: »Ist das nicht herrlich, ein großes Gewehr und nicht Manns genug, es zu laden …«

Bastian spielte und spielte, aber es war unmöglich, zu erkennen, welches Stück er zu interpretieren versuchte. Ida schlief. Da ließ Gussendorff den Arm sinken und ging. »Noch einen Schluck, Bruder?«, rief ihm Schwarzberg hinterher.

Am Gang traf Gussendorff auf Dr. Römer, der von der Toilette zurückkam und sich dabei schon an den Wänden entlangtasten musste. Gussendorff packte ihn am Kragen, sodass es ihn von seinen wackeligen Beinen hob.

»Römer!«, schrie Gussendorff, viel lauter, als er wollte, als wäre dieser Betrunkene sein letzter Rettungsanker auf wilder See, »hilf mir doch! Meine Frau kann einfach kein Kind bekommen!« Dann setzte er den Arzt, der vor Schreck schnaufte, wieder am Boden ab. Gussendorff war es egal, ob

Bastian und Schwarzberg ihn im Salon gehört hatten. So standen nun einmal die Dinge. Er, der große Künstler Gussendorff, der Versepen und bald auch Opern schaffen würde, brachte es nicht fertig, ein einfaches, banales Kind zu erschaffen. Sollten sie nur lachen.

»Aber – ihr macht es schon, oder?«, fragte Römer, als er wieder zu Atem gekommen war.

»Drei Mal die Woche«, antwortete Gussendorff pflichtbewusst.

»Alle Achtung«, sagte Römer, und Gussendorff konnte nicht sagen, ob Römer ihn wirklich bewunderte oder sich gerade über ihn lustig machte. Es war ihm auch egal. »Und?«, fragte er verzweifelt.

Römer räusperte sich und setzte ein ernstes Gesicht auf, welches noch vertrauenswürdiger gewirkt hätte, hätte er nicht so verdammt wackelig auf den Beinen gestanden. »Für mich ist die Sache klar«, lallte Römer, »schau dir deine Frau an. Solche Frauen sind nicht empfänglich. Ihre Blutungen dürften sich schon lange nicht mehr einstellen. Die Ärmste ist ja halb verhungert.«

Gussendorff nickte langsam. Er verstand.

»Ja«, sagte er, »sie kocht ja auch wirklich schlecht.«

Dr. Römer lachte, als wäre es ein Scherz gewesen. Gussendorff aber ging in den Salon zurück, als hätte er eine Erleuchtung gehabt. Er weckte seine Frau und ging mit ihr nach Hause.

Am nächsten Tag stand er früh auf und forschte in den Anzeigen der Zeitung nach einer arbeitsuchenden Köchin. Drei Damen entsprachen seinen Anforderungen. Er ließ sie alle noch am selben Morgen vorsprechen und stellte schließlich die ein, die seiner Mutter am ähnlichsten sah. Er hatte all seine und somit auch Idas Probleme gelöst. Er war wieder einmal überrascht, was für einen exzellenten Ehemann er abgab.

8

Ihr Name war Rosalia, was sie für eine Verschwendung an Buchstaben hielt. »Ich bin einfach die Rosl«, sagte sie, denn sie war es gewohnt, an allem zu sparen. Das war Gussendorff nur recht, denn obwohl er ein reichhaltiges Erbe erhalten hatte, welches er – anders als die meisten – weder im Krieg noch im Wirtshaus verloren hatte, und außerdem noch eine kleine Summe aus Honoraren veröffentlichter Gedichte bezog, war sein Wohlstand enden wollend. Daher war es ihm auch nur recht, dass Ida kein Interesse an irgendetwas zeigte, seien es nun Kleider, Schmuck oder Lichtspielhausbesuche, denn für all das wollte er sein zwar nicht gerade hart erarbeitetes, aber doch immerhin erspartes Geld nicht ausgeben.

Rosl war bereits die dritte hoffnungsvolle Köchin, die Gussendorff an diesem Morgen in seinem Wohnzimmer empfing. Die ersten beiden hatten außer guten Zeugnissen von früheren Arbeitgebern wenig Eindruck hinterlassen. Sie waren beide noch blasser als Ida gewesen und hatten nur mit gesenktem Blick und leiser Stimme gesprochen, und das in einem Tonfall, als hielten sie eine Grabrede. Ida hatte sie keines Blicks gewürdigt, und Gussendorff, der immerhin Interesse heuchelte, hatte ihre Namen schon beim Abschied vergessen gehabt. Er hoffte nun auf die dritte, die ihm gleich auf den ersten Blick gefiel.

Er bat die Dame dennoch in das Wohnzimmer, um ein wenig über ihre Vergangenheit, ihre Eigenschaften und ganz besonders ihren Kochstil zu erfahren. Er hatte eine Liste mit seinen Leibspeisen vorbereitet, die sie auf jeden Fall zubereiten können musste. Die hatte er auch den beiden vorigen Kandidatinnen vorgelegt, und beide hatten beim Lesen von »Schokoladensoufflé« ein Seufzen nicht unterdrücken können, was eigentlich ohnehin schon als Ablehnungsgrund galt. Gussendorff hatte Ida gebeten, ebenfalls eine solche Speiseliste zu schreiben, denn immerhin war es ihre Gesundheit, die aufgepäppelt werden sollte. Natürlich hatte sie es nicht getan, und dass sie an dem Gespräch mit der potentiellen neuen Köchin überhaupt teilnahm, lag vermutlich nur daran, dass es in ihrem eigenen Wohnzimmer stattfand und sie der Pflicht so schlecht entfliehen konnte. Gussendorff hatte sie gleich nach dem Frühstück, das sie nicht angerührt hatte, auf dem geblümten Sofa platziert, und da war Ida einfach sitzen geblieben wie eine Puppe, bis die hoffnungsfrohen Köchinnen zum Vorsprechen kamen.

Einfach-nur-Rosl war Gussendorff sofort sympathisch. Sie war in eine schlichte braune Arbeitsschürze gekleidet, hatte ein breites Gesicht mit sehr kleinen Augen und dafür umso buschigeren Augenbrauen, wie sie auch seine Mutter gehabt hatte, und außerdem trug Rosl auf dem höchsten Punkt ihres Kopfes einen grauschwarzen Dutt, ebenfalls ganz so wie die verstorbene Frau Gussendorff.

Gussendorff war etwas enttäuscht, dass Ida keinerlei Reaktion zeigte, als Rosl eintrat. Sie nickte der Köchin nicht einmal grüßend zu, sondern starrte nur die Wand an, wie sie es seit dem Frühstück tat. Aber natürlich, sie hatte seine Mutter ja nicht gekannt.

Gussendorff setzte sich neben seine Frau aufs Sofa, wobei er sein Kleid gebieterisch auseinanderbreitete. Er bat Rosl, auf einem Hocker ihnen gegenüber Platz zu nehmen, und sie tat es widerstandslos, obwohl er für eine Frau ihres Formats eigentlich viel zu schmal war. Rosl war nämlich gleich breit wie hoch, wobei sie kein Gramm Fett an sich hatte, sondern nur aus Knochen und Muskeln bestand, die sich gleichmäßig auf ihre quadratische Fläche verteilten und von gelblicher Haut umspannt waren. Früher, als junges Mädchen, mochte sie schmaler gewesen sein, mutmaßte Gussendorff, aber das hatte sich wohl als wenig praktisch erwiesen. So war es zumindest bei seiner Mutter gewesen. »Anpassungs- und Widerstandsfähigkeit«, hatte diese immer gesagt, »was anderes braucht man nicht, um zu bestehen.« Und Rosl war beständig, das hatte Gussendorff auf den ersten Blick erkannt.

»So, Frau Rosl, erzählen Sie von sich!«, befahl Gussendorff und lehnte sich zurück. Ida starrte immer noch.

Rosl war als elftes und letztes Kind einer Bauernfamilie zur Welt gekommen. Ihre Eltern hatten mit leichter Verzweiflung hingenommen, dass auch dieses Neugeborene das Erblicken des Weltlichts überlebte und nun nach Durchfütterung schrie. Außerdem waren acht von Rosls älteren Geschwistern Knaben, die zur Arbeit am Bauernhof mehr taugten als ein Mädchen. Dass sie als Baby nicht im Fluss ertränkt wurde, hing mehr mit dem ausgeprägten Katholizismus ihrer Eltern denn mit deren Liebe zu Rosl zusammen. So überstand die kleine Rosl auch sämtliche Kinderkrankheiten, ohne jegliche Bemühungen ihrer Eltern, sie davor zu bewahren oder zu heilen. »Aus Gottes Gnaden hat das Kind überlebt«, sagten ihre Eltern, aus eigener Kraft, sagte sie sich selbst. Aber natürlich sagte sie es nicht laut, da sie ansonsten noch eine Ohrfeige bekommen hätte (zusätzlich zu den dreien pro Tag, die sie obligatorisch und meistens ganz ohne Grund erhielt). Rosl wusste, dass sie ihre Gesundheit und ihre Lage nur aus eigener Kraft verbessern konnte, und während ihre Schwestern die Bevorzugung der Brüder schweigend und schicksalsergeben hinnahmen und auf eine baldige unspektakuläre Ehe mit einem der Nachbarjungen hofften, wollte Rosl sich nützlich machen. Natürlich konnte sie nicht so schwere Lasten tragen oder so viel Holz hacken wie die älteren Brüder, aber sie glaubte daran, die Anerkennung der Eltern auf andere Art und Weise gewinnen zu können. Dafür war natürlich mehr Einfallsreichtum notwendig. Sie versuchte also alles, was sie tat, besonders gut zu tun. Ob es nun das Flicken von Hosen oder das Märchenerzählen am Kaminfeuer war: Sie legte ihre ganze Leidenschaft hinein. Die Ergebnisse waren stets zufriedenstellend, aber niemals auffallend. Das Loch in der Hose war zwar gestopft, das Märchen ohne große Patzer zu Ende erzählt, aber niemandem wäre eingefallen, sie dafür zu loben. Ihre große Schwester hätte die Hose nämlich viel schneller geflickt, und der älteste Bruder hätte das Märchen noch spannender erzählt. Rosls Leistungen stellten stets nur einen halbwegs annehmbaren Ersatz für die Leistungen von jemand anderem dar.

Rosl stockte kurz. Gussendorff nickte in einem fort zustimmend, folgte der Geschichte aber schon lange nicht mehr. Er war in Gedanken ganz bei seiner Oper, und vor allem bei den ungläubigen, dummen Gesichtern der Schwarzbergs, wenn sie das Meisterwerk zum ersten Mal hören würden. Ida bewegte sich noch immer nicht. Wenn sie zuhörte, so ließ sie sich absolut nichts anmerken. Trotzdem räusperte Rosl sich und kündigte an, dass sie nun zum wichtigsten Teil ihrer Geschichte, ja, ihres Lebens kam.

Denn alles änderte sich an dem Tag, als sie zum ersten Mal von ihrer Mutter in die Küche gerufen wurde. Die Küche war bisher das Terrain der Mutter und der älteren Schwestern gewesen. Rosl hatte als noch zu klein gegolten, um bei der Essenszubereitung helfen zu dürfen. Zwar hatte sie schon manchmal Kartoffeln schälen oder Salat waschen dürfen, aber das wirkliche Kochen, die Arbeit am Herd, war ihr verwehrt geblieben. Die Verletzungsgefahr, die in der alten Bauernküche gegeben war, war nicht ausschlaggebend gewesen dafür, sondern vielmehr die Angst der Mutter, das kleine Mädchen könnte durch ihre Ungeschicklichkeit die wertvollen Lebensmittel verderben. An diesem Tag aber, es war ein Wintertag und ein Sonntag gewesen, so genau wusste Rosl das noch, waren beide Schwestern erkrankt, und so sah die Mutter keine andere Möglichkeit, als »die Kleine« beim Kochen helfen zu lassen. Zum Essen gab es neben dem täglichen Getreidebrei, der nährstoffreich, aber völlig geschmacksneutral war, Wurzelgemüse aus der Vorratskammer und, weil doch Sonntag war, je ein kleines Stück Schweinefleisch für den Vater und die Brüder.

Die Küche, das merkte Rosl sofort, war ein magischer Ort. In der Mitte des winzigen Raumes loderte feierlich das

Herdfeuer. An den Wänden, die eng aneinander standen und jeden, der die Küche betrat, gefährlich nah ans Feuer drängten, hing und stand und lag allerlei Geschirr, insbesondere große Kochtöpfe und hölzerne Kochlöffel, aber auch Bierkrüge und vor allem: ein kleines Kästchen mit Schubladen, in denen die Mutter getrocknete Kräuter aufbewahrte. Obwohl es vor dem Fenster dicke Flocken schneite, hatte es in der Küche über dreißig Grad und roch nach Frühlingswiese.

Auf der Anrichte lag ein halber Schweinebauch. Die Mutter löste mit einem riesigen Messer ein armseliges Stück Fleisch von seinen Knochen, und Schweißtropfen glitzerten in ihrem fettigen Gesicht. Es war ein archaisches Bild wie aus einer alten Sage, und Rosl begeisterte sich sofort für diesen Anblick. »Geh, Rosl, steh da nicht rum, rühr den Brei um!«, schrie die Mutter. In einem dreckigen Topf, der auf dem Herd stand, blubberte der graue Brei vor sich hin und sah wenig ansprechend aus. Es kostete die kleine Rosl viel Mühe, den Kochlöffel in dem extrem zähflüssigen Gebräu zu bewegen, zumal sie dabei auf den Zehenspitzen stehen musste. Sie merkte sehr wohl, dass die Mutter ihr nicht vertraute und sie nur mit den allereinfachsten und allernotwendigsten Arbeiten betraute, während sie, die Mutter, schwitzend und keuchend, die wahre Zauberei des Kochens vollführte. »Schau nicht so blöd, arbeite lieber!«, herrschte die Mutter sie an, wenn Rosl versuchte, wenigstens aus den Augenwinkeln zu sehen, wie das Fleisch mit einem großen Hammer erst flach und dünn geprügelt und dann in eine Pfanne geworfen wurde. Die Mutter stellte die Pfanne neben dem Brei auf den Herd und ächzte. Sie war nicht nur gereizt, weil von ihren drei Töchtern ausgerechnet die Nutzlose von der Grippe verschont geblieben war, sondern auch deswegen, weil ihre Blase sich meldete, ja, zu schmerzen begann. Sie musste hinaus in den Schnee und einmal den halben Hof überqueren, um sich in dem kleinen Hüttchen mit dem Plumpsklo zu erleichtern. Das war angesichts des Wetters erstens keine schöne Aussicht, und zweitens wollte sie das Kind nicht mit dem guten Schweinefleisch alleinlassen. Aber nachdem sie noch ein paar Mal geseufzt und gestöhnt hatte, hielt sie es nicht mehr aus. »Pass mir nur aufs Schweinefleisch auf, Rosl, und greif mir ja nichts an!«, rief sie, während sie im Laufschritt die Küche verließ. Für Rosl war das eine angenehme Überraschung. Die Küche, der ewige Sommer, das Land ohne Hungersnot, war nun ihr eigenes kleines Reich. Wie bei allem, was sie tat, wollte Rosl auch beim Kochen gewissenhaft sein und der Mutter gefallen, also rührte sie den Brei und begutachtete das brutzelnde Fleisch in der Pfanne nur aus der Ferne. Aber die Mutter blieb länger fort als erwartet (sie war nämlich, wie Rosl später erfuhr, beim Weg zurück vom Plumpsklo im Tiefschnee gestürzt und erst durch das Eingreifen des Vaters wieder hochgekommen, was eine kleine Streiterei darüber, warum er nicht eher vorbeigekommen war, nach sich zog). Aber als Rosl da am Herd stand und ihre Beine vom langen Auf-Zehenspitzen-Stehen zu schmerzen begannen, traf sie plötzlich ein Blitz.

»Ein Blitz von innen!«, erklärte sie den Gussendorffs, und ihre kleinen Augen begannen zu glänzen, als sie das sagte. Und das erste Mal während Rosls langer Rede bewegte Ida sich. Ruckartig drehte sie ihren Kopf und blickte Rosl nun direkt ins Gesicht. »Ein Blitz von innen …«, wiederholte sie dabei halblaut. Gussendorff dachte gerade daran, dass seine Oper einen Helden wie Siegfried brauchte, nur einen besseren, einen, den ein Lindenblatt auf der Schulter nicht gleich zum Schwächling machte, und nickte zustimmend.

Es war der »Blitz von innen« gewesen, der die kleine Rosl zum Kräuterkästchen führte. Sie öffnete die Laden und schnupperte hinein. Ein herrliches Duftgemisch stieg ihr in die Nase, und sie konnte nicht anders, als nach den getrockneten Kräutern zu greifen. Wahllos nahm sie irgendwelche heraus – nicht zu viele, denn trotz ihrer Ekstase wusste sie noch, wie wertvoll die Kräuter waren. Und dann streute sie sie über das Essen. Über den Getreidebrei, über das Gemüse, über das Fleisch. Da stieg ihr ein noch viel herrlicherer Duft in die Nase. Es war der Duft von Vollkommenheit. Es war das, was sie in ihren Näharbeiten und ihren Märchen gesucht, aber nie gefunden hatte. Bevor sie aber länger darüber nachdenken konnte, stürmte die klitschnasse Mutter herein: »Mein Gott, willst du das Fleisch denn verkohlen lassen?« Damit übernahm sie wieder das Kommando über Rosls vollkommene Welt.

Aber als das Abendessen auf den Tisch kam und der Vater wie immer den ersten Bissen machte (es war ein großes Stück vom Schweinefleisch), überdrehte er plötzlich die Augen. Einen Moment lang fürchtete Rosl, ihn mit den Kräutern vergiftet zu haben, doch da stöhnte er: »Himmlisch!« Die Brüder probierten ebenfalls sofort, und jeder von ihnen nahm nach dem ersten Bissen denselben schmachtenden Gesichtsausdruck an: »Himmmmmlisch!« Und selbst die verschnupften Schwestern, die wie Rosl selbst nur den Brei und das Gemüse vorgesetzt bekamen, gerieten bei dieser Mahlzeit ins Schwärmen: »Dass ein einfacher Getreidebrei mit Wurzelgemüse so herrlich schmecken kann!« Die Mutter sagte gar nichts, sie saß nur verdutzt vor ihrem Teller. »Dabei habe ich nichts anders gemacht als sonst, gar nichts«, murmelte sie immer wieder, während sie ungläubig den Brei löffelte. Ärgerlicherweise kam niemand auf die Idee, Rosl dieser Küchenmagie zu verdächtigen. Selbst, als Rosl das nächste Mal beim Kochen half und wieder rege Begeisterung am Küchentisch herrschte, kam es niemandem in den Sinn, sie mit den Gaumenfreuden in Verbindung zu bringen. Es ärgerte Rosl, dass der Sinn für Forschung bei ihrer Familie nicht einmal ausgeprägt genug war, um eine so einfache und klare Schlussfolgerung zu ziehen. Allerdings traute sie sich auch nie, jemanden auf ihre Kochkunst hinzuweisen. Letztendlich hätte sie doch nur wieder eine Ohrfeige bekommen, weil sie so gedankenlos Kräuter verschwendete.

Mit vierzehn beschloss Rosl schließlich, den Bauernhof zu verlassen und in der Stadt Küchenmagd zu werden, denn sie hatte die Undankbarkeit und vor allem die immer gleiche Küche mit den immer gleichen Kräutern satt. Ihre Eltern dankten Gott dafür, dass sie sich um ein Kind weniger sorgen mussten. Und das, obwohl es Rosl ganz allein war, die den Mut zu dieser Entscheidung aufgebracht hatte. Rosl zog, ihre sieben Sachen (und mehr waren es tatsächlich nicht) in ein Bündel geschlagen, in die Stadt.

»Damals waren die Zeiten besser«, erzählte Rosl nunmehr hauptsächlich Ida, da diese ihr seit dem »Blitz von innen« ihre ungeteilte Aufmerksamkeit schenkte, während

Gussendorff leise zu schnarchen begann, »da hat man noch schnell Anstellungen gefunden.«

Und Anstellungen in der Mehrzahl waren es auch, die Rosl brauchte, denn die Advokatenfamilie, bei der sie in den Dienst trat, war nach einem Monat zahlungsunfähig, in der Fabrikantenfamilie, bei der sie im Anschluss unterkam, machte ihr der Hausherr sexuelle Avancen, bei der Arztfamilie, die darauf folgte, war die Hausfrau krankhaft herrsch- und eifersüchtig, und bei der darauf folgenden Kaufmannsfamilie kam alles zusammen. Die junge Rosl wanderte durch die städtischen Mittelstandshaushalte, die aus Angst vor dem eigenen Abstieg immer nach den Ärmeren traten, als würden diese sie andernfalls mit sich in die Tiefe ziehen. So hatte niemand etwas persönlich gegen die Küchenmagd Rosl in ihren dreckigen Schürzen, aber wenn man sie tagtäglich vor Augen hatte, so konnte man nicht umhin, sich vorzustellen, dass man sich eines Tages vielleicht in einer ähnlichen Lage befinden könnte, und dieser unangenehmen Gedanken wegen jagte man sie, bewusst oder unbewusst, letztendlich doch wieder davon. Rosl wurde in dieser Zeit körperlich stärker und im Herzen Sozialistin (davon aber erzählte sie Gussendorff freilich nichts, und das war auch gut so, denn von »elenden Marxisten« hielt er nicht viel). Nachdem sie dem Folterversuch einer sadistischen Klavierfabrikantengattin nur um Haaresbreite entkam, hätte sie beinahe aufgegeben und wäre in ihr liebloses Elternhaus zurückgekehrt. Aber die Faszination für fremde Küchen, für exotische Lebensmittel und duftende Kräuter ließ sie dann doch wieder zum Arbeitsamt gehen, um sich eine neue Stelle zu suchen. Im Krieg hatte Rosl in einer Lazarettküche gearbeitet, wo aber nicht einmal sie es fertigbrachte, kulinarische Zauberstücke zu vollführen, und seit Kriegsende, fügte sie etwas zögernd hinzu, lebte sie nun mehr oder weniger auf der Straße, wobei sie, wann immer es nur ging, in Suppenküchen mithalf, um wenigstens einen kleinen Blick in das Köchinnenleben, das sie sich so sehr wünschte, zu erhaschen. Dort gab es zwar weder Gewürze noch sonst etwas, mit dem man die graue Brühe hätte aufwerten können, aber allein der Kochlöffel in der Hand löste in ihr ein angenehmes Gefühl der Vollständigkeit aus. Vor kurzem jedoch hatte sie von einer feinen Dame ein wenig Kleingeld erhalten (Rosl ließ den Umstand aus, dass diese es ihr mit den verächtlichen Worten »Du hast nicht die richtige Figur für eine Hur'« hingeworfen hatte). Diese Spende hatte sie dann verwendet, um eine Anzeige in der Zeitung zu schalten, und nun war sie ja hier. Sie verstummte und blickte das Ehepaar Gussendorff erwartungsvoll an.

Rosl hatte den letzten Teil ihrer Geschichte, nämlich ab dem Verlassen des Bauernhofs, in atemberaubend schnellem Tempo erzählt, und obwohl dieser doch mindestens dreißig Jahre ihres Lebens ausmachte, dauerte er nacherzählt nur einen Bruchteil ihres ersten Erwachens in der Küche. Sie raspelte ihre vielen Anstellungen und ihre Arbeitslosigkeit tonlos herunter wie ein vor langem auswendig gelerntes, aber wenig geliebtes Gedicht, und nur, wenn sie von der Suppenküche und dem Kochlöffel sprach, trat der Glanz wieder kurz in ihre Augen, und ihre Stimme wurde weicher.

Idas Augen waren aber seit dem »Blitz von innen« nicht mehr von der glücklosen Köchin gewichen. Sie hatte sich sogar ein wenig nach vorne gebeugt, um deren Erzählungen besser folgen zu können (was Gussendorff seit ihrer Hochzeit überhaupt noch nie erlebt hatte), und das Gesagte hin und wieder durch ein zustimmendes, mitleidiges oder gespanntes »mhm« kommentiert. Als Rosl nun schweigend dasaß, mit ihrem breiten Hintern immer noch mit einiger Mühe auf dem zu schmalen Hocker balancierend und die Hände im schäbigen Rock gefaltet, drehte Ida ihren Kopf langsam zu Gussendorff hin und sagte mit leiser, aber fester Stimme: »Bitte!«

Es war nach ihrem Wunsch nach Klavierstunden das zweite Mal in ihrem Leben, dass sie ganz umsonst allen Mut zusammennahm, um etwas zu erbitten. Denn Gussendorff wollte Rosl ohnehin einstellen. Er vergaß sogar, ihr die Liste mit seinen Leibspeisen vorzulegen. Und das, obwohl er ihren rührenden Geschichten kaum Aufmerksamkeit geschenkt hatte. »Unglaublich«, dachte er nur, »wie sich zwei Leute so unterschiedlicher Herkunft so ähnlich sehen können.« Dann überreichte er Rosl den Schlüssel zum Zimmer seiner verstorbenen Mutter.

9

Rosl erwies sich bald als das wichtigste, weil alles zusammenhaltende Mitglied der Ehe Gussendorff. Dass sie tatsächlich so wunderbar kochte, wie sie es versprochen hatte, wurde dabei zur Nebensache. Endlich bekam Gussendorff das, was er sich von einer Ehe erhofft hatte: endlose Streitigkeiten und Zänkereien, die ihn von seinem »künstlerischen Prozess« ablenken konnten. Rosl war, wie sie gerne sagte, zu alt und zu erfahren, um sich alles gefallen zu lassen. Sie hatte sich keinen so breiten, unansehnlichen Rücken zugelegt, damit andere erst wieder darauf herumtreten konnten. Da wäre es ihr schon lieber, wieder in eine ärmliche Suppenküche zurückzugehen, als all die Strapazen ihrer Dienstmagdjugend zu wiederholen. Und diesen Widerstandswillen nutzte Gussendorff schamlos aus. Er provozierte Rosl, wann immer er die Möglichkeit dazu bekam.

Am einfachsten und effektivsten war es, ihre Speisen zu verschmähen. Gussendorff tat es schweren Herzens, weil ihm allein der Geruch davon bereits das Wasser im Mund zusammenlaufen ließ. Aber nach dem ersten Bissen, den er sich auf der Zunge zergehen ließ (wobei er mit Mühe versuchte, sich den Genuss nicht ansehen zu lassen), nahm er seinen Teller und leerte dessen Inhalt beim Fenster hinaus. »Ungenießbar!«, schrie er. Was bei Ida keinerlei Reaktion ausgelöst hatte, verfehlte bei Rosl seine Wirkung nicht. Sie, die, wie er wohl wusste, während dem Essen stets lobheischend an der Tür lauschte, kam sofort hereingerauscht. Was er sich erlaube, brüllte sie dabei, ob er denn nicht wüsste, wie viel das alles gekostet hätte? Er beantwortete das ebenfalls brüllend damit, dass es ja schließlich sein eigenes Geld war, das er zum Fenster hinausgeworfen hatte, und dass sie ihm ja keine andere Wahl ließe, wenn sie ihm etwas derart Ungenießbares vorsetzte …

»Ungenießbar!?« Wenn Rosl gerade einen Kochlöffel oder ein anderes Küchengerät in der Hand hatte, erhob sie dieses drohend. Das läge ja nur daran, dass er ihr nicht genug Geld für den Einkauf zu Verfügung stellte …

Und so ging es, wenn beide dazu Lust hatten, stundenlang. Ida saß die ganze Zeit über geduckt auf ihrem Platz und wurde hin und wieder von Rosl in das Theater miteinbezogen: »Und Ihnen, gnädige Frau, schmeckts offensichtlich auch nicht, na, dann kann ich ja gleich kündigen ...« Daraufhin begann sich Ida, was auch immer gerade vor ihr auf dem Teller lag, hastig in den Mund zu schaufeln, nur um nicht noch mehr Unmut heraufzubeschwören und das ihr verhasste Gebrüll womöglich noch zu verlängern. Somit schaffte Rosl es tatsächlich, Ida zu einer kleinen Gewichtszunahme zu verhelfen, denn immerhin nahm sie nun etwas zu sich, wenn sie es auch aus Angst und nicht aus Genuss tat.

An Ida war nämlich jede Kochkunst verschwendet: Sie schmeckte nichts. Auch den Wein, den sie bei Schwarzbergs in großen Mengen konsumierte, trank sie nur der Wirkung wegen. Er schmeckte für sie wie abgestandenes Wasser. Ida wusste nicht mehr genau, wann ihre Geschmacksnerven ihren Dienst vollständig quittiert hatten. Es war ein schrittweiser Abbau gewesen, der seinen Anfang wohl in der Hochzeitsnacht genommen hatte. Erst hatten nur die Äpfel ihre Süße, das Gulasch seine Schärfe verloren, mittlerweile aber schmeckte alles nuancenlos nach Pappe. Und nicht einmal eine Zauberin wie Rosl konnte das ändern. Wenn Ida nun aber, von der Köchin dazu angehalten, ihre Portion doch aufaß, fühlte sie sich danach statt gestärkt nur überfüllt und kraftloser als zuvor.

Es kam aber auch vor, dass Gussendorff oder Rosl mitten im Streit die Lust zum Schreien verloren und von da an schmollten, also die Unterlippe nach vorne schoben und tagelang kein Wort mehr mit dem anderen sprachen. Das Allernotwendigste wurde dann über kleine, auf altem Zeitungspapier getätigte Notizen ausgemacht.

»Heute Abend Schweinebraten«, schrieb Gussendorff etwa morgens auf das Titelblatt und legte die Zeitung in die Küche, nur um nach seinem Spaziergang mittags ein Papierschnitzel vor seinem Arbeitszimmer vorzufinden, auf dem in zittriger, weil ungeübter Handschrift geschrieben stand: »Für Sie tun's Kartoffeln auch.«

Nach spätestens drei Tagen wurde das Schweigen aber gebrochen, und dann immer durch eine Banalität. »Sie wissen doch, gnädiger Herr, wer *Verdi. Roman der Oper* geschrieben hat! Ein Schriftsteller mit sechs Buchstaben!«, rief da auf einmal die eben noch tödlich beleidigte Rosl aus ihrer Kammer, wo sie abends immer Kreuzworträtsel löste, und Gussendorff, der sich dadurch geschmeichelt fühlte, dass sie ihre Frage als Aussagesatz formulierte, denn natürlich wusste er es, antwortete sofort: »Der Werfel, natürlich.« Dann war zwischen den beiden alles wieder gut, bis es Gussendorff wieder in den Sinn kam, Unruhe zu stiften.

Dennoch stand ein tatsächlicher Rauswurf beziehungsweise eine Kündigung Rosls nie zur Debatte, so häufig sie einander in ihren Zankereien auch damit drohten. Denn sie wussten im Grunde alle, dass Rosl ein unverzichtbarer Teil des Hauses und die Gussendorffs ein unverzichtbarer Teil von Rosls Leben geworden waren. Gussendorff war glücklich, eine Frau in seinem Leben zu haben, die seinen Spinnereien etwas entgegensetzte, sodass er sich endlich auch zu Hause als der unverstandene Künstler fühlte, der er sein wollte.

Idas Gesicht nahm eine gesündere Farbe an, und obwohl sie immer noch sehr dünn war, verlor sie ihre Knochigkeit.

Und Rosl bekam endlich die Wertschätzung, die sie sich ihr ganzes Leben lang gewünscht hatte. Wenn auch nicht von Gussendorff, der auch in seinen weniger streitsüchtigen Phasen nicht ein Wort des Lobes für sie (oder für sonst jemanden, der nicht gerade Wagner war, und sogar für den eher selten) übrighatte.

Es war die sonst immer stille, geradezu verschreckte Ida, die ihrer Kochkunst Interesse entgegenbrachte. Drei Tage, nachdem Rosl ihre Arbeit im Hause Gussendorff aufgenommen hatte, kam sie nach dem Frühstück in die Küche geschlüpft und bat darum, ein bisschen zusehen zu dürfen. Wohl, dachte Rosl, um mich zu kontrollieren. Es war durchaus nicht unüblich, dass die Hausherrin die Köchin überwachte, immerhin hatten Hausherrinnen sonst nicht viel zu tun. Manchmal packten sie sogar selbst mit an und erteilten der Köchin Lektionen. Viele Hausfrauen rühmten sich damit, in der Küche ein besseres Händchen zu haben als das dort angestellte Personal. In der höheren Gesellschaft galt es für Damen sogar als nobel, sich mit den eigenen Kochkünsten zu brüsten. Ida in ihrem schmucklosen, nachthemdartigen Kleid mit ihrer wenig charismatischen Art schien zwar keine Dame der Gesellschaft zu sein, aber immerhin war sie doch Rosls Vorgesetzte. Also gewährte Rosl ihr, wenn auch widerwillig, Einlass. Ida aber trat gar nicht erst an den Herd, um kritische Blicke in die Töpfe zu werfen. Stattdessen setzte sie sich mit einem wenig damenhaften Hopser auf die Fensterbank und sagte: »Rosl, erzählen Sie mir vom Kochen!« Das war eine äußerst unerwartete

Bitte. Nun, überlegte Rosl, vermutlich haben ihr trotz ihrem Gesichtsausdruck meine Speisen doch zugesagt, und nun möchte sie von mir lernen … Einerseits schmeichelte ihr das zwar, andererseits aber war sie auch davon überzeugt, dass man ein Talent wie das ihre nicht erlernen konnte und jeder Versuch in einer Enttäuschung enden musste. Trotzdem wollte sie, da sie momentan gerade mit dem gnädigen Herrn auf Kriegsfuß stand, zumindest der gnädigen Frau gegenüber freundlich sein.

Rosl hatte noch niemals Unterricht in irgendetwas gegeben und wusste daher gar nicht, wie sie das eigentlich angehen sollte. »Hier habe ich also die Eier …«, begann sie zögerlich, »und dann trenne ich das Eigelb vom Eiweiß, und aus dem Eiweiß schlage ich nun den Eischnee, und der Trick dabei ist die Prise Salz … was allerdings gemeinhin bekannt sein sollte …« Rosl verstummte. Sie kam sich lächerlich vor, jeden Handgriff zu kommentieren, fürchtete gar, Frau Gussendorff durch die Erklärung solcher küchentechnischen Banalitäten zu beleidigen. Natürlich musste Frau Gussendorff selbst wissen, wie man Schnee schlug! Aber andererseits fiel Rosl nichts anderes zu sagen ein, und sie verstummte.

»Reden Sie weiter, reden Sie!«, forderte Ida sie auf. Sie kauerte auf dem Fensterbrett wie ein Kind am Lagerfeuer, das unbedingt erfahren wollte, wie die Gruselgeschichte ausging. Rosl zuckte mit ihren breiten Schultern und redete weiter: »Ich nehme auch immer etwas heißes Wasser dazu, welches den Schnee noch schaumiger macht. Das Wichtigste beim Biskuitteig ist doch, dass er nicht austrocknet. Was man auch bei feinen Leuten oft für Staub vorgesetzt bekommt, der dann Biskuit genannt wird! Darum tue ich immer, was mir die Köchin der garstigen Frau Kommerzialrat geraten hat: Ich lasse auch ein wenig zerlassenes Fett in den Teig ...« Rosl hatte sich warmgeredet, und ihre Knopfaugen begannen wieder zu glänzen wie an jenem Tag, an dem sie dank der Krankheit der Schwestern und dem Missgeschick der Mutter das erste Mal eine eigene Speise gezaubert hatte. Sie redete weiter, beschrieb die Zartheit des Biskuits, wenn es nur richtig gemacht wurde, holte weiter aus und verfiel in einen Lobgesang auf die böhmischen Mehlspeisen, die weltweit jeder Konkurrenz trotzten (was Rosl mit großer Überzeugung vorbrachte, obwohl sie selbst weder die alten noch die neuen Landesgrenzen jemals überschritten hatte), widmete sich dann der Vorspeise, einer Kartoffelsuppe, die so köstlich war, wie es nur die allereinfachsten Gerichte sein konnten. Sie erzählte von den Gewürzen und Kräutern, deren Verhältnis man durch Gefühl bestimmen musste und nicht etwa durch Formeln. Und es bräuchte auch nicht jede Kartoffel dasselbe Maß an Rosmarin! Die eine wäre sehr genügsam und entfaltete sich mit wenig Würze, die nächste verlange aber nach einem reichhaltigen Aroma, und sie, die Köchin, wäre dabei im Grunde nur ein ausführendes Organ, von ihren Sinnen geleitet ...

Rosl stoppte kurz in ihren Ausführungen und blickte Ida an. Mit angezogenen Beinen saß sie da, die Knie an die Brust gedrückt und ihr Kleid wie ein Zelt darüber gespannt, aus dessen Scheitelpunkt der glühend rote Kopf herausragte: »Weiter! Weiter!«, rief sie aufgeregt. Rosl schüttelte lächelnd den Kopf über diese Albernheit, redete aber sogleich weiter, denn auch sie freute das große Interesse an ihrer Kochkunst.

Dabei war es gar nicht die Kochkunst, die Ida begeisterte: Es war die Begeisterung selbst. Rosl hätte ebenso gut über das Stricken oder Bergsteigen sprechen können – hätte sie es mit einer solchen Leidenschaft getan, hätte Ida ihr mit heißen Wangen zugehört. Es war jene Leidenschaft, die Gussendorff in seinen patriotischen Versepen versucht hatte nachzuahmen, die er in seinen Reden über Wagner geradezu parodiert, aber nie erreicht hatte. Diese Leidenschaft war es, die jene einfache, obdachlose Köchin vom Land in die leblose Gussendorffvilla mitbrachte, und von der sich Ida mehr noch als von ihren kulinarischen Köstlichkeiten ernährte.

Rosl gewöhnte sich schnell an Idas Besuche, die zur täglichen Routine wurden, und bald machte ihr das Kochen nur noch den halben Spaß, wenn sie nicht jeden ihrer Handgriffe kommentieren und über jedes der Lebensmittel ausgiebig philosophieren durfte. Dabei handelte es sich stets um einen Monolog, Ida warf vom Fensterbrett aus nur hin und wieder ein aufgeregtes »Weiter!« ein.

Nach einigen Wochen aber wurde Rosl plötzlich mitten in einer Ansprache über die Schönheit von Steinpilzen unterbrochen: »Rosl ... würde es Ihnen etwas ausmachen, wenn ich Ihnen von der Musik erzähle?« Nun gehörte Rosl zu dem äußerst seltenen Menschenschlag, der rein gar nichts mit Musik, und zwar mit keiner Art von Musik, anfangen konnte. Weder die Orgeln in der Kirche noch die in der bäuerlichen Stube gesungenen Volkslieder hatten Rosl je etwas bedeutet, bereiteten ihr mitunter sogar Kopfschmerzen, und jedes Mal fühlte sie sich erleichtert, wenn ein Choral oder ein Jodler wieder zu Ende ging. Aber aus Höflichkeit der Herrin gegenüber, und auch ein wenig aus Überraschung, rief sie ohne zu zögern: »Sprechen Sie ruhig über Musik, es wird mir eine Ehre sein, Ihnen zuzuhören!« Ida erhob sich also und begann langsam in der Küche auf und ab zu gehen, nein, zu schreiten, denn ihren sonst eher schlurfenden Schritt hatte sie mit einem Mal abgelegt. Sie machte dabei den Eindruck eines Engels, der loszog, um die Ankunft des Messias zu verkünden. Rosl ließ sogar einen Augenblick lang von ihren Steinpilzen ab, so verwundert war sie über diese Erscheinung. Und Ida begann zu verkünden: von Notenschlüsseln und von Disharmonie, von Zwölftonmusik und Dreivierteltakt, von Opern und Symphonien. Sie zählte zwei Dutzend Namen auf, die Rosl noch nie gehört hatte, wobei es sich aber Idas Gebärden nach um sehr bedeutende Komponisten handeln musste. Sie erzählte von antiken Flöten, mittelalterlichem Minnesang und dem König von Frankreich, der den Balletttanz erfand, damit seine Schenkel besser zur Geltung kamen.

Das alles sprudelte sehr diffus aus Ida hervor, ihre Gedankensprünge wären auch für ein kenntnisreicheres Publikum, als Rosl es darstellte, nicht nachvollziehbar gewesen. Ihr ganzes Wissen, ja, sogar ihr ganzes Interesse die Musik betreffend hatte Ida tief in sich begraben gehabt, und nun, da in der Köchin Rosl ein Ventil gefunden war, drängte alles auf einmal explosionsartig nach draußen. Dass Rosl keinerlei Verständnis für Musik hatte, störte dabei wenig, denn sie hatte Verständnis für den »Blitz von innen«. Und dieses Verständnis war letztendlich wichtiger als alle Details des

Wagner'schen Lebenslaufes, die bei den Treffen der Musikfreunde ausgetauscht wurden.

Rosl, die eine solche Rede unter anderen Umständen zu Tode gelangweilt hätte, folgte daher ihrer sonst so farblosen Herrin fasziniert mit Ohren und Augen und ließ dabei sogar den Braten ein wenig anbrennen, was ihr in ihrem ganzen Leben noch nie passiert war.

Ab nun wurde im Wechsel gepredigt: An einem Tag sprach Rosl über die Gaumenfreuden, am nächsten Tag Ida über den Ohrenschmaus. So verband die beiden ein dickes Band der Freundschaft, obwohl sie keinerlei gemeinsame Interessen hatten. Das Einzige, was sie miteinander teilten, war die Begeisterung als solche, und mit dieser infizierten sie sich immer wieder, wenn sie beisammen waren.

Mit der Zeit fing Ida langsam, sehr langsam an, ihre Portionen aufzuessen. Ihr Geschmackssinn kehrte zwar nicht zurück, aber wenn sie an Rosls Herzblut bei der Zubereitung dachte, fiel es ihr bedeutend leichter, die Pappe hinunterzuschlucken.

Somit hatte sich durch Rosl (welche im Umkreis bald »die neue alte Gussendorff« genannt wurde) vieles im Haus verbessert, und doch konnte sie das eine Problem, wegen dem sie eigentlich engagiert worden war, nicht lösen. Ida wurde nicht schwanger.

Langsam begannen Gussendorff seine ehelichen Pflichten auf die Nerven zu gehen. Er wusste Besseres mit seinen Dienstag- und Samstagnachmittagen anzufangen, als sie auf seiner knochigen Frau liegend zu verbringen. Meistens provozierte er kurz davor einen Streit mit Rosl, um überhaupt in irgendeine Stimmung zu kommen, und während dem Akt dachte er dann wehmütig daran, dass er sich jetzt gerade auch einem anderen Akt, nämlich dem einer Oper, widmen könnte. Er hatte noch keine einzige Note auf dem Papier, aber schon alles in seinem Kopf notiert, oder zumindest bildete er sich das ein. Und statt dass er der Welt nun endlich bewies, welch musikalisches Genie in ihm steckte, kümmerte er sich um die Zeugung von Söhnen, wie es auch ein banaler und geistloser Herr Schwarzberg tat. Wenn er besonders schlecht gelaunt war, fügte er dem Gedankengang noch hinzu: Wozu denn Söhne, dann kommt der nächste Krieg, und die Söhne sind ohnehin Geschichte! Damit bewies Gussendorff unbeabsichtigt politischen Weitsinn. Trotz all diesen Gedanken konnte er sich nicht mit der Idee anfreunden, ohne rechtmäßigen Erben von der Welt zu gehen, weiter noch, es schwebte ihm sogar vor, wie Wagner eine Art Dynastie zu gründen, deren zahlreiche Mitglieder sein Andenken auf ewig weitertragen würden. Und das setzte leider seinen körperlichen Einsatz voraus, wie nervenaufreibend dieser auch sein mochte.

Dabei war Gussendorff den Frauen niemals abgeneigt gewesen und war es auch jetzt nicht. Ihm kamen sehr wohl noch gewisse Gedanken, wenn ihm beim Spaziergang zum Beispiel ein vollbusiges Exemplar begegnete und ihn vielleicht sogar noch anlächelte. Aber Ida löste nichts dergleichen in ihm aus. Nicht einmal der Umstand, dass sie ein wenig zunahm und langsam sogar den Ansatz einer Brust entwickelte, änderte etwas an Gussendorffs körperlicher Abneigung.

Oft, wenn er mit Ida an der Hand ins Schlafzimmer schlich, weil nun einmal wieder Zeit für einen Zeugungsversuch war, dachte er sehnsüchtig an Sarah. Wie leicht es ihm mit ihr gefallen war! Nein, es war ihm nicht nur leichtgefallen, er hatte es gar nicht erwarten können, das hübsche, nach außen hin so schamhafte und innerlich brennende Mädchen an sich zu ziehen … Nun, das war heute aber ebenso Geschichte wie die Monarchie, Sarah war eine Tochter des vorigen Jahrhunderts, und außerdem eine Jüdin. Was hätte es für einen Nutzen gehabt, eine Dynastie zu gründen, wenn es eine jüdische war? Gussendorff verbot sich selbst, an Sarah zu denken, während er mit Ida schlief. Aber das änderte auch nichts an ihrer Kinderlosigkeit.

10

An einem Winterabend – Rosl hatte ihren freien Tag und war ausgegangen, Ida hatte sich bereits schlafen gelegt – klopfte es an der Tür. Gussendorff bekam selten Besuch, und niemals unangemeldeten. Seine Bekannten wussten, dass er unleidlich sein konnte, wenn er gerade nicht in der Stimmung für Geselligkeit war, und vermieden deshalb Überraschungen. Daher vermutete Gussendorff irgendein Unheil, als er, bereits im Abendrock, die Stufen zur Haustür hinuntereilte. Seine Sorge war groß, aber unbestimmt, denn er hatte keine Ahnung, welches Unglück ihn treffen könnte. Vielleicht war Rosl im Gasthaus irgendetwas zugestoßen? Oder war es gar sein Verleger, der seine Gedichte ablehnte? Das wäre natürlich schrecklich, er hatte sie ja ohnehin schon ohne große Lust geschrieben, bloß um Rosls Gehalt zahlen zu können. Auf seine Schriftstellerei legte er zwar keinen ideellen Wert mehr, war jedoch von ihrem materiellen Gegenwert abhängig. Wenn Rosl nun wirklich irgendetwas zugestoßen wäre, müsste er sich immerhin keine Sorgen mehr um ihr Gehalt machen, dafür aber umso mehr um sein leibliches Wohl, und mit wem sollte er dann streiten?

So mischten sich allerlei verwirrte Gedanken in seinem Kopf zu einer unbestimmten Angst, und als er die Tür schließlich öffnete, war er sich schon sicher, dass es Raubmörder waren, die geklopft hatten. Umso überraschter war er über das Bild, das sich ihm vor seiner Haustür bot: Vor ihm stand eine Frau, deren aufgetürmtes Haar trotz der Dunkelheit gut erkennbar schneeweiß war und ihre Körpergröße ins Hünenhafte übertrieb. Ganz oben thronte ein lächerlich winziges Hütchen. Sie hatte ihren massigen Körper in einen langen, zotteligen Pelzmantel gehüllt, in dem sich einzelne Schneeflocken verfangen hatten. An ihrer Seite stand ein etwas kleinerer Mann, der vor allem durch seinen wohlgeformten, aber übermäßig großen Schnurrbart auffiel. Gussendorff wusste sofort, dass er die beiden schon irgendwo gesehen hatte, konnte sie aber nicht einordnen. Nur, dass sie nicht gekommen waren, um ihn zu überfallen, wusste er nun, und das entspannte ihn ungemein. »Sie wünschen?«, fragte er und versuchte dabei eher hochnäsig als erleichtert zu klingen.

»Gussendorff!« Der schnauzbärtige Mann sprach seinen Namen aus, als müsste es ihm unmöglich sein, ihn nicht zu erkennen. Aber Gussendorff, der sich aus anderen Menschen grundsätzlich nicht allzu viel machte, tappte immer noch im Dunkeln (wortwörtlich, übrigens, denn die Nacht erleichterte ihm das Erkennen nicht unbedingt).

»Monsieur Gussendorff«, sagte die Dame nun mit unverkennbar französischem Akzent, »Sie 'aben keine Ahnung, wer wir sind, nicht wahr?« Das »ch« des »nicht« knurrte sie allerdings hinten im Rachen wie eine Russin. Da fiel bei Gussendorff der Groschen.

»Madame Kurnikova«, sagte er, wobei er versuchte, sich die Verwunderung nicht anmerken zu lassen. Er kannte sie natürlich, hatte sie in jüngeren Jahren häufig auf der Opernbühne gesehen und, ja, auch bewundert, bis er sie bei irgendeiner Premierenfeier persönlich kennengelernt hatte und erkennen musste, dass sie doch einfach war, was sie war: ein Weib ohne Geist und ohne Tiefe. Er hatte sie natürlich noch öfters getroffen, wie man sich in gewissen Kreisen eben öfters traf, aber er hatte nie eine Beziehung zu ihr aufgebaut, die ein solch nächtliches Treffen rechtfertigen würde. Nun wurde Gussendorff auch bewusst, wo er den Schnurrbart einzuordnen hatte: Die Kurnikova und der Zwirbel hatten auf all diesen Zusammenkünften ein seltsames Duo abgegeben. Wenn sich die Kurnikova gerade im Land befand (also seit der Russischen Revolution ständig), tauchten sie überall nur miteinander auf, obwohl sie sich im Grunde gar nicht leiden konnten, zumindest stritten sie ständig. Irgendwann machte die Russin dem Juden dann eine Szene und rauschte ab, nur um dieselbe bei der nächsten Premierenfeier oder dem nächsten Ball zu wiederholen. Im Grunde glich ihre Beziehung jener zwischen Gussendorff und Rosl, nur dass Gussendorff sein Verhältnis zu der Köchin für völlig natürlich hielt, während er es bei der Kurnikova und Zwirbel als fast schon pervers empfand. Gussendorff hatte auch erfahren, dass die Kurnikova nun als

Gesangslehrerin in Zwirbels immer schlechter werdendem Konservatorium unterrichtete. Viel mehr als flüchtige Begegnungen bei gesellschaftlichen Ereignissen verbanden ihn aber auch mit Zwirbel nicht, worüber er recht froh war, denn es war ja allgemein bekannt, auf welcher Seite dieser im Krieg gestanden hatte. Auch wenn Gussendorff seinen Patriotismus von damals heute als Müll bezeichnete, so hatte er trotzdem noch eine fast ebenso große Abneigung gegen Franzosen wie gegen Juden. Er selbst war übrigens wegen einer Knieverletzung im Kindesalter und den guten Beziehungen, die seine Mutter zu den Befehlshabern der kaiserlichen Armee pflegte, gar nicht einberufen worden. Das tat ihm heute ein wenig leid, denn er hätte einem Zwirbel schon gezeigt, wo der Haken hing, wenn man ihm nur die Möglichkeit dazu gegeben hätte. Außerdem war Zwirbel ein eitler Geck. Wenn ein Mann den halben Morgen damit verbrachte, seinen Bart mit glänzendem Wachs zu zwei perfekten Spiralen zu formen, war er in Gussendorffs Augen schon kein richtiger Mann mehr. Ein richtiger Mann nämlich ließ das Barthaar sprießen, wie es kam, und die einzige Pflege, die diesem zuteilwurde, war eine leicht nach oben gerichtete Kopfhaltung, wodurch dieses Gewächs besser zur Geltung kam, zumindest Gussendorffs Meinung nach. Dass sich Zwirbel bei den Damen trotzdem großer Beliebtheit erfreute, konnte er nicht nachvollziehen, aber Frauen waren nun einmal äußerst unlogische, wenig denkende Kreaturen.

Wäre es nicht Winter gewesen, hätte Gussendorff das seltsame Paar wohl gar nicht eingelassen, sondern noch an der Tür abgespeist. So aber ging ihm sein körperliches

Wohl, das unter der beißenden Kälte empfindlich zu leiden hatte, doch über seinen Stolz und auch über seinen Rassismus. »Treten Sie ein, treten Sie ein!«, murmelte er mürrisch, wobei er versuchte, den Mund dabei nicht allzu weit zu öffnen, damit die ungebetenen Gäste sein Zähneklappern nicht bemerkten.

Er führte sie in das Wohnzimmer, ohne ihnen die Mäntel abzunehmen, und ärgerte sich, dass Rosl gerade an diesem Tag ins Gasthaus gehen hatte müssen. Mit großem Widerwillen bot er den beiden Tee oder Kaffee an und war erleichtert, als sie dankend ablehnten. Er hatte noch nie selbst ein Heißgetränk zubereitet. Das hatte zuerst seine Mutter für ihn erledigt, später Ida, und nun bezahlte er ja Rosl dafür. In der kurzen Zeit dazwischen, in der seine Mutter bereits verstorben war, er aber Ida noch nicht geheiratet hatte, hatte er es durch Kaffeehaus- und Bekanntenbesuche stets vermieden, seinen Gusto nach Koffein selbst stillen zu müssen. Nun hätte er zwar gerne einen Mokka gehabt, aber da Rosl eben nicht da war, war nichts zu machen.

Madame Kurnikova und Zwirbel setzten sich auf das Sofa, »bequem machen« konnte man es aber nicht nennen: Sie saßen kerzengerade und steif da in ihren nassen Mänteln, und Madame Kurnikova, die gut drei Viertel der Sitzfläche einnahm und Zwirbel ganz an den Rand drängte, hielt es nicht einmal für nötig, ihr Hütchen abzunehmen. Gussendorff platzierte sich mangels anderer Sitzgelegenheiten ihnen gegenüber auf jenem niedrigen Hocker, auf dem Rosl bei ihrem Aufnahmegespräch gesessen hatte. Sein Gesäß war zwar schmaler als das ihre, aber trotzdem war er nicht gerade schlank zu nennen, und selbst wenn er es gewesen wäre, hätte er sich auf dem Hocker nicht viel wohler gefühlt. Nun kam er sich im eigenen Hause vor wie der Bittsteller, auf den der Jude Zwirbel und die Russin Kurnikova allein aufgrund ihrer höheren Sitzposition herunterblickten. Noch dazu trug er nur seinen Schlafmantel, während die beiden anderen vollständig bekleidet waren. Der Raum war erfüllt von angespannter gegenseitiger Verachtung. Madame Kurnikova hüstelte nervös.

»Ich bitte um Ruhe, meine Frau schläft«, sagte Gussendorff forsch, was das Eis zwar nicht zum Schmelzen, aber immerhin Zwirbel dazu brachte, über die vorherrschende Antipathie hinwegzusehen und sich ein Herz zu fassen.

»Ich will nicht lange fackeln«, sagte er und zog mit beiden Händen an seiner wohlgeformten Gesichtsbehaarung, »ich habe eine gewisse Information von einem gemeinsamen Freund erhalten, wobei es sich um den Herrn Dr. Siegfried Römer handelt …« Madame Kurnikova begleitete jedes Wort mit einem Nicken ihres wuchtigen Kopfes, sodass ihr Hütchen gefährlich ins Schwanken geriet. Gussendorff konnte den Eindruck nicht loswerden, dass es sich um ein Verhör handelte.

»So, was hat er Ihnen denn verraten über mich, der gute Dr. Römer?«, murrte er.

»Nun ja«, fuhr Zwirbel fort, »er war sich nicht mehr sicher, aber er meinte, sich erinnern zu können, dass Sie ihm einmal davon erzählt hätten, wobei es wie gesagt auch sein kann, dass er Sie verwechselt, denn immerhin sind Sie ja eigentlich Dichter …«

»Dass Sie eine Oper schreiben!«, platzte Madame Kurnikova endlich mit dem Anliegen heraus.

Gussendorff, der sich Zwirbels umständliche Ausführungen noch mit betontem Desinteresse und größtem Missmut angehört hatte, riss die Augen auf. »Da hat sich Dr. Römer keineswegs geirrt!«, rief er, und seine Stimme kam etwas höher aus seiner Kehle, als er es gewohnt war, »tatsächlich schreibe ich gerade ein Werk, welches die von Wagner gesetzten Maßstäbe noch um ein Vielfaches übertreffen wird!« Zwirbel nickte mit einem Hauch von Langeweile, als hätte er keine andere Antwort erwartet.

»Wenn dem so ist«, antwortete er, »dann bin ich davon überzeugt, dass es bereits einem Opernhaus zur Uraufführung versprochen ist …«

»Nein!«, rief Gussendorff schneller, als er wollte. »Ich meine …«, verbesserte er sich daraufhin, »es gibt sehr wohl einige Interessenten, aber … nun ja, man gibt ein solches Werk ja nicht leichtsinnig aus der Hand.« Dass er noch gar nichts hatte, was er aus der Hand hätte geben können, weil seine Oper ja nur aus vagen Ideen und vor allem ausschließlich in seinem Kopf bestand, ließ er tunlichst aus.

»Wissen Sie«, antwortete nun wieder von Kurnikovas heftigem Nicken unterstützt Zwirbel, »ich bringe ja jeden Sommer mit meinem Konservatorium ein Werk auf die Bühne. Eine Operette, zumeist, manchmal aber auch Tragisches. Ganz, wie es sich ergibt und was die Begabungen der Schüler … erfordern. Heuer aber haben wir einen besonders schweren Fall. Ich habe bereits sämtliche Literatur des Musiktheaters durchforstet, aber es scheint vom barocken Singspiel bis hin zu den aktuellen Musicals vom Broadway noch nie ein derartiges Stück komponiert worden zu sein, wie wir es nun benötigen. Sicherlich, es wäre ein großer

Zufall, dass gerade Ihre Oper eine Ausnahme bilden sollte, und ich wäre nicht gekommen, wenn Sie nicht … meine letzte Hoffnung gewesen wären …« Zwirbel fiel es sichtlich schwer, von Gussendorff etwas zu erbitten. Er brachte dabei vor Nervosität seinen Schnurrbart ganz außer Form, sodass die Haare links und rechts ungleichmäßig von seinem Gesicht abstanden.

»Wir brauchen eine Oper«, übernahm Madame Kurnikova nun das Ruder, »mit einer weiblichen 'auptperson, die nicht singt.« Gussendorff blickte sie erstaunt an. »Oder schauspielert«, fügte Madame Kurnikova noch hinzu.

»Ich habe einen alten Freund«, hakte Zwirbel erklärend ein, »dem ich leichtsinnigerweise versprochen habe, dass seine junge Freundin die Hauptrolle bekommt …«

»… aber sie kann nicht singen«, beendete Madame Kurnikova den Satz in einem Tonfall, der erahnen ließ, dass betreffende Dame sie schon viele Nerven gekostet hatte und dass sie Zwirbel für diesen Verlust persönlich verantwortlich machte.

»*Ein* Lied wird sie schon singen müssen«, fügte Zwirbel hinzu, dem die ganze Situation sichtlich immer unangenehmer wurde, er schwitzte in seinem Mantel wahnsinnig, »sonst wird sich besagter Freund kaum zufriedengeben …«

»Aber nur ein sehr leichtes!«, fiel ihm Madame Kurnikova ins Wort, »eines, welches jedes Kind singen könnte.« Zwirbel kramte ein Taschentuch heraus, um sich damit hektisch das Gesicht abzutupfen.

»Also Sie sehen …«, murmelte er dabei, »es wäre ein sehr großer Zufall, wenn gerade Ihr Werk eine solche Hauptrolle bieten würde, und vermutlich war es lächerlich, überhaupt bei Ihnen nachzufragen, und vor allem um diese Uhrzeit ...«

Zwirbel war bereits aufgestanden, um sich zu verabschieden, und auch Madame Kurnikova, deren heller Puder begann, ihre Wangen herunterzurinnen, erhob sich mit einem Seufzen, das zu verstehen gab, dass sie persönlich es von Anfang an für eine blöde Idee gehalten hatte, Gussendorff in dieser Angelegenheit zu kontaktieren.

Gussendorff selbst aber sprang mit einer Hastigkeit, die man seinem fülligen Körper nicht zugetraut hätte und die auch sonst nicht seinem Naturell entsprach, von seinem Hocker auf und verstellte vorsichtshalber die Tür, als fürchtete er, seine Gäste würden fluchtartig das Haus verlassen, bevor er sich diesen »Auftrag« sichern konnte.

»Tatsächlich, Herr Zwirbel, verhält es sich so«, rief er, ohne die vorher eingeforderte Nachtruhe Idas zu beachten, »dass die Hauptheldin meiner Oper eine taubstumme Gräfin und Walküre ist, welche über Umwege an einen edlen Ritter gelangt, dessen wahre Liebe sie am Ende von ihrem Leiden befreit!« Und in diesem Moment glaubte er tatsächlich fest daran, ein genau solches Werk in seinem Schreibtisch liegen zu haben, wo es nur darauf wartete, endlich in die Welt hinausgetragen zu werden. Und wäre es auch nur auf Zwirbels Konservatoriumsbühne, so schlecht waren seine Studenten ja gar nicht, die meisten sogar ausgesprochen talentiert, und zur Premiere seiner Aufführungen war stets viel Presse und Prominenz geladen. Gussendorff, der eigentlich an nichts glaubte als an sein eigenes Genie, begann kurzzeitig an das Schicksal zu glauben. Natürlich waren Römer und Zwirbel »zufällig« aufeinandergetroffen und hatten »zufällig« über das Problem der Stückfindung gesprochen, und »zufällig« war Römer da eingefallen, dass Gussendorff doch etwas komponiert hatte … und schließlich würde am Ende dieser Reihe von »Zufällen« das ihm vorherbestimmte Schicksal stehen: Die Welt würde endlich hören, dass er nicht nur ein talentierter Dichter war, was ja schnell einmal jemand von sich behaupten konnte, sondern auch ein großer Komponist, ein Schöpfer unnachahmlicher, unvergesslicher Musik.

Zwirbel war unwillkürlich zusammengezuckt, als Gussendorff »Gräfin« und »Walküre« nicht nur im gleichen Satz, sondern sogar in Bezug auf die gleiche Person genannt hatte, und war sich nicht mehr sicher, ob Dr. Römer ihm tatsächlich einen Gefallen getan hatte. Aber er hatte einfach keine Lust mehr, weiterzusuchen. Ein Stück, das mit Fräulein Gisela Liebwies in der Hauptrolle aufgeführt würde, war ohnehin verloren, und hätte es Mozart persönlich geschrieben. Außerdem war ihm heiß, was seinen Widerstandswillen erheblich einschränkte. Auch die sonst so streitbare Madame Kurnikova schien einverstanden, ja, geradezu erleichtert, und nickte wieder eifrig, wobei ihr Hütchen sich wie ein in Seenot geratenes Schiff über ihre Frisur manövrierte und nur wie durch ein Wunder nicht abstürzte.

»Lasst uns doch einen Blick 'ineinwerfen!«, sagte sie dabei entschlossen, denn ihr schien Zwirbels Zögern nicht zu entgehen.

»Aber ich gebe Originale niemals aus der Hand!«, ereiferte sich Gussendorff nicht weniger entschlossen, »Sie müssen mir schon erlauben, Kopien anzufertigen.«

»Das dauert …?«, fragte Zwirbel kraftlos.

»Einen Monat«, entschied Gussendorff. Unter normalen Umständen hätte Zwirbel bereits mit dem Einstudieren des Stückes begonnen, aber da ohnehin keine Chance darauf bestand, dass die Aufführung ein Erfolg werden könnte, kam es auf das auch nicht mehr an. Er stimmte resigniert zu und machte an der Haustür noch einen Termin aus, an dem er die Kopien des fertigen Stückes abholen wollte, und Gussendorff diktierte sein völlig überzogenes, aber von Zwirbel nur mit einem Schulterzucken hingenommenes Honorar. Dann stapfte Zwirbel, die ihn überragende Madame Kurnikova lieblos untergehakt, durch den Schnee davon. Noch wusste niemand, dass Gussendorff an diesem Abend Zwirbels Leben gerettet hatte. Und eigentlich wusste es auch später niemand.

Aber Zwirbel beschloss (den Kopf noch voll von taubstummen Walküren-Gräfinnen) an diesem Abend, dass jene für den Sommer geplante Aufführung seines Konservatoriums die letzte ihrer Art sein sollte. Danach würde er, der mit dieser Blamage zweifelsohne seinen guten Ruf verlieren musste, das Konservatorium schließen und zu seiner Schwester ziehen, die in London verheiratet war. Nur so, meinte er, würde er dem Tratsch und dem Gelächter der Leute entgehen. Es kam dann zwar alles anders, aber weil Zwirbel entgegen allen Gerüchten ein Mann war, der seine Versprechen hielt, sogar jene, die er sich selbst gegeben hatte, zog er tatsächlich im darauffolgenden Herbst nach London. Somit entfloh der Jude Elias Zwirbel den Nationalsozialisten, noch bevor er zum Gejagten wurde.

Als Rosl spätnachts, eigentlich schon frühmorgens, von ihrer Kartenpartie im Gasthaus heimkehrte, fand sie Gussendorff immer noch wach und in größter Manie vor. Er rannte durch alle Zimmer des Hauses und sang und pfiff und summte dabei wirre Melodien, ein Konglomerat aus Wagnerthemen, Gassenhauern und Johann-Strauß-Walzern, wobei er stets mit den Händen mit dirigierte. Zwischendurch ließ er Textfloskeln einfließen, die aus einem seiner Gedichte stammen, aber ebenso das sinnlose Geplapper eines Geisteskranken sein konnten. »Er ist betrunken«, urteilte Rosl und legte sich leicht verwundert, aber keinesfalls verstört, schlafen.

Nur hörte der Rausch nicht mehr auf. Am nächsten Morgen rannte Gussendorff wieder oder immer noch durch das Haus, singend und summend und dirigierend, und machte überhaupt nur Pause, um sich hastig Essen in den Mund zu stopfen. Er vergaß sogar darauf, mit Rosl zu streiten. Selbst, als sie versuchte, eigenhändig einen Streit anzuzetteln, indem sie seine Mittagssuppe absichtlich versalzte, stieg er nicht darauf ein. Er löffelte die ungenießbare Brühe in sich hinein und sprang danach sofort vom Tisch auf, um weiter durch das Haus zu laufen und dabei seine seltsamen Töne von sich zu geben.

Nach einer Woche beschloss Rosl, einen Arzt zu rufen, wurde von Ida aber vehement davon zurückgehalten. »Das ist ganz normal«, behauptete Ida, »von Zeit zu Zeit verhält sich mein Mann so, aber es legt sich wieder.« Es war bemerkenswert, dass Ida ihn »mein Mann« nannte, denn sonst sagte sie entweder »August« oder, häufiger sogar, wie alle anderen es auch taten, nur: »Gussendorff«, als wäre jener Nachname ausschließlich mit seiner, nicht aber mit ihrer Person verbunden. Diesmal jedoch versuchte sie sich den

Anschein einer erfahrenen Ehefrau zu geben, die ihren Gatten und dessen Eigenheiten in- und auswendig kannte und daher am besten wusste, wann ein Arzt benötigt wurde und wann nicht. Und Rosl glaubte ihr.

Ida lag nichts daran, die künstlerischen Ambitionen ihres Mannes zu unterstützen (sie wusste ja noch nichts von dem »Auftrag«, den er erhalten hatte); sie verhinderte Rosls Eingreifen aus rein egoistischen Gründen. Denn Gussendorff vergaß in seinem Kompositionswahn nicht nur zu streiten, er vergaß auch die täglichen Spaziergänge, auf die seine Frau ihn sonst stets begleiten musste. Er vergaß die Treffen der Musikfreunde (er schickte jedoch an die Schwarzbergs ein kryptisches Telegramm, aus dem mit viel Phantasie hervorging, dass er wichtigere, aber geheime Pflichten zu erfüllen hatte, als Wein zu trinken und Männerwitze zu hören). Er vergaß Weihnachten, welches er eigentlich versprochen hatte bei Padinskys zu verbringen, was einen erbosten Brief Katharinas nach sich zog, den er aber vergaß zu lesen. Er vergaß, und das war Ida am angenehmsten, seine ehelichen Pflichten. Nun, da er selbst schwanger war, und zwar mit einer Oper, hatte er keinen Bedarf mehr an Idas Körper. Er lebte in seiner Welt der Melodien, der mythischen Sagen und Liebesgeschichten. Dabei vergaß er aber noch etwas: Er vergaß, die Oper zu schreiben. Zwar schwebte irgendwo in seinem Unterbewusstsein noch der vereinbarte Termin, der in unendlicher Ferne liegende zweite Jännertag, an dem Zwirbel wieder bei ihm erscheinen sollte, aber Gussendorff konnte kaum unterscheiden, wann ein Tag zu Ende war und wann ein neuer begann, und somit rückte jener Schicksalstag näher, ohne dass er es bemerkt hätte.

Als Rosl ihn jedoch eines Morgens mit »Einen schönen guten Morgen im neuen Jahr!« begrüßte, verschluckte er sich dermaßen heftig am Kaffee, dass die Köchin all ihre Kräfte aufwenden musste, um ihn vom Ersticken zu erretten.

Der 1. Jänner war also gekommen, und es blieb ihm nur noch ein einziger Tag, bis er sein Werk abliefern musste. All die Melodien, die sich in den letzten Monaten in seinem Kopf zu einem Brei vermengt hatten, mussten nun aufs Papier gebracht werden, und zwar nicht irgendwie, wie sie ihm eben in den Sinn kamen, sondern einer gewissen Dramaturgie folgend, und die musikalischen Themen müssten den Charakteren der Handlung entsprechen, und überhaupt müsste es Charaktere und Handlung geben, worüber er, der große Schriftsteller, sich bisher überhaupt keine Gedanken gemacht hatte, da er irgendwie der Überzeugung gewesen war, dass das schon von selbst kommen würde, hätte er nur die richtige Musik. Aber nichts kam von selbst. Er sprang vom Frühstückstisch auf, und ohne Rosl seinerseits ein schönes neues Jahr zu wünschen (sie war sein seltsames Verhalten aber mittlerweile gewohnt und meinte wie der Großteil der Menschheit auch, dass ein Künstler wohl nicht anders sein könnte), eilte er in sein Arbeitszimmer. Er hatte schon vor einigen Jahren ein paar Bögen schönes, großes Notenpapier gekauft. Es hatte deutlich mehr gekostet, als er Rosl in einem Monat bezahlte. Da es sich dabei um Vorkriegsware handelte, war es so reinweiß und fest, wie man es gar nicht mehr kannte. Die Zeilen mit ihren jeweils fünf tiefschwarzen Notenlinien bildeten darauf ein würdiges Muster. Er riss die Bögen lieblos aus dem Schrank heraus und knallte sie auf den Schreibtisch, als wären sie allein schuld an seiner Misere. Ebenso ungeduldig holte er seine Schreibfeder hervor, erhob sie erst zum Himmel, wobei er einen Donner zu vernehmen glaubte, drückte sie aufs Papier – und es geschah nichts anderes, als dass ein wenig hübscher Tintenfleck den Bogen verunstaltete.

Die Melodien waren verschwunden. Er hörte nichts. Das meiste von dem, was er sich in den letzten Wochen erdacht hatte, war ja ohnehin Diebesgut aus anderen Werken gewesen, aber nicht einmal das hörte er mehr. Sein Kopf war völlig leer. Und das Pendel seiner Penduluhr wiegte sich schonungslos hin und her. Er saß da, die Füllfeder in der Hand, das Papier darunter, und dachte nicht mehr.

Er ignorierte Rosls Klopfen, als das Mittagessen fertig war, er hörte sie auch nicht, als sie zum Abendessen rief, und als sie irgendwann ein »Gute Nacht, gnädiger Herr«, verlauten ließ, saß Gussendorff immer noch in derselben Haltung unbeweglich an seinem Schreibtisch. Das Schicksal hatte ihm eine Falle gestellt und ihn vor das leere Papier gelockt, das ihm nun entgegenschrie: »Du bist kein Komponist, und Dichter bist du auch keiner, du bist kein Künstler, denn du erschaffst nichts!« Den Groll, den er in sich spürte, versuchte er vergeblich auf Zwirbel zu lenken. »Dieser schnöselige Jud', was der überhaupt glaubt, Forderungen stellen zu dürfen ...« Aber es wollte ihm nicht recht gelingen. Hier, in seinem Arbeitszimmer, in dem er nicht fähig war, zu arbeiten, merkte er allzu schmerzlich, dass er sich selbst belogen hatte. Schließlich hörte er die nahen Kirchenglocken Mitternacht schlagen. Es brach also jener heißersehnte und nun so verhasste zweite Jännertag an, an dem

Zwirbel das Stück abholen wollte, und Gussendorff würde nichts weiter übrigbleiben, als zu gestehen, dass er es nicht fertiggebracht hatte, eine Oper zu schreiben. Ganz so, wie er es nicht fertigbrachte, Kinder zu zeugen. Sollte sich der Zwirbel nur über ihn lustig machen wie der Schwarzberg. Verbittert rollte Gussendorff das Notenpapier zusammen und steckte es zurück in den Schrank, wo er es nicht mehr sehen musste. Die Schreibfeder versuchte er in einem Wutanfall zu zerbrechen, zum Glück gelang es ihm nicht, denn auch sie war Vorkriegsware und damit praktisch unersetzlich. Dann schloss er die Tür seines Arbeitszimmers hinter sich und hinkte wie ein Angeschossener zu seinem Schlafzimmer.

Um Ida nicht zu wecken, verzichtete Gussendorff darauf, das Licht anzuschalten (der einzige »neumodische und dekadente« Luxus, den er sich, seiner Frau und seinem Haus gönnte, war die Elektrizität). Das Letzte, was er brauchen konnte, waren blöde Fragen, und obwohl er wusste, dass Ida keine stellen würde, wollte er es nicht riskieren. Jedoch sollte er das schon nach wenigen Sekunden bereuen: Nachtblind wie er war stieß er mit der Hüfte gegen das Spiegeltischchen, das Ida von irgendjemandem zur Hochzeit geschenkt bekommen hatte und das seither im Schlafzimmer verstaubte. Gussendorff konnte einen kurzen Aufschrei nicht unterdrücken und verfluchte in Gedanken denjenigen, der gedacht hatte, Ida würde jemals vor diesem Spiegel sitzen und sich die Nase pudern. Der Schenker, oder eher die Schenkerin, vermutlich die verfluchte Schwarzberg, müsste doch erahnt haben, dass Ida kein Weibsbild war wie andere, dass sie sich wenig, vielleicht zu wenig, um ihr Aussehen kümmerte, dass sie lieber stundenlang komponieren würde, als sich auch nur fünf Minuten die Haare zu machen …

Da plötzlich traf Gussendorff ein Geistesblitz. Er vergewisserte sich noch einmal, dass er Ida nicht geweckt hatte (aber er hörte nichts als ihren leisen, regelmäßigen Atem), dann tastete er langsam das Spiegeltischchen ab und öffnete die oberste Schublade. Er fasste hinein. Papier! Er hatte es gewusst. Sein Herz schlug so stark, dass es schmerzte, während er den Stapel herausnahm und sich zur zweiten Lade weitertastete. Auch dort: Papier. Und auch die anderen Laden beherbergten weder Kämme noch Puderdöschen: Sie waren bis oben hin gefüllt mit Papier. Er nahm alle Blätter an sich, die er im Dunkeln zu fassen bekam, und verließ das Schlafzimmer wie ein Dieb in der Nacht – der er ja war. Vor Aufregung schaffte er es gar nicht mehr in sein Arbeitszimmer. Er setzte sich keuchend mitten auf den Flurboden und breitete seinen Schatz vor sich aus. Er hatte es gewusst.

Sie hatte nie zu komponieren aufgehört. Unter anderen Umständen hätte er den ganzen Packen ungelesen ins Feuer geworfen. Morgen würde er beim Frühstück Ida gegenüber behaupten, dass er genau das getan hatte. Immerhin, sie hatte ihr Eheversprechen gebrochen. Aber heute war dieser Verrat seine Rettung. Er war des Blattlesens so weit mächtig, dass er sagen konnte, dass es äußerst brauchbare Kompositionen waren, die Ida da auf schlechtes, graubraunes Schreibpapier gekritzelt hatte, auf dem sie offensichtlich ohne Zuhilfenahme eines Lineals Notenlinien gezogen hatte. Er summte den einen oder anderen Takt. Es war natürlich nicht besser als Wagner, was schon einmal dadurch nicht möglich war, dass es von einer Frau geschrieben war, und dann auch noch von einer besonders wenig geistreichen. Aber die Melodien waren durchaus eingängig und für Zwirbel sicherlich gut genug. Und während Gussendorff dort am Boden hockte, kam ihm die taubstumme Walküren-Gräfin in den Sinn: Unglaublich schön und störrisch, macht sie sich auf die Suche nach dem Mann, der sie mit seiner wahren Liebe von ihrem Leiden befreit (ein Tenor, natürlich), wobei sich allerdings einige sehr heitere Verwechslungen ergeben (die Polka in Dur), es wird gestritten (der Kanon in Moll), es wird gefeiert (das heitere Trinklied), germanische Götter greifen ins Geschehen ein (die pathetische Hymne), und auf jeden Fall wird nach Venedig gefahren, wo er in einer karnevalartigen Revue all die Kompositionen verbraten würde, die er sonst nicht untergebracht hätte.

Gussendorff spann sich über die Noten gebeugt eine wirre, aber seiner Meinung nach äußerst spannende Geschichte zusammen, die er in mehr oder weniger dem Rhythmus der Musikstücke angepasste Endreime brachte.

Als Rosl klopfte und rief, dass das Frühstück fertig wäre, setzte Gussendorff gerade den letzten Punkt hinter den letzten Satz.

Er lächelte. Er würde ein großer Komponist werden. Der große Komponist August Gussendorff.

DRITTER TEIL

Der Sommertag glich dem Jahrzehnt: Ständig kündigte sich mit drückender Schwüle ein Gewitter an. Düstere Wolken umkreisten die Stadt. Sobald sie im Westen verschwunden waren, tauchten sie im Osten wieder auf. Wenn im Süden die Sonne schien, türmten sie sich im Norden zu schwarzen Bergen auf. Man hatte keine Ruhe vor den Wolken, ständig musste man sich fragen, ob man den Gang zum Lebensmittelgeschäft oder zum Barbier überhaupt noch wagen sollte, wenn es doch jeden Moment wie aus Bächen zu regnen beginnen konnte. Und als wäre das nicht genug, schwitzte man sich die Hemden nass.

Die meisten Bewohner der Stadt begannen sich den Wolkenbruch herbeizuwünschen, denn selbst wenn der Regen sie samt ihren Häusern wegspülen würde: Man hätte endlich wieder die Kühle zurück. Aber alles Wünschen half nichts. Das Gewitter drohte nur und brach doch noch nicht aus.

Auf seinem Stammplatz in seinem Stammcafé schwitzte der Medizinstudent Bastian Schneider. Er gehörte mittlerweile zu seinem Kaffeehaus wie die hölzernen Zeitungshalter und die Elfenbein-Aschenbecher, wie die klebrigsüßen Torten in der Glasvitrine und der Kaffeegeruch in der Luft. Das Mamortischchen am Fenster beanspruchte er, als würde er Miete dafür bezahlen (wobei er meistens sogar seinen Milchkaffee anschreiben ließ). Die Kellner akzeptierten das, und die anderen Gäste hatten das zu akzeptieren. Wenn doch einmal ein Neuling so keck war, sich an diesem Fenstertischchen niederzulassen, hastete sofort der Oberkellner herbei und rief: »Da sitzt der Herr Schneider!« Der ahnungslose Gast, der, um sich hinzusetzen, bereits die Knie gebeugt hatte, sprang dann erschrocken in die Höhe und begutachtete verwundert die Sitzfläche des Stuhls. Denn der Oberkellner rief stets so, als würde jener Herr Schneider in Fleisch und Blut dort sitzen und wäre von dem ignoranten Kaffeehausbesucher einfach übersehen worden.

Diese Begebenheit kam mittlerweile aber äußerst selten vor. Meistens nämlich saß Herr Schneider tatsächlich und für jedermann gut sichtbar auf jener Sitzfläche, rührte in seinem Milchkaffee und blätterte in der Zeitung. Am Anfang seiner Studienzeit war es vor großen Prüfungen manchmal noch vorgekommen, dass er das Kaffeehaus tagelang mied. Jetzt aber begannen sich die anderen Stammgäste schon Sorgen zu machen, wenn sie Bastian Schneider auch nur einen einzigen Tag lang nicht gesehen hatten. Zum Glück war er bisher immer wieder spätestens am Tag darauf aufgetaucht, nervös und kränklich, mit roten Flecken im Gesicht, wie man ihn hier im Kaffeehaus gar nicht kannte, und hatte mit der Stimme eines Ertrinkenden gerufen: »Ei … ei … eine Melange, bi … bitte!«

Sobald er sich aber auf seinem üblichen Platz niedergelassen hatte und die dampfende Porzellanschale in seinen Händen hielt, begannen die roten Flecken zu verschwinden. Er zitterte nicht, er schwitzte nicht. Wenn ihn irgendjemand ansprach, antwortete er mit lauter, fester Stimme.

Obwohl es gar nicht der Kaffee war, den er zum Leben brauchte: Er brauchte das Kaffeehaus. Er brauchte das Sprachgewirr, die hitzigen Diskussionen der Männer, die, wenn von Frauen geführt, Zankereien hießen, das Rascheln der Zeitungen und das Klirren des Geschirrs – diesen ganzen Lärm brauchte Bastian, damit er seine Ruhe haben konnte.

Und wenn er ausdrücklich darum gebeten wurde, setzte er sich manchmal sogar an das Klavier und spielte für die Gäste ein paar Tanzmelodien. Jeder Ton stimmte. Im Kaffeehaus war er nicht mehr der nervöse Student, der bei den Treffen der Musikfreunde vor lauter Zittern keine Taste traf. Im Kaffeehaus war er ein Mann, ein Denker, ein Philosoph, ein Poet, ein Pianist. Im Kaffeehaus hätte Bastian sich weder von Gussendorff noch von Schwarzberg einschüchtern lassen. Richard Wagner höchstpersönlich hätte er ohne zu stottern die Meinung gesagt, solange er dabei an seinem Marmortischchen hätte sitzen bleiben dürfen.

Bastian hatte sich im Mikrokosmos des Kaffeehauses sogar schon einen kleinen Kreis von Bewunderern erarbeitet, die bei allen großen und kleinen Fragen des Lebens auf seine Expertise vertrauten, und niemanden interessierte es, dass er sein Studium noch immer nicht beendet hatte. Wie ordinär schien die Universität doch im Vergleich mit dem Kaffeehaus, wo die Gedanken viel freier schweben konnten als an jeder staatlichen Institution. Gestoppt wurden sie einzig und allein durch die gläserne Eingangstür. Denn kaum hatte der Dichter, der Denker, diese auf dem Weg nach draußen durchschritten, blickte er an sich herunter und war wieder, was er zuvor gewesen: ein armer Tropf, der überall in der

Kreide stand und einmal mehr einen Bettelbrief an seinen Vater würde verfassen müssen. Daher mied Bastian es, das Kaffeehaus häufiger als unbedingt notwendig zu verlassen.

Der einzige Termin außerhalb der kaffeehäuslichen Welt, den Bastian mit großer Regelmäßigkeit einhielt, waren die Treffen der Musikfreunde. Hinzugestoßen war er über seinen Kommilitonen und guten Freund Siegfried Römer, der ihn auch durch die ersten paar Medizinprüfungen getragen hatte, bis er, Römer, Bastians akademische Karriere aufgegeben und sich mehr auf sein eigenes Fortkommen konzentriert hatte.

Anfangs war Bastian überwältigt gewesen, an einem Tisch mit August Gussendorff zu sitzen, dessen Gedichte er in seiner Gymnasialzeit auswendig gelernt hatte, er war beeindruckt gewesen von dem großen Wagner-Wissen, über das die Mitglieder des Vereins verfügten, und er hatte auch den Wein nicht verachtet, den es dort umsonst gab. Doch während Siegfried Römer schnell zu einem vollwertigen Mitglied der Gruppe aufgestiegen war, dessen weitschweifige Ausführungen zur universellen Bedeutung des Musikdramas niemals unterbrochen wurden, blieb Bastian immer mehr eine Art Gasthörer, den man aus reiner Freundlichkeit dabei sein ließ, während sich die wahren Musikkenner unterhielten. Wenn er es doch einmal wagte, die Stimme zu erheben, waren alle ein wenig überrascht. Die Flecken in seinem Gesicht leuchteten dann purpurfarben, und er konnte kaum ein Wort zu Ende sprechen, ohne ins Stottern zu geraten. Meistens rettete Römer ihn mit den Worten: »Was mein Freund hiermit sagen will, ist, dass …«, und was danach kam, war niemals das, was Bastian wirklich sagen wollte, aber er war Römer trotzdem dankbar, dass er die peinliche Situation beendete. Bastian sagte sich, dass er diese Treffen überhaupt nur noch deswegen über sich ergehen ließ, weil er mit Römer in Kontakt bleiben wollte. Dieser mied nämlich Kaffeehäuser wie der Teufel die Kirche, es war ihm »schade um die Zeit«, wie er sagte, und besonders seit er sein Studium beendet und eine eigene kleine Praxis in der Innenstadt hatte, bot sich (solange man nicht krank war) kaum eine andere Gelegenheit, um ihn zu treffen.

In Wahrheit aber war es nicht nur Römer, der Bastian an die Musikfreunde band. In Wahrheit war es die Hoffnung. Bastian hoffte insgeheim immer noch, eines Tages auch dort vollständig akzeptiert, ja, vielleicht sogar anerkannt zu sein.

An jenem Tag, der den meisten Bewohnern der Stadt nicht nur aufgrund der Schwüle in Erinnerung bleiben sollte, schien er diesem Ziel näher als jemals zuvor. Am Vortag nämlich hatte er hier in seinem Kaffeehaus mit einem älteren Herrn Karten gespielt. Dieser hatte dabei einen »Kaffee nach irischer Art« nach dem anderen bestellt, und nach einigen Tassen war er äußerst redselig geworden. Also erfuhr Bastian, dass es sich bei seinem Spielpartner um den Kulturredakteur einer großen Tageszeitung handelte, welcher sonst, wie er beteuerte, »dem Alkohol überhaupt nicht zugeneigt« wäre, dem heute aber zu Ohren gekommen war, dass seine Frau, immer wenn er im Büro war, mit einem Gymnasiasten schlief, und der nun auch noch erfahren hatte, dass er am nächsten Tag wegen eines Krankheitsfalls in der Redaktion eine, wie man in Fachkreisen bereits munkelte, furchtbar schlechte Freilichtaufführung des Konservatoriums besuchen müsste, um im Anschluss eine Kritik darüber zu verfassen, wo er doch gerade an diesem Abend seine Frau zur Rede stellen wollte.

Nach zwei weiteren Tassen irischen Kaffees willigte der Chefredakteur ein, Bastian ohne jegliche Probe seines musikkritischen Talents einzustellen. »Wer über Ihre Selbstsicherheit verfügt«, lallte er, »kann auch kritisieren.« Die unliebsame Konservatoriumsaufführung war natürlich Bastians erster Auftrag. »Und wenn der Artikel gut ist … Nun ja, wer weiß, der Kollege scheint tatsächlich ernsthaft erkrankt zu sein … Da könnten wir einen neuen Musikkritiker in unserer Redaktion ganz gut gebrauchen!«

An diesem Tag wunderte sich freilich niemand über Bastians rote Flecken, seine brüchige Stimme oder gar über den Schweiß auf seiner Stirn. Alle schwitzten. Den Kellnern war sogar erlaubt worden, die Jacketts auszuziehen und hemdsärmelig zu bedienen, was einer kleinen Revolution gleichkam. Das am häufigsten bestellte Getränk war eiskaltes Wasser, und die Zeitungen waren von schweißigen Fingerabdrücken übersät. Die Passanten vor dem Fenster schienen in Zeitlupe zu gehen, und sogar die sonst so flotten Kellner bewegten sich nur träge zwischen den Tischen und der Küche hin und her. Aber trotz dieser allgemeinen Langsamkeit lag eine gewisse Erregtheit, eine Gereiztheit in der Luft. War das Wasser nicht kalt genug oder die gewünschte Zeitschrift gerade nicht verfügbar, beschwerte sich der unzufriedene Gast sofort lautstark, selbst wenn er an anderen Tagen der ruhigste, höflichste Mann in der Stadt war.

Die Kellner, die sonst nur in leicht gebückter Haltung bedienten und jeden noch so ungebildeten Kerl mit allen erdenklichen Titeln ansprachen, waren wortkarg, seufzten gut hörbar, wenn jemand eine Bestellung aufgeben wollte, und wenn sich dann jemand beschwerte, knurrten sie nur: »Zwingt Sie ja niemand, hier zu verkehren.«

Jedenfalls war es für niemanden verwunderlich, dass auch Bastian Schneider plötzlich ein ganz anderes Verhalten an den Tag legte. In Wahrheit spürte er die Hitze kaum. Er bestellte sogar gedankenlos seine übliche Melange, der heiße Dampf in seinem Gesicht störte ihn nicht. Aus Gewohnheit hatte er sich auch eine Zeitung geholt, die er aber nicht anrührte. Er war viel zu beschäftigt damit, aus dem Fenster zu starren und sich den Abend auszumalen. Natürlich wusste er, um welche Aufführung es sich handelte. Gussendorff hatte bei den letzten Treffen der Musikfreunde von nichts anderem mehr gesprochen als von der Uraufführung seiner Oper, und das ärgerlicherweise ausschließlich in Form von kryptischen Andeutungen. Wenn ihn Siegfried Römer etwa fragte, was er von dieser oder jener Oper hielte, antwortete er: »Sehen Sie sich *Die Gräfin der Stille* an, dann wissen Sie es.« Wenn Schwarzberg scherzte, ob Gussendorff sich nun mit dem kinderlosen Leben abgefunden hätte, murmelte dieser geheimnisvoll: »*Die Gräfin der Stille* wird das verraten …« Und selbst wenn Frau Schwarzberg fragte, ob sie noch Wein nachschenken dürfte, schaffte Gussendorff es, auf »Die Gräfin der Stille« zu verweisen. So wusste Bastian nicht mehr von der Oper, als dass sie »Die Gräfin der Stille« hieß. Und dass die Aufführung schon im Vorfeld keinen guten Ruf genoss, hatte er von dem Kulturredakteur der Zeitung erfahren.

Hier saß also nun der ewige Student Bastian Schneider, der bei den Treffen der Musikfreunde keinen einzigen vollständigen Satz hervorbrachte, und spielte das Schicksal des großen Künstlers August Gussendorff. Sein Urteil würde schließlich über Gussendorffs Zukunft als Komponist entscheiden, denn das Publikum war einfältig. Der Richtspruch, der entschied, ob eine Aufführung gelungen war oder nicht, ob ein Komponist etwas taugte oder nicht, wurde nicht im Zuschauerraum gefällt, sondern in der Zeitungsredaktion.

Während er unruhig sein Kaffeelöffelchen zwischen den Fingern drehte und schwitzende Passanten beobachtete, spann er Rachepläne. Lange genug hatte Gussendorff ihn belächelt, aber wenn Bastian »Die Gräfin der Stille« erst einmal nach allen Regeln der Kunst verrissen hatte, würde ihm wohl nichts anderes übrigbleiben, als ihn ernst zu nehmen. Bastian würde die Kritik natürlich äußerst scharfsinnig und witzig formulieren, und nach der Lektüre würde jeder, der Gussendorff auf der Straße traf, unwillkürlich zu lachen beginnen, weil ihm sofort irgendeine rasend komische und haargenau treffende Formulierung Bastians in den Sinn kommen müsste.

Dann aber besann Bastian sich wieder darauf, dass die Musikkritik eine hohe und ernsthafte Kunst war und keinesfalls von persönlichen Gefühlen geleitet werden durfte. Wenn ihm das Stück ernsthaft gefallen würde (wovon ohnehin nicht auszugehen war), musste er natürlich eine positive Kritik verfassen, wobei er allerdings auf jeden Fall auch das eine oder andere negative Detail anmerken würde, allein schon um dem Chefredakteur zu zeigen, dass er etwas von Musik verstand.

Nun ließen ihm schon diese Gedanken allein keine Ruhe,

aber noch mehr beunruhigte ihn das Wetter: »Die Gräfin der Stille« fand ja als Freilichtaufführung statt. Bei Regen, so hatte der Chefredakteur gesagt, würde die Aufführung verschoben. Wenn Bastian großes Pech hatte, wäre der erkrankte Kulturjournalist bis dahin wieder gesundet, und er selbst würde um seine Chance kommen, in einer großen Tageszeitung zu publizieren und, wer weiß, vielleicht sogar August Gussendorffs musikalische Karriere zu beenden, bevor sie begonnen hatte. Das Wetter machte es aber spannend. Mehrmals sprang Bastian auf, weil er glaubte, einen Regentropfen am Fenster entdeckt zu haben, und jedes Mal war es ein Irrtum. Der Wolkenbruch ließ auf sich warten. Bastian tupfte sich immer wieder mit dem Hemdsärmel die Stirn ab und betete. Gegen fünf Uhr Nachmittag aber kam die Erlösung. Der düstere Himmel hellte auf. Die Menschen atmeten durch. Ein sanfter Wind wiegte die Röcke der vorbeigehenden Damen und kühlte die Gemüter. Die Gewitterwolken waren verschwunden, als hätte es sie niemals gegeben. Die Drohung war diesmal eine leere gewesen.

Im Kaffeehaus wurden die Türen geöffnet, gleichzeitig wies der Oberkellner seine Untergebenen an, wieder in die Jacketts zu schlüpfen, der Ausnahmezustand wäre vorüber.

Auch Bastian entspannte sich, nur um kurz darauf schon noch nervöser zu werden als zuvor: Nun war es fix. Er war das Schicksal für den Komponisten August Gussendorff.

Am anderen Ende der Stadt saß ebenfalls ein Herr in einem Kaffeehaus, bei dem das plötzliche Aufklären des Wetters einen ganz gegenteiligen Effekt ausübte. Er nämlich hatte auf Regen gehofft und verfiel nun vollends in Verzweiflung. Es war Elias Zwirbel. O London, ich komme, dachte er, als er sich auf den Weg zur Aufführung machte, und stellte sich den Weg zum Schafott nicht viel unangenehmer vor.

2

Die Wirtschaftskrise, die dem Menschen die Lust auf Vergnügen raubt, muss erst noch erfunden werden. Die Straßenbahn, die Bastian zum Aufführungsort (einer kleinen Lichtung etwas außerhalb der Stadt) nehmen musste, war voll wie nie. Die Damen stießen sich gegenseitig die prachtvollen Hüte vom Kopf, so eng aneinandergedrängt saßen und standen sie. Manche Herren nutzten die Chance, sich unauffällig zwischen zwei Damenkörper zu schieben und deren sanften Druck zu genießen. Bastian kam ganz ohne Absicht in diese grundsätzlich nicht so unangenehme Situation, die seine Nervosität aber freilich weiter steigerte. Er konnte, sosehr er es auch versuchte, überhaupt gar nicht mehr an die Opernaufführung denken, sondern nur noch an den Flaum im Nacken der vor ihm stehenden und die weichen Brüste der hinter ihm stehenden Dame. Und bei jeder Haltestelle drängten mehr Leute herein und drückten ihn näher an den schönen Hinterkopf, die Brüste fester in seinen Rücken.

Wer reich war, nahm einen eigenen Wagen, um zu der Aufführung zu gelangen, wer bettelarm war, war bereits zu Mittag losspaziert, um sie zu Fuß zu erreichen. In der Straßenbahn drängte sich die Mittelschicht, und viele ihrer Mitglieder hatten vor dem Krieg zur Oberschicht gehört. Einzelne Kleidungsstücke erinnerten daran: der Seidenschal über dem groben Leinenkleid, der Pelzbesatz am zerschlissenen Mantel, der reichverzierte, jedoch schon etwas zerbeulte Hut. Aber alle, egal wie prächtig oder wie zerlumpt ihre Kleider waren, wie dreckig oder wie geschminkt ihre Gesichter, sie alle sehnten sich nach zwei Stunden Ablenkung. Selbst jene, die mit Operngesang nichts anfangen konnten, wollten dabei sein. Denn so kam man immerhin auch unter Leute und dachte nicht an die Wirtschaft, weder an die Arbeit noch an die Arbeitslosigkeit, man genoss einfach das Leben, als wäre gute Unterhaltung dessen einziger Inhalt.

Schließlich blieb die Straßenbahn an ihrer Endstation stehen, und die Menschenmassen strömten nach draußen. Bastian versuchte bei dieser Gelegenheit, das Gesicht seiner Vorderfrau zu erhaschen, aber sie entkam ihm ungesehen. Er nahm sich vor, sie nach der Aufführung ausfindig zu machen. Da würde er sie jedoch schon wieder vergessen haben, so wie er an diesem Abend alle Frauen vergaß, die ihm früher einmal gefallen hatten.

Bastian ließ sich vom Strom der Operngäste über eine große Wiese hin zu einem kleinen Waldstück spülen, wo sich in einer Art Zirkuswagen die Abendkassa befand. Drumherum hatte sich bereits eine beachtliche Menschentraube gebildet. Bastian versuchte, in der Menge einen Bekannten auszumachen, an dessen Fersen er sich heften konnte. Immerhin mussten doch zumindest auch die anderen Musikfreunde der Aufführung beiwohnen, wenn sie keine lebenslange Feindschaft mit Gussendorff riskieren wollten. Vielleicht hatten sie sich ja gut in der Mitte des Gedränges versteckt. Wenn Bastian sich aber in die Menge vorwagte, wurde er stets mit bösen Blicken und unsanften Stößen wieder an das Ende der »Schlange«, die von der Form her eher einem fetten Maulwurf glich, zurückgeschickt. Schließlich begann er in einem Anfall von Mut, »Ich bin von der Presse, ich bin von der Presse!« zu schreien, aber eine Gruppe von jungen Arbeitern in zerschlissenen Anzügen machte ihm schnell klar, dass sie ihn, wenn sie noch einen Ton von ihm hören sollten, in eine ganz andere Presse stecken würden, und daraufhin war er still. Verbittert darüber, dass er niemals schlagfertig war, wenn er nicht den Geruch von Kaffee in der Nase und das Klirren von Geschirr in den Ohren hatte, ließ er sich von der Menge Schritt für Schritt näher an den Zirkuswagen schieben. Er versuchte immer wieder, am Wagen vorbei einen Blick auf die dahinter befindliche Bühne zu werfen, aber die Sicht war vollständig durch Bäume und Menschenmassen verstellt. Als er ihn nach gefühlten Stunden erreicht hatte, wollte ihm die Kassiererin keine der für die Presse reservierten Platzkarten aushändigen, bevor sie nicht seinen Dienstausweis gesehen hatte, und da er einen solchen nicht besaß, ließ sie nicht mit sich verhandeln. Er musste den vollen Eintrittspreis bezahlen, wodurch er sich nur einen ganz schlechten Platz leisten konnte. Langsam wünschte er, das Wetter hätte seinem gewittrigen Impuls nachgegeben und die Vorstellung ins Wasser fallen lassen.

Hinter dem Kassenwagen und den Bäumen verbarg sich ein hölzernes Amphitheater. Es wurde jeden Sommer aufs Neue extra für die Konservatoriumsaufführung erbaut (weshalb die Lichtung auch Jahr für Jahr lichter wurde) und im Winter als Brennholz an die ärmsten Familien der Stadt verschenkt. Anders als die antiken Amphitheater aber umrundeten die Zuschauerränge die Bühne nicht vollständig, sondern bildeten nur einen Halbkreis, sodass links und rechts der Bühne noch Stehplätze bestanden für jene, die sich nur die allerbilligsten Karten leisten konnten. Und sie taten es mit Stolz, denn das Stück, das sie sehen würden, war dasselbe, das auch die reichen Leute auf ihrer hohen Holztribüne durch die Operngucker verfolgen würden. So erreichte man für ein paar Münzen schon den Luxus der Vermögenden.

Bastians Sitzplatz war vorne, ganz auf der Seite der Tribüne. Er saß also direkt neben den angereisten Bauern in Tracht, den abgemagerten Arbeitern und den nach amerikanischem Vorbild überschminkten Dienstmädchen, während über ihm die Herren von Welt, die eleganten Damen und wohl auch die meisten Vertreter des gehobenen und nicht sehr gehobenen Bürgertums thronten. Er war sonst keinesfalls hochnäsig, und im Kaffeehaus schätzte er manchmal die direkte Art eines Fabrikarbeiters mehr als die falsche Höflichkeit eines Universitätsprofessors, aber heute war er doch als Vertreter der Presse, als Meinungsmacher, als Gussendorffs Schicksal im Einsatz, und da hätte er sich seiner Meinung nach sehr wohl einen würdigeren Platz verdient gehabt.

Bastian beschloss, seinen Ärger hinunterzuschlucken und sich auf seine Arbeit zu konzentrieren. Er legte sein Schreibheft auf den Schoß, nahm einen seiner Bleistifte zur Hand und machte sich ein paar Notizen. Die Bühne schien, soweit er das jetzt schon beurteilen konnte, äußerst einfach gebaut zu sein. Sie bestand eigentlich nur aus auf den Waldboden gezimmerten Holzbrettern und einem impressionistischen Sonnenaufgang, der auf eine im Hintergrund gespannte Leinwand gemalt war. Noch weiter dahinter vermutete Bastian die Darsteller und, da es keinen Orchestergraben gab, auch das Orchester. »Keine besondere Raffinesse in der Bühnengestaltung«, notierte er, aber mehr fiel ihm dazu auch nicht ein. Da die Aufführung immer noch nicht angefangen hatte, wagte er einen Blick hinauf zu den begehrteren Plätzen. Da aber packte ihn erneut die Wut. Auf mittlerer Höhe in der Mitte der Tribüne, also dort, von wo man den besten Blick auf die Bühne hatte, war ein Bereich abgesperrt, der augenscheinlich auch über einen eigenen Zugang verfügte und wohl eine Art Ehrenloge darstellte. Und dort saßen sie alle, seine »Freunde«: in der Mitte Gussendorff mit seiner blassen Frau, beide im gleichen, dunkelroten Priestergewand, flankiert von den Schwarzbergs rechts und Römer sowie Wagenrad (Bastian wusste gar nicht mehr, wann er den das letzte Mal gesehen hatte) links. Bastian versuchte den freien Sitzplatz in der Loge zu erspähen, den irgendjemand doch ohne Frage für ihn freigehalten haben musste, aber da war keiner. Der ewige Student, der in Gesellschaft zu verschreckt für alles war, war wieder einmal vergessen worden. Bastian warf alle guten Vorsätze seiner Objektivität über Bord. »Die Gräfin der Stille« würde ein Desaster werden. Das nächste Mal würde Gussendorff sich besser überlegen müssen, wen er von seinem Freundeskreis ausschloss.

Da im Freien das Licht nicht mit Vorstellungsbeginn ausging, sondern erst dann, wenn es der Natur so passte, begann die Aufführung ein wenig überraschend. Während die erste Darstellerin vor den Sonnenuntergang trat, wurde auf den Stehplätzen sowie auf der Tribüne noch immer eifrig geplaudert und gelacht. Sobald die Zuschauer die junge Frau auf der Bühne jedoch wahrgenommen hatten, verstummten sie, obwohl diese die Stille gar nicht eingefordert hatte, weder durch Gesten noch durch Worte oder Gesang. Sie stand einfach nur da und blickte die Welt mit ihren großen Augen, deren tiefblaue Farbe selbst die Zuschauer in den letzten Reihen noch erkennen konnten, an. Ihr bodenlanges schwarzes Kleid schluckte das milde Abendlicht, ihr Haar aber glänzte umso goldener auf ihrem Kopf. Sie sagte nichts, sie tat nichts, sie sang nicht. Sie war nicht die Gräfin der Stille, sie war ihre Königin.

Nun begann die Ouvertüre: Zart erst, dann immer kräftiger spielten die Streicher, bis die Bläser einsetzten und sie gemeinsam wild durch einen dichten Wald von musikalischen Themen ritten, in dem man sich ohne weiteres hätte verirren können, hätte nicht der sanfte Blick der Stillen einem den Weg gewiesen.

Bastians Hände zitterten so stark vor Erregung, dass er mit dem Bleistift wilde Krakeleien auf das Papier setzte, wo er doch nur ein einziges Wort schreiben wollte: »Atemberaubend!« Er war nicht der Einzige, der derartig berauscht war. Am Ende der Ouvertüre schien das gesamte Publikum aufzuatmen, nicht erleichtert, sondern von einer kollektiven Spannung befreit, und Applaus brach los, wie er sonst nur am Ende ganz besonders gelungener Aufführungen zu hören war. Wieder war es die Königin der Stille, die für Ruhe sorgte. Eine minimale Bewegung ihres Kopfes, ein leichtes

Nicken reichte, um das Publikum wieder um seinen Atem zu bringen. Nun betraten auch andere Darsteller die Bühne, und die eigentliche Handlung nahm ihren Lauf. Die blonde Schönheit also war die »Gräfin der Stille«, eine taubstumme Adelige, die aber aus welchem Grund auch immer zum Gefolge des Göttervaters Odin gehörte. Sie wurde nun von ihren lieblich singenden Walkürenschwestern auf die Suche nach der wahren Liebe geschickt und traf auf ihrer Reise vor dem immer gleichen Sonnenaufgang auf singende Kavaliere, singende Götter und singende Fabelwesen, ohne aber selbst zu Stimme zu gelangen. Bastian hatte sehr bald schon den Faden der Geschichte verloren, er folgte nur noch der Musik und der Schönheit der Hauptdarstellerin, und diese Mischung allein reichte, um die Oper vollkommen zu machen. Denn jede Arie vervollkommnete das gleichmäßige Gesicht der Gräfin, und ihr Anblick verfeinerte wiederum die Melodien. Bastian schien es, als wären die anderen Darsteller überhaupt nur Übermittler der Gesangsstimmen, denn in Wahrheit war das ganze Stück nur ein Spiel zwischen der Gräfin und der Musik. Die kleinsten Regungen in ihrem Gesicht waren ein ganzes Ballett. Für sich genommen wäre ein jedes Musikstück dieser Oper schon ein rechter Ohrwurm gewesen, in der Anwesenheit der Gräfin aber waren die leisesten Töne grundlegender und notwendiger als der gesamte »Ring des Nibelungen«. Die lächerliche kleine Handlung, die nun anscheinend Gondeln aus Pappe und venezianische Masken verlangte, zog an der Gräfin der Stille vorbei wie ein Sturm. Sie aber stand felsenfest im Zentrum der Musik.

Nach den ersten Minuten rutschte Bastian das Notizheft

vom Schoß, ohne dass er es bemerkt hätte. Mit offenem Mund verfolgte er das Geschehen, oder eigentlich immer nur die Gräfin auf der Bühne, und hätte nicht mehr sagen können, wie viele Minuten, Stunden, Tage er schon so dasaß. Und da es keine Pause gab (Zwirbel hatte befürchtet, das Publikum würde bei einer so günstigen Gelegenheit sofort die Flucht ergreifen), riss ihn keine Unterbrechung aus dem Bann, er wurde immer tiefer hineingezogen. Den anderen Zuschauern ging es wohl ähnlich, denn bald war nicht einmal mehr Zwischenapplaus zu vernehmen, so gespannt saßen und standen sie alle um die Bühne und fürchteten, das leiseste Geräusch ihrerseits könnte den Zauber brechen.

Schließlich war die wirkliche Sonne untergegangen, die unechte auf der Leinwand wurde nur noch von Scheinwerfern erhellt, und die Gräfin der Stille schien ihre wahre Liebe gefunden zu haben, zumindest wurde sie ganz unvermittelt von einem jungen Mann in Ritterrüstung auf den Mund geküsst. Männer wie Frauen beneideten jenen pickeligen Gesangsstudenten um diesen Kuss.

Nun aber geschah etwas: Die Gräfin der Stille machte einige Schritte nach vorne, wobei der Lichtstrahl eines Scheinwerfers sie verfolgte und ihr Kleid glitzern ließ. Klaviermusik erklang. Nach den vorherigen, prachtvollen Orchesterwerken wirkte sie nackt. Nackt wie ein Mädchen, das man so häufig von der Ferne her angehimmelt, in seinen Träumen berührt und nun endlich zum ersten Mal in Fleisch und Blut vor sich stehen hatte. Die Gräfin öffnete ihren Mund – und sang.

Das Publikum erschrak. Man war zu sehr mit den optischen und musikalischen Eindrücken beschäftigt gewesen, als dass man sich ernsthaft Gedanken gemacht hätte, wie die Stimme der Gräfin klingen würde. Doch irgendwie hatte man sich schon einen pompösen Sopran erwartet, der ihrer majestätischen Ausstrahlung gerecht werden würde.

Stattdessen aber war ihre Stimme so nackt, so zart, so unberührt wie die Klavierbegleitung: Sie sang tatsächlich wie eine, die es eben erst gelernt hatte, die ihre allerersten Schritte auf der Tonleiter versuchte. Manchmal wollte man meinen, sie würde abstürzen, ihr Gesang war nur noch ein Hauch, das Klavier aber fing sie immer wieder auf und führte sie zurück auf den sicheren Weg der Melodie, den sie dann mit vorsichtigen Schritten betrat. Während der Ritter im Hintergrund Grimassen schnitt, mit denen er wohl Verliebtheit darstellen wollte, war die einzige Spielpartnerin der Gräfin wiederum die Musik, auf die sie sich nun singend stützte, und die Musik ihrerseits trug die Stimme mühelos über den nächtlichen Waldrand.

Einander in einem Durakkord umarmend beendeten Stimme und Musik schließlich ihre Liaison, und trotz dem Wohlklang war der Abschied doch ein bittersüßer. Die Lichter gingen aus. Kein einziges Geräusch mehr war zu hören. Das Publikum saß regungslos in Dunkelheit und Stille. Und plötzlich ertönte von der Publikumstribüne eine Frauenstimme: »Bravo!«

Nun brach ein Jubel aus, wie er in seiner Intensität nur mit jenem in der St.-Anna-Kirche zu vergleichen war. Allerdings hatte damals Karoline gesungen. Der Applaus hatte einer Stimme gegolten, nun galt er einem Kunstwerk, geformt aus Musik und Schönheit, aus Kraft und Zartheit, aus Stille und Sturm.

Die Scheinwerfer gingen wieder an, und alle Mitwirkenden betraten die Bühne, um sich den in Wahrheit nur der Hauptdarstellerin und dem Komponisten geltenden Beifall abzuholen (dass es eigentlich eine Komponistin war, wusste man ja nicht, sogar Gussendorff selbst hatte es schon verdrängt). Die Leinwand wurde zur Seite geschoben, sodass man auch das junge Orchester beklatschen konnte, und schließlich wurde Gussendorff auf die Bühne geholt. Obwohl man es vorher gar nicht für möglich gehalten hätte, schwoll der Applaus noch an. Gussendorff badete genüsslich in den »Bravo!«-Rufen, während er sich immer wieder so tief verbeugte, dass sein Bart den Bühnenboden berührte. Auch Zwirbel und Madame Kurnikova, die für das Einstudieren des Stückes verantwortlich gewesen waren, wurden von ihren Studenten von ihren Plätzen in der ersten Reihe auf die Bühne gezogen, damit sie sich verbeugen konnten. Aber Madame Kurnikova mit verrutschtem Hut und Zwirbel mit zerstörtem Schnurrbart standen nur da wie begossene Pudel und wussten nicht, wie ihnen geschah. Sie warfen sich gegenseitig irritierte Blicke zu und vergaßen ganz auf die Verbeugung.

Und zwischendurch erschallten immer wieder »Liebwies! Liebwies!«-Rufe, denn irgendjemand hatte den Namen der Gräfin in Erfahrung gebracht, und dieser hatte sich über die gesamte Tribüne bis hin zu den Stehplätzen verbreitet. Auch Bastian beteiligte sich an den Rufen, wobei ihm der Sinn des Wortes »Liebwies« ganz entfallen war, es war für ihn eine geheime Beschwörung, ein Codewort, das womöglich den Zauber des Abends noch einmal erwecken könnte. Gisela Liebwies machte einen letzten Knicks, lächelte nach allen Seiten, die Scheinwerfer gingen aus, und sie verschwand gemeinsam mit ihren Kommilitonen.

Im Publikum begann wieder Ruhe einzukehren. Befriedigt von dem schönen Theaterabend, erhoben sich die feineren Herrschaften von ihren Plätzen, und die weniger feinen machten Kniebeugen, um die vom langen Stehen steif gewordenen Glieder wieder in Schwung zu bringen.

Langsam setzte die Wanderung zur Straßenbahnstation ein. Die Leute gingen diesmal noch langsamer als vorher: Man schlenderte und schwelgte in Erinnerung an das eben Gesehene und Gehörte und hatte es gar nicht eilig, in seinen eigenen schäbigen Alltag zurückzukehren.

Bastian hatte zwar den Impuls verspürt, der Gräfin der Stille hinterherzueilen (in seiner Phantasie war ihr Ziel nicht nur eine Garderobe, die lieblos in einem weiteren Zirkuswagen im Wald eingerichtet worden war, sondern ein verwunschenes Schloss, eine märchenhafte Blumenwiese oder Ähnliches), ließ sich jedoch von der Menschenmenge forttreiben, unfähig, selbständig etwas zu unternehmen. Block und Bleistift ließ er liegen, er hatte vollkommen vergessen, dass er Kritiker war.

Die Trampelpfade waren mit Gaslaternen ausgeleuchtet, und im flackernden Licht derselben erkannte Bastian etwas abseits stehend eine größere Gruppe von Leuten, die Sektgläser in den Händen hielten. Er sah trotz der schlechten Ausleuchtung, dass Ida Gussendorffs Wangen purpurrot glühten, dass Gussendorff selbstgefällig lächelte, und er hörte Wagenrads Stimme sagen: »Nun, liebe Frau Gussendorff, ich stimme Ihnen überhaupt nicht zu, das Werk wäre meiner Meinung nach auch ohne Gisela Liebwies'

Mitwirken ein großer Erfolg gewesen … meisterhafte Harmonien …«

Bastian dachte gar nicht daran, sich zu den Verrätern zu stellen. Er dachte an nichts mehr als an Gisela Liebwies. Auch in der Straßenbahn dachte er noch an sie. Und als er dann im Bett lag, dachte er an sie. Er hörte noch im Schlaf ihre Stimme hauchen. Als er aufwachte, dachte er jedoch wieder daran, dass er nun eine Arbeitsstelle hatte, und schleppte sich in die Redaktion. Im Geklapper der Schreibmaschinen glaubte er, Giselas Lachen zu hören (obwohl oder weil er sie eigentlich noch nie lachen gehört hatte). Und am Nachmittag im Kaffeehaus war er derselbe unsichere und fahrige Student, der er sonst nur in der Welt dort draußen war. Die Flecken in seinem Gesicht verschwanden nicht mehr.

Ich muss sie wiedersehen, dachte er.

Dieser Wunsch zumindest sollte ihm bald erfüllt werden. Um einige andere Wünsche stand es weniger günstig: Die Kritik (für welche die Bezeichnung »Lobeshymne« eher angebracht war) erschien zwar in voller Länge in der Tageszeitung, darunter allerdings stand der Name des Chefredakteurs. »Damit es die Leute auch ernst nehmen«, sagte der Chefredakteur, »und übrigens: Meine Frau vergnügt sich doch nicht mit dem Gymnasiasten, sie erteilt ihm nur Nachhilfe in französischer Konversation. Dass *Französisch* aber auch so viele unterschiedliche Bedeutungen haben muss …« Der Kollege des Chefredakteurs war auch nicht so krank, wie man gedacht hatte, und erschien ein paar Tage darauf schon wieder im Büro, wo er Bastians neuerworbenen Schreibtischplatz beanspruchte.

Aber immerhin, Bastian erhielt sein Honorar, womit er zumindest einen Teil seiner Schulden im Kaffeehaus begleichen konnte. Und die Freude, Gisela Liebwies gesehen zu haben, war ihm wertvoller als all der Ruhm, den er als angesehener Musikkritiker hätte erlangen können.

3

Die Wirtschaftskrise, die Rosl dazu gebracht hätte, freiwillig eine Opernaufführung zu besuchen, musste erst erfunden werden. Erfolgreich hatte sie Gussendorff eingeredet, dass es gerade in Zeiten wie diesen äußerst unvernünftig wäre, ein prächtiges Haus wie das seine einen ganzen Abend lang unbewacht zu lassen. So also durfte sie in ihrer Kammer bleiben und Rätsel lösen, über denen sie recht bald einschlief und so nichts mehr mitbekam von Gussendorffs Triumph.

Als sie am nächsten Tag aber das Frühstück servierte, meinte sie, hundert Jahre geschlafen haben zu müssen, so verändert schien ihr alles. Äußerlich waren die Gussendorffs, wie sie immer waren: Sie trugen die gleichen weiten Kleider (diesmal in Blau), Ida war blass, Gussendorff rotgesichtig. Aber sie lachten. Rosl hatte Gussendorff selten und Ida noch gar nie so herzlich lachen gesehen, und dass sie nun noch dazu beide gleichzeitig, ja, miteinander lachten, war ein besonderes Kuriosum. Als Gussendorff Rosl erblickte, hielt er ihr sofort die Tageszeitung hin. Der gesamte Kulturteil war ausschließlich Gussendorffs Oper gewidmet. Rosl überflog die Zeilen: »atemberaubend«, »faszinierend«, »mitreißend«, »großartig« und noch viele andere Adjektive, in losen Satzverbindungen aneinandergereiht, beschrieben da »einen mehr als nur guten, einen delikaten Kunstgenuss, ein Meisterwerk, geschaffen durch die Zusammenwirkung der bezaubernden Gisela Liebwies mit August Gussendorffs genialischen Kompositionen«. Rosls Lesekonzentration war durch die erwartungsvollen Blicke des Ehepaars Gussendorff sowie das regelmäßige »Nun?«, welches es im Wechsel hervorstieß, um ihr irgendein Wort oder eine Geste der Bewunderung zu entlocken, empfindlich gestört.

»Das ist ja … unglaublich!«, sagte Rosl schließlich und begleitete es mit verblüfftem Kopfschütteln, allerdings nur um den Gussendorffs einen Gefallen zu tun. Tatsächlich interessierte sie der Artikel wenig. Zwar machte es sie schon ein bisschen stolz, im Dienste eines so berühmten und erfolgreichen Mannes zu stehen, andererseits aber hielt sie Musik immer noch für eine langweilige und vor allem zwecklose Zeitverschwendung. Was sie kochte, konnte sie im Anschluss auch verzehren und war dann satt. Was aber brachte ihr eine Oper? War sie verklungen, war sie fort, und man war immer noch hungrig.

»Nicht wahr, es ist absolut unglaublich! Es ist absolut großartig!«, rief Ida aus, und ihre Augen leuchteten, wie sie es sonst nur taten, wenn sie zu Rosl in die Küche kam und ihre Reden über Musik hielt. Rosl heuchelte noch eine Zeitlang Interesse, ließ sich alle Einzelheiten der Premiere erzählen, wobei sich Ida und Gussendorff ständig gegenseitig ins Wort fielen, um noch irgendein kleines Detail ja nicht unerwähnt zu lassen, und als die beiden auf die Titelrolle, jene »Gräfin der Stille«, zu sprechen kamen, wurde ihre Erzählung ganz und gar unverständlich, so aufgeregt sprachen sie durcheinander. Rosl schien Gussendorffs Verhalten nicht allzu verwunderlich, immerhin hatte er schon die letzten Wochen vor der Aufführung von nichts anderes mehr gesprochen als von seiner »Gräfin«: Würde die Hauptdarstellerin blond sein oder eher dunkelhaarig? Würde der Bass des Odin so donnernd grollen, wie er es sich vorgestellt hatte? Würden die Geigen wohl sanft genug spielen und in den Höhen nicht quietschen?

Obwohl er sich bei den Treffen der Musikfreunde stets zusammenriss und es bei geheimnisvollen Andeutungen bewenden ließ, brachen diese Gedanken zu Hause aus ihm heraus und ergossen sich wahlweise über Ida oder über Rosl, die dies beide stoisch zur Kenntnis nahmen. Denn was »Die Gräfin der Stille« anging, das hatte Rosl instinktiv gespürt, hätte Gussendorff kein Streitgespräch ertragen. Dass er über die tatsächliche Aufführung noch mehr reden würde als über die imaginierte, war Rosl also klar gewesen.

Wirklich seltsam war jedoch Idas Anteilnahme an seinem Triumph. Ida hatte noch nie auch nur das geringste Interesse an ihrem Ehemann gezeigt, und wenn sie ihn tatsächlich liebte, so musste sie ihm diese Liebe äußerst diskret zeigen. Rosl zumindest hatte noch nie etwas davon bemerkt. Vermutlich, dachte Rosl manchmal, waren es ohnehin finanzielle Gründe gewesen, die die beiden einander in die Arme getrieben hatten, und daran war ja auch nichts verkehrt, schon gar nicht in Zeiten wie diesen.

Heute aber war Ida mindestens genauso aufgeregt wie Gussendorff, und diese freudige Erregung hielt das ganze

Frühstück über an. Ida redete die ganze Zeit und fraß dabei wie ein Mähdrescher: Sie spülte fünf Schmalzbrote mit fünf Tassen Malzkaffee hinunter und aß Eier dazu, sie löffelte Honig und verlangte dann noch nach Obst. Wenn Gussendorff etwas sagte, kicherte sie wie ein Kind, und manchmal kicherte sie auch nur einfach so. Als Rosl gewohnheitsmäßig versuchte, nach dem Frühstück eine Zankerei mit Gussendorff zu beginnen, nahm Ida so leidenschaftlich Partei für ihren Ehemann, dass die Köchin, nun in der Unterzahl und von der eigenen Verblüffung geschwächt, nach kurzer Zeit den Rückzug antreten musste.

Rosl konnte es sich nicht anders erklären: Ida Gussendorff hatte sich verliebt. Nun, Rosl wusste ja, wie sehr Ida große Komponisten schätzte. Vielleicht hatte dieses ungeahnte musikalische Talent ihres Ehemannes sie plötzlich von dessen Attraktivität überzeugt. Auf jeden Fall war es gut, dass Ida wieder ordentlich aß.

Die nächsten Tage kam Ida auch nicht mehr zu Rosl in die Küche. Sie war zu sehr damit beschäftigt, durch die Trafiken der Stadt zu laufen und alle Zeitungen und Zeitschriften zusammenzukaufen, die Artikel über »Die Gräfin der Stille« enthielten. Daheim schnitt sie diese dann fein säuberlich aus und klebte sie an den Rändern vorsichtig zusammen, sodass ein ganzes Plakat aus Zeitungspapier entstand. Dieses ließ sie einrahmen und hängte es über das Ehebett. Gussendorff hatte sich anfangs noch an diesen Aktivitäten seiner Frau beteiligt, war aber nach kurzer Zeit schon überwältigt gewesen von ihrer Energie. Er konnte mit ihr nicht mehr Schritt halten, wenn sie von einem Ende der Stadt zum anderen eilte, nur weil sie gehört hatte, dort gäbe es eine Ausgabe irgendeines ausländischen Magazins zu kaufen, in dem auch »Die Gräfin der Stille« in einem Nebensatz erwähnt war. Sogar das Ausschneiden der Artikel brauchte mehr Kraft, als er aufbringen konnte. Er war kurzatmig und schwitzte. Der Erfolg und vor allem seine Freude darüber hatten ihn völlig erschöpft. Er schaffte es kaum noch, sein geliebtes Desinteresse zu heucheln, wenn Gratulanten kamen, und ging sogar schon so weit, sich für ihr Lob ernsthaft zu bedanken. Die Spaziergänge mit Ida gab er auf, sie hatte ohnehin keine Zeit mehr dafür. Es kam auch vor, dass er Rosl oder Ida gegenüber widerstandslos nachgab, und nie wieder warf er Essen aus dem Fenster. Als Ida eines Tages in einer weißen Bluse und einem dunklen Rock am Frühstückstisch saß, anstatt das von ihm vorgeschriebene Prophetenkleid zu tragen, sagte er nichts, obwohl er sich doch in Wahrheit schon lange auf diesen Moment gefreut hatte, an dem er mit ihr wegen ihres »gewöhnlichen Geschmacks« einen Streit beginnen konnte. Nun aber hatte er die Kraft nicht mehr dazu. Auch als er Rosl dabei erwischte, wie sie Idas alte Kleider zu Vorhängen umnähte, sagte er kein Wort. Jeden Tag wurde er milder.

Wenn ihn jemand fragte, ob er schon an einem neuen Werk arbeitete, sagte er stets »Ja«, wagte es aber nicht mehr, sich dem Notenpapier in seinem Schrank, ja, auch nur seinem Arbeitszimmer zu nähern. Denn vielleicht wäre ihm dann wieder eingefallen, aus wessen Feder »Die Gräfin der Stille« tatsächlich stammte. So also saß er die meiste Zeit in seinem Schaukelstuhl wie ein Großvater und sonnte sich in den noch nicht so fern liegenden Erinnerungen an seinen großen Erfolg.

Wenn Ida sich niederlegte, schlief er nun meistens schon. Sie blieb noch lange auf der Bettkante sitzen und betrachtete im Licht ihrer Nachttischlampe die vielen lobenden Kritiken ihrer Oper. Denn sie wusste natürlich, dass es ihre Musik war, die sie gehört hatte, und dass die Leute, wenn sie Gussendorffs Talent lobten, in Wahrheit das ihre meinten. Sie war es, die mit all den großen Meistern verglichen wurde. Wie stolz sie die hochtrabenden Adjektive auf Zeitungspapier machten! Sie liebte Gussendorff dafür, dass er ihr das verschafft hatte. Natürlich hätte sie ihn ebenso gut hassen können. Vermutlich wäre es sogar vernünftiger gewesen, ihn zu hassen. Als sie dort auf der Tribüne gesessen und schon in den ersten Takten ihre eigene Komposition erkannt hatte, hatte sie sich sogar vorgenommen, verärgert zu sein. Jedoch hatte im ersten Moment das Gefühl der Erleichterung überwogen, dass die Kompositionen doch noch erhalten und nicht im Ofen gelandet waren, wie es ihr Gussendorff weisgemacht hatte.

Und schließlich war Ida ja daran gewöhnt, dass alles wahrhaftig Schöne nur im Geheimen existierte. Die wahre Liebe war die geheime Liebe. Warum also sollte nicht auch der wahre Erfolg ein geheimer Erfolg sein? Oder waren Luises Küsse, hurtig in der Dunkelheit der Vorratskammer auf die Lippen gedrückt, nicht sehr viel zärtlicher gewesen als jener aufwendig inszenierte Schmatzer vor Gott und Publikum, der sie zu Gussendorffs Ehefrau gemacht hatte?

Und auch ihre Kompositionen hatte sie im Schminktisch begraben müssen, um sie vor dem eifersüchtigen Blick ihres Mannes zu verstecken. Nur in dieser Heimlichkeit, meinte Ida, waren die Noten gereift wie guter Wein.

Idas Glück lag im Finsteren, dort, wo nur sie es erkennen konnte, sobald ein anderer aber seinen Blick darauf warf, verschwand es sofort. So war sie schließlich sogar glücklich darüber, dass ihr Name sich hinter dem ihres Mannes verbarg.

Auch wenn man es ihr nicht angemerkt hatte (wie man ihr bis vor kurzem nie etwas angemerkt hatte), hatte Ida in den letzten Jahren häufig an Luise gedacht. Daran, dass ihrer plötzlichen Verpflichtung zur Verheiratung ein Verrat zugrunde lag, zweifelte Ida nicht, und dass keine andere als Luise zu verdächtigen war, war ihr ebenfalls bewusst. Trotzdem aber nahm sie es Luise nicht übel, denn sie wusste auch, wie getroffen das arme Dienstmädchen von dem Ende der Liaison gewesen war, und dass sie unmöglich bei klarem Verstand gewesen sein konnte, als sie Katharina Padinsky das Geständnis machte. Immerhin traf Luise die Anklage ebenso und die Strafe vielleicht sogar noch schlimmer. Es war ohnehin schon schwierig, Arbeit zu finden, und mit einem schlechten Arbeitszeugnis war es praktisch unmöglich.

Und doch hatte Ida sich immer wieder gefragt, ob Luise nicht vielleicht doch wieder irgendwo ein Glück gefunden hatte, ein neues Mädchen, das sie in Heimlichkeit lieben konnte. Ob Luise, während Gussendorff auf Idas magerem Körper seine Turnübungen vollbrachte, vielleicht eine junge Frau in ihren Armen hielt, womöglich eine, die viel hübscher war als Ida. Immer wieder huschte Luises zarte Gestalt, ihr gleichmäßiges Gesicht durch Idas Gedanken, und Ida war es dann jedes Mal, als hätte sie ein kalter Luftstoß getroffen. Im Schlaf glaubte sie manchmal, Luises Stimme flüstern zu hören (denn anders hatten sie im Haus ja nicht miteinander sprechen können, das Flüstern war zu ihrer Sprache der Liebe geworden). Und immer wieder pochte ihr schmerzhaft ein Gedanke hinter der Stirn: War es nicht nur jugendlicher Übermut gewesen, der sie von Luise fortgetrieben hatte? Denn Ida war mit ihr keineswegs unglücklich gewesen. Nur war es ihr mit der Zeit so vorgekommen, als hätte Luise ihr den Blick auf etwas verstellt, das sie wirklich brauchte und suchte, und das sie, wäre Luise erst einmal zur Seite geschoben, auch erreichen konnte. Doch kaum war Luise fort, wusste Ida nicht mehr, was es gewesen war, das sie dort vermutet hatte. Und sie wusste es nicht mehr, bis sie »Die Gräfin der Stille« sah.

Rosl staunte nicht schlecht, als Ida eines Abends wieder in der Küchentür erschien. Still und schüchtern wie früher schlich sie herein und hopste auf das Fensterbrett. Rosl begann ihrer Gewohnheit folgend zu erzählen, was sie gerade kochte: »Nun gehören die Karotten noch geschnitten, deren wunderschöne Farbe den Eintopf veredeln wird …« Aber Ida ließ sie den Satz nicht zu Ende sprechen, da sprang sie schon wieder auf und rief: »Rosl, darf ich heute erzählen? Ich erzähle dir von … Gisela Liebwies!«

Und schon ging sie aufgeregt auf und ab und redete so wirr und atemlos, als würde sie wieder die großen Komponisten lobpreisen. Rosl hörte von goldblondem Haar, von himmelblauen Augen, von nobler Blässe und feurigen Wangen, von einem Gesang, so zart, dass er nur als Flüstern zu bezeichnen war. Das alles hatte sie in der Zeitungskritik gelesen, und schon da hatte »das zauberhafte Fräulein Liebwies« sie nicht sonderlich interessiert. Aber sie unterdrückte ein Gähnen, weil sie wusste, dass Leidenschaften immer ernste Angelegenheiten waren, und so unterstützte sie Idas Vortrag durch gelegentliche Ausrufe der Bewunderung und der Zustimmung.

Natürlich hielt Rosl diese Leidenschaft, die Ida für Gisela Liebwies empfand, für keine andere Leidenschaft als jene, die sie etwa auch Johann Sebastian Bach gegenüber aufbrachte. Nach allem, was Rosl so mitbekommen hatte, musste diese Gisela Liebwies eine großartige Künstlerin sein, und für großartige Künstler hatte Ida nun einmal etwas übrig. Außerdem war Rosl immer noch überzeugt, dass »Die Gräfin der Stille« die Liebe der Eheleute Gussendorff wiederhergestellt, wenn nicht sogar erst entfacht hatte, und traute Ida somit keine auswärtigen Gelüste zu.

Da Rosl also nicht wirklich ein Wort verstand von dem, was Ida sagte, blieb Idas Liebe zu Gisela auch in der Küche geheim, und somit wahrhaftig.

4

Eine Unternehmung, die sich Gussendorff von seiner plötzlichen Schwäche nicht nehmen ließ, war der Besuch des Treffens der Musikfreunde. Diese fanden im Sommer aufgrund verschiedener Sommerfrischen und Urlaubsreisen der Schwarzbergs nicht statt, im September aber wurde die Saison der Musikfreunde wiedereröffnet. Auf diesen Termin fieberte Gussendorff beinahe genauso hin wie zuvor auf die Premiere seines Stückes. Zwar hatten ihm die Musikfreunde sofort nach der Aufführung schon ihr Wohlwollen und ihre Bewunderung kundgetan, aber er meinte, dass sich nun auch bei den Zusammenkünften etwas ändern müsste. Elisabeth Schwarzberg würde endlich den guten Wein servieren, den sie noch aus der Vorkriegszeit hatte und im Keller hortete wie einen Schatz. Heinrich Schwarzberg würde ehrfürchtig schweigen, anstatt seine schlechten Witze über Gussendorffs Zeugungsunfähigkeit zu machen. Die Studenten (aufgrund seiner relativen Jugend zählte Gussendorff auch Dr. Römer dazu) würden sich mit dem Alkohol zurückhalten und stattdessen jedes seiner Worte notieren, von der Angst getrieben, dass sie irgendeine seiner zahlreichen Weisheiten vergessen könnten. Und Ida würde nicht einschlafen, sondern mit roten Backen und glänzenden Augen neben ihm sitzen und endlich auch dort den Stolz zeigen, der ihm gebührte. Dass sie dabei einen Rock und eine Bluse tragen würde wie eine ordinäre Sekretärin, war der Wermutstropfen, den er schlucken musste.

Er ließ schon drei Tage vor dem Treffen keine Gäste mehr zu sich, sondern lag auf dem Kanapee und sammelte schwer atmend seine Kräfte. Jeden Versuch Rosls, ihn zu einem Besuch beim Arzt zu bewegen, schlug er aus. Denn ihm war bewusst, dass jeder vernünftige Arzt ihm den Ausgang verboten hätte, womit er um die Ehrerbietungen der Musikfreunde umgekommen wäre. Stattdessen sagte er zur Köchin, dass die Regeneration zum kreativen Prozess gehöre, und weil er es in seiner üblichen Schärfe sagte, blieb jeder weitere Vorschlag aus. Tatsächlich schien das lange Ruhen kurzfristig Wirkung zu zeigen, denn am heiß ersehnten Abend stand er fast in alter Frische auf, warf sich sein purpurfarbenes Kleid über (sein edelstes, wie er meinte) und rief mit donnernder Stimme nach seiner Frau. Als sie die Treppe heruntergeschlichen kam, meinte er, auch sie müsste drei Tage stillgelegen haben und nun wieder zu ihrem alten Selbst gelangt sein: Sie starrte lustlos vor sich hin, ihre Lippen waren schmal, ihre Wangen farblos. Am Nachmittag war sie noch geschäftig durch die Stadt gegangen, um irgendein Hausfrauenmagazin zu erstehen, in dem ein Interview mit dem Fräulein Liebwies abgedruckt war. Nun aber war sie wieder das alte Gespenst, und hätte Gussendorff in diesem Moment verlangt, dass sie ihr Prophetenkleid anziehen sollte, hätte sie es getan. Er tat es trotzdem nicht, da sie schon spät dran waren und die meisten ihrer Kleider bereits als Vorhänge am Fenster hingen. Also kommentierte er nur launisch ihr »primitives Aussehen«, sie nahm es mit kraftlosem Schulterzucken hin und folgte ihm auf die Straße hinaus. Auf dem Weg zum Haus der Schwarzbergs versuchte Gussendorff seiner Gewohnheit nach seine genialen Gedanken zum Ausdruck zu bringen (also zu sagen, was ihm gerade in den Sinn kam), doch das gab er schon nach kurzer Zeit auf. Es fehlte ihm der Atem dazu. Also gingen sie schweigend nebeneinander, und ihr Schweigen wurde nur durch ein paar Passanten gestört, die Gussendorff euphorisch mit ihren Hüten zuwinkten und manchmal auch irgendeine kleine Melodie aus der »Gräfin der Stille« pfiffen. Wenn das passierte, huschte stets ein kleines Lächeln über Idas Gesicht, welches Gussendorff aber nicht bemerkte, weil er zu sehr mit Atmen beschäftigt war.

Als sie das Schwarzberg'sche Haus erreicht hatten, war Gussendorff nassgeschwitzt, und sein Gesicht hatte dieselbe Farbe wie sein Kleid angenommen. Bevor er die Treppen zum Eingang hinaufsteigen konnte, musste er eine Pause einlegen. »Es ist gut … wenn ich … nicht … ganz pünktlich bin … Immerhin sollen alle … alle … meinen Auftritt … genießen können!«, presste er zwischen den Schnaufern hervor, und wieder zuckte Ida nur mit den Schultern. Gussendorff war ihr dankbar, dass sie seine Schwäche nicht kommentierte. Schließlich fühlte er sich erholt genug, um die paar Stufen zu bezwingen. Er erklomm sie unter größtem Kraftaufwand, während Ida scheinbar schwerelos hinter ihm her schwebte. Nun hoffte er, dass sich die Anstrengung wenigstens gelohnt hatte. Aber seine Erwartungen wurden enttäuscht. Wie immer öffnete Elisabeth Schwarzberg selbst die Tür, wie immer tat sie übertrieben höflich und ehrerbietig, als wäre sie ihre eigene Kammerzofe, ohne aber auch nur in einem Nebensatz Gussendorffs musikalische Meisterleistung zu erwähnen. Wie immer fragte sie, ob Ida denn von ihrem Mann nicht genug Haushaltsgeld bekäme oder warum sie sonst so dünn wäre, wobei doch sogar der dummen Schwarzberg auffallen müsste, dass Idas Wangen seit der Opernpremiere viel fülliger geworden waren, und unter der Bluse konnte man sogar den Ansatz einer weiblichen Brust erkennen. Aber so festgefroren war das Ritual, dass Ida wohl auch hundert Kilo wiegen hätte können und die Begrüßung keine andere gewesen wäre.

Dass jedoch nicht alles wie immer war, bemerkte Gussendorff, als Frau Schwarzberg ihn und Ida in den Salon führte. Dort stand Christoph Wagenrad in der Tür, als hätte ihn jemand dorthin gestellt und dann vergessen. So deplatziert wirkte er hier, obwohl er doch früher ein regelmäßiger

Besucher der Treffen gewesen war. Nun grüßte er höflich, als wären Gussendorff und er nur sehr entfernte Bekannte. »Wollen Sie sich nicht setzen, Herr Wagenrad?«, fragte Frau Schwarzberg, und er nickte, als hätte er bis gerade eben gar keine Ahnung gehabt, dass sich auch Stühle im Salon befanden. Allerdings hielt er bereits ein Glas Wein in den Händen, womit Gussendorff sich seine Zerfahrenheit erklärte. Schon bei der Aufführung der »Gräfin der Stille« hatte er so gewirkt, als wäre er nicht ganz bei der Sache gewesen. Womöglich hatte er in seiner Trauer über Ilonas Tod zu trinken begonnen, verwunderlich wäre es nicht. Allerdings machte Gussendorff sich keine weiteren Gedanken darüber, er folgte Wagenrad und Frau Schwarzberg schnaufend in den Salon, wobei er, um Kraft zu sparen, auf seine Füße starrte und den Kopf erst wieder hob, als er am Tisch angelangt war. Dort nun erklärte sich Wagenrads erneutes Erscheinen bei den Musikfreunden: Am Kopfende des Tisches, wo sonst der Hausherr saß, thronte Gisela Liebwies. Ganz in Weiß gekleidet und geschminkt wie Kleopatra, zog sie alles Licht und alle Blicke auf sich. Zu ihrer Linken kauerte Bastian Schneider, der vor Zittern fast seinen Wein verschüttete, zu ihrer Rechten saß Dr. Römer, in seinem Sessel zurückgelehnt, als würde er eben eine teure Zigarre genießen. Einer der beiden, sehr wahrscheinlich war es Römer gewesen, hatte eben etwas Komisches erzählt: Gisela Liebwies lachte mit heller Stimme und warf dabei den Kopf in den Nacken. Herr Schwarzberg, von seinem Stammplatz verdrängt (vielleicht aber hatte er »der Liebwies«, wie sie die Zeitungen mittlerweile schon adelten, diesen Platz auch angeboten, um ganz diplomatisch allen Herren am Tisch den gleich guten Ausblick zu ermöglichen), saß neben Dr. Römer und verzehrte Gisela nicht weniger genüsslich mit seinen Augen, wobei die Anwesenheit seiner Frau diesem Schmaus keinen Abbruch zu tun schien.

Neben Bastian setzte sich Wagenrad, Gussendorff schloss an und wartete, dass Ida sich neben ihn setzte. Doch diese stand mitten im Raum, als wäre sie auf halbem Weg zum Tisch zur Salzsäule erstarrt. »Komm doch, setz dich, Ida!«, rief Gussendorff ärgerlich, wobei er eher allgemein als über Ida im Speziellen verärgert war, da ihn noch niemand auf seine Oper angesprochen hatte. Ida gehorchte wie ein kleines Mädchen, das man beim Äpfelstehlen erwischt hat, sie zog den Kopf ein und eilte geschwind zu ihrem Platz. Gisela lachte, als wäre das alles nur ein Schauspiel, das man zu ihren Ehren aufführte, und ein wenig war es das ja auch.

Elisabeth Schwarzberg übernahm nun die Aufgabe, den Abend wieder in seine vorgefertigten Bahnen zu lenken: »Eine Freundin war letztens in New Orleans, wo sie in den zweifelhaften Genuss kam, einer Negerband zu lauschen. Ein schrecklicher Lärm, sagte sie …« Aber niemand hörte ihr zu. Gisela dirigierte den Abend, sie leitete das Gespräch durch ein Lachen in die eine und durch ein Gähnen in die andere Richtung, mit Wimpernschlägen trieb sie es an, und mit Hüsteln stoppte sie es. Und obwohl das Gesprochene im Großen und Ganzen doch dasselbe wie immer war, war der Rhythmus nun ein ganz anderer. Die gesamte Aufmerksamkeit lag auf Gisela, denn niemand wollte auch nur die dezenteste ihrer Anweisungen verpassen und somit vielleicht etwas Unpassendes sagen.

Gussendorff bemerkte nicht ohne Groll, dass er selbst das Spiel genauso mitspielte wie etwa der lüsterne Schwarzberg. Auch er lachte, wenn Gisela lachte, und wechselte sofort das Thema, wenn er in ihrem Blick Langeweile vermutete. Von ihrem Diktat ausgeschlossen waren nur Frau Schwarzberg, die ihre Mundwinkel missgünstig nach unten zog und zwischendurch lustlos Wein servierte, und Wagenrad, dem die ganze Situation furchtbar peinlich schien und der seinen Blick kaum von seinem Glas erhob. Und natürlich Ida, dachte Gussendorff, denn sie war eigentlich bei allem immer ausgeschlossen. Aber sogar an ihr bemerkte er nun Veränderungen: Sie hielt ihr Weinglas zwar so fest umklammert, als wäre es ihr Anker, trank jedoch nicht einen Schluck. Ihr Gesicht war immer noch so rot, als wäre sie bei einer Straftat ertappt worden. Und zum ersten Mal und vielleicht sogar als Einzige schien sie das Gespräch wirklich zu verfolgen. Aber dass sich seine Frau in allen Belangen, die die »Gräfin der Stille« betrafen, äußerst ungewöhnlich verhielt, wusste er ja bereits.

»Also … Wenn Sie … Ich meine, wie Sie ja alle wissen … Puccini …«, stotterte Bastian, noch unverständlicher als sonst.

»Was mein Freund hier damit sagen wollte«, ergriff Dr. Römer das Wort, »wir alle hier in diesem Raum verehren natürlich Puccini, aber wir sind uns auch einig, dass sein Werk höchstens eine Vorstufe zu dem bildet, was Richard Wagner schließlich geschaffen hat.«

»Die Krönung!«, fügte Bastian hinzu, und Schwarzberg holte schon Luft, um seinerseits eine Hymne auf Wagner zu singen, als Gisela plötzlich seufzte: »Ich weiß nicht …«

Der ganze Salon verstummte, versteinerte sogar, selbst Bastian hörte für einen Moment zu zittern auf. Hätte sie gesagt, dass es keinen Gott gebe, hätte sie keine heftigere Reaktion ausgelöst. Wie konnte man denn nicht mit absoluter Sicherheit wissen, dass Wagner die musikalische Krönung war?

»Sie … wissen nicht?«, versuchte Dr. Römer sie nun wieder sanft auf den rechten Glaubensweg zurückzuführen, »was im Konkreten wissen Sie denn nicht?«

»Ach, nur ob ich Wagner mag oder nicht«, antwortete Gisela lächelnd.

»Wie kann man denn nicht wissen, ob man etwas mag oder nicht?«, rief Frau Schwarzberg in gereiztem Tonfall, aber Gisela ließ sich davon nicht beirren, im Gegenteil. Sie kicherte fröhlich: »Wie soll ich das denn erklären? Nun ja, Madame Kurnikova, also meine Gesangslehrerin, hat ganz viele Arien mit mir einstudiert. Es müsse doch auf der Welt irgendein Lied geben, das sogar ich passabel singen könne, hat sie immer gesagt. Und anfangs hat sie sogar versucht, mir Stücke von Richard Wagner beizubringen. Und wissen Sie, die sind alle wunderschön komponiert, aber so … so laut.« Gisela strahlte. Frau Schwarzberg lachte verächtlich.

»Dann ist es aber nicht die Schuld Wagners, sondern die Schuld der Madame Kurnikova, weil sie zu laut Klavier spielt!«, sagte Dr. Römer, und nun lachten die anderen, ein wenig erleichtert, dass diese Frage nun ein für alle Mal geklärt war. Aber Gisela schüttelte heftig den Kopf: »Nein, nein, das meinte ich nicht!« Plötzlich stand sie auf und beugte sich über den Tisch zu Gussendorff. Das weiße Kleid, das sie trug, stammte nicht mehr aus Ilonas Hinterlassenschaft, sondern war eine ganz neue Anfertigung, die die Prüderie des vorigen Jahrhunderts endgültig abgeworfen hatte. Gussendorff erhielt einen umfassenden Einblick in ihren Ausschnitt.

»Wissen Sie, was ich an Ihrer Komposition so schätze, Herr Gussendorff?«, fragte Gisela mit hauchender Stimme. Gussendorff schluckte hörbar, zu hörbar, wie er fand. Er war ja kein Bürschchen mehr wie Bastian, dass ihn so ein Ausschnitt aus dem Konzept brachte. Trotzdem brachte er kein Wort heraus.

»Es ist der Klang der Frauen!«, beantwortete Gisela ihre eigene Frage. Gussendorff erbleichte. Ihm schossen die Bilder jener Nacht in den Kopf, in der er die Notenzettel aus dem Schminktischchen seiner Frau gestohlen hatte. Es war der Klang seiner Frau, den man auf der Bühne gehört hatte, den die Menschenmassen bejubelt hatten, den die Presse lobte. Er schluckte noch einmal, versuchte die Erinnerungen hinunterzuschlucken, sein Unvermögen in sich zu begraben, so wie es eben begraben gewesen war, bis Gisela es mit ihrer zarten Stimme herausreißen hatte müssen.

»Wie meinen Sie das?«, keuchte Gussendorff.

»Nun, wissen Sie, als ich *Die Gräfin der Stille* gesungen habe, habe ich keine Frau gespielt, sondern ich war eine.«

Wiederum strahlte Gisela über das ganze Gesicht, und wiederum blickte sie dabei in die verwirrten Gesichter der anderen. Sie seufzte über so viel Unverständnis, setzte sich und nahm einen Schluck Wein. Dann lehnte sie sich zurück und begann noch einmal zu erklären: »Wenn ich in anderen Opern eine Frau spiele, und ich spiele eigentlich immer Frauen, dann habe ich das Gefühl, dass ich ein Fabelwesen darstelle. Und im Grunde stelle ich auch ein Fabelwesen dar, denn Richard Wagner hat die Figur ja erfunden. Sie ist ganz und gar seiner Phantasie entsprungen, und so singt sie auch. Sie glauben gar nicht, wie viel Kraft ich in diesen Posen verschwende! Herr Wagenrad erinnert sich ja noch an meine ersten Versuche«, sie kicherte, Wagenrad aber erwiderte das Lachen nicht, »ich musste erst lernen, auf der Bühne eine Frau zu spielen, eine solche Frau, wie sie sich ein Mann erdacht hat. Aber im Grunde kann ich es bis heute nicht gut. Und wie man erst die Stimme belastet, wenn einen der Komponist herzlos hoch und höher treibt, nur weil er der Meinung ist, dass eine schöne Frau auch eine hohe Stimme zu haben hat. Aber bei Ihrer Oper ist es ganz anders, Herr Gussendorff! Ich habe ja nur diese eine Arie zu singen, aber diese ging mir so natürlich von den Lippen, wie ich jetzt vor Ihnen spreche. Denn Ihre Arie verzeiht, wenn einem die Stimme wegbleibt, wenn man einmal nur haucht und flüstert, wenn man dann wieder schreit und kreischt. Nein, sie verzeiht nicht nur, sie verlangt danach! Ihre Kompositionen verlangen nicht nach Fabelwesen, sie verlangen nach Frauen und nach ihren Stimmen, und das gefällt mir daran.« Sie nahm wieder einen Schluck Wein und fügte dann lächelnd hinzu: »Aber vielleicht irre ich mich ja auch.«

»Keineswegs!«, rief Ida, und alle drehten sich erstaunt zu ihr um. Noch nie hatte sie bei einem Treffen der Musikfreunde das Wort ergriffen. »Tatsächlich aber hat Ihre Schönheit, Fräulein Liebwies, diese einfache Komposition, diesen unvollkommenen Gesang wiederum zum Mythos erhoben!«

»Oh«, antwortete Gisela schuldbewusst, »das wollte ich nicht.«

»Ihre Gräfin aber war doch sehr wohl eine Art Fabelwesen!«, warf Frau Schwarzberg ein, ihre Stimme klang schon ein wenig trunken, »immerhin war sie doch auch eine Walküre.«

»Aber sie hat nicht so gesungen«, antwortete Gisela entschieden.

»Also ich persönlich kann auch in Fräulein Liebwies' Darstellung nichts Mythisches finden, Frau Gussendorff«, mischte sich Dr. Römer wieder ein. »Dass das Fräulein Liebwies über ein überaus ansehnliches Äußeres verfügt, können wir wohl alle nicht leugnen. Aber solche schönen Damen kommen täglich zu mir in die Praxis, ich kenne sie, wortwörtlich genommen, in- und auswendig. Und glauben Sie mir: Ein entzündeter Rachen sieht bei einer Frau mit engelsgleicher Gestalt nicht schöner aus als bei einer Greisin mit Mopsgesicht. Ich wüsste noch weitaus anschaulichere Beispiele als den entzündeten Rachen zu nennen, aber ich weiß, dass Frau Schwarzberg noch einige Leckereien vorbereitet hat, und ich will uns allen nicht den Appetit verderben. Aber wenn ich als Arzt eines gelernt habe, dann ist es, dass alle Menschen vom Inneren her betrachtet gleichermaßen ekelhaft sind, und alles, was uns die Kunst über Menschen im Allgemeinen und Frauen im Speziellen weismachen will, nur die Oberfläche ist, an der man nicht schaben sollte. Ich hoffe, Sie nehmen mir meine Offenheit nicht übel, Fräulein Liebwies, ich bin ein ehrlicher Bewunderer Ihrer Schönheit, aber ich würde lügen, wenn ich behauptete, an Ihrem Gesicht irgendetwas Mythisches zu erkennen. Tatsächlich sehe ich zwei Augen, eine Nase, einen Mund – lauter Organe, vollkommen funktionstüchtig und an der rechten Stelle platziert. Mag darin Erhabenheit erkennen, wer will. Fräulein Liebwies, Sie würden mir gar nicht glauben, welch absurde Gerüchte, das weibliche Geschlecht betreffend, kursieren. Tatsächlich hatte ich letztens einen jungen Mann in meiner Praxis, der völlig aufgelöst war, als er erfahren musste, dass seine Mutter nicht anders als er selbst den Abort benutzte!«

Gisela prustete los, und wie um Dr. Römers Thesen zu unterstreichen, spuckte sie dabei wenig elegant Rotwein über den ganzen Tisch. Daraufhin begann Ida lauthals zu lachen, was wiederum Gisela so komisch fand, dass sie sich gar nicht mehr einkriegte, worüber Ida noch mehr lachen musste, sie krümmten sich vor Lachen, schlugen mit den flachen Händen auf die Tischfläche und rangen nach Luft. Kaum schien die eine sich einigermaßen beruhigt zu haben, riss die andere sie durch ihr Prusten wieder mit, sodass der Lachkrampf immer heftiger wurde. Dr. Römer blickte verwirrt von der einen zur anderen, denn für so komisch hatte er seine Anekdote gar nicht gehalten. Frau Schwarzberg tupfte nun schon äußerst übelgelaunt das bespuckte Tischtuch mit Servietten ab, und Herr Schwarzberg und Bastian schienen während der ganzen Szene nichts anderes im Sinn zu haben als Giselas Busen, der sich durch ihr Lachen hypnotisierend auf und ab bewegte. Wagenrad blickte in sein Weinglas, als würde er gar nicht hierhergehören.

»Jetzt reicht es aber!« Es war Gussendorffs Stimme, die plötzlich durch den Salon donnerte. Gisela und Ida verstummten und blickten ihn mit großen Augen, doch keinesfalls schuldbewusst an. Gussendorff räusperte sich. »Diese Treffen waren noch nie besonders hochgeistig, nun sind sie aber ganz zum Witz verkommen. Früher hat man hier noch über Musik gesprochen, jetzt geht es schon um den Abort. Und mit Ausnahme des Fräulein Liebwies hat man es nicht einmal für nötig gehalten, die neueste und wohl wichtigste Errungenschaft der Musik, nämlich *Die Gräfin der Stille*, auch nur zu erwähnen. Das ist eine Schande für sogenannte Musikfreunde, meine Damen und Herren. Wenn ich Sie nun verlasse, dann ist es das letzte Mal, dass Sie mich in Ihrem Hause gesehen haben, Herr und Frau Schwarzberg.« Er schlug mit der einen Hand auf den Tisch, packte mit der anderen Ida am Arm und sprang auf, womit er sie ebenfalls vom Stuhl riss. Sie strauchelte, fiel nur wie durch ein Wunder nicht hin, schien noch unbedingt etwas sagen zu wollen, aber da hatte Gussendorff sie schon zur Salontür hinausgeschoben. In das betretene Schweigen am Tisch brüllte er hinein: »Und Sie, Herr Schwarzberg, sind ein ganz besonderes Arschloch!«, dann war auch er verschwunden.

5

Sehr geehrtes Fräulein Liebwies,

um ein Haar hätte ich diesen Brief nicht geschrieben. Ja, bis gerade eben schien es mir auch noch viel wahrscheinlicher, dass ich ihn nicht schreibe, denn dazu hätte ich viel mehr gute Gründe gehabt als dazu, es zu tun. Erstens werden Sie den Brief gar nicht lesen, weil er in der Flut an Post, die Sie von Ihren Verehren erhalten, untergehen wird. Zweitens (und vorausgesetzt, Sie lesen ihn doch), werden Sie sich gar nicht mehr an mich erinnern. Würden Sie sich nach mir erkundigen, würde ich antworten, dass ich jene sei, mit der Sie beim Treffen der Musikfreunde so herzlich gelacht haben. Aber dann wiederum scheinen Sie mir wie eine, die häufig herzlich lacht. Sie müssen wissen, dass ich äußerst selten lache und mir diese Begebenheit darum ganz besonders in Erinnerung geblieben ist. Doch für Sie trifft das wohl nicht zu. Würden Sie weiterfragen, würde ich antworten, dass ich jene sei, die Ihnen sagte, Ihre Schönheit habe eine einfache Melodie zum Mythos erhoben. Aber auch das hören Sie vermutlich oft und von allerhand Leuten. Sollte ich mich daher äußerlich beschreiben müssen, so würde mir nichts dazu einfallen, außer dass ich braune Haare, eine flache Nase und ein ganz und gar nicht erinnerungswürdiges Gesicht habe.

Somit bleibt mir nichts anderes übrig, als mich über meinen Mann zu definieren, so lästig mir das auch sein mag: Ich bin Ida Gussendorff, die Ehefrau von August Gussendorff. Denn ihn zumindest müssen Sie kennen, er hat Ihnen schließlich die Rolle der Gräfin auf den Leib komponiert.

Nun werden Sie sich fragen, warum ich Ihnen überhaupt schreibe, ja, woher ich mir das Recht nehme, Sie zu belästigen. Und um die letztere Frage zu beantworten: Ich habe kein Recht dazu, und sollte Sie mein Schreiben jetzt schon langweilen, was es ohne Frage tut, dann legen Sie es guten Gewissens zur Seite. Denn wo ich kein Recht habe zu schreiben, haben Sie keine Pflicht zu lesen.

Dass ich nun doch zu Papier und Feder gegriffen habe, obwohl alles gegen diesen Brief spricht, liegt vielleicht tatsächlich nur an der Rede von Dr. Siegfried Römer, an welche Sie sich hoffentlich noch erinnern können, war sie doch der Grund für unsere Heiterkeit. Außerdem ist Siegfried Römer ein junger und gutaussehender Mann, schon allein deswegen wird er Ihrer Aufmerksamkeit nicht entgangen sein. Nun will ich vorausschicken, dass ich seine Meinung keineswegs teile. Ich bin (gottlob) keine Ärztin, aber dennoch oder darum glaube ich fest daran, dass der Mensch mehr ist als nur Blut und Knochen. Wenn Gussendorff etwa seine Stücke komponiert, muss doch so viel mehr dahinter sein als nur elektrische Impulse in seinem Gehirn, die seine Hand über das Papier gleiten und Notenköpfe malen lassen. Stattdessen ist es doch viel eher so, dass er die Musik, die schon lange zuvor in ihm entstanden ist, nur noch aufs Papier bringt, um sie mit seinen Mitmenschen und, wer weiß, vielleicht sogar der Nachwelt zu teilen. Aber woraus besteht diese Musik in ihm? Dr. Römer würde vielleicht sagen, dass es mechanische Abläufe im Gehirn sind, die einen nur glauben lassen, dass man Musik in sich hätte, und in Wahrheit ist es nichts als ein chemischer Stoff, der einem durch den Kopf fließt. Aber das könnte er nur deshalb glauben, weil er noch nie selbst komponiert hat. Ähnlich wie mit der Musik verhält es sich auch mit Ihrer Schönheit, verehrtes Fräulein Liebwies! Weit mehr steckt dahinter als die symmetrische Anordnung von Körperteilen! Bloß kann ich keinen Ausdruck finden, der dieses »mehr« an Schönheit beschreiben könnte. So kann ich es nur mit vielen Sätzen versuchen, die immer noch nicht ausreichen für das, was ich damit meine: Ihr Gesicht ist wie ein Ohrwurm, man kann es nicht vergessen, selbst wenn man es wollte. Ihre Bewegungen, so klein und unbedeutend sie Ihnen vielleicht vorkommen wollen, ergeben einen wunderbaren Tanz. Ihre Sprache ist eine ganz eigene, exotische Melodie, und Ihr Lachen klingt mir heute noch in den Ohren. Aber gibt es wirklich keinen Namen für all das? Ich fürchte es. Eines Tages aber wird man diese allumfassende Kunst der Schönheit »Liebwies« nennen.

Sie sehen also, ich stimme mit Dr. Römer ganz und gar nicht überein. In einem Punkt aber hat er sehr wohl recht: Ein jeder Mensch hat manchmal einen entzündeten Rachen oder sucht, wie Römer es wenig charmant formulierte, den Abort auf. Hätten Sie beim letzten Treffen der Musikfreunde nicht über den ganzen Tisch gespuckt (Entschuldigen Sie, dass ich Sie so unverblümt daran erinnere), ich hätte es vielleicht trotzdem nicht gewagt, Ihnen zu schreiben. Aber in diesem Moment habe ich erkannt, dass selbst Sie nicht nur ein Wunder, sondern auch ein Mensch sind, und dass ich darüber so herzlich gelacht habe, ist nur aus Erleichterung und keinesfalls aus Schadenfreude geschehen.

Ich bin sehr betrübt darüber, dass Gussendorff nicht mehr zu den Treffen der Musikfreunde gehen möchte, und ginge ich nun allein, käme das wohl einem Verrat gleich (erinnern Sie sich nur an das unschöne Wort, das er Herrn Schwarzberg an den Kopf warf). Nicht um die Treffen selbst, sondern um Ihre Bekanntschaft ist es mir schade. Und das nun ist der alles überwiegende Grund, warum ich mich zu diesem Brief entschloss: Sofern Sie an einer Bekanntschaft ebenfalls Interesse (und den Brief überhaupt bis hierher gelesen) haben, finden Sie vielleicht auch die Zeit, ein kleines Antwortschreiben zu formulieren. Ich freue mich über Ihr Geschriebenes, so kurz und kunstlos es auch sein möchte!

Hochachtungsvoll,

Ida Gussendorff

PS: Es hat mir gefallen, was Sie über den »Klang der Frauen« gesagt haben. Ich fühlte dasselbe wie Sie und war doch nicht in der Lage, es so trefflich zu formulieren. Ich danke Ihnen dafür!

Sehr geehrte Frau Gussendorff,

Sie hätten überhaupt nicht so viele Worte auf die Beschreibung Ihrer Person verschwenden müssen, denn tatsächlich kann ich mich sehr gut an Sie erinnern. Ja, von allen Musikfreunden sind Sie mir sogar mit dem meisten Nachdruck in Erinnerung geblieben, und wollen Sie auch wissen, warum? In jenem Moment, in dem Sie Ihren Mund aufgemacht haben, habe ich Ihre Stimme erkannt. Sie waren es, die als erste »Bravo!« geschrien hat. Oh, Sie wissen gar nicht, welche Erleichterung Sie mir und dem ganzen Ensemble (Ensemble nennt man nämlich alle Darsteller zusammengenommen) damit bereitet haben. Denn Herr Zwirbel, der Leiter des Konservatoriums und gleichzeitig auch der Regisseur (Regisseur nennt man jenen Mann, der das Ensemble anweist) des Stückes, hat uns schon im Vorfeld gewarnt, dass die Reaktion des Publikums wohl nicht allzu gut ausfallen würde. Er hat uns sogar empfohlen, bei der Verbeugung die Köpfe einzuziehen, da unter Umständen fauliges Gemüse fliegen könnte. Sie aber haben uns mit Ihrem »Bravo« davor bewahrt, Frau Gussendorff, und dafür danke ich Ihnen!

Nun, Sie haben ja schon vermutet, dass meine Antwort kurz und kunstlos sein würde, und ich fürchte, sie ist es auch geworden. Glauben Sie aber ja nicht, ich wäre zu beschäftigt, um Ihnen ausführlicher zu schreiben. Ich kann es tatsächlich nicht. Leider habe ich nie gelernt, so schön zu formulieren, wie Sie es tun.

Auf jeden Fall muss ich Ihnen aber noch mitteilen, dass mir sehr viel an unserer Bekanntschaft liegt und dass ich sie sehr gerne pflegen möchte. Sie sind verheiratet und können es darum gar nicht wissen, aber das Leben kann sehr einsam sein. Ich lebe ja bei Herrn Wagenrad, aber obwohl er immer ausgesprochen nett zu mir ist, hat er doch nicht die Zeit (und wohl auch nicht die rechte Lust), mich ständig zu unterhalten. Dann gibt es natürlich noch Emma, unsere Haushälterin, die mich behandelt wie eine Göttin. Aber freilich hat auch sie immer viel zu tun, sodass ich, wenn ich gerade keinen Unterricht habe, meistens allein in meinem Zimmer sitze. Die Mädchen vom Konservatorium hassen mich übrigens, weil sie neidisch sind, und die Burschen verhalten sich immer ganz sonderlich, wenn ich mich mit ihnen unterhalten will, ich weiß auch nicht, warum. Zu den Musikfreunden gehe ich nicht mehr. Herr Wagenrad will es so. Er sagt, er passt nicht mehr dorthin. Freilich könnte ich auch allein gehen, aber was soll ich da ohne Sie? Stellen Sie sich vor, ich bekomme wieder einen Lachanfall, und niemand lacht mit mir! Wie schrecklich wäre das! Außerdem schien mir außer Ihnen keiner der Anwesenden auch nur im Geringsten interessant. Natürlich haben Sie recht damit, dass Dr. Römer ein sehr gutaussehender junger Mann ist, allerdings ist er auch langweilig. Ich habe ihm erst richtig zugehört, als er von der Mutter am Abort und dem unwissenden Sohn gesprochen hat, erst da, finde ich, war seine Rede wirklich hörenswert.

Sie sehen also, dass ich eigentlich ein sehr einsames Mädchen bin. Früher, als ich ganz neu in der Stadt war, war ich mir selbst Freundin genug. Da ich davor immer mit allen Geschwistern in einem Raum schlafen habe müssen, war mir diese erste Einsamkeit sehr angenehm. Aber man wird doch irgendwie erwachsener in der Stadt, und ständig mit Männern von der Presse zu dinieren macht auch nur am Anfang Spaß. Eine gute Bekannte jedoch ist meiner Meinung nach eine dauerhafte Freude.

Darum, hochverehrte Frau Gussendorff, liegt mir viel an unserer Bekanntschaft. Bisher aber habe ich leider noch nie eine Bekanntschaft gepflegt. Wie geht man dieses Vorhaben also am besten an? Wollen Sie mir wieder schreiben, und dann antworte ich Ihnen, und immer so weiter, oder gehört noch etwas anderes dazu?

Bitte klären Sie mich über unser Vorgehen auf, damit wir wirklich gute Bekannte werden können!

Ebenso hochachtungsvoll,

Gisela Liebwies

Sehr geehrtes Fräulein Liebwies,

Sie können sich gar nicht vorstellen, wie sehr ich mich über Ihren Brief gefreut habe! Tatsächlich habe ich nicht damit gerechnet, Ihnen eine Antwort wert zu sein, und dann auch noch eine so freundliche, so wohlklingende! Und Sie wagen es auch noch, Ihren Brief »kunstlos« zu nennen? Er ist so viel mehr, als ich mir erwartet, nein, erhofft hatte.

Nur eines hat mich, ehrlich gestanden, ein wenig empört: Wie kommen Sie darauf, dass ich als verheiratete Frau Einsamkeit nicht kenne? Tatsächlich glaube ich, dass man sogar verheiratet sein muss, um wahre Einsamkeit zu empfinden. Momentan aber empfinde ich, als wäre ich ledig. Das liegt einerseits an Ihrem lieben Brief und andererseits daran, dass Gussendorff nur noch auf dem Kanapee liegt und kein Wort mehr hervorbringt. Sein Zustand aber ist nicht sehr besorgniserregend, er leidet wohl an der Erschöpfung, die der Ruhm mit sich bringt und den Sie sicher kennen. Darum beneide ich ihn und Sie nicht. Rosl, unsere Köchin und gute Seele, kümmert sich aufopfernd um ihn, so habe ich zurzeit viel Ruhe. Und wie gerne würde ich diese Ruhe mit Ihnen verbringen! Auch ich habe noch nie eine Freundschaft (bitte lassen Sie uns unsere Bekanntschaft doch so benennen) gepflegt. Freundschaften sind mir immer ohne mein Zutun zugeflogen und verlorengegangen, darum kann ich Ihnen die Frage zu ihrer Pflege nicht mit Sicherheit beantworten. Das Schreiben aber ist nicht mehr als ein guter Anfang. Verzeihen Sie mir bitte meine Aufdringlichkeit, aber der Zufall will, dass ich für den Samstagabend zwei Theaterkarten habe, obwohl Gussendorff ja nicht in der Lage sein wird, mich dorthin zu begleiten. Gegeben wird die »Maria Stuart«. Besäßen Sie, Fräulein Liebwies, die Güte, meine Begleitung zu sein?

Hochachtungsvoll,
Ida Gussendorff

Sehr geehrte Frau Gussendorff,

entschuldigen Sie meine späte Antwort, aber so vieles ist passiert! Wie Sie vielleicht schon durch Ihren Mann erfahren haben, soll »Die Gräfin der Stille« wiederaufgeführt werden, und stellen Sie sich vor, diesmal in einem richtigen Opernhaus! Und wieder soll ich die Hauptrolle verkörpern! Ich kann es selbst noch gar nicht fassen. Als Kind habe ich nicht einmal gewusst, wie ein Opernhaus aussieht, und nun soll ich dort auftreten! Die Proben werden schon nächste Woche beginnen, und bis dahin soll ich auch noch Schallplattenaufnahmen machen ... Emma ist sehr stolz auf mich. Wenn Wagenrad auch stolz ist, so zeigt er es nicht, was ich schade finde. Er hat jetzt aber wieder zahlreiche Klavierschüler und darum auch keine rechte Zeit für mich.

Warum erzähle ich Ihnen all diese Banalitäten, ich schreibe doch aus einem ganz anderen Grund: Haben Sie sich in der Zwischenzeit wohl noch keine andere Begleitung gefunden? Ich würde so gerne mit Ihnen ins Theater gehen und mir die »Maria Stuart« ansehen. Ich müsste Sie nur bitten, mich zu Hause abzuholen, denn Wagenrads Wagen ist leider schon lange hinüber, und ich kenne ja die Wege nicht.

Auch sehr hochachtungsvoll,
Gisela Liebwies

Liebe Ida,

erstens möchte ich mich für den schönen Abend bedanken, und zweitens muss ich mich entschuldigen. Ich habe gar nicht gewusst, dass ich bereits so berühmt bin. Es war mir sehr lästig, dass mich an diesem Abend, der doch nur der »Maria Stuart« und dir gehören sollte, ständig Fremde angesprochen haben. Aber ich muss trotzdem immer freundlich sein, denn die Leute halten mich ja für die Gräfin der Stille, und die ist auch immer freundlich. Auf jeden Fall hoffe ich, dass diese Störungen deinen Abend nicht verdorben haben. Dann muss ich mich auch noch dafür entschuldigen, dass ich nach der Vorstellung so schweigsam war, aber ich war ja noch nie im Theater gewesen, und darum fiel es mir sehr schwer, über das Stück nachzudenken, und noch schwerer wäre es mir gefallen, darüber zu sprechen.

Es hat mir aber prächtig gefallen, nur eines hat mich traurig gestimmt: dass Maria und Elisabeth bis zum Schluss keine Einigung finden können! Es wäre doch sicherlich viel gescheiter gewesen, sie wären Freundinnen geworden und hätten gemeinsam regiert. Nun, vielleicht ist es nicht möglich, dass sie miteinander auf dem Thron sitzen, weil ein Thron eben nur eine einzige Sitzfläche hat. Aber es hätte doch die eine darauf sitzen und die andere im Geheimen mitregieren können! Das Volk hätte dann zwar nur von einer Königin, die beiden aber voneinander gewusst, sie wären gemeinsam viel stärker gewesen, Elisabeth hätte Maria unterstützt und umgekehrt. So zumindest hätte »Maria Stuart« bei mir geendet. Aber dann wiederum bin ich keine Schriftstellerin, und das wohl aus gutem Grund.

Es war außerdem sehr freundlich von dir, dass du mir am Weg zum Theater so viele schöne Gebäude in der Stadt gezeigt hast, vor allem die Museen und Galerien und Restaurants gefallen mir. Es wäre schön, wenn wir sie alle auch einmal von innen betrachten könnten. Nun muss ich leider oft proben (und der Regisseur am richtigen Opernhaus ist strenger als die Kurnikova an ihren schlechtesten Tagen,

auch wenn er sich mir gegenüber immer liebenswert verhält, ich weiß auch nicht, warum), aber lass uns doch Diens-
tagmittag irgendein Kaffeehaus besuchen, vielleicht jenes
gegenüber vom Theater, das sah besonders fein aus!

Es umarmt dich,
Gisela

Liebe Gisela,

lange, vielleicht noch länger als beim ersten Mal, habe
ich darüber nachgedacht, ob ich dir diesen Brief wirklich
schreiben sollte. Eigentlich wollte ich schon im Kaffeehaus
mit dir darüber sprechen, aber du warst so liebenswürdig,
und ich fürchtete, du würdest sehr schockiert sein, wenn
ich es dir einfach so ins Gesicht sagte. Ja, ich fürchtete sogar,
du würdest überhaupt nichts mehr mit mir zu tun haben
wollen, wenn du es wüsstest, und das fürchte ich noch.

Aber ich habe immer wieder deinen letzten Brief gelesen
und insbesondere das, was du über »Maria Stuart« schreibst.
Denn (wie du es ja für Maria oder Elisabeth vorschlägst)
»regiere«, ich würde sogar sagen: »lebe« auch ich im Geheimen. Die Ehrerbietung für die »Gräfin der Stille« nimmt
Gussendorff entgegen, in Wahrheit jedoch gebührt sie mir!
Jeder Ton stammt aus meinem Kopf, aus meiner Feder. Er
hat die Stücke nur genommen und zu einer Geschichte ver-
woben, doch an der Musik hat Gussendorff nichts verändert. Er hat sie gestohlen und als die seine verkauft. Doch
was mich mit Wut erfüllen sollte, erfüllt mich nur mit
Freude: Hätte er es nicht getan, Gisela, so hätten wir zwei
uns niemals kennengelernt!

Hältst du mich jetzt für sehr eitel, weil ich dir das alles

erzähle? Ich schäme mich selbst dafür, dass ich es nicht für mich behalten kann. Aber wie du geschrieben hast: Die beiden Königinnen müssen wissen, dass sie nicht allein sind, soll der Rest der Welt denken, was er will. Es war zu verlockend, dieses große Geheimnis zu unserem gemeinsamen zu machen, sodass wir beide einander unterstützen können, auch wenn du auf dem Thron sitzt und ich nur im Schatten meines Ehemannes.

Ich bitte dich, liebste Gisela, diese Nachricht so vertraulich wie nur möglich zu behandeln, am besten verbrennst du diesen Brief sofort. Und wenn du mich nun für eitel, oder gar noch schlimmer, für eine Lügnerin hältst, so entziehe mir ruhig deine Zuneigung. Verdient hätte ich es.

Schamvoll,

Ida

Liebe Ida,

dein Geheimnis hat mich nur ein ganz kleines bisschen überrascht und nicht im Geringsten schockiert. Ich finde die Musik der »Gräfin der Stille« so fein und vor allem ehrlich (verzeih mir, wenn man Musik nicht als »ehrlich« bezeichnen kann, Fachausdrücke liegen mir nicht so besonders), dass ich sie dem Herrn Gussendorff nicht wirklich zugetraut habe. Tatsächlich kann ich mir keinen anderen Menschen denken als dich, der eine Oper so passend zu meiner Persönlichkeit und Stimme schreiben könnte. Es scheint mir ja auch bei unseren Gesprächen immer so, als würdest du mich schon viel länger kennen, als es eigentlich der Fall ist. Das muss schon beim Komponieren so gewesen sein. Und die Handlung der Oper habe ich nie gemocht.

Nun aber muss auch ich dir etwas gestehen. Wie ich dir ja schon erzählt habe (und wie du mittlerweile auch schon aus den Zeitungen weißt), komme ich aus einem weit entfernten Bauerndorf, das zufällig auch meinen Namen trägt. Dort nämlich hat Herr Wagenrad mich singen gehört und mein Talent erkannt. Aber auch das hat man jetzt schon oft genug in allen Gazetten breitgetrampelt, sogar mit Augenzeugenberichten! Und diese Augenzeugen erinnern sich oftmals besser an das Geschehene, als ich es tue. Tatsächlich scheint mein Leben in Liebwies ein ganz anderes gewesen zu sein. Es ist nur ein paar Jahre her und doch Jahrhunderte. Wagenrad hat mich der Stadt mit Haut und Haar einverleibt. Letztens hat mich ein Junge auf der Straße angesprochen, der seiner Aussage nach ebenfalls aus Liebwies stammt und mich dort in der Kirche singen gehört haben will. Aber ich kannte ihn gar nicht.

Das alles erzähle ich dir wohl nur, um das, was ich dir eigentlich sagen will, hinauszuzögern. Ich möchte nicht, dass du mich für dumm hältst, denn ich habe sehr wohl eine Schule besucht, zumindest im Winter. Aber leider habe ich niemals so lesen und schreiben gelernt, dass ich es tatsächlich anwenden könnte.

Unsere Haushälterin Emma aber hat es von der seligen Frau Wagenrad gelernt. Sie hat sich sogar ihre damenhafte Handschrift abgeschaut! Außerdem kennt sie viel mehr Wörter als ich und hilft mir dabei, dass meine Briefe zwar nicht gleich, aber immerhin annähernd so elegant sind wie die deinen (auch diesen Satz hat übrigens Emma formuliert, ich hätte gar nicht gewusst, wie ich so etwas ausdrücken soll!). Aber keine Sorge, ich habe dir ja bereits gesagt, dass ich für Emma wie eine Göttin oder sogar wie eine zweite Frau Wagenrad bin. Niemals würde sie etwas verbreiten, von dem ich es nicht möchte. Nun sind wir also zu dritt im Bunde, aber dein Geheimnis wird dadurch nicht weniger geheim, das will ich dir versprechen!

Es schickt dir eine weitere Umarmung,

deine Gisela

PS: Es tut mir doch sehr leid, dass wir nun kein solches gemeinsames Geheimnis haben, das ausschließlich uns beiden gehört. Aber wir könnten doch miteinander ein solches schaffen, wenn du willst!

Hochverehrte Emma, liebste Gisela,

ich will ehrlich sein: Nachdem ich euren letzten Brief gelesen habe, ist er mir aus der Hand gefallen, so sehr habe ich gezittert, ob vor Scham oder vor Wut, kann ich heute nicht mehr sagen. Auf jeden Fall war mir der Gedanke höchst unangenehm, dass ein weiteres Paar Augen jene Zeilen gelesen hat, die doch nur für dich bestimmt waren, liebste Gisela, und dass die Worte, die ich für die deinigen hielt, in Wahrheit aus einer fremden Feder flossen. Aber nur im ersten Moment, in der allerersten Erschrockenheit habe ich so gedacht! Denn schon während ich mich hinunterbückte, um den Brief wieder aufzuheben, erkannte ich meine eigene Dummheit. Habe ich nicht alle Zeitungsartikel gesammelt, ja, sogar eingerahmt und über mein Bett gehängt, die dich, liebe Gisela, auch nur in einem Nebensatz erwähnen? Und habe ich nicht gerade jene Artikel mit größtem Interesse gelesen, die von deiner unschuldigen, deiner ganz und gar natürlichen Jugend, weit weg von jeder Verlogenheit, handelten? War es nicht dieses Wissen um deine unbekümmerte, ursprüngliche Seele, die deinen Reiz noch steigerte?

Und ich dumme, dumme (es gibt kein anderes Wort dafür) Person glaube auch noch, dass eine solche Seele gleichförmige Schnörkel schreiben sollte wie ich selbst, die ein Schulsystem durchlaufen hat wie eine Büchse eine Konservenfabrik. Hätte ich auch nur ein wenig nachgedacht, hätte mich dein Geständnis ebenso wenig schockiert wie dich das meinige.

Und Sie, hochverehrte Emma, glauben Sie mir, dass ich Ihnen gegenüber nichts anderes mehr empfinde als die allergrößte Dankbarkeit. Denn wären Sie nicht gewesen, wäre meine erste schriftliche (wie dumm! Dumm!) Kontaktaufnahme ungelesen in den Müll gewandert, und einen zweiten Versuch hätte ich, so gut kenne ich mich bereits, niemals gewagt. So verdanken wir Ihnen und keiner andren unsere wunderbare Freundschaft!

Nun, Gisela, gilt es zu entscheiden, ob wir uns weiterhin schreiben wollen, auch wenn wir dann in unseren Briefen niemals ganz allein miteinander sein können. Wenn du das möchtest, so habe ich nur eine Bitte: Lass Emma die Schreibarbeit machen, aber formuliere du ganz allein! Denn ich will dich so unverfälscht wie möglich lesen, und fehlende Eleganz (aber was, das von dir kommt, soll nicht vollends elegant sein?) stört mich dabei nicht so sehr wie fremder Einfluss.

Jedoch will ich dir noch einen weiteren Vorschlag machen: Zwar bin ich weder eine Lehrerin, noch ist meine Handschrift ein kalligrafisches Wunderwerk, doch wenn du nichts dagegen hast, so will ich dir das Schreiben und das

Lesen beibringen! So würden sich die Jahre des mühsamen Unterrichts für mich endlich lohnend zeigen, und dir würde das Leben doch beträchtlich leichter werden, könntest du auch ohne Emmas Hilfe schreiben und lesen. Wie gerne würde ich dich dazu in unser Haus einladen, aber ich fürchte, Gussendorff könnte uns lästig werden, sobald er sich wieder erholt hat. Darum schlage ich Folgendes vor: Ich will dich jeden Tag nach deiner Probe abholen und mit dir ein verborgenes Kaffeehaus ganz am Rande der Stadt aufsuchen, wo dir sicher keine Verehrer und Bewunderer auf die Nerven fallen. Café Helmar ist der Name dieses Lokals, und dort werde ich dann deine Hand führen beim Schreiben und die Buchstaben dir vorsprechen, bis …

Herrgott, nun schreibe ich schon, als wäre es beschlossene Sache. Natürlich hängt es nur von deinem Willen ab, und solltest du einen besseren, einen erfahrenen Lehrer bevorzugen, so hast du mein vollstes Verständnis. Aber freuen würde es mich dennoch, würdest du mich zu deiner Helferin erwählen. Denn das hieße doch, dass wir uns jeden Tag sehen könnten, und allein der Gedanke an diese Möglichkeit erhebt meine Stimmung ins Unendliche!

Es grüßt (euch beide) herzlichst,
Ida

6

In seinem kleinen Feinkostladen war ein alter Kaufmann von der Inflation überrascht worden. Sie brach in Form einer Horde Hausfrauen über ihn herein, denn es hatte sich wie ein Lauffeuer in der Stadt verbreitet, dass dieser arme Kerl seine Preise noch nicht nach oben korrigiert hatte, wie es alle anderen Kaufleute getan hatten, und binnen kürzester Zeit sah er seinen Feinkostladen völlig leergeräumt. Unter den vielen wackeren Kämpferinnen, die ihre Körbe mit allerlei eingelegten oder getrockneten Köstlichkeiten vollstopften, war auch die Köchin der Gussendorffs, der ihre kräftige Figur hier wieder einmal zum Vorteil wurde. Wie ein Eisbrecher manövrierte Rosl sich durch das Menschenmeer, und jene eifersüchtigen Weiber, die ihr die köstlichen Gläser in ihrem Korb entreißen wollten, prallten an ihren breiten Schultern ab wie Fliegen.

Wenn es um Lebensmittel, ihre wertvollsten Instrumente zur Vollführung des Kochzaubers, ging, kannte die gutmütige Rosl kein Erbarmen. Sie rammte ein halbes Dutzend keifender Damen, die über eine Dose Pökelfleisch in Zank geraten waren, zur Seite und schob sich zum Verkäufer vor, der hinter seiner Theke in Deckung gegangen war und gar nicht wusste, wie ihm geschah. Völlig entgeistert nahm er Rosls Scheine entgegen, die am Vortag sehr wohl noch den Gegenwert eines Korbs voll Feinkostspezialitäten gehabt hatten, mittlerweile aber in anderen Geschäften nicht einmal mehr für ein Stück trockenes Brot gereicht hätten. Ihm schwante wohl, dass er, obwohl oder besser gesagt weil das Geschäft lief wie noch nie, irgendeinen fatalen Fehler begangen haben musste. Aber bevor er sich zu irgendeiner Handlung, die dem Trubel ein Ende bereiten würde, entschließen konnte, hatte Rosl sich schon wieder hinaus ins Freie gekämpft. Die nächste Glückliche drückte dem Verkäufer ein wertloses Bündel Papier in die Hand, und wieder ließ er es völlig hilflos in die Kassa gleiten. An diesem Abend schloss er seinen Laden für immer.

Rosl jedoch machte sich darüber keine Gedanken, sie war guten Mutes, als sie ihren schweren Korb nach Hause schleppte. Nicht nur, dass ihr dieser günstige Einkauf geglückt war: Ganz allgemein schien sich alles zum Besten zu wenden, und wenn nicht in der Welt (aber wann, bitteschön, war die Welt schon gut?), so doch im Hause Gussendorff. Denn obwohl es sehr schlecht ausgesehen und Rosl das Schlimmste befürchtet hatte, hatte Gussendorffs Gesundheitszustand sich wieder verbessert, ja, er war beinahe wieder vollständig hergestellt. An diesem Tag hatte er beim Frühstück sogar über die Marmelade gemeckert, obwohl Rosl genau wusste, dass diese himmlisch schmeckte, immerhin hatte sie sie eigenhändig eingekocht. Darüber hatte Gussendorff eine kleine Diskussion begonnen (die Rosl nur, um seine Kräfte zu schonen, nicht in eine gewaltige Streiterei ausarten ließ). Danach hatte er Ida gerügt, weil sie einen Dutt und eine dunkle Bluse trug wie ein »biederes Fräulein vom Amt«, und zu guter Letzt hatte er Rosl in seinem gebieterischsten Tonfall ein ganz spezielles Menü diktiert, welches er sich zum Dinner wünschte, da er Besuch vom Staatsoperndirektor und ein paar anderen wichtigen Männern erhalten sollte. Und schließlich war er nicht, wie in der letzten Zeit üblich, zum Kanapee gewankt, sondern in seinem Arbeitszimmer verschwunden, aus welchem man hin und wieder lautes Summen irgendwelcher Operettenmelodien vernehmen konnte. Ganz offensichtlich hatte er sich vom ersten Fieber des musikalischen Erfolgs erholt und war wieder ganz der Alte geworden.

Auch Ida wandelte sich zum Besseren. Tag für Tag wurde sie fröhlicher. Ihre neue Lebendigkeit hatte sie geradezu ansehnlich gemacht: Ihre Haut war nun weder gelblichweiß noch glühend rot, sondern angenehm pfirsichfarben, ihre Augen blickten mit samtigem Schimmern munter aus ihren Höhlen hervor, und auch wenn Rosl wusste, dass selbst die größte Fröhlichkeit keine solchen anatomischen Wunder vollbringen konnte, kam es ihr so vor, als würde sich Idas sonst so platte Nase neuerdings selbstbewusst und neugierig aus dem Gesicht strecken.

Bevor Ida ausging, betrachtete sie sich nun immer eingehend im Spiegel und legte, wenn sie es für notwendig hielt, ein wenig Rouge auf. Und Ida ging nun täglich aus. Während sie sich vormittags wie immer auf die Jagd nach Zeitungen und Zeitschriften machte, ging sie spätnachmittags ins Kaffeehaus, wozu sie sich ganz besonders herausputzte. Wäre Rosl nicht so überzeugt von der frisch entfachten Liebe zwischen den Eheleuten gewesen, hätte sie wohl befürchtet, dass Ida einen Liebhaber hätte. So aber vermutete sie, dass Ida vor allem an den im Kaffeehaus aufliegenden internationalen Zeitungen interessiert war, um nur ja nicht irgendein Detail aus dem Leben der Liebwies zu verpassen, bloß weil eine gewisse Zeitschrift in den städtischen Trafiken nicht erhältlich war. Und warum sollte Ida auch nicht allein ins Kaffeehaus gehen, wenn ihr diese neue Beschäftigung doch so offensichtlich guttat.

Jedoch vermisste Rosl ihre Gesellschaft beim Kochen. Eine Leidenschaft wurde doch immer noch leidenschaftlicher, wenn man darüber sprechen konnte, und manchmal ertappte Rosl sich dabei, wie sie während dem Rühren vor sich hin plapperte, als säße Ida wieder am Fensterbrett und hörte zu.

Das Herbstlaub raschelte unter Rosls Schuhen, als sie die Alleen entlangging, und neidische Blicke folgten ihrem übervollen Strohkorb. Selbst der Staatsoperndirektor würde Augen machen, wenn sie ihm ihre Wunderspeisen vorsetzte! Sie hatte keine Ahnung, wie der Staatsoperndirektor aussah, und doch hatte sie ein ganz genaues Bild vor Augen, wie genüsslich, nein, geradezu ekstatisch sein Gesichtsausdruck sein müsste, wenn er ihr Rinderfilet probierte …

Aber es sollte natürlich alles ganz anders kommen. Rosl hatte schon ein seltsames Gefühl, als sie die Haustür aufsperrte. Eine unheimliche Stille herrschte im Haus. Natürlich war es still, Ida war wie immer um diese Zeit ausgegangen, und Gussendorff arbeitete, was hatte sie denn für Lärm erwartet? Und doch war es anders als sonst. Übertrieben behutsam trug Rosl den Korb in die Küche, die Stille machte sie ehrfürchtig, als wäre im Stillen alles zerbrechlicher, verwundbarer. Sie hatte die Küche gerade erreicht, da erschallte plötzlich ein durch Mark und Bein gehendes Stöhnen. Es schien von allen Wänden gleichzeitig zu kommen, wie ein Geist rauschte es durch die Küche, erfüllte das ganze Haus. Rosl ließ den Korb fallen. Ein Glas Oliven zerbrach, die dunkelvioletten Kugeln rollten wie Murmeln über den Fliesenboden. Sonst empfand Rosl den Verlust einer Zutat wie den Verlust eines leiblichen Kindes, nun aber nahm sie das zerbrochene Glas kaum wahr, so sehr hatte das Stöhnen sie erschüttert. Achtlos zertrat sie Glasscherben und Oliven, als sie hinaus und die Treppen hinauf zu Gussendorffs Arbeitszimmer hastete. Es wäre selbst für geübtere Ohren, als es Rosls waren, unmöglich gewesen, von der Küche aus den Ursprungsort des Lautes herauszuhören, und doch wusste sie, wo sie gebraucht wurde.

Und tatsächlich: Als sie die Tür des Arbeitszimmers aufriss, fand sie Gussendorff über dem Schreibtisch ausgebreitet wie ein Stück Stoff, das man zum Trocknen aufgelegt hatte. Sein Gesicht lag auf der Tischplatte, sodass Rosl es nicht sehen konnte, und sie hätte ihn für tot gehalten, hätte er nicht noch schauerlich schwere Atemgeräusche von sich gegeben. »Herr Gussendorff! Herr Gussendorff!«, rief Rosl ein paar Mal, aber er reagierte nicht, und auch als sie ihm in ihrer Hilflosigkeit einen leichten Schlag auf den Hinterkopf gab, röchelte er nur. Schließlich beschloss sie, ihn erst einmal in sein Bett zu bringen, wo er es doch viel bequemer haben musste, und wer weiß, vielleicht würde schon das allein ein wenig Besserung bringen. Zuerst versuchte sie ihn auf die Beine zu bekommen, aber Gussendorffs Knie waren puddingweich. Sobald sie ihn mit einiger Mühe aufgestellt hatte, sackte er schon wieder zusammen. Also musste Rosl zum zweiten Mal an diesem Tag ihre Kraft unter Beweis stellen: Sie warf sich Gussendorff wie einen Sack über die Schulter und trug ihn so zu seinem Schlafzimmer. Nun ächzten sie beide, Gussendorff auf Rosls Schulter und Rosl unter Gussendorffs Körpergewicht. Hätte er in der letzten, kränklichen Zeit nicht ein wenig an Gewicht verloren, hätte Rosl es wohl kaum geschafft, ihn auf diese Art und Weise durchs Haus zu transportieren. Trotzdem ließ sie ihn etwas unsanft ins Bett plumpsen, weil, am Ziel angekommen, ihre Kräfte endgültig versagten. Da lag Gussendorff nun am Rücken auf der Bettdecke, mit offenem Mund

und tiefrotem Gesicht, auf dem Schweißperlen glitzerten. Die Augen drückte er zu wie im Krampf, rundherum bildeten sich tausend kleine Fältchen, und es war unmöglich zu sagen, ob es Tränen oder Schweißtropfen waren, die sich darin sammelten, vermutlich eine Mischung aus beiden. Ein solch schreckliches Gesicht hatte Rosl zum letzten Mal im Lazarett gesehen: Es war das Gesicht eines Mannes, der mit dem Tod kämpft. Rosl taumelte ein wenig zurück. Sie versuchte sich an die Krankenschwestern in diesem Lazarett zu erinnern: Was nur hatten die damals getan, um das Leid der Ringenden zu lindern, während Rosl in ihrem Suppentopf gerührt hatte? Was für eine dumpfe, sinnlose Tätigkeit schien ihr das Kochen nun zu sein, wo sie an Gussendorffs Bett stand, völlig unfähig, etwas gegen sein Röcheln auszurichten. Sie durchforstete ihre Erinnerung, irgendein ärztlicher Handgriff, ein aufgeschnappter Ratschlag musste sich dort doch noch befinden! Vor ihr warf Gussendorff sich nun krampfartig von einer Seite zur anderen.

Café Helmar. In Leuchtbuchstaben erschien das Wort plötzlich in ihrem Kopf. »Wartet nicht mit dem Essen auf mich, ich gehe heute ins Café Helmar …«, hatte Ida gesagt. Rosl hatte sich das überhaupt nur gemerkt, weil sie einerseits selbst schon einige Male dort gewesen war, und andererseits, weil ihr diese Wahl sehr eigenartig vorgekommen war. Das »Helmar« war früher ein typisches Dienstbotencafé gewesen, wo sich Bierkutscher mit hübschen Hausmädchen vergnügten, mittlerweile waren auch einige Arbeiter hinzugestoßen, Friseusen und Kellnerinnen verbrachten ihren freien Abend dort ebenso wie Maurerlehrlinge und Fabrikarbeiter. Rosl selbst war hin und wieder zum Kartenspielen hingegangen, denn auch wenn das Essen ungenießbar und der Wein mit Wasser gestreckt war, genoss sie die Gesellschaft dort, die so ganz anders war als jene, die sie im Hause Gussendorff zu bedienen hatte. Alles in allem war das »Helmar« jedenfalls kein typischer Aufenthaltsort für die Fabrikantentochter und Künstlergattin Ida. Rosl hatte das sogar einmal angesprochen, aber Ida war so stur geblieben, wie sie erst in letzter Zeit stur sein konnte, als hätte sie die Sturheit ihres ganzen Lebens nur für diesen Abschnitt aufgespart. Also hatte Rosl nichts mehr dazu gesagt und nicht weiter an das Café Helmar gedacht, bis eben zu diesem Moment, als sie an Gussendorffs Sterbebett stand. Ida Gussendorff saß in diesem Augenblick unbekümmert im Café Helmar, ohne sich um die Gesundheit ihres Mannes Gedanken zu machen, und warum sollte sie auch, immerhin hatte er an diesem Tag schon über ihre Kleidung geschimpft, ein eindeutiges Zeichen der Genesung. Rosl warf einen letzten Blick auf den elenden, schwitzenden Mann, dessen einst eindrucksvoller Bart ihm nun nass und schwer auf der Brust lag, dessen Donnerstimme nur noch undefinierbare Laute hervorbrachte, dessen genialer Geist diesen zerlumpten Körper vielleicht schon verlassen hatte. Dann raffte Rosl ihren Rock hoch und rannte los.

Es war ein sonniger Spätnachmittag, die Straßen waren gesteckt voll mit Menschen, die nach getaner (oder mangels irgendeiner) Arbeit spazieren gingen oder noch ein paar Besorgungen machten. Als sie Rosl kommen sahen, sprangen sie erschrocken zur Seite, als würde ein Streitwagen auf sie zurasen. Von der Geschwindigkeit her kam Rosl dem auch schon sehr nahe, und genauso rücksichtslos hätte sie jeden über den Haufen gerannt, der sich in ihren Weg gestellt hätte. Viele Leute riefen ihr Flüche nach, ein junger Mann, den sie unsanft gestoßen hatte, jagte ihr sogar eine Zeitlang hinterher, ohne sie aber einholen zu können. Rosl war schnell wie ein Geschoss, und es hätte sie wohl selbst gewundert, dass sich ihr schwerer Körper so flink bewegen konnte, hätte sie die Zeit gehabt, darüber nachzudenken. Aber ihr Kopf war noch immer leer, nur die Buchstaben »Café Helmar« tanzten darin, und hin und wieder blitzte ein Bild des schweißüberströmten Gesichts Gussendorffs dazwischen, sodass sie noch schneller zu laufen begann. Sie ließ die Innenstadt hinter sich und raste durch die vorstädtischen Gassen, die von bedrohlich baufälligen Häusern gesäumt waren. Mehrere Male stieg sie auf dem unebenen Pflaster in Exkremente (ob von Hunden oder Menschen, war nicht mehr zu eruieren), aber selbst das konnte ihren Lauf nicht stoppen, der Dreck blieb an ihren Stiefeln kleben, und niemand wunderte sich darüber: Offenbar handelte es sich um eine völlig Irre. Die Beschimpfungen, die die erschrockenen Passanten ihr nachriefen, wurden immer ordinärer, aber Rosl hörte sie nicht. Sie rannte und rannte.

Schließlich bog sie in die kleine, dunkle Helmargasse ein, wo sie das gleichnamige Café schon mit abblätternden Lettern grüßte. Sie riss die Tür auf.

Der vordere Raum des Cafés Helmar stand im Nebel. Aus jedem einzelnen der bei Rosls Anblick offen stehenden Münder quoll Zigarettenrauch. Die flimmernde, sparsam schummrige Deckenbeleuchtung erschwerte die Sicht noch mehr. Rosl blieb stehen. Sie hörte Männerstimmen lachen und Frauenstimmen tuscheln. »Aber gute Frau … Sie können doch nicht einfach …«, stammelte der Mann hinter der Bar, und irgendwo zerbrach ein Glas. Da plötzlich erblickte Rosl, wonach sie gesucht hatte.

Ganz hinten saßen an einem der dreckigen Glastische zwei elegante Damen, die sich ganz offensichtlich nicht in das Umfeld fügten. Die Blonde trug ein Kleid mit Pelzbesatz, die Brünette einen Seidenschal, und statt dem obligatorischen Glas Bier hatten die beiden kleine, zarte Tassen vor sich stehen. Sie saßen nebeneinander über irgendein Schriftstück gebeugt und befanden sich in heiterer Konzentration, als Rosl an ihren Tisch trat. Von ihrem eindrucksvollen Auftritt hatten die beiden Damen nichts mitbekommen, sie erschraken sogar, als Rosl sich neben ihnen räusperte. Die Blonde, die einen Stift in der Hand und wohl gerade geschrieben hatte, machte einen großen Strich über das ganze Blatt Papier.

Die Brünette wandte Rosl ihr Gesicht zu. Ihre Lippen waren schmal, ihre Mundwinkel verkniffen, die Augenbrauen zu einem Strich zusammengezogen. Rosl hatte Ida noch nie so verärgert gesehen. »Was wollen Sie?«, fragte Ida barsch. Offensichtlich hatte sie sich besser an ihre Umgebung angepasst, als es der erste Eindruck vermuten ließ.

»Frau Gussendorff …«, hechelte Rosl, verlegen gemacht durch Idas Zorn und außerdem völlig außer Atem, »Ihr Mann stirbt!« Die Blonde schlug sich schockiert die Hände vors Gesicht, Ida aber blickte Rosl unverändert zornig an, als hätte diese sie bei einer lebenswichtigen Operation unterbrochen, nur um über das Wetter zu reden.

Und mit gereizter Stimme fragte sie: »Und da kommen Sie zu mir? Was soll ich jetzt daran ändern?«

Ida bestand darauf, für den Heimweg die Straßenbahn zu nehmen. Rosl ertrug die zwanzig Minuten, die sie bei der Haltestelle auf die nächste Bahn warten mussten, nur schwer, während Ida in aller Ruhe auf und ab schritt und die Plakate auf den Litfaßsäulen begutachtete. Einmal lachte sie sogar laut auf. Jede Sekunde, dachte Rosl, könnte jene sein, in der August Gussendorff seinen letzten Atemzug tat, und ob seine Frau ihn noch einmal zu Gesicht bekommen würde, hing nur noch von dieser Banalität, dieser Straßenbahn ab. Allerdings spürte Rosl, dass sie einen solchen Sprint kein zweites Mal überleben würde: Ihr Herz pochte heftig gegen ihre Brust, und ihre Lungen verlangten schmerzend nach noch mehr Sauerstoff. So saß sie schnaufend auf der Wartebank und machte sich die schlimmsten Vorwürfe. Natürlich hatte Ida recht: Was sollte sie gegen den Tod ausrichten? Statt durch die halbe Stadt zu Ida hätte Rosl einfach zum nächsten Arzt laufen sollen. Warum nur war ihr das Café Helmar in den Sinn gekommen, und nicht etwa die Adresse des Krankenhauses? Gisela Liebwies war da viel verständiger gewesen. Sie hatte sich sofort bereiterklärt, einen Arzt zu holen, während Ida und Rosl sich ohne Umwege auf den Heimweg machen sollten. Ida hatte dem Plan zwar zugestimmt, allerdings war der Widerwille in ihrer Stimme deutlich zu hören gewesen. Provokant umständlich hatte sie das Kleingeld aus ihrer Tasche gekramt, um die Rechnung zu bezahlen. Und während Gisela, die mit Gussendorff ja nur oberflächlich bekannt war, sofort wie der

Wirbelwind losrannte, stand Ida nun seelenruhig bei der Straßenbahnstation. Vielleicht, dachte sich Rosl nun, hatte sie sich doch geirrt, was die Liebe der Gussendorffs zueinander anging. Bevor sie diesen Gedanken aber weiterspinnen konnte, ratterte die erlösende Straßenbahn ein.

Als Ida und Rosl zu Hause eintrafen, saß Gisela bereits auf der Kante von Gussendorffs Bett und tupfte ihm mit einem Taschentuch den Schweiß ab. Über ihrem Kopf stand in der Collage aus Zeitungsausschnitten Hunderte Male ihr eigener Name geschrieben; sie schien es nicht zu bemerken. Auf der anderen Seite des Bettes stand ein junger Mann, er hatte sich über den Sterbenden gebeugt und drückte ihm ein Stethoskop auf die Brust. Von Gussendorff kam kein Laut mehr, aber da Gisela und der Arzt sich so um ihn bemühten, nahm Rosl an, dass er noch am Leben sein müsste. Hätten sie doch nur auf die gemütliche Straßenbahnfahrt verzichtet, hätten sie die Beine in die Hand genommen und wären gerannt … hätte das auch nichts geändert. Und so widerstand Rosl ihrem ersten Impuls, Ida eine Ohrfeige zu geben, und faltete stattdessen die Hände. Wenn es um Leben und Tod ging, hatte Gott allein das Sagen, und auch wenn er Rosls Meinung nach nicht existierte, war es immerhin einen Versuch wert, wenn man schon sonst nichts mehr ausrichten konnte. Der junge Arzt, der das Eintreten der beiden Frauen gehört hatte, richtete sich auf. »Es ist sehr ernst«, sagte er, als wäre es eine Antwort, und tatsächlich musste er die Frage auf Rosls besorgtem Gesicht abgelesen haben. In Idas Miene hingegen war weder Frage noch Sorge zu erkennen: Sie stand mit verschränkten Armen da und wippte mit dem Fuß, als wäre sie in einem Spiel unterbrochen worden, das jeden Augenblick weitergehen musste.

»Was hat er denn, Dr. Römer?«, fragte sie schließlich, und ihre Stimme klang wieder oder immer noch gereizt.

»Nun, was genau er hat, wird wohl ein Patho… ich meine, das wird jemand anderes feststellen müssen, ich kann nur so viel sagen, als dass seine Lunge und sein Herz nicht mehr richtig arbeiten«, antwortete Dr. Römer.

»Sein Herz hat noch nie richtig gearbeitet«, entgegnete Ida. Sie durchquerte das Zimmer und stellte sich ans Fenster, durch das sie hinaus auf die farbenprächtigen Herbstalleen starrte. Sie sagte nichts mehr, sie rührte sich nicht. Der Doktor kramte in seiner Arzttasche. Er suchte wohl noch irgendeine Wundertablette, einen Zaubertrank oder irgendetwas, das Gussendorff wieder in die Welt der Lebenden zurückholen würde, aber da war nichts als sinnloses Spielzeug in seiner Tasche: Pinzetten und Lupen und Lämpchen und die unterschiedlichsten Messgeräte, aber nichts, was einem Menschen wirklich zur Heilung verhelfen konnte. Gisela schluchzte leise und tupfte Gussendorff immer weiter das Gesicht ab, obwohl kaum noch Schweiß aus seinen Poren drang. Ganz leise hörte man ihn noch atmen.

Rosl spürte, wie auch ihr die Tränen in die Augen stiegen. Sie hatte in ihrem Leben nur selten geweint und noch nie in der Gegenwart anderer. Sie dachte, dass sie ein höchst lächerliches Bild abgeben müsste: eine Frau mit ihrer Vergangenheit, mit ihrer Kraft, mit ihrer Schulterbreite, in Tränen aufgelöst über einen Tod, wie er täglich Tausende traf. Tränen zierten nur ein hübsches Gesicht. Gisela zum Beispiel gaben sie eine ganz bestimmte Anmut, die dazu drängte, sie in den Arm zu nehmen und ihr das Haar zu streicheln. Es war ein Anreiz, dem Dr. Römer, nachdem er seine Niederlage erkannt und die Arzttasche beiseitegelegt hatte, auch nachgab. Da saßen sie nun, die entfernten Bekannten Gussendorffs, auf seiner Bettkante und flüsterten sich gegenseitig Trostworte ins Ohr, während die Witwe, nein, noch war sie die Gattin, regungslos am Fenster stand. Doch wer von ihnen sollte Rosl, die starke und unzerbrechliche Rosl, in den Arm nehmen wollen? Rosl verkniff sich also die Tränen und schlich rückwärts unbemerkt aus dem Schlafzimmer. Dr. Römer wiegte Gisela in seinen Armen sanft hin und her.

Zurück in ihrer geliebten Küche, bemerkte Rosl erst wirklich, dass das Olivenglas zerbrochen war. Sie ließ sich neben seinen traurigen Überresten auf den Boden fallen und begann hemmungslos zu heulen. Es war besser, über verlorene Oliven zu weinen, als über einen Menschen, der doch noch nicht verstorben war. Denn auch wenn jener junge Arzt die Hoffnung augenscheinlich aufgegeben hatte, so hörte man doch immer wieder von Wundern. An diesen Gedanken klammerte Rosl sich, während sie dort am Boden hockte, ihre Hände in Tränen wusch und immer wieder schluchzte: »Die schönen Oliven! Die schönen Oliven!«

Rosl hätte nicht sagen können, wie lange sie so dort gesessen hatte, aber der von Dr. Römer ausgestellte Totenschein sollte später bestätigen, dass es genau achtzehn Uhr fünfunddreißig war, als Gussendorffs Stimme zum allerletzten Mal erklang. Und wie in seinen besten Zeiten donnerte sie durch das ganze Haus, tief und mächtig und klar konnte man in jedem Zimmer seinen Ausruf vernehmen: »Sarah! Sarah! Sarah!«

Rosl sprang sofort auf die Beine. Sie konnte zwar mit diesen sechs Silben nichts anfangen (auch Dr. Römer würde in den Totenschein: »unverständliche Laute, hernach sofortiges Eintreten des Todes« eintragen), und doch regte sich in ihr die Hoffnung, der Alte wäre wieder zurückgekehrt und könnte jeden Moment in die Küche gelaufen kommen und ihr wegen den Oliven eine Szene machen. Aber da war wieder diese Stille, die sie auch schon vor jener Ewigkeit von wenigen Stunden wahrgenommen hatte, als sie vom Einkauf zurückgekehrt war. Rosl verstand, dass es vorbei war.

Seltsamerweise erleichterte sie diese Gewissheit. »Nun hat er alles hinter sich«, murmelte sie, und für alle Fälle schlug sie ein Kreuzzeichen auf der Brust (dass ihre Seele in das sozialistische Nirgendwo eingehen sollte, musste ja nicht heißen, dass dasselbe auf den armen Gussendorff zutraf). Dann besann sie sich, dass sie im Schlafzimmer jetzt wohl um einiges hilfreicher sein konnte als hier in der Küche. Sie wischte sich mit den Ärmeln das Gesicht trocken und ging wieder hinauf.

Rosl fand Ida immer noch am Fenster stehend vor, nun aber mit dem Gesicht dem Zimmer zugewandt, Gisela stand an ihrer Seite und hielt ihr die zittrige weiße Hand. Der Umstand, dass Ida vom Tode ihres Mannes doch nicht ganz unberührt geblieben war, ja, sogar ein wenig geweint haben dürfte (das verrieten ihre geröteten Augen), empfand Rosl als Versöhnung und verzieh Ida sofort das kühle Betragen von vorhin. Denn niemand konnte voraussagen, wie er auf den Tod eines geliebten Menschen reagieren würde

(Rosl selbst hätte niemals geglaubt, überhaupt zu so vielen Tränen fähig zu sein, und dann auch noch für einen Mann, mit dem sie nichts als gestritten hatte). Und wenn Frau Gussendorff ihre große Betroffenheit durch große Distanz ausdrückte, war sie dafür auch nicht zu kritisieren.

Gussendorff lag im Bett, als wäre er mit dem Möbelstück verwachsen, als hätte er schon immer dort gelegen und wäre noch nie ein lebendiger Mensch gewesen.

Dr. Römer stand über Idas Schminktischchen gebeugt und füllte darauf den Totenschein aus. »Ich bin sein Trauzeuge gewesen, ich habe seine Heiratsurkunde unterschrieben, nun unterschreibe ich seinen Totenschein«, seufzte er. Dann setzte er schwungvoll seinen Namen darunter und faltete das Stück Papier zusammen. Nachdem er es eingesteckt hatte, wandte er sich Ida zu. »Ich weiß nicht, wie Sie es sich vorgestellt haben, aber ich persönlich halte nichts von langen Hausaufbahrungen. Ein Toter sollte nicht gewaltsam in der Welt der Lebenden gehalten werden. Auf toter Haut bilden sich die verschiedensten Krankheitserreger, und wenn man nicht mit größter Vorsicht agiert, kommt es sehr schnell zur Geruchsentwicklung. Andererseits natürlich kann ich es verstehen, dass man ein liebes Gesicht noch so lange wie möglich vor Augen haben will, bevor die Zeit das ihrige tut, um es …«

»Nehmen Sie ihn nur mit!«, unterbrach ihn Ida. Einen Moment lang konnte Dr. Römer seine Überraschung nicht verbergen, denn weder mit der schnellen Antwort noch damit, von einer Frau unterbrochen zu werden, die noch dazu die blasse, verschüchterte Ida Gussendorff war, hatte er gerechnet. Er hatte seine Gesichtszüge aber schnell wieder unter Kontrolle und erklärte in fachmännischem Ton, dass dies zwar nicht in seiner Verantwortung liegen würde, er aber aus Freundschaft zu dem Verstorbenen und seiner Witwe es sehr gerne übernehmen würde, auf der Stelle einen Sarg und ein paar Träger zu bestellen, wenn es der gnädigen Frau recht wäre. Die gnädige Frau nickte. Dr. Römer sammelte seinen Hut und seinen Mantel ein, die er in der Eile achtlos auf den Boden geworfen hatte, bekundete noch einmal zuerst an Ida und schließlich an alle Anwesenden gerichtet sein ausgesprochenes Beileid und verschwand durch die Tür. Gisela folgte ihm wortlos.

Hinter der Glasscheibe, an die Ida ihren Hinterkopf lehnte, fiel das Laub golden von den Bäumen, bald würde die Allee nackt und kahl sein, und nie wieder würde Rosl schon beim Frühstück in einen herrlich sinnlosen Streit geraten, nie wieder würden die von ihr gekochten Speisen aus dem Fenster fliegen, nie wieder würden anfängliche Sticheleien zu Wortgefechten schwellen und ihren Tag erfüllen. Nun war ihr wieder nichts als das Kochen geblieben, und wieder schien es ihr als völlig sinnlose Tätigkeit, als minderwertiger Zeitvertreib, völlig nutzlos, da doch die herrlichste Speise nichts gegen den Tod ausrichten konnte.

Ida öffnete ihre Augen wieder, atmete einmal tief durch und trat auf Rosl zu. Rosl, die gerade wieder den Tränen nahe war, ermahnte sich: Sie musste stark sein für Ida. Ida war die Witwe und nicht sie, Arbeit war Arbeit. »Rosalia …«, fing Ida an, und zum ersten Mal sprach sie alle vier Silben dieses Namens aus, »ich möchte Sie mit allen Vorbereitungen für das Begräbnis betrauen. Ich bin nicht in der Lage … und vor allem: Ich habe keine Zeit.«

Während den ersten Worten hatte Rosl noch verständnisvoll genickt, den letzten Satz aber glaubte sie zuerst falsch verstanden zu haben, denn womit verbrachte Ida ihre Tage schon, als mit der Jagd nach Zeitungsausschnitten und Kaffeehausbesuchen. Aber dann kam Rosl der Einfall, dass Ida wohl von ihrem emotionalen Zustand sprechen musste, der ihr nun alle Zeit und Kraft abverlangte, und so antwortete sie: »Selbstverständlich.« Ida schien erleichtert. Es zeigte sich sogar ein sanftes Lächeln, oder vielmehr eine Andeutung davon, auf ihren Lippen, als sie sagte: »Wissen Sie, ich habe nämlich ein Versprechen gegeben, welches ich nicht brechen kann, ohne damit auch zwei Herzen zu brechen, ein fremdes und mein eigenes. Ich habe versprochen, mich auf eine Reise zu begeben, sobald mein Mann mir diese Freiheit gewährt, und wie könnte er sie mir freigiebiger gewähren als auf diesem Wege. Ich werde gleich morgen aufbrechen, so also liegt alles Weitere, was meinen lieben Mann und dieses Haus betrifft, ganz allein in Ihren Händen.« Bevor Rosl noch ein Wort erwidern konnte, ging Ida an ihr vorbei aus dem Zimmer, und Rosl war viel zu erstaunt, als dass sie ihr nacheilen hätte können. Eine Reise wollte die Witwe Gussendorff also tun, wo doch ihr Mann noch gar nicht erkaltet war, und wohin wollte sie reisen, wessen Herz wollte sie nicht brechen … Die Fragen rasten so wirr durch Rosls Kopf, dass sie sich lange zu keiner Tat entschließen konnte. Sie blieb einfach im Schlafzimmer stehen, ihr Blick ruhte auf dem armen Toten, den sie durch den dichten Schleier ihrer Gedanken hindurch jedoch kaum wahrnahm, und erst das Schrillen der Türklingel erweckte sie aus ihrer starren Verwunderung. Der Staatsoperndirektor! Er hatte ja noch keine Kunde erhalten von dem unglücklichen Schicksal seines Gastgebers! Rosl musste ihm die schlimme Botschaft mitteilen. Diese aber sollte er nicht auf nüchternen Magen erhalten, die Oliven waren nun zwar dahin, aber sie hatte ja noch anderes, was sie ihm auftischen konnte, nicht umsonst hatte sie am Morgen den Delikatessenladen gestürmt, für den Leichenschmaus aber würden ihre Beutestücke nicht reichen, sie musste noch einmal einkaufen gehen, und wie viele Leute wohl kommen würden, und einen Pfarrer musste sie organisieren und ein Streichquartett … Sie hastete die Treppen hinunter zur Eingangstür und vergaß über ihren Plänen die Trauer über Gussendorffs Tod sowie die Verblüffung über Idas Reise. Sie war nun die Herrin im Haus und hatte damit mehr als genug zu tun. Die Arbeit, die ein Tod mit sich bringt, ist der größte Trost.

Ida ging an diesem Abend zeitig schlafen und nutzte den ganzen nächsten Vormittag für Amtswege, um Reisepapiere für Gisela und sich zu besorgen, was, da sie über das nötige Kleingeld für diverse Bestechungen verfügte, schnell und reibungslos ablief. Danach kaufte sie zwei Zugtickets, und am Abend saß sie schon im Nachtzug in ein neues Leben, oder zumindest in die ersten Tage davon, in ein Leben mit Gisela Liebwies.

8

Als ein junger, dick bebrillter Journalist sie einmal fragte, warum sie sich denn Madame Femina nannte, ob das denn nicht in gewisser Hinsicht eine Tautologie wäre (wobei er sich händereibend an seinen Fremdwortkenntnissen erfreute), antwortete sie lächelnd: »Aber meine Eltern haben mich doch auch Herr Mann genannt!«

Daraufhin blickte der junge Mann sie verwirrt an, kratzte sich am Kopf und ging kommentarlos zur nächsten Frage über. Seine Freude war verflogen.

Das war das einzige Detail über Madame Feminas bürgerliches Leben, welches jemals über ihre rotbemalten Lippen rutschte. Sie bereute diesen kleinen Wortwitz auch sofort, allerdings tauchte der Name »Hermann« in dem Interview, das tags darauf in einem Boulevardblatt erschien, ohnehin nicht auf (vermutlich hatte der Journalist den kleinen Witz bis zum Schluss nicht verstanden). Und das war Madame Femina sehr recht, denn ihr Leben war schon schwer genug, ohne dass die ganze Welt ihren amtlichen Vornamen kannte.

Dreizehn Stunden des Tages verbrachte Madame Femina damit, zu leiden. Es begann beim Aufstehen und endete erst, wenn sie die »Blaue Taverne« betrat. Dem Journalisten hatte sie erzählt, dass es sich anfühlte, als würde man den ganzen Tag über die falschen Schuhe tragen, zwei Nummern zu klein oder den linken Schuh am rechten Fuß. Aber das stimmte nicht. Ihr Leiden war kein unpassender Schuh, es war ein unpassender Fuß. In der Zeitung war aber auch darüber nichts zu lesen. Ihr Seelenleben schien dem Journalisten wohl nicht so kurios wie ihr Äußeres. Auch das war Madame Femina nur recht. Sie liebte ihre Abendhülle und wollte diese nicht von Innenleben überschattet sehen.

Das, worunter Madame Femina tagsüber aber tatsächlich am meisten litt, war ihre Abneigung gegen Krawatten. Es war ihr morgendliches Ritual, dass Elfriede ihr die Krawatte band, und es war ebenso ihr morgendliches Ritual, dass sie es zu fest tat, sodass der verdammte Knoten in den verhassten Adamsapfel drückte. Jedes Mal kam Madame Femina dann der Gedanke, dass Elfriede alles wusste. Sie meinte sogar, der Knoten würde jedes Mal ein wenig enger. Ein Ersticken auf Zeit, das wäre der passende Tod für Madame Femina.

Sie sagte kein Wort darüber zu Elfriede, und wenn sie später versuchte, den Knoten mit den Fingern ein wenig zu lockern, achtete sie darauf, dass Elfriede gerade nicht hinblickte, als wäre es unanständig, nicht ersticken zu wollen. Und vielleicht war es das auch, dachte Madame Femina manchmal, vielleicht war der Tod die moralischere Lösung. Aber diesen bitteren Gedanken schluckte sie schnell hinunter. Eine Krawatte war kein guter Grund zu sterben.

Schweigend nahmen sie das Frühstück ein. Madame Femina blickte starr in ihren Teller, um Elfriede nicht sehen zu müssen.

Elfriede war ein Relikt aus jener Zeit, als der Bauer noch Bauer, der Kaiser noch Kaiser und Hermann noch Hermann war, ganz einfach darum, weil es nicht anders sein konnte. Und weil es in dieser Zeit eben auch nicht anders sein konnte, war dieser Hermann im Stechschritt in Krieg und Ehe marschiert, wie es all seine Kumpanen getan hatten, wie es nicht nur üblich, wie es unumgänglich war. Dem Geist dieser Zeit entsprechend hatte sich Hermann keine hübsche oder sympathische, sondern eine praktische, eine durch und durch soldatische Frau gesucht: Elfriede war gehorsam, fleißig, treu, genügsam. Sie schickte ihm erbauliche Briefe und Selbstgestricktes an die Front, und als der

Krieg verloren war, tauschte sie schweigend ihre Kleider gegen Brennholz und Kartoffeln ein. Seit damals trug sie Tag für Tag denselben traurigen Kittel: dunkelgrau und bodenlang, hochgeschlossen und von einem Korsett zusammengehalten, als wäre alles wie dazumal, als wäre der Bauer noch Bauer und der Kaiser noch Kaiser und Hermann noch Hermann. Die Schwerkraft jedoch schien sie härter zu treffen als ihre Mitmenschen, schlaff und kraftlos hingen ihre Züge. Niemals kam ein Wort der Beschwerde über Elfriedes Lippen.

Heute blickte Madame Femina mit fremden Augen auf das ihr so bekannte Gesicht und fragte sich, wie sie all die Jahre überstanden hatte, in denen sie in Hermanns Freud'schen Untiefen vergraben gewesen war. Einen Krieg, eine Niederlage und einen radikalen Umsturz hatte es immerhin gebraucht, bis Madame Femina endlich hervorbrechen konnte aus dem so einfach gestrickten, so irgendwie unglücklichen Mann. Und was tagsüber nichts als Leid war, wurde nachts zur schillerndsten Freude.

Madame Femina verabschiedete Elfriede mit einem Kuss auf die grauen Wangen und den täglich gleichen Worten: »Warte nicht auf mich, es wird heute Abend später.« Elfriede nickte schicksalsergeben.

Im Büro saß Madame Femina hinter ihrem Schreibtisch und richtete ihren Blick auf die Uhrzeiger, die im Zeitlupentempo über das Ziffernblatt der Wanduhr gegenüber wanderten. Sie wusste, dass ihre Kollegen hinter den papierdünnen Trennwänden es ihr gleichtaten. Sie alle warteten auf irgendetwas, auf das Ende eines Arbeitstags, auf bessere Zeiten, auf den Weltuntergang. Was für ein Leben war das, in dem man nur dasaß und darauf wartete, dass die Zeit verging? Und doch musste Madame Femina glücklich sein, überhaupt noch eine Arbeitsstelle zu haben, weder auf der Straße noch auf den langen Gängen des Arbeitsamtes zu sitzen. Und ganz besonders dankbar musste Madame Femina dafür sein, dass ihre Tarnung noch nicht aufgeflogen war, dass man ihr den Hermann immer noch abnahm, dass ihre Kollegen niemals in die »Blaue Taverne« gingen oder Boulevardzeitungen lasen, und wenn sie es doch taten, so hatten sie zumindest in Madame Feminas elegantem Antlitz ihren biederen Mitarbeiter Hermann noch nicht erkannt. So versuchte Madame Femina den ganzen Tag über, sich ihr Leid kleinzureden: Bei der Arbeit auf den Abend zu warten wäre weniger grausam, als bis in den Abend auf Arbeit zu warten, vor allem, weil man dabei weder hungerte noch fror, vom nächsten Lohn würde sie Elfriede etwas Neues zum Anziehen kaufen, und wer weiß, vielleicht auch etwas Hübsches für sich selbst. So saß Madame Femina also hinter dem Schreibtisch, wartete, redete sich selbst gut zu, starrte auf die Uhr und zupfte an ihrer Krawatte herum. Hin und wieder klopften Klienten an die Bürotür, dann bat Madame Femina sie herein, bot ihnen einen Stuhl und ein Heißgetränk an, lauschte gelangweilt den unwahrscheinlichsten Unglücksfällen (Habenichtse, deren antike Kunstsammlung Wasserschäden erlitten hatte, Prostituierte, deren echte Nerzmäntel in Feuer aufgegangen sein sollten) und protokollierte gewissenhaft all diese Versicherungsmärchen, wobei die Schreibmaschine im zähen Takt des Sekundenzeigers klapperte. Kaum hatten die Klienten (hoffnungsfroh, mit dem in Kürze eintreffenden Geld von der Versicherung wieder einige Monate über die Runden zu kommen) Madame Feminas Büro verlassen, nahm diese das Blatt Papier aus der Schreibmaschine, las es noch einmal durch und ließ es anschließend in den Aktenvernichter gleiten. Die Träume vom schnellen Geld schneiten als Papierflocken aus der Maschine. Dann wartete Madame Femina wieder: auf den nächsten Klienten, auf den Abend, auf das Leben. Wenn sich der kleine Zeiger auf die Fünf und der große Zeiger auf die Zwölf bequemte, stand sie auf, versperrte die Bürotür und ließ das Versicherungsgebäude hinter sich, zumindest bis zum nächsten Morgen.

Es gibt nur wenige Menschen, die sich an ihre eigene Geburt erinnern können. Madame Femina konnte sich an ihre Zeugung erinnern. Das Gefühl, das sie in jenem Moment verspürt hatte, als sie unwiderruflich sie selbst wurde, körperlos und noch unbehelligt von jeglichem Geschlechtsmerkmal, hatte sich tief in ihr eingebrannt wie ein Geruch aus der Kindheit, den man zwar nicht beschreiben konnte, jedoch sofort wiedererkannte, sobald er einem in die Nase stieg. Und Madame Femina erkannte dieses Gefühl jeden Abend wieder, sobald sie die »Blaue Taverne« betrat. In derselben Sekunde, in der sie die schützende Tür hinter sich schloss, riss sie sich die Krawatte vom Leib. Luft strömte ungehindert durch ihre Lungen, Madame Femina erwachte aus der Warterei.

Meist war zu dieser Zeit (sie kam immer direkt aus dem Büro) noch kein Publikum da, hin und wieder hockte ein Alter rauchend an der Bar, Kellnerinnen wischten gelangweilt Tische, das Tanzorchester stimmte disharmonisch seine Instrumente. Die Stammgäste der »Blauen Taverne«

mieden jedoch das Tageslicht, und wie Madame Femina hatten auch sie ihre Gründe.

Die Garderobe teilte Madame Femina sich mit einigen Revuegirls und einer Pudeldompteurin. Sie selbst war als Sängerin und »Damendarsteller« engagiert (denn dass sie in Wahrheit eine Dame war, die tagsüber recht glaubhaft einen Herrn darstellte, wusste ja niemand).

Während sich die Mädchen und der Pudel hier verkleideten, entkleidete Madame Femina sich. Sie legte Anzug und Hemd und Hosenträger ab, sie wusch sich die dreckige Männlichkeit aus dem Gesicht, und weil sie nach dem Waschen immer noch einen Hauch Schützengraben auf ihrer Haut zu erkennen glaubte, trug sie sich Puderschicht um Puderschicht eine ganz neue Haut auf. Sie tuschte die Wimpern und malte die Lippen an, schlüpfte in einen mit Pölsterchen ausgestatteten Büstenhalter und zog ein rotes Abendkleid darüber. Die sperrigen Schultern und den abscheulichen Adamsapfel bedeckte sie mit einem Seidenschal, die ekelhaft großen, haarigen Füße verbarg sie in schwarzen, hochhackigen Stiefeletten. Die wortwörtliche Krönung aber war die Perücke: Wenn sich Madame Femina in der Flamme ihrer feuerroten Locken im Spiegel bewunderte, wusste sie, dass sie nun endgültig ganz sie selbst war. Sie wartete nicht mehr, erwartete nichts mehr, sie lebte.

»Das alles«, hatte sie dem Journalisten erzählt und dabei eine von ihrem bemalten Gesicht zu ihrem prächtig gekleideten Körper führende Geste gemacht, »ist nötig, damit ich ganz nackt bin. Und nur nackt bin ich glückselig.«

Diese Passage natürlich fand sehr wohl Eingang in die Boulevardzeitung, denn von Nacktheit las das Bürgertum immer gerne, egal, wie metaphorisch sie auch gemeint sein wollte.

Sobald Madame Femina also vollständig angezogen und somit völlig nackt war, trat sie über den sogenannten »Künstlereingang« von hinten auf die Bühne, welche vor Beginn der Show noch durch einen roten Theatervorhang vom Rest der Taverne abgetrennt war. Madame Femina ahnte, dass es nun draußen langsam dunkel werden musste, sie hörte, wie sich das Lokal nach und nach mit Stimmen füllte. Zu Beginn ihrer Karriere war sie dann immer aufgeregt an den Vorhang getreten und hatte durch ein kleines Loch darin hinausgespäht. Mittlerweile aber kannte sie den Anblick, der sie da erwartete, denn es war jeden Abend derselbe. Es waren jeden Abend dieselben Gestalten, die wie nächtlicher Nieselregen in die »Blaue Taverne« tröpfelten: die armen Arbeiter, die noch ärmeren Arbeitslosen, die reichen Geschäftemacher, die jungen Mädels, wie Huren geschminkt, die alten Huren, sich wie junge Mädels gebärdend, die Soldaten, jener schmierige Offizier, der heimlich Hitler-Anhänger und noch heimlicher homosexuell war, feminine Knaben, die sein Gefolge bildeten, Lesbierinnen, einander an den Händen haltend, eine stadtbekannte Hausbesitzerin, »Wölfin« genannt, die zwischen all diesen Schattenfiguren herumschlich und versuchte, ihnen ein Stundenzimmer in ihrem Etablissement zu vermieten.

Madame Femina kannte diese Gestalten samt ihrer Geräuschkulisse schon so gut, dass sie sie vor sich sehen konnte, ohne durch den Vorhang zu blicken. Madame Femina war kein Teil der »Blauen Taverne« – die »Blaue Taverne« war ein Teil von ihr. Jede Unregelmäßigkeit in der

Geräuschkulisse fiel ihr ebenso unangenehm auf wie eine neue Falte in ihrem Gesicht.

Diesmal aber war es anders. Es war eine angenehme Überraschung, die Madame Feminas Neugier weckte, es war ein fremder, glockenheller Ton, der sich da unter den altbekannten Lärm mischte: ein kinderzartes Frauenlachen, das Madame Femina hier noch nie vernommen hatte. Es klang so rein und ungezwungen, als hätte die Lachende nichts zu verbergen, als suchte sie den Schutz der Nacht nur aus bloßer Freude an der Dunkelheit, als wäre die ganze Taverne samt ihren Insassen nur zu ihrem persönlichen Amüsement errichtet worden.

Madame Femina konnte sich nicht mehr zurückhalten, sie trat nun doch wieder an den Vorhang und blickte durch das Loch hindurch. Sie entdeckte ein Mädchen, das in Bühnennähe an einem der runden Tischchen saß und so hübsch war, dass ihr Anblick Madame Femina sofort fesselte. Denn Madame Femina liebte niemals geschlechtlich (»Das Schlechte steckt da doch schon im Wort!«, hatte sie dem Journalisten gesagt, er hatte es nicht verstanden), aber das Schöne verzauberte sie. Egal, ob es nun eine Frau, ein Mann, ein Kunstwerk, eine Blume war, kaum hatte Madame Femina wahre Schönheit in einem Objekt erblickt, versank sie in geradezu lähmender Liebe. Und das Mädchen war wirklich schön: Das lockige Haar war so hell wie ihr Lachen, die Augen strahlten noch durch den Schleier des Zigarrenrauches himmelblau, ihre Figur war zart und doch weiblich, und selbst wenn man mit aller Anstrengung irgendetwas Hässliches an ihr suchen mochte, so fand man nichts als allerhöchstens das Kleid, das etwas altmodisch war. In Wahrheit aber machte selbst dieser Umstand das Mädchen nur noch faszinierender: Sie schien wie aus einer fernen Zeit, unberührt von allen Geschehnissen der letzten Jahrzehnte (und war es bis zu einem gewissen Grade auch tatsächlich, denn ihr Heimatdorf Liebwies lag immerhin von aller Zeitgeschichte abgekapselt, aber all das konnte Madame Femina natürlich nicht wissen). Was Madame Femina aber wusste, war, dass sie mehr von diesem Mädchen sehen wollte, und da das Loch keinen besseren Ausblick zuließ, trat sie an den Schlitz des Vorhangs und öffnete ihn gerade so wenig, dass sie einen guten Blick auf die schöne Fremde werfen konnte, ohne ihrerseits gesehen zu werden. Madame Femina erkannte jetzt, dass die Blonde gerade damit beschäftigt war, Verehrer abzuwehren, die eine Traube um ihr Tischchen gebildet hatten und sie mit allerlei Schmeicheleien und Drohungen dazu drängen wollten, den Rest des Abends doch mit ihnen zu verbringen, was die Schöne jedoch vehement ablehnte, egal, wie elegant oder charmant der jeweilige Bewerber auch schien. Dieses ständige Enttäuschen schien ihr das größte Vergnügen zu machen: Sie lachte und schüttelte den Kopf und lachte wieder. Selbst die obszönen Gesten, mit denen die Abgewiesenen das Objekt ihrer Begierde zu strafen versuchten, taten ihrer Heiterkeit keinen Abbruch. Im Gegenteil, sie lachte sogar noch mehr darüber und schlug dabei sich selbst und ihrer Begleitung, einer ebenso vergnügt wirkenden dunkelhaarigen Frau in schneeweißer Seidenbluse und knöchellangem Rock, immer wieder auf die Schenkel. Es lag etwas ganz und gar Bäuerliches in diesem Verhalten, und doch meinte Madame Femina an der Kleidung zu erkennen, dass es sich um feine

Damen handeln musste, Touristinnen vielleicht, wenn nicht aus einer anderen Zeit, so doch gewiss aus einem fernen Land. Und da die beiden Frauen so vertraut miteinander schienen, zweifelte Madame Femina trotz der großen Unähnlichkeit in ihrer Erscheinung (die Brünette war ganz und gar nicht hübsch, und doch, etwas Fesselndes hatte auch sie in ihrer Erscheinung) nicht an ihrer Schwesternschaft. Rätselhaft blieb nur, wie sich diese Schwestern ausgerechnet in die »Blaue Taverne« verirrt hatten, die ohne Frage in keinem Reiseführer erwähnt und sogar unter den Einheimischen, ja, selbst unter den Stammbesuchern als großes Geheimnis behandelt wurde.

Madame Feminas Gedanken wurden unterbrochen, als sie einen beißenden Schmerz in ihrer rechten Wade spürte. Es war der Pudel, den die Aufregung vor dem Auftritt stets bissig machte, ihm folgte fluchend die Dompteurin im glitzernden Ballettkleid. Trompeten begannen zu dröhnen, der Vorhang wurde aufgezogen, Zirkusmusik erklang, die Show begann.

9

Äußerst unkonzentriert sang Madame Femina an diesem Abend: Häufig verwechselte sie die Strophen, aufs Tanzen vergaß sie mitunter ganz, sie trat beinahe auf den Pudel, stieß mit einer Tänzerin zusammen und verlor ihren Seidenschal, ohne es recht zu merken. Wo sie sonst ganz in ihrem Element war, stand sie heute völlig neben sich, so sehr zogen die seltsamen Schwestern sie in den Bann. Immer wieder wurden die Schlagertexte in ihrem Kopf von Fragen verdrängt: Wer waren sie, was wollten sie hier, warum waren sie so unglaublich anziehend? Mittlerweile hatten die jungen Männer es aufgegeben, die schöne Blonde zum Tanz oder sonstigen weniger ehrenwerten Tätigkeiten aufzufordern, sie lehnten nun an der Bar, beobachteten sie von der Ferne und stellten sich womöglich dieselben Fragen wie Madame Femina. Die Schwestern saßen an ihrem Tischchen wie auf einer Insel, die auf einem Meer dunkler Gestalten schwamm, und von Zeit zu Zeit kroch eine Kellnerin an Land und stellte ihnen bunte Flüssigkeiten in Cocktailgläsern hin. Die Blonde hatte ihren Kopf an die Schulter der Dunklen gelegt, ihr Blick wirkte bereits leicht glasig, ihr Lächeln zeigte tiefe Zufriedenheit. Die Dunkelhaarige strahlte über das ganze Gesicht und zuckte nur hin und wieder ein wenig zusammen, wenn Madame Femina einen Ton nicht traf, was an diesem Tag leider verhältnismäßig oft der Fall war.

Zum ersten Mal in ihrem Leben war Madame Femina erleichtert, als von links und rechts die Revuegirls angetanzt kamen, abwechselnd einmal das rechte und einmal das linke Bein in die Höhe reißend, und der Cancan von Offenbach gespielt wurde, um wie jeden Abend das Ende des Showprogramms einzuläuten. Müde klatschten die berauschten Barbesucher im Takt der Musik dagegen an, sie lallten die Melodie mit, manche tanzten, manche lagen einander in den Armen, manche schienen ganz und gar ineinander verschmolzen, und die Schwestern saßen immer noch aneinander gelehnt in ihrer Glückseligkeit.

Dann wurde der rote Vorhang zugezogen, die Besucher

der »Blauen Taverne« verwandelten sich wieder in Lärm-kulisse, die Schwestern, da sie nun nicht mehr lachten, verschwanden ganz.

Wie gerne hätte Madame Femina noch mit ihnen gesprochen, und tatsächlich schien der Vorhang äußerlich kein besonders starker Trennwall zu sein, es hätte so einfach sein können, durch den Schlitz zu schlüpfen und sich unter das Volk zu mischen. Aber für Madame Femina war nichts einfach. Sie hatte bereits gelernt, welche Nachteile es nach sich zog, kein gewöhnlicher Hermann mehr zu sein. Anfangs, als sie nach dem Auftritt noch mit glühenden Wangen von der Bühne gestiegen war und sich an die Bar setzen wollte, hatten ein paar junge Soldaten sie in den Hintern gekniffen, ein alter Mann schob ihr seine feuchten Hände unter den Rock, ein anderer riss ihr die Pölsterchen aus dem Ausschnitt und schrie triumphierend: »Die sind gar nicht echt!« Auch bespuckt hatte man sie schon für ihre »Perversität«: Derselbe Speichel, der, während sie auf der Bühne stand, noch lüstern über das Kinn der Männer getropft war, klatschte ihr an der Bar ins Gesicht. Der Vorhang war kein Trennwall, er war eine Schutzwand für sie selbst. Solange sie auf der Bühne lebte, wurde sie beklatscht und bewundert, doch sobald sie sich in die Taverne der Wirklichkeit wagte, wurde sie für dasselbe Leben missachtet. Madame Femina wusste, dass sie nur auf der Bühne in Frieden existieren konnte, in dieser seltsam realen Welt, die die meisten Menschen für Phantasie hielten. Die Schwestern lebten in einer anderen Realität, und auch wenn Madame Femina zu wissen glaubte, dass von den beiden Damen keine Gefahr zu erwarten war, zog sie es vor, in ihrer Garderobe zu warten (schon wieder warten, immer nur warten), bis die Tavernenbesucher weitergezogen waren: nach Hause, in ein anderes Lokal mit anderen Freakshows, in ein billiges Stundenzimmer der »Wölfin«. Während die anderen Mädchen aus ihren knappen Glitzeranzügen und in ihre seltsam biederen Hauskleider schlüpften, saß Madame Femina ganz still vor ihrem Spiegel und versuchte, die letzten Minuten ihres Seins möglichst zu genießen, bevor sie sich das Hermannskostüm wieder anlegen musste. Die anderen klopften sich gegenseitig auf die Schultern, »Gut waren wir wieder«, sie blickten auf die Uhr und mussten nach Hause: zu ihrem Geliebten, zu ihrem Mann, zu ihren Kindern, und Madame Femina musste dann immer kurz an Elfriede denken, die gerade in diesem Moment leise schnarchend im Bett lag und den traumlosen Schlaf der Gerechten schlief, den Madame Femina schon lange nicht mehr kannte. Erst, als die letzte Kollegin sich verabschiedet hatte und kaum noch Tavernenlärm an Madame Feminas Ohr drang, begann sie mit ihrer Metamorphose. Sie riss sich das rote Haar vom Kopf und starrte auf einen mönchisch kahlen Männerschädel, dann schlurfte sie zum Waschbecken und wusch sich, die Farben ihres Gesichtes rannen spiralförmig in den Abfluss, und so verwandelte sie sich Schritt für Schritt wieder in den Versicherungsbeamten, den sie in den nächsten Stunden wieder zu mimen hatte. Draußen würde nun die Sonne langsam aufgehen, sie musste sich sputen, um wenigstens noch ein paar Stunden zu schlafen, bevor der Wecker läutete. Und sie musste äußerst gründlich sein, denn es wäre unverzeihlich, wenn Elfriede aufgrund irgendeiner Schlampigkeit Verdacht schöpfte, und es wäre womöglich ihr Tod, wenn es irgendjemand von der Versicherung täte. Einmal war sie achtlos mit einer aufgeklebten Wimper schlafen gegangen und hatte sie am Morgen gerade noch rechtzeitig bemerkt, bevor Elfriede eintrat, um die Krawatte zu binden. So etwas durfte nicht noch einmal geschehen. Über all diese Alltagssorgen vergaß Madame Femina die Schwestern, die sie während ihrem Auftritt noch so beschäftigt hatten. Der Abend war in ihrer Erinnerung bereits wieder zu einem Abend wie jeder andere zusammen geschrumpft, mit den immer gleichen Leuten, den immer gleichen Geräuschen. Plötzlich aber vernahm Madame Femina (bereits vollständig in Männerkleidung für den Heimweg gerüstet) zum zweiten Mal in dieser Nacht etwas, das sie noch nie gehört hatte: Über zarte Klaviermusik erhob sich noch zarter eine Mädchenstimme zu einer so lieblichen Melodie, dass Madame Femina einige Sekunden wie gelähmt war und nur lauschte, ohne einen klaren Gedanken fassen zu können, und als sie wieder dazu fähig war, wusste sie, dass die Singstimme der blonden Schönheit gehören musste. Sofort vergaß Madame Femina den Schlaf, sie rannte hinaus, immer der zauberhaften Stimme hinterher.

In der Taverne befanden sich nur noch der Geruch von Rauch, Alkohol und menschlichen Ausdünstungen, eine Kellnerin, die die klebrige Bar mit einem feuchten Lappen abwischte, die »Wölfin«, die an einem Tischchen die Einnahmen des Tages zählte. Und am Bühnenrand saß das blonde Mädchen mit geschlossenen Augen und sang so herrlich, dass Madame Femina die Tränen in die Augen stiegen. Die Brünette spiele Klavier. Madame Femina kannte das Lied nicht, aber an der Aussprache der Blonden bemerkte sie sofort, dass sie Süddeutsche oder noch eher vielleicht Österreicherinnen waren, und Madame Femina mutmaßte, dass es sich bei dem Lied um eine uralte Volksweise handeln musste, denn nur Ursprüngliches, aus Urzeiten Erhaltenes könnte das Herz so berühren, wie es dieses kleine Liedchen tat. Hätte Madame Femina mehr Ahnung von Opern gehabt, oder wäre sie auch nur aus derselben Stadt wie die beiden Damen gekommen, wo das Lied nämlich allerorts in den Straßen gepfiffen wurde, hätte sie es natürlich sofort erkannt: Es war die große Arie der taubstummen Gräfin. Madame Femina, die »Wölfin« und die Kellnerin waren die drei Auserwählten, die diesem Ereignis beiwohnen durften, das an Schönheit die Premierenvorstellung noch um ein Vielfaches übertraf: Stimme und Musik, Form und Inhalt, Äußeres und Inneres, Interpretin und Schöpferin waren so innig vereint, dass unter ihren Fingern, in ihren Mündern das Kunstwerk noch viel herrlicher entstand, als es je davor geschehen war, als es jemals wieder geschehen würde. Es war ein Werk, von den beiden Frauen für sich selbst geschaffen, und dass die Kellnerin so emsig putzte, die »Wölfin« so vertieft zählte, Madame Femina errötend den Blick abwandte, lag daran, dass sie einem Moment der größten Intimität beiwohnten, als würden sie ein Paar beim Liebesspiel beobachten, und doch konnte sich niemand recht dazu überwinden, den Raum zu verlassen oder die beiden gar zum Aufhören zu bewegen. So verblieben sie also alle in der dreckigen Taverne, Tageslicht drang bräunlich durch die schmutzigen Fenster, die Musik hüllte sie gleichermaßen in warmes Wohlgefühl und heiße Scham. Nur die Schwestern merkten nichts von alledem, den Blick aufeinander gerichtet, ineinander versunken musizierten sie, als gäbe es sonst nichts und niemanden auf der Welt. Sie waren nicht in der »Blauen Taverne«, sondern beieinander, sie erfuhren sich gegenseitig in ihrem eigenen Klang, und wie Madame Femina in ihrem Kleid und der Perücke nackt war, waren sie es in der Musik. Als das Lied beendet war, wagte es niemand, zu klatschen. Die »Wölfin« zählte zum wiederholten Male ihre wenigen Scheine, die Kellnerin polierte die mittlerweile spiegelglänzende Theke, und nur Madame Femina fiel keine Tätigkeit ein, hinter der sie sich verstecken konnte. Sie stand einfach da, blickte zu Boden und versuchte zu verstehen, was sie eben erlebt hatte. Zum ersten Mal bereute sie, dass sie Elfriede nichts von ihrem wahren Leben erzählen konnte: nicht von der »Blauen Taverne«, nicht von der roten Perücke, nicht von den wundersamen Schwestern. Madame Femina fühlte sich plötzlich einsamer als je zuvor. Als sie nach einiger Zeit den Blick wieder hob, sah sie die beiden Frauen gemeinsam am Klavierhocker sitzen, sie hielten einander in den Armen, die Finger im Haar der jeweils anderen vergraben, und Madame Femina meinte, jetzt erst die wahrhaftige, die vollständige Schönheit zu sehen, jetzt erst die Faszination zu verstehen, die sie ihre hundertmal geprobten Liedtexte vergessen hatte lassen.

In dieser Nacht, die in Wahrheit bereits früher Morgen war, weinte Madame Femina sich in den Schlaf. Auch als Elfriede wie immer anrückte, um ihr die Krawatte zu binden, konnte Madame Femina die Tränen kaum zurückhalten. Statt zu weinen aber strich sie mit ihrer Hand ganz vorsichtig durch Elfriedes farblos-gräuliches Haar, das sich wie

Watte anfühlte. Und es geschah, was noch nie geschehen war: Elfriede lächelte.

Die »Wölfin« war von dem Klang der Frauen ähnlich gerührt wie Madame Femina, jedoch um einiges geschäftstüchtiger. Nachdem sie die Schwestern, von denen sie im Gegensatz zu Madame Femina sofort gemerkt hatte, dass es sich nie und nimmer um Schwestern handeln konnte, längere Zeit beobachtet hatte, wagte sie einige Schritte auf die Musikerinnen zu. Die »Wölfin« verdankte ihren Spitznamen sowohl ihrem tatsächlichen Namen Johanna Wolf sowie auch dem Umstand, dass sie ganz und gar grau war: Kleidung, Augen, Haar und Haut hatten bei ihr alle denselben Farbton, der in Wahrheit gar keine Farbe, sondern nur eine Mischung aus Hell und Dunkel war. Das gab ihr einen gewissen Grad an Unsichtbarkeit, sodass die beiden Frauen, ineinander und sich selbst vertieft, fürchterlich erschraken, als die knarzige Stimme der »Wölfin« ertönte: »Haben die Damen schon ein Zimmer für die Nacht?« An der Verlegenheit, mit der ihr die Brünette das Geld für das Zimmer zusteckte, bemerkte die »Wölfin« sofort, dass jener durchaus bewusst war, welche Art von Hotelzimmer sie da buchte. Was im Lied begonnen hatte, musste zwischen den Laken zu Ende geführt werden. Die »Wölfin« hatte ein Gespür für solche Geschäfte.

10

Inzwischen wurde weit, weit weg August Gussendorff unter die Erde gebracht, inzwischen erhielt der Staatsopern-

direktor ein Telegramm seiner Starsopranistin Gisela Liebwies, dass sie auf einige Tage verreist wäre und daher nicht
bei den Proben erscheinen könne, inzwischen stopften sich
zahlreiche honorige Begräbnisgäste mit dem köstlichen
Leichenschmaus der Köchin Rosl voll, inzwischen erhielt
Christoph Wagenrad ein Telegramm seines Schützlings Gisela Liebwies, dass sie verreist wäre, kein Hinweis darauf,
wann und ob sie zurückkehren würde, inzwischen kam es
zu zahlreichen Schießereien, einigen Toten, vielen Verletz-
ten, Plünderungen der liberalen Zeitungsredaktionen, blu-
tiger Niederschlagung einer Arbeiterdemonstration, inzwischen kamen Katharina und Wilhelm und Florian Padinsky
auf Kondolenzbesuch und konnten die Witwe nicht finden,
auch sie wurden von Rosl abgespeist, inzwischen verging
Zeit, aber wie gesagt, das alles war anderswo, weit, weit
weg. Nichts davon berührte die Höhle der »Wölfin«: ein
Zimmer so breit wie das Doppelbett, das darin stand, fleckige Bettwäsche, geschlossene Fensterläden, in den Wänden hatten zahlreiche Liebende ihre Initialen hinterlassen,
»P+H«, »R+S«, »M+B«, »I+G – für immer und ewig«. Ida
sah es als besonderes Zeichen an, dass es ausgerechnet I
und G waren, Gisela und sie, die für immer und ewig in die
Tapete eingeritzt waren, in ihren Gedanken verschwommen
auch alle anderen Buchstaben zu I+G, Ida und Gisela, etwas anderes gab es nicht mehr.

Während es irgendwo Herbst wurde, erwachte im Wöl-
finnenzimmer der Frühling, zwei erhitzte Körper erwärm-
ten den engen Raum, heizten ihn ins Tropische auf, lachend
ließen sie ihre Kleider zu Boden und sich einander in die
Arme fallen, die Hitze, die Dunkelheit, die Fremdheit in

dieser Stadt – das alles war Freiheit, das alles war Glück, hätte Ida gesagt, und Gisela hätte hinzugefügt: »Das alles ist Urlaub.« Aber sie sprachen nicht, gesprochen hatten sie genug miteinander, durch die Briefe und in dem Kaffeehaus, nun war es Zeit zu sehen, zu schmecken, zu spüren. Auf Giselas feuchter Haut erfühlte Ida endlich, was sie die ganze Zeit gesucht hatte, was sie schon in Luise vermutet und doch nicht finden hatte können. Sie tastete sich weiter, sie fand immer mehr Schönheit, immer mehr Glück, sie fand das Gefühl, angekommen zu sein, das Gefühl der Ewigkeit. Das alles hatte Gisela also in sich versteckt gehalten, nur in ihrer Stimme, in ihrem Blick hatte sie sich manchmal verraten, sodass Ida ihr Innerstes bereits hatte erahnen können, bevor Gisela es ihr so freimütig offenbarte. Und Ida dankte ihr dafür mit jedem Kuss, mit jeder Berührung. Nicht nur Gisela, die ganze Welt schien ihr ergründet: die kühle Mutter, die Trennung von Luise, die lieblose Ehe, sogar der Krieg – das alles war nur geschehen, um in diesem Hotelzimmer, im »I+G für immer und ewig« gipfeln zu können. Alles, wirklich alles, war nun endlich sinnvoll und gut geworden.

Gisela hingegen dachte die ganze Zeit über an den Spiegel im Zimmer der Ilona Wagenrad, vor dem sie so viele schöne Stunden verbracht hatte. Beinahe wurde sie eifersüchtig auf Ida, weil es nun diese war und nicht mehr sie selbst, die den Blick auf ihren schönen Körper werfen durfte. Allerdings gelangte auch Gisela zu einer Erkenntnis: Ein Gott wurde erst dann zum wahren Gott, wenn es Gläubige gab, die ihn anbeteten. Was nützte ihr schon ihre eigene Bewunderung für sich selbst, wenn es niemanden gab, der ihre Ansichten teilte. Nun aber war der Spiegel zu einem Menschen geworden, die Huldigungen waren nicht mehr nur ein Trugbild auf Glas, sondern echt. Gisela genoss die Liebe, wie sie den Applaus auf der Bühne genoss: Ihre eigene Person wurde vollständig ins Himmlische erhoben, wo sie schließlich hingehörte, und plötzlich schien es ihr nicht mehr wie ein Zufall, dass sie ausgerechnet im Gnadenmantel der Gottesmutter in die Stadt gekommen war. Sie war die Göttin, Ida die Gemeinde, sie war gütig, solange Ida huldigte. Es war nicht die Zärtlichkeit an sich, die Gisela genoss, sondern die Erhabenheit, die ihr dadurch gegeben wurde.

Die »Wölfin« verdiente jedenfalls gut an den beiden Damen, denn täglich kehrten sie im Morgengrauen bei ihr ein, nachdem sie das Nachtleben genossen hatten. Sie besuchten die »Blaue Taverne« und andere Lokale, in denen Männer als Frauen und Frauen als Männer auftraten, in denen sich Tiere menschlich verhielten und Menschen tierisch tanzten, in denen alle Naturgesetze aufgehoben schienen, was sie erst zum Lachen und später zum Träumen brachte. Es waren schöne, erfüllte Nächte, die sie verbrachten, aber wie alles in der Welt waren auch sie gezählt. Manchmal, wenn Ida sich vom Glück übermannt glaubte, drängten sich die Zugtickets aus ihrer Handtasche in ihre Gedanken, auf denen das Ende der Freiheit gedruckt stand: der letzte Tag im September um neun Uhr dreißig, Sitzplatzreservierung in der ersten Klasse, alles schon im Voraus bezahlt. Sie versuchte daran zu denken, dass das nichts bedeutete. Es war keine Straftat, ein Zugticket verfallen zu lassen. Auf Dauer könnte man zwar nicht bei der »Wölfin« leben, aber man könnte sich eine kleine Wohnung mieten, sie könnte sich die Tantiemen für »Die Gräfin der Stille« hierherschicken lassen, damit würden sie sich beide ganz gut über Wasser halten, vielleicht sogar mit einigem Luxus … Aber Ida hörte auf zu träumen, wenn Gisela von den Proben in der Staatsoper zu plaudern begann, die sie jetzt verpasste. Das bereitete ihr ein wenig Kummer, da sie somit auch den Kantinenklatsch verpasste und keine Ahnung davon hatte, ob die Altistin immer noch ihren Gatten mit dem ersten Geiger betrog. Außerdem schwärmte sie von den Kostümen, von den Fotografien, die von ihr angefertigt werden sollten, von dem Jubel, der ihr bei der Premiere entgegenbrausen würde. Ida verstand, dass es nur ein Urlaub war, der einmal ein Ende nehmen müsste, und so stiegen sie am 30. September pünktlich in den Zug, der sie wieder nach Hause bringen sollte.

Zumindest das Wetter nahm Anteil an Idas Kummer: Es regnete. Die Tropfen rannen wie dicke Tränen an den Zugfenstern herunter, die Landschaft dahinter war noch grauer als die »Wölfin«. Ida versuchte zu schlafen, um sich den Abschied leichter zu machen, sie lehnte den Kopf an das kalte Fensterglas, ihr Gesicht war dabei so blass wie bei ihrer Hochzeit. Gisela hingegen war ebenso vergnügt wie bei der Anreise, vielleicht sogar ein wenig vergnügter, da sie sich bald wieder umringt von Bewunderern auf der Opernbühne befinden würde. Nur die kummervolle Miene der Freundin langweilte Gisela, da sie Lust zu plaudern hatte und Ida immer nur einsilbige, später gar keine Antworten mehr gab. Daher war Gisela froh, dass sich während dem ersten Halt eine Frau mittleren Alters zu ihnen ins Abteil gesellte, die sich als äußerst gesprächig erwies. Gisela musste nicht lange nachfragen, bis sie die ganze Lebensgeschichte dieser Frau kannte: Sie hieß Beate Dietz und war auf dem Weg nach Österreich, um dort einen Mann zu ehelichen, der, zumindest laut eigenen Angaben, ein größeres Haus und viel Grund besaß, den er allein nicht bewirtschaften konnte. Sie hingegen war seit einiger Zeit verwitwet, und ihre Pension reichte nicht mehr aus, um die Miete zu bezahlen. So hatte man sich über eine Kontaktanzeige zusammengefunden, und da die Witwe Dietz noch nicht gar so alt war, dass ein Zusammenleben ohne Trauschein als moralisch vertretbar galt, hatte man sich zur Hochzeit entschlossen. Ihr zukünftiger Ehemann hatte ihr das Geld geschickt, damit sie in der ersten Klasse anreisen konnte, was ja schon bewies, dass er ein ordentlicher Kerl war. Gisela hörte sich die Geschichte an und meinte, dass Frau Dietz äußerst vernünftig handelte.

»Meine Freundin hier ist auch eine Witwe, von ihrem Mann haben Sie vielleicht gehört, es ist der großartige Komponist August Gussendorff, oder viel eher ist er es gewesen, da er ja leider kürzlich verstorben ist.« Frau Dietz drückte Gisela ihr Beileid aus, da sie die Witwe für schlafend hielt (und tatsächlich versuchte Ida immer noch zu schlafen, gleichzeitig aber konnte sie der Versuchung nicht widerstehen, Giselas und Frau Dietz' Gespräch zu belauschen, sodass sie in der Zwischenwelt von Wachen und Schlafen hängen blieb, in der sie sich zwar nicht rühren, aber immer noch jedes Wort mithören konnte).

Gisela schilderte nun den Todestag Gussendorffs, wie man sie im Kaffeehaus überrascht und wie sie einen befreundeten Arzt geholt, wie sie dem Sterbenden die Stirn abgetupft und wie das alles nichts geholfen hatte. Frau Dietz erzählte von ihrem Gatten, der irgendwo in Belgien verendet war, denn dort war in einem deutschen Soldatenlager eine Seuche ausgebrochen, zu deren Opfern wohl auch Herr Dietz zählen dürfte, aber so genau wüsste man das alles gar nicht, vielmehr hatte sie sich das selbst mit den kargen Informationen, die sie von offizieller Stelle erhalten hatte, zusammengereimt.

»Auf jeden Fall ist es sehr klug von Ihnen, sich wiederzuverheiraten. Eine Frau gehört doch zu einem Mann und umgekehrt. So ist ein jeder versorgt, und schließlich will es ja auch die Natur so. Im Übrigen hoffe ich, dass sich auch meine Freundin eines Tages wieder dazu entschließen kann, zu heiraten. Natürlich nicht sofort, denn dazu ist die Trauer noch zu frisch, aber glauben Sie mir, sie kommt mir schon jetzt furchtbar vereinsamt vor. Eine Köchin und eine gute Freundin, das ist doch keine wirkliche Gesellschaft.«

»Und Sie?«, fragte Frau Dietz. »Ein hübsches Mädchen wie Sie hat doch sicherlich einen ganz besonderen Verehrer.«

Gisela lachte: »O ja, den habe ich. Im Grunde habe ich viele Verehrer, und manchmal glaube ich, die ganze Welt ist verliebt in mich!« Nun lachte Frau Dietz, was Gisela ein wenig irritierte, denn sie hatte ja nur die Wahrheit ausgesprochen.

»Aber eigentlich …«, sprach Gisela schließlich weiter, »haben Sie recht, dass es nur eine einzige Person gibt, deren Verehrung ich als ganz besonders bezeichnen würde. Ich habe Ihnen ja bereits von dem jungen Arzt erzählt, der noch bis zur letzten Sekunde um das Leben des Komponisten kämpfte. Ich konnte ihn überhaupt nur so schnell holen, weil er schon in der Nähe des Kaffeehauses auf mich gewartet hatte, um mich zu einem Rendezvous auszuführen. Nun, den romantischen Abend habe ich ihm gewaltig verdorben. Auf jeden Fall dachte ich das. Aber kaum, dass wir das Haus des Verstorbenen verlassen hatten, warf Dr. Römer, so heißt er nämlich, auch wenn ich ihn jetzt nur noch Siegfried nennen soll, warf Siegfried sich also vor mir auf die Knie und hielt um meine Hand an! Übrigens tat er es mit so ähnlichen Worten, wie ich sie Ihnen zuvor gesagt habe: dass eine Frau zu einem Mann gehört, dass ich mein Leben lang versorgt sein würde, die Natur ist so beschaffen und so weiter. Mit all dem hat er ohne Frage recht, immerhin ist er ein Mann der Wissenschaft. Außerdem sagte er mir, dass mein Zusammenleben mit Herrn Wagenrad, welcher übrigens auch verwitwet und mein Gesangslehrer ist, ein schlechtes Licht auf mich würfe. Sie müssen nämlich wissen, dass ich in meiner Heimatstadt einigermaßen bekannt bin, und dass sich die Leute darum das Maul über mich zerreißen, sagt Siegfried. Kurzum, er verehrt mich nicht nur romantisch, sondern noch dazu mit größtmöglicher Vernunft. Während die Liebe der anderen flüchtig ist, trägt die seinige weitreichende Konsequenzen, während die anderen mich nur geistig verehren, hat seine Verehrung Hand und Fuß. Darum nenne ich ihn meinen besonderen Verehrer, denn von all meinen vielen Verehrern ist er der einzige, der mir eine Ehe angetragen hat.«

»Und Sie haben natürlich ja gesagt?«, fragte Frau Dietz.

»Natürlich«, antwortete Gisela, »stellen Sie sich vor, vielleicht wäre ich heute schon eine verheiratete Frau, hätte

nicht meine Freundin mich gebeten, sie auf diese Urlaubs-
reise zu begleiten. Sie hat schon lange von so einer Reise
gesprochen, und gerade jetzt, wo sie doch eben ihren geliebten Gatten verloren hat, kann ich ihr ja keinen Wunsch
ausschlagen.« Frau Dietz stimmte ihr zu. Den Rest der
Fahrt unterhielten sie sich über die Vorzüge der Ehe, sie
luden einander zur jeweiligen Hochzeitsfeier ein und ver-
sprachen, miteinander in Kontakt zu bleiben.

Währenddessen saß Ida leichenbleich und unbeweglich
ans Fenster gelehnt, während das Hotelzimmer der Frau
Wolf, die Nächte in der Taverne, die nackte Haut Giselas
immer weiter in die Vergangenheit rauschten und schließlich so fern schienen, als wären sie niemals da gewesen. Die
Worte, die Gisela und Frau Dietz wechselten, verschwam-
men zu einer grausam misstönenden Symphonie in Idas
Ohren. Am liebsten hätte sie geschrien und um sich geschlagen, aber es ging nicht: Sie saßen in einem Zug, in einem
öffentlichen Verkehrsmittel, eine Fremde saß bei ihnen, die
Fremde war die Öffentlichkeit, Gefühle gehörten dort nicht
hin, Idas Gefühle schon gar nicht, die gehörten hinter ver-
schlossene Türen, nicht einmal dorthin. Die ganze Reise
war nichts als eine Gutmütigkeit Giselas gewesen. Das Lied
in der »Blauen Taverne«, der Gleichklang ihrer Seelen –
nicht mehr als ein mitleidiges Kopftätscheln. Alles, was Ida
eben noch als wahr und sinnvoll empfunden hatte, kam ihr
jetzt wie ein Theaterstück vor, das niemand außer ihr für
bare Münze genommen hatte, ein Spiel, in das sie nicht ein-
geweiht gewesen war. Und gleichzeitig kam es ihr so vor,
als würde alle Welt ihre Geheimnisse wissen, als hätte Frau
Dietz sie ertappt, als würde Dr. Römer zu Hause sitzen und

hämisch lachen über die Täuschung, die seine Verlobte und er sich da überlegt hatten. Nur zum Kosten hatte er seine Geliebte freigegeben, damit Ida nun auf alle Zeit wüsste, was ihr entging. Und sie selbst war natürlich dumm genug gewesen, auf diesen Streich hereinzufallen. Sie hatte sich selbst für wichtig genug gehalten, um Gisela Liebwies tatsächlich etwas zu bedeuten. Jetzt aber wurde sie sich wieder ihrer selbst bewusst: die platte Nase, das mausbraune Haar, die karge Gestalt, all ihre äußeren Hässlichkeiten, und selbst die Musik, die sie komponiert hatte, schien ihr nun völlig bedeutungslos. So ging ihre Wut von Gisela und Dr. Römer auf sie selbst über, und niemand, der sie so scheinbar schlafend dasitzen sah, konnte ahnen, dass sie gerade die blutigsten Kämpfe mit sich ausfocht.

Der Zug fuhr am späten Abend in den Zugendbahnhof ein. Gisela »weckte« Ida und kümmerte sich nicht um deren starren Gesichtsausdruck, den sie für einen verschlafenen hielt. Sie plauderte immer noch mit Frau Dietz und half dieser mit ihren Koffern, Ida schlich hinter ihnen her wie ein alter Hund, auf den man keinerlei Rücksicht nehmen musste. In der Bahnhofshalle nahm Frau Dietz Abschied, nicht aber, ohne sich Giselas Adresse (in Wahrheit war es bereits Dr. Römers Adresse) zu notieren und zu versprechen, ihr bald zu schreiben, außerdem könnten sie sich ja auch einmal auf einen Kaffee treffen, und Gisela stimmte sofort zu. Wozu sich Ida so lange überwinden hatte müssen, wofür sie viele Worte gebraucht, so viele Briefe ent- und wieder verworfen hatte, kam jetzt völlig ungezwungen von den Lippen der Dietz, und Gisela sagte ihr mit derselben Begeisterung zu, wie sie es bei Ida getan hatte. Ida erkannte, dass es nicht gerecht war, sich selbst die Schuld für Giselas Ungerechtigkeit zu geben. Sie war es, die sich nur die Perlen herauspicken, die nur bekommen und nicht geben wollte, die die Glücksfälle in ihrem Leben als Gerechtigkeit, als Gesetz betrachtete, die die Liebe, die ihr zuflog, als Selbstverständlichkeit hinnahm. Nicht Ida war dumm gewesen, sondern Gisela war es, Idas einzige Blödsinnigkeit lag darin, sich selbst die Schuld zuzuweisen, sich selbst zu bekämpfen.

»Du hast aber einen gesunden Schlaf«, sagte Gisela, als Frau Dietz nicht mehr zu sehen war, »ich könnte niemals einen ganzen Tag so verschlafen.«

Ida blickte sie an. Immer noch sah sie aus, wie sie damals in der »Blauen Taverne« ausgesehen hatte: Goldhaar, Himmelaugen, Seidenhaut. Aber nun war es, als läge ein Schleier darüber, als würde sie ihre Schönheit geizig zurückhalten.

Man hörte, wie der Regen auf das Dach der Bahnhofshalle hämmerte, man sah Menschen, die sich von den nassen Straßen herein ins Trockene retteten, man sah andere, die tatsächlich eine Reise anzutreten hatten und zu den Bahnsteigen eilten, immer noch den Koffer schützend über dem Kopf haltend, als könnte nicht einmal das hohe Hallendach etwas gegen den Regen ausrichten. Andere waren gerade angekommen, sie hatten Freudentränen über ein Wiedersehen in den Augen, oder aber sie blickten völlig apathisch drein, sie schleppten Taschen, Koffer, Päckchen und Säckchen, ein paar Lausbuben versuchten sich ein paar Münzen zu verdienen, indem sie sich als Träger anboten, meist aber erfolglos. Dort eine kleine Aufregung, weil ein Portemonnaie entwendet worden war, der Täter wurde aber gleich gefasst, drei feine Herren drehten dem Straßenjungen den Arm auf den Rücken, hier kehrte eine Horde Mantelträger murrend vom Bahnsteig 3 zurück, Zugausfall.

Da bewegten sich zwei Frauen nebeneinander auf den Ausgang zu, nur zufällig nebeneinander, es hätte genauso gut sein können, dass die eine ein paar Minuten früher unterwegs gewesen wäre als die andere, sie waren aber zugleich losgezogen und gingen miteinander, immer dem dramatisch pochenden Regen entgegen. Draußen spannten sie beide ihre Schirme auf, jede für sich, da sie wussten, dass sie verschiedene Wege gehen würden. »Ich möchte dich nie wiedersehen«, sagte die eine zur anderen, die andere konnte es akustisch nicht verstehen und verstand es doch. »Ich muss mich jetzt ohnehin beeilen, Siegfried wartet schon auf mich«, antwortete sie.

In Dr. Römers Wohnung, unter Dr. Römers warmen Achseln, zwischen Dr. Römers haarigen Beinen erweiterte Gisela die Gemeinschaft ihrer Gläubigen, fühlte sich wieder in den Himmel und noch weiter erhoben, und war äußerst zufrieden, weil eine Ehe mit einem Doktor im Gegensatz zu einer intimen Freundschaft mit einer Dame höchst vernünftig war. Sie vergaß Ida, wie sie Karoline vergessen hatte: Nur eine weitere vom Leben betrogene Schwester. Und es war doch nicht Giselas Schuld, dass das Leben so unsterblich verliebt in sie war.

VIERTER TEIL

I

Im August des Jahres 1943 erhielt der Landarzt und Träger des Deutschen Ordens 2. Klasse, Dr. Siegfried Römer, einen Brief. Die, wenn auch schon etwas zittrige, Handschrift auf dem Umschlag erkannte Römer sofort wieder, weshalb er den Brief einige Zeit auf seinem Schreibtisch liegen ließ und nicht mehr weiter beachtete. Da seine Frau sein Büro nicht betreten durfte, war die Gefahr, dass sie ihn finden würde, ziemlich gering, und er sorgte sich nicht darum.

Allerdings waren seine Töchter, die elfjährigen dicklichen Zwillinge, keineswegs so gehorsam wie seine Frau. Als Dr. Römer wegen eines Hausbesuchs sein Arbeitszimmer für einige Stunden verließ, schlichen Brünhilde und Kriemhilde hinein und entwendeten alles, was sie für geeignetes Spielzeug hielten. Aber da ihr Lieblingsspiel gerade »Hitlers Sekretärinnen« hieß, schien ihnen beinahe alles im Büro ihres Vaters für geeignet. Darunter war auch jener ungeöffnete Brief, der in ihrem Spiel einen schriftlichen Heiratsantrag des Führers höchstpersönlich darstellte. Jedoch begannen sie bald darüber zu streiten, an welche seiner beiden Obersekretärinnen er dieses Schreiben eigentlich gerichtet hatte. Brünhilde wollte in der zittrigen Frauenschrift eindeutig »Fräulein Brünhilde« gelesen haben, wohingegen

Kriemhilde natürlich auf »Fräulein Kriemhilde« bestand, wo in Wahrheit »An Dr. Siegfried und Gisela Römer« geschrieben stand. In ihrem Streit rissen sie das Kuvert auf, um einander die imaginierte Wahrheit zu beweisen, und waren sehr erstaunt, als tatsächlich ein maschingeschriebenes, hochoffiziell aussehendes Schreiben hervorkam, samt Stempeln und Parteizeichen. Das bestärkte beide noch weiter in ihrem Phantasiespiel, dass der Brief direkt vom Führer stammen musste, und sie stritten umso mehr. Natürlich hätten sie den Brief genauso gut lesen können und wären zu dem Schluss gekommen, dass es sich um eine langweilige Einladung an ihre Eltern handelte, aber das wäre ja das Ende dieses schönen Spiels und des noch unterhaltsameren Streits gewesen. Also stritten sie, was das Zeug hielt, und schließlich packte Brünhilde Kriemhilde am Zopf, woraufhin Kriemhilde sie in die Hand biss. Das Schmerzgeschrei war so laut, dass es ihre Mutter aus dem migränebedingten Halbschlaf riss. Sie kam aus dem Schlafzimmer gestapft und verpasste den Zwillingen jeweils eine Ohrfeige, woraufhin diese sofort Ruhe gaben, weil sie wussten, dass andernfalls der Vater von ihrem Missverhalten erfahren würde, was weit schlimmere Strafen als eine mütterliche Ohrfeige nach sich zöge. Sie entschuldigten sich tränenreich bei der Mutter und beieinander und zogen sich dann zurück, um im Garten weiterzustreiten. Die Mutter hingegen blieb mit den Papieren, Bleistiften und Radiergummis zurück, die die Zwillinge im ganzen Kinderzimmer verstreut hatten. Sie ahnte, dass die Mädchen all das Zeug aus dem väterlichen Arbeitszimmer entwendet hatten. Sie seufzte und bückte sich, um ein wenig Ordnung zu machen. Dabei kam ihr jedoch der Brief in die Hände. Zuerst überflog sie nur die ersten paar Zeilen. Dann aber war ihr Interesse so geweckt, dass sie sich hinsetzte und den Brief noch einmal langsam von vorne durcharbeitete (sie war immer noch eine sehr schwache Leserin), schließlich suchte sie den zerrissenen Umschlag heraus und las die Adresse des Absenders, und schließlich stand fest: Sie wollte das Treffen der Musikfreunde besuchen.

Es war schwierig, festzustellen, wann das letzte Treffen der Musikfreunde stattgefunden hatte, es war viel mehr ein schleichender Zerfall als ein richtiger Abschluss gewesen. Ida Gussendorff war nach dem Tod ihres Mannes nie wieder bei Schwarzbergs erschienen, man machte sich auch keine besondere Mühe, sie dazu zu bringen, man hatte sie immer als Anhängsel ihres Mannes betrachtet, das ohne ihn eigentlich ohnehin nichts bei ihren Treffen zu suchen hatte. Christoph Wagenrad war schon früher nur sehr unregelmäßig erschienen, und als er eines Tages gar nicht mehr kam, fiel es auch nicht wirklich auf. So also waren von der ganzen Runde nur noch Bastian Schneider, Gisela und Siegfried Römer sowie die Schwarzbergs selbst übrig geblieben, und auch sie kamen längst nicht mehr in so großer Regelmäßigkeit zusammen. Gisela hatte Gesangsauftritte, Siegfried ordinierte, Bastian saß im Kaffeehaus, die Schwarzbergs alterten. Und kurz bevor die Zwillinge geboren wurden, beschloss Siegfried Römer, aufs Land zu ziehen. Die Stadt nämlich kam ihm in immer größerem Maße dekadent vor, während das Landleben ihm als ideale Idylle schien, in der er sein Kind (damals meinte er noch, es wäre nur eines und höchstwahrscheinlich ein Bub) aufwachsen lassen wollte.

Im Übrigen gehörte es sich für eine Mutter sowieso nicht, auf der Bühne zu stehen. Er hatte es lange genug ertragen, dass fremde Männerblicke auf Giselas schönem Körper ruhten, dass sie als Elisa in Lehárs »Paganini« jedem einzelnen Kerl im Zuschauerraum zuträllerte: »Wer will heut Nacht mein Liebster sein? Gefällt er mir, ich lass ihn ein! Er nimmt mich hin, bin Spielzeug ihm. Wem einmal ich mein Herz geschenkt, gewiss noch manchmal an mich denkt, weil nie vergisst, wer mich einmal geküsst!« Es passte nicht zu der Gattin eines honorigen Arztes, noch weniger aber passte es zu einer Mutter. Der Umzug aufs Land, wo es keine Opernhäuser und Operettenaufführungen gab, bedeutete also auch eine Beendigung von Giselas Karriere oder, wie es Dr. Römer nannte: den Beginn eines würdigen, anständigen Lebens. »Die Gräfin der Stille« wurde danach noch einmal wiederaufgeführt, mit einer anderen, stimmlich virtuosen Hauptdarstellerin. Es war ein fürchterlicher Flop. Das Stück geriet genauso in Vergessenheit wie Gisela Liebwies.

So also waren bald nur noch die Schwarzbergs und Bastian zusammengekommen. Es waren äußerst langweilige Treffen, da Bastian immer noch nicht fähig war, einen einzigen klaren Gedanken zu formulieren, und selbst die Schwarzbergs stellten eine zu große Öffentlichkeit dar, als dass er sich ihnen ohne zu stottern mitteilen konnte. So verbrachten sie die Abende bald schon trinkend und essend, ohne auch nur ein Wort über Musik zu verlieren. Und 1938 schließlich, als die Nazis einmarschierten, wurden ohnehin alle Vereinigungen verboten, die nicht der Partei zugehörten. Die verbliebenen Musikfreunde waren beinahe erleichtert über ihre offizielle Auflösung, die ihnen das Gefühl nahm, sich weiterhin treffen zu müssen.

Seitdem waren fünf Jahre vergangen, in denen sich Elisabeth Schwarzberg immer mehr gelangweilt hatte. Mit ihrem Mann hatte sie kaum noch etwas zu besprechen, andere Bekanntschaften pflegte sie jedoch keine mehr, und während sie die Tage meistens damit verbrachte, in ihrem Schaukelstuhl sitzend aus dem Fenster zu starren, erwachte der Gedanke in ihr, die Musikfreunde wieder ins Leben zu rufen, zumindest für ein einziges Mal. Allerdings konnte das natürlich nicht ohne die Zustimmung der Partei geschehen, und so begab sich Frau Schwarzberg eines Nachmittags mit einem großen Kuchen zu ihrem neuen Nachbarn, der Ortsgruppenleiter war und nun die hübsche Wohnung unter den Schwarzbergs bewohnte, die früher einer jüdischen Familie gehört hatte. Anfangs schien er nicht besonders begeistert von der Idee; als Frau Schwarzberg jedoch die Begeisterung erwähnte, die die Musikfreunde stets für Richard Wagner aufgebracht hatten, wurde er hellhörig und bat sie gleich, sich zu setzen. Er bot ihr Schnaps an, und sie aßen den Marmorkuchen, den Frau Schwarzberg mitgebracht hatte, spülten ihn mit noch mehr Schnaps hinunter, und nach zwei Stunden stand fest, dass es nicht nur ein Treffen der Musikfreunde, sondern ein großes Fest im Gedenken an Richard Wagner geben würde, wozu nicht nur die ehemaligen Mitglieder, sondern auch alle möglichen Parteigrößen und Prominente eingeladen werden sollten. Da weder die Wohnung der Schwarzbergs noch die des Ortsgruppenleiters groß genug für ein solches Unterfangen war, würde das Fest auf alle drei Wohnungen des Hauses verteilt stattfinden (denn das Ehepaar, das momentan noch das Dachgeschoss bewohnte, wäre laut dem Ortsgruppenleiter zwar ahnentechnisch einwandfrei, aber politisch nicht verlässlich und daher leicht aus ihrer Wohnung zu bekommen). Der Ortsgruppenleiter wollte sich um die Einladungsbriefe kümmern, Frau Schwarzberg um die Adressen, und so landete die im Parteibüro maschingeschriebene Einladung samt dem von Frau Schwarzberg händisch beschrifteten Kuvert eines Tages bei Römers.

Gisela sprach von nichts anderem mehr als dem Fest. Sie überlegte laut hin und her, was sie anziehen sollte, wer wohl alles kommen würde, ob Wagenrad auch da sein würde und Bastian Schneider, der doch so sehr in sie verliebt gewesen war, ob vielleicht andere kämen, die sie noch von der Oper oder vom Konservatorium kannte, sie war ganz kindlich aufgeregt und vergaß dabei sogar ihre Migräneanfälle. Dr. Römer gefiel das gar nicht. Er hatte, wenn überhaupt, allein hingehen wollen, und das hatte auch seinen guten Grund: Seine Frau war hässlich geworden. Die Jahre hatten sie aufgehen lassen wie Germteig, ihre Brüste waren beim Stillen der Zwillinge groß und schwer geworden und geblieben, ihr Gesäß unförmig breit, das Gesicht sah dauerhaft geschwollen aus. Ihr Haar war dünn und weiß im Ansatz, und sogar ihre Augen, ihre einst so himmelblauen Augen, schienen mit der Zeit dunkel und matt geworden, mehr grau als blau. Vielleicht hatten die Zwillinge ihr die Schönheit ausgesaugt, vielleicht hatte sie auch die Landluft nicht vertragen, am wahrscheinlichsten aber lag es in ihrer Natur, und sie alterte schlecht: Sie war, so fand zumindest Dr. Römer, mittlerweile völlig unansehnlich. Und obwohl er sich für seine Frau das Mutterkreuz wünschte, konnte er sich nicht mehr dazu überwinden, mit ihr weitere Kinder zu zeugen, und sie war ohnehin nicht gewillt dazu, wegen der ständigen Migräne. Die Hässlichkeit Giselas war aber ein Kreuz, das Dr. Römer allein tragen wollte. Die hämischen oder, schlimmer noch, mitleidigen Blicke seiner alten Bekannten konnte er nicht gebrauchen. Er, der junge gutaussehende Arzt, der jede Frau hätte haben können, hatte sich von der Gegenwart blenden lassen und ein Mädchen genommen, das keine Zukunft hatte. Vielleicht war das die Strafe dafür, dass er in jüngster Jugend kurz mit dem Marxismus sympathisiert hatte. Höchstwahrscheinlich aber war es einfach Zufall, eine Art Schicksalsschlag, der jeden hätte treffen können, aber ausgerechnet ihn erwischte.

Er erklärte Gisela, dass es unmöglich wäre, gemeinsam zu fahren, da man die Zwillinge ja nicht so lange alleinlassen konnte, aber es dauerte keine halbe Stunde, da hatte Gisela schon ein Kindermädchen organisiert.

Er versuchte ihr mit medizinischen Fachbegriffen weiszumachen, dass eine so weite Fahrt in die Stadt ihrer Gesundheit nicht zuträglich wäre; sie behauptete aber das Gegenteil, ihr Kopfschmerz sei ja schon aus reiner Vorfreude darauf verschwunden.

Schließlich also spielte er den Patriarchen und verbot ihr den Besuch des Festes ganz einfach. Daraufhin schloss sich Gisela zwei Tage lang im Schlafzimmer ein, während denen die Zwillinge völlig unbetreut das Haus im Chaos versenkten.

Letztendlich also gab Dr. Römer nach (es war im Übrigen das erste und auch letzte Mal in ihrer Ehe). Am Abend des Festes ließ er ein Taxi kommen und fuhr in die Stadt, um sich im hochoffiziellen Rahmen mit seiner hässlichen Frau vor aller Welt zu blamieren.

2

Schon von weitem war zu erkennen, dass dieses Treffen kein gewöhnliches Treffen der Musikfreunde war. Massen von Menschen strömten zum Haus der Schwarzbergs, und zu den geladenen Gästen gesellten sich die Schaulustigen, sodass sich ein Patchworkmuster aus feinen Stoffen und Lumpen, aus Hochsteckfrisuren und Strubbelhaaren, aus Uniformen und Arbeitsoveralls ergab. Da es für Ende August noch sehr heiß war, waren alle Fenster des Hauses geöffnet. Straßenlärm mischte sich mit Grammophongeschrammel und Klaviermusik, und über all dem schwebte ein Klangteppich von zwanglosem Geplauder, von grellem Frauen- und bellendem Männerlachen, und wären die Herrenbrüste nicht gar so ordenbehängt gewesen, hätte niemand ahnen können, dass zurzeit Krieg herrschte.

Dr. Römer entspannte sich beim Anblick des feierlichen Treibens sofort, denn unter so vielen Gästen würde man weder ihm noch seiner Frau große Beachtung schenken. Er nahm sich vor, sie gleich nach der Garderobe aus den Augen zu verlieren. Gisela aber strahlte, und wenn man genau hinschaute, konnte man in ihrem Gesicht jenes hübsche Mädchen erkennen, das sie einmal gewesen war, aber Dr. Römer machte sich diese Mühe nicht. Er bezahlte den Taxifahrer und bestellte ihn für kurz nach Mitternacht wieder zurück.

Ein wenig genierte sich Dr. Römer aber dann doch, als er Gisela am Arm zum Haus führte. Trotz der Hitze trug sie einen pelzbesetzten Wintermantel, wahrscheinlich nur aus dem einen Grund, dass er das wertvollste Stück in ihrem Kleiderschrank darstellte. Vermutlich von diesem zur Schau gestellten Reichtum angelockt, warf sich Gisela ein rothaariges Bettelmädchen vor die Füße: »Eine Reichsmark! Eine Reichsmark für mich und mein Kindchen!« Dr. Römer musste sie unsanft zur Seite schubsen, damit sie den Weg wieder freimachte. Es war aber auch eine Sünde, sich gerade in Kriegszeiten so zu schmücken, und obwohl sich alle Frauen, die es sich leisten konnten, bis zur Geschmacklosigkeit herausgeputzt hatten, schien ihm seine Ehefrau doch die prahlerischste von allen zu sein. Er glaubte, jedermann würde sie anstarren, von überall her meinte er Getuschel zu hören: »Ist das nicht …?« »Das kann doch nicht die …« »Doch, das ist sie! Das ist die Liebwies!« Am liebsten hätte er Gisela sofort wieder ins Taxi gepackt.

Seine Laune hob sich aber wieder, sobald sie das Haus betreten hatten. Aus Gewohnheit waren sie zuerst zur Wohnung der Schwarzbergs hinaufgestiegen (obwohl aus der unteren Wohnung des Ortsgruppenleiters spaßverheißendes, biergetränktes Soldatenliedgegröle klang), an der Tür hatte ihnen sofort ein junges Mädel im Trachtenkleid die Mäntel abgenommen, die vollen Brüste quollen geradezu aus der weißen Bluse hervor, und Dr. Römer fühlte sich sofort wohl. Auch die anderen Mädchen, die bei dem Fest bedienten und servierten, waren durch die Reihe vollbusig und gutaussehend (der Ortsgruppenleiter hatte sie höchstpersönlich ausgesucht). Während Dr. Römer sich ein Brötchen vom Tablett einer dieser Schönheiten nahm, schwelgte er schon in Gedanken, wie er es wohl anstellen könnte, eine von ihnen oder auch zwei in sein Bett zu bekommen, denn abgesehen von einer nicht ganz unattraktiven Patientin, mit der er es von Zeit zu Zeit in seiner Praxis trieb, war er schon länger nicht mehr zum Zug gekommen.

Allerdings konnte er momentan keine weiteren Schritte unternehmen, da Gisela immer noch an seinem Arm hing wie ein Kind. Auch sie hatte den Mantel abgelegt, darunter trug sie dasselbe weiße Kleid, das sie auch bei ihrer ersten Zusammenkunft mit den Musikfreunden getragen hatte: damals engelhaft, machte es sie nun zu einer unförmigen Regenwolke. Bis jetzt hatte Dr. Römer noch kein bekanntes Gesicht gesehen, was ihm durchaus entgegenkam, allerdings verlangte die Höflichkeit, dass er zumindest den Schwarzbergs die Hand schüttelte. Er wusste nur nicht, wo er sie finden konnte. Ihre Wohnung war kaum wiederzuerkennen. Alle größeren Möbelstücke hatte man im Keller verstaut, sodass die Zimmer zu Sälen geworden waren, Blumengestecke schmückten die Wände, edle Teppiche die Fußböden.

Bevor Dr. Römer sich noch wirklich entschließen konnte, welchen Weg er als Erstes einschlagen sollte, wurde er von einer uralten Frau angerempelt, deren Begleitung, ein großgewachsener jüngerer Herr mit rötlichem Haar, sich sofort vielmals entschuldigte. Dr. Römer brauchte einige Zeit, um zu bemerken, dass es sich bei dem jungen Mann um Florian Padinsky handelte, Idas jüngeren Bruder, den er bei der Hochzeit der Gussendorffs kennengelernt hatte. Demnach musste die Alte Katharina Padinsky sein. Zum wiederholten Male dachte er daran, welche Grausamkeiten das Alter für die Frauen parat hielt: Die Padinsky war zu einer Rosine zusammengeschrumpelt, die sich um einen hölzernen Gehstock krümmte. Der verbissene Ausdruck hatte sich noch weiter in ihr Gesicht gefressen, die Lippen waren kaum noch vorhanden, der Blick war stumpf, was Florian mit ihrem schwachen Augenlicht begründete. Dr. Römer hatte eigentlich keine große Lust, sich länger mit den beiden zu unterhalten, stellte ihnen dann aber, als es sich nicht länger vermeiden ließ, doch noch widerwillig seine Frau vor (»*Die* Gisela? Die Liebwies?«, fragte Florian so ungläubig, wie Dr. Römer es befürchtet hatte). Nein, antwortete Florian auf die Frage Giselas, er selbst wäre nicht verheiratet, er hätte mit seiner Mutter genug Weib zu Hause, vor allem, da sie langsam schwachsinnig werde. Sie höre und sehe kaum noch etwas, obwohl die Ärzte ihr immer wieder versicherten, dass organisch alles noch einwandfrei funktioniere. »Sie verschließt sich innerlich vor der Welt«, seufzte Florian und tätschelte Katharina, die ungeduldig mit dem Fuß wippte, den Kopf wie einem Hund, »noch einen Krieg möchte sie eben nicht mitbekommen.« Er blickte sich nervös um und sagte dann mit viel lauterer Stimme: »Auch wenn es diesmal ganz etwas anderes ist. Diesmal gewinnen nämlich wir!« Ein betrunkener Soldat, der zufällig vorbeischwankte, prostete ihm zu. Die Geschäfte in der Fabrik führte nun Florian und hatte dafür die Wissenschaft ganz aufgegeben, »Jeder muss seine Opfer bringen«, sie stellten jetzt anstatt Streichhölzern kriegswichtiges Material her, Munition und dergleichen, wodurch Florian der Fronteinsatz erspart geblieben war und er sich der Pflege seiner Mutter widmen konnte. Sein Bruder Wilhelm hingegen wäre momentan in Frankreich stationiert, dort liefe es ganz gut, nur die Französinnen machten ihm zu schaffen, er hätte dort schon zwei Kinder gezeugt, und das waren nur die, von denen er erstens selbst wusste und zweitens seiner Familie berichtet hatte. Es war ganz offensichtlich, dass Florian schon länger keinen anderen Ansprechpartner mehr gehabt hatte als seine alte, kranke Mutter, die Worte sprudelten nur so aus ihm heraus, sodass weder Dr. Römer noch Gisela zu Wort kamen, und während sie ernsthaft interessiert wirkte, musste Römer die ganze Zeit über ein Gähnen unterdrücken.

»Eine Tragödie, das mit August …«, sagte Florian, als gerade wieder eine Blondine mit Brötchenteller vorbeiging und Dr. Römers ganze Aufmerksamkeit für sich beanspruchte.

»… mit wem?«, fragte er.

»August Gussendorff, der viel zu früh verstorbene Mann meiner Schwester!«, antwortete Florian, während er seine Mutter, die genug vom Warten hatte und sich auf eigene Faust auf den Heimweg machen wollte, routiniert am Ärmel packte. Sie fluchte irgendetwas Unverständliches in ihren unsichtbaren Bart, blieb aber stehen.

»Ach so, natürlich … Ida Gussendorff … Wie geht es ihr?«, fragte Dr. Römer ohne jegliches Interesse. Gisela hüstelte nervös.

»Sie nennt sich jetzt wieder Padinsky. Sie hat das Haus ihrer Köchin geschenkt und wohnt jetzt in einem kleinen Appartement … Aber das alles können Sie sie auch selbst fragen, sie ist hier. Das war eigentlich der ausschlaggebende

Grund, warum Mutter und ich hergekommen sind. Denn bei Mutter weiß man nie, wie lange sie noch … nun, wie oft sich noch die Gelegenheit gibt, sie zu sehen. Unzählige Male habe ich Ida schon eingeladen, aber sie weigert sich stur, uns zu besuchen. Als wir erfahren haben, dass sie dieses Fest besuchen würde, dachten wir, es wäre die beste Gelegenheit, um sie noch einmal zu sehen … Mutter allerdings …« Katharina Padinsky riss sich ein weiteres Mal los, als wollte sie gar nicht mehr hören, was vorgefallen war, und diesmal war Florian zu langsam. Hurtig wie ein Käfer hinkte sie auf ihren Stock gestützt davon, Florian hatte kaum Zeit, seine Empfehlungen sowie seine Hoffnung auf baldiges Wiedersehen auszusprechen (bloß nicht, dachte Römer), dann musste er im Laufschritt hinter ihr her.

»Langweiliges Bürschchen«, raunte Dr. Römer Gisela zu, die zu seiner großen Verwunderung aber kein bisschen gelangweilt, sondern eher aufgeregt wirkte. Leider klammerte sie sich nun noch fester an seinen Arm. »Hast du gehört, Ida ist auch da«, flüsterte sie, warum auch immer sie es flüsterte, warum auch immer sie das für etwas Geheimnisvolles hielt.

Sie schoben sich den Gang entlang weiter bis zum Esszimmer, wo die Treffen der Musikfreunde früher immer stattgefunden hatten. Allerdings war von dem Esszimmer ebenso wenig übrig geblieben wie von den Musikfreunden: Die große hölzerne Tafel musste kleinen Kaffeehaustischen weichen, die so zwanglos, wie es die Ideologie gerade noch zuließ, im ganzen Raum verteilt standen. In der Mitte des Zimmers thronte ein Grammophon, aus dem blechernen Trichter schallte die »Walküre«. »Ein Fest für Wagner«, erinnerte Dr. Römer sich nun wieder, so lautete ja das Motto der ganzen Veranstaltung. Nun war aber die »Walküre« (wie wohl alle Opern Wagners) zwar ein wunderbares Bühnenwerk, aber nicht unbedingt tanzbar, und auch wenn die Musik durchaus feierlich klang, eignete sie sich nicht gerade dazu, die Feierlaune zu heben. So saßen die Gäste ehrfürchtig und steif in Kleingruppen um ihre Tische versammelt und unterhielten sich leise. Keiner von ihnen hätte es natürlich zugegeben, aber insgeheim bedauerten in diesem Moment viele, dass Jazzmusik entartete Kunst war. Dr. Römer wäre gleich wieder weitergezogen, um unten in der Wohnung des Ortsgruppenleiters Sauflieder zu singen, allerdings entdeckte er da das Ehepaar Schwarzberg, das mit zwei jungen Damen, welche Dr. Römer den Rücken zuwandten, an einem Tisch in der Ecke saß. Giselas Miene hellte sich wieder auf, als sie die ihr bekannten Gesichter erblickte (vermutlich erinnerte sie sich wieder an die Avancen, die Heinrich Schwarzberg ihr früher gemacht hatte, dachte Römer). »Lass uns hinübergehen!«, sagte sie aufgeregt, und da es sich ohnehin gehörte, die Gastgeber zu begrüßen, wandte Dr. Römer nichts dagegen ein.

Obwohl Schwarzbergs etwa gleich alt, vielleicht sogar ein wenig älter als Katharina Padinsky sein mussten, hatten sie sich besser konserviert: Zwar waren sie beide ergraut, und Falten durchzogen wie eindrucksvolle Flussbettlandschaften ihre Gesichter, aber sie erkannten Dr. Siegfried Römer und sogar Gisela auf der Stelle. Sie grüßten freudig und überschütteten Gisela mit Komplimenten, die nicht einmal zur Hälfte ungelogen sein konnten. Da zufällig noch zwei Stühle an ihrem Tisch frei waren, kam Dr. Römer nicht darum herum, die Einladung, sich zu ihnen zu setzen, anzunehmen. Außerdem hatte er ohnehin nicht schlecht Lust dazu, die beiden jungen Damen ein wenig genauer zu betrachten. Es musste ja keine Serviererin sein, vielleicht war unter den geladenen Gästen eine hübsche junge Dame, die er auf ein paar Getränke oder mehr einladen konnte, sofern Gisela endlich ein paar Schritte von seiner Seite weichen würde. Und ausgesprochen hübsche Frauen waren es tatsächlich, die da bei den Schwarzbergs Platz genommen hatten: Beide waren sie schlank und groß, mit schmalen gleichmäßigen Gesichtern, von nussbraunem Haar umrahmt. Sie trugen taillierte Kleider mit zarten Blumenmustern, schlicht und elegant, wie es gerade Mode war, und beide hatten ein geheimnisvolles Lächeln auf den Lippen, eine wilde Sehnsucht im Blick, wie es Dr. Römer aufs allerhöchste erregte, aber die sich ankündigende Gefahr einer peinlichen Schwellung in der Hose war (wenn auch nur vor Überraschung) sofort gebannt, als er die linke erkannte: Es war Ida Gussendorff.

Tatsächlich schien sie keinen Tag gealtert zu sein, vielleicht war sie sogar jünger geworden, oder zu einem völlig zeitlosen ätherischen Wesen, ein zarter Engel, ein Waldgeist. Alles, was Römer früher verachtenswert hässlich gefunden hatte, das platte Gesicht, die magere Figur, hatte sich nun zu einem harmonischen Ganzen gefügt, zu dem auch die andere, nicht weniger anmutige Frau gehörte. Denn die eine ohne die andere, meinte er, gäbe zwar immer noch ein reizvolles, aber doch irgendwie unvollständiges Bild ab. Dr. Römer war so von diesem Anblick eingenommen, dass er gar nicht bemerkte, wie Gisela erbleichte.

»… und das ist Pauline Hartmann, sie ist Tänzerin am

Staatsballett und sozusagen meine Untermieterin.« Anscheinend hatte Ida schon länger gesprochen, aber erst jetzt nahm Dr. Römer ihre Stimme wahr. »Hocherfreut, hocherfreut!«, nuschelte er, und das war nicht gelogen.

»Eben haben wir von Ihrem Freund, dem guten Herrn Bastian Schneider gesprochen«, erklärte Frau Schwarzberg, »wir hofften, dass Sie eventuell etwas von ihm gehört haben, Herr Doktor?«

Römer schüttelte den Kopf: »Seit er von der Wehrmacht eingezogen wurde, habe ich nichts mehr von ihm gehört.«

»Ich habe eine Einladung an seine alte Adresse geschickt, diese kam aber mit dem Hinweis, dass der Empfänger verzogen sei, zurück. Daraufhin habe ich sein Stammlokal aufgesucht, aber auch dort hatte man ihn seit Ewigkeiten nicht mehr gesehen. Es ist nur zu hoffen, dass er nicht eines der vielen Opfer dieser barbarischen Russen geworden ist …«

»Das nervöse Bürschchen hat sich vermutlich gleich bei seinem ersten Einsatz selbst in den Fuß geschossen und liegt jetzt in einem Lazarett«, beschwichtigte Herr Schwarzberg, und damit war die Sache Bastian Schneider abgehakt. Stalingrad war kein gutes Gesprächsthema bei feierlichen Zusammenkünften, und schon gar nicht, wenn sich so viele Parteigrößen im näheren Umfeld befanden.

»Sagen Sie, Frau Römer«, ergriff ganz unvermittelt Ida das Wort, »wie ist es Ihnen in all den Jahren eigentlich ergangen? Wie Sie vielleicht wissen, war ich an Ihrer Karriere stets interessiert. Die Sammlung von Zeitungsartikeln über Ihre Auftritte habe ich immer noch zu Hause.«

»Verbrennen … Sie … das alles!« Mehr noch als der Inhalt dieser Antwort überraschte Giselas Tonfall, der so klang, als wäre die freundlich gestellte Frage Idas ein Messer, das man ihr in den Bauch rammte. Hasserfüllt stieß sie die Worte einzeln hervor, vom Grammophon aus traten die Walküren ihren wilden Ritt an.

»Wir haben im Übrigen Ihren Bruder sowie Ihre Mutter getroffen, Frau Gussen … Frau Padinsky!«, wechselte Dr. Römer schnell das Thema, nicht aber, ohne Gisela unter dem Tisch leicht ins Schienbein zu treten, als Zurechtweisung für ihr Fehlverhalten. Giselas teigiges Gesicht war nun wie erstarrt. Eine tiefe Falte hatte sich zwischen ihren Augenbrauen gebildet.

»Der junge Herr Padinsky hat sich sehr betrübt darüber gezeigt, dass Sie seine Einladungen niemals annehmen.«

Ida lachte. »Nun, da hat er Ihnen aber die halbe Wahrheit erzählt«, antwortete sie und klang dabei sehr vergnügt, auch das Mädchen neben ihr lachte, »denn ich hätte liebend gern jede Einladung angenommen, allerdings nur unter der Voraussetzung, dass das Fräulein Hartmann mich begleiten dürfte.«

»Aber ich bitte Sie«, mischte sich Herr Schwarzberg ein, »wer würde eine so reizende Dame wie das Fräulein Hartmann denn nicht gerne als Gast empfangen?«

»Meine Mutter hat verboten, dass Pauline, ich meine, Fräulein Hartmann mit mir kommt. Sie hat ihr sogar vorsorglich auf Lebenszeit den Zutritt zum Padinsky-Haus versagt, und nicht einmal Florians verständiges Zureden kann sie vom Gegenteil überzeugen«, antwortete Ida, und Fräulein Hartmann bestätigte alles nickend. Die Walküren rasten immer noch mit schepperndem Trompetenklang, ein Paar versuchte jetzt dazu zu tanzen.

»Aber Ihre Mutter ist doch schon sehr alt und, mit Verlaub, geistig nicht mehr ganz auf der Höhe«, meinte Frau Schwarzberg, »sie weiß vermutlich gar nicht, wovon sie spricht.«

Ida und Fräulein Hartmann wechselten einen wissenden Blick, ein geheimnisvolles Lächeln, einen kurzen Moment der Kommunikation, die für alle anderen vollkommen verschlüsselt war (nein, nicht für alle anderen, denn Gisela verstand sehr gut), dann antwortete Ida: »Glauben Sie mir, meine Mutter weiß in diesen Belangen sehr gut, wovon sie spricht!«

Plötzlich übertönte ein Schmerzensschrei für einen Augenblick das Wagner'sche Treiben. Die anderen Gäste drehten erschrocken die Köpfe zu ihrem Tisch hin, das Paar hörte auf zu tanzen. Gisela saß gekrümmt auf ihrem Sessel und massierte sich mit den Fingern die Schläfen, ohne dass es ihr Erleichterung zu bringen schien. Sie ächzte und stöhnte herzzerreißend. Die Damen am Tisch waren sofort alarmiert aufgesprungen, um Gisela zu Hilfe zu eilen, und auch Herr Schwarzberg war nur aufgrund seines schlimmen Beines sitzen geblieben. Einzig und allein Dr. Römer blieb gelassen. Mit jener Gefühlslosigkeit, die nur ein wahrer Mediziner aufbringen konnte, analysierte er: »Ein Migräneanfall, das kommt häufiger bei ihr vor.« Das schien die anderen Leute im Zimmer ausreichend zu beruhigen, sie gingen wieder ihren eigenen Geschäften nach und kümmerten sich nicht mehr weiter um die stöhnende Frau. Zu Römers großer Freude schlug Frau Schwarzberg vor, Gisela in ihr Schlafzimmer zu bringen, damit sich diese dort ein wenig hinlegen könnte. Gisela, völlig willenlos vor Schmerz, ließ es mit sich geschehen. Somit war Dr. Römer für den Rest des Abends ein freier Mann. Er plauderte noch eine Zeitlang mit Schwarzbergs, Ida und vor allem mit dem wunderschönen Fräulein Hartmann. Da dieses aber kein besonderes Interesse an ihm zeigte, vermutete er, dass sie bereits verlobt sein musste, und verabschiedete sich bald.

Mit dem Ortsgruppenleiter soff er in dessen Wohnung Bier aus bayrischen Maßkrügen. Hier ging es freilich weitaus spaßiger zu als oben im Walkürenraum. Uniformierte Männer saßen auf Bierbänken und grölten Lieder vor sich hin, die weit entfernt von Wagner waren, und es war völlig in Ordnung, der Bedienung an den Busen zu fassen. Der Ortsgruppenleiter hieß Alexander Schönbrunner, wie Dr. Römer im Laufe ihrer Sauferei erfuhr, und irgendwie war auch er mit Padinskys bekannt. »Ida Padinsky nicht zu heiraten, das war die beste Entscheidung meines Lebens!«, lallte er, und Dr. Römer antwortete: »Nicht zu heiraten ist immer eine gute Entscheidung«, dann fielen sie sich in die Arme wie alte Kameraden und tanzten wankend zum Gesang der anderen Betrunkenen. Kurz vor Mitternacht kündigte Schönbrunner an, dass man nun in die Dachwohnung gehen wolle, die erst kürzlich frei geworden und daher noch nicht von allem Unrat befreit worden war. Dr. Römer hielt dieses Vorhaben für eine gute Übung, um ein wenig auszunüchtern, und so stieg er mit dem Ortsgruppenleiter und anderen Uniformierten die Treppen hinauf. Eine dralle Servieren folgte ihnen, sie trällerte Lehár-Melodien, während die Männer die Einrichtung jenes Ehepaares, das Schönbrunner eigens für diesen Spaß hatte delogieren lassen, kurz und klein schlugen. Die körperliche Ertüchtigung klärte

Dr. Römers Gedanken, und so fiel ihm ein, dass ja sein Taxi, das er für Mitternacht bestellt hatte, jeden Moment eintreffen musste. Also rief er ein fröhliches »Heil Hitler!« in die Runde und holte Frau und Mantel, um den Heimweg anzutreten.

Das Taxi verspätete sich. Gisela stand starr und bleich am Straßenrand wie eine missglückte Statue, die niemand in seinem Garten stehen haben wollte, wie Sperrmüll. Dr. Römer machte sich gar nicht mehr die Mühe, das Wort an sie zu richten. Stattdessen redete er auf sich selbst ein: »Auf nichts kann man sich verlassen, da zahlt man viel Geld, und dann steht der Wagen nicht einmal pünktlich vor dem Haus …« Und mitten in seine lallende Suada hinein mischte sich plötzlich Giselas Stimme, klar und deutlich, wie sie nur noch selten sprach: »Siegfried, ich muss dir was erzählen.«

Erst hörte Römer nur zu. Anfangs war er noch ungläubig, er meinte, der starke Kopfschmerz hätte bei seiner Frau Halluzinationen ausgelöst. Aber sie sprach immer weiter, dicke Tränen spülten den Puder von ihren Wangen, aber ihre Stimme war ganz ruhig. Sie sprach von der »Blauen Taverne« mit all ihren perversen Darstellern und Zuschauern und erzählte, wie sie nach der Vorstellung noch gesungen hatte. Sie beschrieb die sehnsuchtsvollen Blicke Idas, die sie damals nicht hätte deuten können, das Hotelzimmer der »Wölfin«, die schwüle Luft, die nackte Haut, die tastenden Hände. An dieser Stelle begann Dr. Römer Zwischenfragen zu stellen: »Was genau hat Ida gesagt?« »Wo genau hat sie dich berührt?« »Wie hat sie es getan?«, und Gisela erzählte es, ohne irgendetwas von Idas Taten oder Worten zurückzuhalten. Ihr eigenes Glück, ihre eigene Göttlichkeit aber verschwieg sie, und auf Dr. Römers Nachfragen beteuerte sie immer wieder: »Ich habe es doch nur für ein Spiel gehalten, und ich konnte ihr auch nichts ausschlagen! Aber nun, durch deine Verständigkeit, durch deine moralischen Ansprüche, habe ich erst verstanden, wie gemein sie zu mir war, wie schmutzig sie mich gemacht hat, die ich ihr doch immer nur helfen wollte!« Das ließ Dr. Römer gelten und kam dann wieder auf die fleischlichen Details zurück, die sein Blut in Wallung brachten, die in ihm gleichermaßen Lust und Wut erweckten, die sich in ihm zu einer explosiven Mischung zusammentaten.

»Und das Schlimmste ist«, sagte Gisela, »ich weiß genau, dass sie dem armen Fräulein Hartmann dasselbe antut.« Dr. Römer rief sich die feine Gestalt der jungen Balletttänzerin in Erinnerung, und diese Vorstellung, Ida und Fräulein Hartmann in einem Bett (er mischte in Gedanken auch noch die junge Gisela dazu), brachte das Fass endgültig zum Überlaufen. Aus dem Augenwinkel nur registrierte er noch das Taxi, das nun endlich angerollt kam. »Setz dich schon einmal in den Wagen und warte auf mich!«, hauchte er Gisela zu, denn sein Gefühl war so stark, dass ihm die Stimme versagte.

Seine Fäuste waren geballt und sein Glied hart, als er noch einmal zurückstapfte zum Haus der Schwarzbergs. Er wollte Ida anklagen, verletzen, demütigen, wie sie es mit Fräulein Hartmann tat, mit Gisela getan hatte, und plötzlich schien ihm seine Frau gar nicht mehr dick und alt, sondern ebenso ansehnlich zu sein, wie sie es bei ihrer Hochzeit gewesen war.

Vermutlich hätte er mit seinem trunkenen Zorn tatsächlich etwas Furchtbares verbrochen, hätte sich nicht plötzlich eine Gestalt vor seine Füße geworfen und ihn am Weitergehen gehindert: »Bitte, eine Reichsmark, für mich und mein Kind!« Es war dieselbe junge, rothaarige Bettlerin, die sie schon bei ihrer Ankunft belästigt hatte. Ohne nachzudenken trat Römer sie zur Seite, sie schrie auf, war aber zu erschrocken, um fortzulaufen, vielleicht war auch der Schmerz zu groß. Sie hockte zusammengekauert auf dem Boden und wimmerte.

Da aber blieb Dr. Römer stehen und atmete tief durch. Er war kein Weib, das sich von Gefühlen übermannen ließ. Er war Arzt, ein Mann der Wissenschaft, rational denkend, er war Nationalsozialist, er war gründlich. Wenn er der Unmoral ein Ende setzen wollte, so musste es ein für alle Mal geschehen. Es würde nicht reichen, Ida an den Haaren durch das Haus zu zerren, sie zu schlagen, sie zu entblößen, es wäre heute ein kleiner Skandal und morgen im besten Fall vergessen. Im besten Fall, da er, der Rächer, ansonsten rechtliche Folgen zu befürchten hatte. Der geschlechtliche Kontakt zwischen zwei Frauen war ja, wenn auch vom moralischen Standpunkt her verwerflich, gesetzlich nicht verboten, man würde vielleicht von einer »Grauzone« sprechen, und im unglücklichsten Falle würde sich der öffentliche Hass gegen ihn wenden statt gegen die wahre Verbrecherin. Wenn er also die unglückliche Pauline Hartmann aus Idas Würgegriff befreien wollte, so konnte er es nur durch überlegtes Handeln tun.

Sein ganzer Körper entspannte sich, seine Haut kühlte ab, sein Atem ging ruhig. Die Diagnose war gestellt, nun musste er sich nur noch an die Heilung jener Krankheit machen, die Ida Gussendorff hieß.

»He, du da«, rief er der Rothaarigen zu, »komm mal her!« Sie kroch vorsichtig heran, und erst als sie sich sicher war, keinen weiteren Tritt oder andere Misshandlungen zu erfahren, wagte sie es, sich aufzuraffen.

»Geschenkt gibt es bei mir nichts«, erklärte Dr. Römer, »allerdings weiß ich, wie du dir ein bisschen Geld verdienen könntest.«

Als Dr. Römer ein wenig später ins Taxi stieg und Gisela ins Ohr flüsterte, dass der Fall Ida Gussendorff erledigt wäre, lächelte sie. Eine Gisela Liebwies, Liebwies nannte sie sich immer noch in Gedanken, nach jenem Dorf, das sie einst ausgespien hatte, eine Gisela Liebwies war nicht umzubesetzen, ohne dass dies einen großen Flop nach sich zog, so viel hätte Ida wissen können. Sie hätte keine Götzin neben, statt Gisela haben sollen, so stand es schon in der Bibel, und auch die Gnade war nicht unerschöpflich. Ida war von ihrem Glauben abgekommen, das war unentschuldbar. Unschuldig war Gisela gestraft worden von der Zeit, die sie hässlich und bitter gemacht hatte, nun aber hatte sie endlich erkannt, dass auch die Zeit in ihrer Macht stand. Das Leben war immer noch verliebt in sie, Gisela Liebwies, und wenn es ihr diese Liebe einmal nicht zeigte, so brachte sie es eben dazu.

Das größte Glück der Unglücklichen ist, sich an den Glücklichen zu rächen.

Und Gisela glaubte tatsächlich, dass das, was sie gerade fühlte, nichts anderes wäre als Glück. In Wahrheit jedoch war es nur ein erneuter Anfall von Migräne.

Epilog

Sie weiß, dass es der letzte warme Tag des Jahres sein wird.

Altweibersommer, sagt man. Alt ist sie, und jung fühlt sie sich. Jetzt, im goldenen Licht des späten Nachmittags, ist alles wie immer. Die Uniformen verschwinden, unsichtbar braun wie Chamäleons im Sand, nur die Köpfe sind noch gut sichtbar. Schwebende Männerköpfe überall. Sie sind ja auch nur Menschen. Wenn es so warm ist wie heute, sind sie auch nur Menschen.

Ida hat lange geschlafen. Pauline ist schon früh raus, aber ihr Körper hat sich tief in ihre Betthälfte gegraben, ihr Nachtgewand hat sie am Boden liegen lassen, die Bürste am Küchentisch und eine halbe Tasse voll kaltem Kaffeeersatz daneben. Ida liebt es, wie Pauline überall Spuren hinterlässt, während sie selbst nicht in Ruhe frühstücken kann, solange sie ihr Bett nicht so ordentlich glatt gemacht hat, als hätte sie niemals darin gelegen. Nur ihre Betthälfte, Paulines Spuren lässt sie immer. »Ach, bin ich unordentlich!«, wird Pauline seufzen, wenn sie heimkommt. »Ach, du bist noch so jung«, wird Ida sagen, und Pauline: »Du doch auch«, und Ida wird sagen: »Nein, du hast es immer noch eilig.«

Der Rhythmus in Idas Leben ist nur noch Pauline. Der Morgen ist Paulines Aufstehen, der Abend ihr Heimkommen, dazwischen liegt die Unendlichkeit ungezählter Stunden, Ida hat es nicht mehr nötig, Zeit zu berechnen. Sie lebt jetzt nur noch in Noten. Und in Pauline, wenn sie gerade nicht tanzt.

Vom Opernhaus her kann man ganz leise Klaviermusik hören. Ida lächelt. Sie geht nicht viel hinaus. Sie sagt immer, sie habe nichts mehr da draußen, aber es ist nicht nur das. Das da draußen ekelt sie an. Die Straßen sind falsche Straßen, die Häuser falsche Häuser, die Menschen falsche Menschen. Die Uniformierten ziehen auf ihren Wegen Schleimspuren, und niemand wischt sie auf. Der Dreck fällt aus ihren Mündern, sobald sie von Sauberkeit sprechen.

Die Wohnung ist eine Insel inmitten brauner Kacke, durch die man knietief steigen muss, sobald man einen Schritt vor die Tür tut. Ida schreibt zwischen geblümt tapezierten Wänden die Melodien, die seit Ewigkeiten in ihrem Kopf stecken und nun endlich in die Tinte fließen können. Pauline stinkt nach dem Draußen, wenn sie nach Hause kommt, und wäscht sich, während Ida das Notenheft schließt. Manchmal denkt sie dann sogar an die Nächte in der »Blauen Taverne«, und es kommt ihr vor, als wäre es damals schon Paulines Haar gewesen, das sie streichelte, und Paulines schmale Schultern, Paulines zarte Finger an ihren Wangen. Die Wohnung ist ein unendlicher Urlaub.

Heute aber hat sich das Licht so golden durch die Jalousien geschlichen, und die Herbstwärme hat sich an ihre Arme geschmiegt, dass Ida gespürt hat, der Urlaub ist überall, und da draußen ist Frieden. Das Licht hat sie hinausgespült bis zum Opernhaus, hinter dessen weißen Mauern Pauline gerade probt, sich im Takt der Klaviermusik biegt. Ida hat bereits die Premierenkarte in ihrer Tasche.

Sie sitzt auf der Parkbank vor der Oper. Pauline wird bald herauskommen, bald wird Abend sein. Die Straßen sind leer. Ganz, ganz, ganz weit weg, kaum noch sichtbar, schwebt ein einzelner Kopf auf Patrouille zwischen zwei Bäumen hin und her. Vielleicht, denkt Ida, soll ich doch öfter hinaus. Es ist eigentlich alles ruhig, eigentlich alles friedlich. Man kann auch hier vergessen und erinnern, und die Sonne wärmt.

»Entschuldigen Sie bitte?« Ida hat nicht bemerkt, dass sie ihre Augen geschlossen hat. Die Stimme dringt hoch und kindlich an ihr Ohr, sodass sie sich sicher ist, ein Kind vor sich zu haben. Als sie die Augen aufschlägt, ist sie verwundert. Ein junges Mädchen steht vor ihr, zwei dicke rote Zöpfe umrahmen ein rundes Gesicht. Sommersprossen bedecken die Haut. Vor sich hält das Mädchen einen schwarzen Kinderwagen, den Schirm ganz aufgezogen. Einen Augenblick lang denkt Ida, sie zu kennen, kann sie aber nicht einordnen.

»Ja?«

»Es tut mir leid, aber ich muss – wissen Sie, die Post schließt gleich – und der Kleine schläft gerade so fein – und wenn Sie so freundlich wären, nur einen Augenblick auf ihn aufzupassen – wissen Sie, ich wäre viel schneller bei der Post – und …« Sie spricht mit vielen Pausen, in denen sie laut atmet, dabei reibt sie nervös die Handflächen aneinander. Sie ist sicher nicht älter als fünfzehn. Es gibt keine Väter mehr. Die einzigen Männer sind die schwebenden Köpfe, die an nicht so schönen Tagen kackbraune Uniform tragen.

»Gerne«, sagt Ida und legt die Hand an den Metallrahmen des Kinderwagens. Er ist kalt. Das Mädchen lächelt, aber nicht dankbar, sondern ängstlich, die Mundwinkel zucken nur. »Vielen Dank … es tut mir wirklich sehr leid«, sagt sie schließlich und läuft die Straße hinunter, die Zöpfe wehen hinter ihr wie Fahnen.

Ida wiegt den Wagen ein wenig hin und her und wundert sich immer noch über die metallene Kälte. Lange kann das Mädchen nicht spazieren gewesen sein. Der Wagen ist voll mit Decken, als wäre Winter. Vielleicht lebt das Mädchen in einem Winter. Vielleicht ist der Sommer aber auch wirklich schon vorbei. Auch der der alten Weiber. Die Sonne sinkt unweigerlich.

Und plötzlich hat Ida keinen größeren Wunsch, als das Kind zu sehen. Den Menschen, für den die Gegenwart immer eine weit entfernte Kindheit sein wird. Sie schiebt den Schirm des Wagens hinauf und schlägt alle Decken zurück. Aber da ist kein Kind. Stattdessen liegt da ein Packen Papier, kleine schwarze Buchstaben drängen sich darauf, Schreibmaschinendruck. Ida streicht mit den Fingerspitzen über die dicke Überschrift, »Nieder mit Hitler – Für eine Diktatur des Proletariats!« Sie hebt das oberste Blatt, darunter aber dieselbe Überschrift, sie hebt das nächste Blatt, wieder das Gleiche. Hundertmal die Diktatur des Proletariats.

»Können Sie sich ausweisen?« Ida erschrickt nicht, weil sie es erwartet hat. Der Mann, der eben noch zwischen den Bäumen schwebte und weit weg war, steht nun direkt vor ihr, die Uniform so gut sichtbar wie sein bartloses Kinn und die großen, blauen Augen. Junge, denkt Ida, während sie in ihrer Tasche kramt, du bist doch noch ein Kind.

Er hat sich inzwischen dem Kinderwagen zugewandt, hält ein Blatt Papier in die Höhe und liest ungläubig ein paar Sätze, greift dabei mit der anderen Hand nach Idas Ärmel, als könnte sie ihm so nicht mehr entfliehen.

»Sie hat also recht gehabt ...«, murmelt der Uniformierte.

»Wer?«

»Die mit den Sommersprossen ...« Ida hält ihm den Pass hin, der Junge steckt ihn ein.

»Sie müssen mit mir mitkommen, gute Frau ...«, sagt er, und es scheint ihm irgendwie peinlich zu sein. Ida steht auf und streicht sich den Rock glatt. Die ferne Musik verklingt, die Ballettprobe ist zu Ende.

»Ich würde gerne noch mit einer Freundin sprechen«, sagt Ida. Gleich wird Pauline herauskommen, rot im Gesicht von der Anstrengung und müde und glücklich nach einem gelungenen Arbeitstag, »Was ist denn los?«, wird sie fragen, in einem Ton, als sei alles ein Scherz.

»Das ist nicht möglich.«

»Gut«, sagt Ida und steht auf, »es wird sich herausstellen, dass es sich nur um ein Missverständnis handelt.«

»Gewiss«, antwortet der Junge.

Später würde die Geschichte anders erzählt werden.

Man würde sagen, Gisela Liebwies wäre schon immer eine strahlende Persönlichkeit mit außergewöhnlicher Stimme gewesen, die ihr Dorf wie ein Stern erleuchtet und an deren Zukunft als berühmte Sängerin niemand je gezweifelt hatte.

Man würde sagen, Ida Gussendorff wäre die wenig bedeutende Ehefrau eines genialen Dichters und Komponisten gewesen, deren einzige wirklich bemerkenswerte Tat es war, von den Nationalsozialisten verhaftet zu werden.

Es ist aber nun mal die seltsame Eigenschaft der Zeit, Geschehenes in schwammige Erinnerung und schließlich in Lügen zu verwandeln.

Aber Ida weiß, dass es der letzte warme Tag des Jahres sein wird.

Bitte beachten Sie
auch die folgenden Seiten

Joseph Roth
im Diogenes Verlag

»Die schönsten Bücher Roths zeichnen sich durch eine sonderbare Mischung aus Naivität und Skepsis aus, aus östlicher Phantasie und westlicher Paradoxie, aus christlicher Demut und jüdischem Zweifel. Er gehört zu den großen deutschen Stilisten in der ersten Hälfte des zwanzigsten Jahrhunderts. Seine Prosa verblüfft noch heute durch Anschaulichkeit und Exaktheit der Darstellung. Roth war ein elementarer, ein oft impulsiver Geschichtenerzähler.« *Marcel Reich-Ranicki*

»Er war ein Poet im ursprünglichen Sinne des Wortes, der Schöpfer eines Alls. Kaum ein Gesamtwerk ist von größerem Charme.« *Ludwig Marcuse*

»Roth konnte Stimmungen und Erfahrungen, die gewöhnlich nur in Musiken auszudrücken sind, in Sprache übersetzen. Etwas Ähnliches wie ein Schubert der Prosa ist er auf diese Art geworden.«
André Heller / Frankfurter Allgemeine Zeitung

Das Spinnennetz
Roman
Auch als Diogenes Hörbuch erschienen, gelesen von Ulrich Matthes

Hotel Savoy
Roman
Auch als Diogenes Hörbuch erschienen, gelesen von Hans Korte

Die Flucht ohne Ende
Ein Bericht. Roman
Auch als Diogenes Hörbuch erschienen, gelesen von Martin Wuttke

Hiob
Roman eines einfachen Mannes
Auch als Diogenes Hörbuch erschienen, gelesen von Peter Matić

Radetzkymarsch
Roman
Auch als Diogenes Hörbuch erschienen, gelesen von Michael Heltau

Tarabas
Ein Gast auf dieser Erde. Roman
Auch als Diogenes Hörbuch erschienen, gelesen von Joseph Lorenz

Beichte eines Mörders, erzählt in einer Nacht
Roman
Auch als Diogenes Hörbuch erschienen, gelesen von Wolfram Berger

Das falsche Gewicht
Die Geschichte eines Eichmeisters. Roman
Auch als Diogenes Hörbuch erschienen, gelesen von Joseph Lorenz

Die Kapuzinergruft
Roman
Auch als Diogenes Hörbuch erschienen, gelesen von Peter Matić

*Die Geschichte
von der 1002. Nacht*
Roman
Auch als Diogenes Hörbuch erschienen, gelesen von Michael Heltau

*Die Legende vom
heiligen Trinker*
Erzählung
Auch als Diogenes Hörbuch erschienen, gelesen von Mario Adorf

Der Leviathan
und andere Meistererzählungen. Ausgewählt von Daniel Keel. Mit einem Nachwort von Stefan Zweig
Ausgewählte Meisterzählungen auch als Diogenes Hörbuch erschienen: *Der Leviathan,* gelesen von Senta Berger, sowie *Triumph der Schönheit,* gelesen von Peter Simonischek

*Ich zeichne das Gesicht
der Zeit*
Essays, Reportagen, Feuilletons. Herausgegeben und kommentiert von Helmuth Nürnberger

Heimweh nach Prag
Feuilletons, Glossen, Reportagen für das ›Prager Tagblatt‹. Herausgegeben und kommentiert von Helmuth Nürnberger

Außerdem erschienen:
*Joseph Roth –
Leben und Werk*
Essays und Zeugnisse. Herausgegeben von Daniel Keel und Daniel Kampa

Joseph Roth / Stefan Zweig
*Jede Freundschaft mit mir
ist verderblich*
Briefwechsel 1927–1938. Herausgegeben von Madeleine Rietra und Rainer-Joachim Siegel. Mit einem Nachwort von Heinz Lunzer